大神級超人氣作家
冬天的柳葉——著

韶光慢

卷六

一七六　賭人心念

江遠朝久久凝視著喬昭一動不動，忽然俯下身去，在她耳邊低低喊道：「喬姑娘——」

睡夢中的少女蛾眉輕蹙，下意識回應：「嗯？」

江遠朝猛然直起身，嘴唇抖得厲害。

他伸出手小心翼翼去碰少女乾裂的唇，還未觸及便縮了回去。他不敢碰。如果她是喬姑娘，他如何能這樣冒犯她。可是，怎麼會有這麼荒謬離奇的事？

「喬姑娘。」江遠朝喃喃念著，手指凌空，一點點描繪著少女臉部的線條。

如此不同的兩個人，難道裡頭住著同一個靈魂？江遠朝百思不得其解，想得心都疼了，靠近喬昭，目不轉睛看著她，溫熱的氣息噴在她雪白的雙頰上。

喬昭睫毛顫了顫，睜開眼睛。入目便是男子放大了的英俊臉龐，近得讓兩人呼出的氣息糾纏在一起。她愣了愣，抬手就是一巴掌。

江遠朝一把抓住喬昭手腕，發現少女蹙了眉忙又鬆開，壓抑著內心激動吐出二字：「醒了？」

喬昭沒有說話，心念急轉猜測著江遠朝奇怪的舉止。

「怎麼不說話？」江遠朝問。

喬昭垂眸。「沒什麼可說的。」

江遠朝忽然站了起來，轉身走到桌前倒了杯水，返回後伸手去扶喬昭，溫聲道：「先喝杯水吧。」喬昭看著落在自己肩頭的手，冷冷道：「江大人，請自重。」
江遠朝如火燒般收回手，神情狼狽。喬昭慢慢半坐起，接過水杯連喝了幾口水。
喉嚨灼痛依舊，顯然是拜眼前男人所賜，不過她沒什麼可埋怨的，兩人本來就是不同的立場。她若有若無透露出前世的事，同樣是在算計對方。
不過她算計是為了活命，江遠朝突然插手邢御史的事，又是為了什麼？
「還疼嗎？」
喬昭微怔，握著水杯看向江遠朝。
江遠朝目光從少女纖細白皙的手腕上掠過。手腕上一圈瘀青，令人觸目驚心。
「疼。」喬昭垂眸，毫不客氣道。
江遠朝一滯。她越是這樣雲淡風輕，他越覺得她與記憶中的那人相像。
或許，這世上確實有奇蹟存在呢？
江遠朝忽然覺得口有些發乾，薄薄的唇輕抿了下，聲音微啞問：「是妳嗎？」
喬昭放下水杯，定定看著江遠朝。「晨光與邢御史呢？」
「是妳嗎？」江遠朝暗暗握拳，再問。
「晨光與邢御史呢？」喬昭避而不答，繼續問。
江遠朝深深望著她，最終服了軟。「他們暫時都沒事。」
自從知道她很可能是「她」，他的心似乎就硬不起來了。
喬昭悄悄鬆了口氣，翻身下床。「我去看看他們。」
江遠朝想說什麼，嘴唇動了動，最後還是沒有阻攔，嘆道：「跟我來吧。」

喬昭很快見到了晨光。晨光躺在床榻上，面色蒼白，一動不動。

她快步走過去，探了探他的額頭，掀開被子去看他身上的傷口。

江遠朝下意識伸出手想攔，又悻悻地收了回去。

晨光身上的傷口顯然被處理過了，不過僅限於清洗過，好在現在天氣已轉涼，沒有紅腫化膿。

「不方便請大夫，讓江鶴給他拿烈酒洗了洗。」江遠朝情不自禁解釋道。

喬昭微瞥了他一眼。她應該說謝謝嗎？

「晨光傷勢很重，有幾味藥材能不能幫我去買一下？」

「妳說。」

「有紙筆嗎？」

「跟我來。」江遠朝把喬昭領到書房。喬昭提筆寫下一張藥方遞給江遠朝。「有勞。」

江遠朝視線落在紙上，盯著娟秀有力的小字閃了下神。

「江大人？」

江遠朝回神，喊道：「江鶴——」

江鶴不知從哪個角落竄出來：「到！」

江遠朝把藥方交給他。「照著方子去抓藥。」

「噯。」江鶴點頭應著，忍不住偷瞄喬昭。

大人不是說等再見到黎姑娘定饒不了她嘛，可現在情況有些不對啊，大人明明是見了黎姑娘言聽計從。大人好奇怪！

「嗯？」見江鶴一臉古怪，江遠朝不滿地提醒了一聲。

江鶴感嘆著轉身出去了。看來是英雄難過美人關，他家大人看上黎姑娘了。

完了，完了，大都督知道了會把大人剝皮的！

「邢御史在何處？」喬昭開口問。

江遠朝站著不動，嘴角含笑問道：「餓了嗎？」

喬昭咬了咬唇。她問他邢御史在哪裡，他問她餓了嗎。這人是故意的吧？

「我帶妳去吃飯。」江遠朝虛拉了喬昭一下，並不敢碰觸她的手臂。

他以為眼前的少女會賭氣說不餓，心中已經盤算著勸解的話，沒想到喬昭卻點了點頭。

「好。」吃飽了才有精力談其他事。

喬昭沒想到在這麼一座不起眼的宅子裡，準備的飯菜竟然十分豐盛，其中有她最愛吃的螃蟹小餃兒。

「妳手上有傷，想吃什麼我給妳挾。」

「不敢。」喬昭握著筷子挾向螃蟹小餃兒。

江遠朝眼神一閃。他被喬姑娘救了後，就忍不住去打探她的一切，凡是她的事，他都想知道。

他記得，她最喜歡吃螃蟹小餃兒。

嘉豐多水，每逢秋季就是吃湖蟹的季節，尤以城中望江樓的螃蟹小餃兒最為出名。

喬姑娘出閣前最後一次去望江樓，他一直躲在暗處悄悄看著。不敢靠近，也沒有資格靠近，唯有的只有祝福。可是他心愛的姑娘卻死在了冰天雪地的北境，拉回來的是再也不會笑的屍體。

江遠朝看著喬昭，彷彿要看到她心裡去。

喬昭垂眸，動作優雅地用飯。江遠朝是她見過的同齡人中城府最深之人，她只能小心翼翼拿捏那個尺度：既不承認她就是喬昭在黎昭身上借屍還魂，還要讓他忍不住往那方向去想。

她更不確定的，是他對喬昭能有幾分寬容。

救命之恩對有些人來說會結草銜環以報，對有的人來說卻不值一提。

賭人心，本就是最沒把握的一件事。

「這道火腿鮮筍湯也不錯。」江遠朝盛了一碗湯給喬昭。

喬昭抬眸看江遠朝一眼，拿起湯勺盛了一碗湯，推到江遠朝面前，聲音淡淡說道：「江大人也喝。」江遠朝一怔，隨後笑了。「好，我也喝。」

喬昭看他喝了湯，彎唇笑笑。

二人默默喝了粥，見喬昭拿出手帕擦拭嘴角，江遠朝遞過去一杯清茗。

冒著熱氣的茶喝入腹中，暖洋洋的感覺生起，驅散了身體的疲憊與陰冷。

江遠朝幾次想開口都生生忍住了。

他不能操之過急，剛剛他給她盛粥，她亦給他盛了一碗，可見她依然無法冷硬起心腸。

他有的是時間與她消磨，不怕她不開口。

江遠朝難得安靜，喬昭樂得如此，捧著一盞茶還未喝完，忽然聽到江鶴的驚呼聲從院中傳來。

「你是什麼人啊?快出去!」

「我找人。」男子低沉沙啞的聲音傳來。

喬昭手一抖，茶盞險些落到地上去，一直緊繃的精神瞬間鬆懈。他總算來了。

江遠朝面色微變。「冠軍侯?」

那個聲音並不是冠軍侯的聲音，而是在客棧偶遇的兄弟中兄長的聲音。

既然兩人中的弟弟是黎姑娘，那位兄長自然是冠軍侯。

「我們這兒沒你要找的人——」江鶴話還未說完，尾音就化成了一聲慘叫，緊跟著傳來撲通一聲響。江遠朝透過飯堂敞開的門，看到江鶴被身材高大的男人輕鬆甩了出去。

江遠朝回頭看了喬昭一眼。喬昭下意識往後退了一步，眼底滿是戒備。

那一刻，江遠朝忽然覺得心被針扎了下，一陣抽疼。

人高腿長的男人已經走了進來，視線越過江遠朝落在喬昭身上，高懸的心才算落下，露出一個疲憊的笑容。

喬昭同樣揚起了唇角。

「侯爺不請自來，也不打聲招呼嗎？」江遠朝只覺二人的笑格外刺眼，面上卻不動聲色問。

邵明淵在看到喬昭已經露出真容的那一刻，就明白江遠朝知曉了他們身分，烏眸湛湛盯著江遠朝。「江大人是請黎姑娘來作客嗎？」

兩個男人身高相差無幾，目不轉睛盯著對方，在空中交會的視線彷彿能濺起火花。

廳內有片刻令人不適的沉默。

江遠朝率先打破了沉默，輕笑道：「他鄉遇故知，難道不該請客？」

邵明淵笑了笑，看向喬昭，溫聲問：「吃完了嗎？」

喬昭頷首。邵明淵走過去拉起喬昭的手。「既然吃完了，我們就不叨擾江大人了。」

江遠朝目光在二人交握的雙手上落了落，笑意一冷。

他不喜歡看到他們這個樣子。冠軍侯是在挑釁嗎？江遠朝疑惑極了。

他親眼盯著他們分開，確定冠軍侯走遠了後才跟上黎姑娘，可冠軍侯怎麼找到這裡的？

「侯爺只帶黎姑娘一人走嗎？」江遠朝笑問。

「當然不是。江大人一起請來的人，本侯自然要一併帶走。」

「侯爺恐怕不能如願了，他們受了傷，江某招待不周。」

邵明淵眸光深沉，不動聲色問：「江大人可否帶本侯去看看？」

江遠朝彎唇笑笑。「自然可以。」

邵明淵牽著喬昭的手，隨江遠朝去看了晨光與邢御史。

晨光昏迷不醒，邢御史折騰了一夜，身體虛弱，此刻同樣在昏睡。

邵明淵定定看著江遠朝。「江大人這是什麼意思？莫非本侯有什麼得罪之處？」

「不，只是一場誤會，江某也是奉命送邢御史進京。」

喬昭心中冷笑。如果江遠朝與他們的目的殊途同歸，在她沒有暗示她與喬家姑娘特別的關係之前，他為何對她痛下殺手呢？

不過這個時候她自然不會拆穿江遠朝，這樣的場面話糊弄不了她，亦糊弄不了邵明淵。

此時的情況，無非是雙方都不想撕破臉，維持著一塊遮羞布罷了。

「既然侯爺來了，那江某就告辭了。此處的房租江某已經付了，侯爺儘管住。」

邵明淵伸手一攔。「江大人不慌走。」

江遠朝面色微沉。「侯爺這是何意？」

邵明淵笑笑。「既然都要進京，大家一路同行，不是能互相照應嗎？」

「不必了，江某還另有事要辦。」

邵明淵攔在江遠朝面前，一動不動。

他當然不能讓江遠朝就這麼離開。

此刻江遠朝態度客客氣氣，抬腳一走，就算不會帶領一眾屬下來找他們麻煩，只需要放出點風聲，邢舞陽的人就會如聞到腥味的餓狼般蜂擁而至。

晨光身受重傷，邢御史身體虛弱，昭昭又是弱質女流，到那時憑他一人之力，根本無力抵抗。

「本侯希望江大人能留下來，至少在我們離開此地前能賞光作陪。就像你剛剛說的，他鄉遇故知，總要好好聚聚。」

江遠朝收了笑，冷冷看著邵明淵，好一會兒問道：「如果我說不呢？」

邵明淵不以為意，淡淡笑道：「那江大人可以試試。」

江遠朝暗暗握拳，手背青筋暴起。冠軍侯這是篤定他不是他的對手？未免太過自信！

「那江某就試試！」江遠朝看了喬昭一眼，直接對邵明淵出手。

邵明淵鬆開喬昭的手，側身避開江遠朝的攻擊，與他纏鬥在一起。

喬昭淡定往後退了數步，給二人騰出地方。對邵明淵的身手，她有信心。

不過——

想到那雙布滿血絲的眸子，喬昭又有些揪心了。他看起來累極了，應該一直沒有休息過。

短短不到一盞茶的工夫，邵明淵與江遠朝便過了上百招。

江堂身為錦鱗衛指揮使，明康帝的親信，身手在朝廷中是數一數二的，深得他真傳的江遠朝自然不差。

而邵明淵卻可以說得上天賦異稟，不然也不會在十四歲那年就成為名揚天下的少年英雄。

此番纏鬥二人皆使出全力，江遠朝漸漸趕到力不從心。不知為何，他很不想讓眼前的少女看到他落敗的樣子，儘管他知道她樂見其成。

江遠朝忽然揚唇發出清越悠長的嘯聲，不多時院中站滿了數名面無表情的年輕男子。

邵明淵一手抓住江遠朝肩頭，對突然出現的那些人無動於衷，淡淡笑道：「江大人果然人多勢眾。」

江遠朝揚了揚眉，笑問：「侯爺莫非想要江某的性命？」

邵明淵面上平靜，眼底卻彷彿醞釀著暴風雨，殺機隱現。

喬昭見狀忙喊了一聲：「庭泉——」

江遠朝是江堂最喜愛的義子，還是他的準女婿，倘若邵明淵現在對他痛下殺手，那就和江堂徹底鬧翻了。明康帝現在用著邵明淵，一時半會兒或許不會對他出手，可有江堂時不時上眼藥，兔死狗烹是早晚的事。

喬昭知道邵明淵氣得厲害，卻不能由著他發洩。

她喊了這一聲，邵明淵與江遠朝一同看過來。

喬昭快步走過去，立在邵明淵身邊，對江遠朝笑了笑。「江大人還是留下得好。」

這話意有所指，江遠朝自是聽了出來，眸光微閃望向喬昭。「妳希望我留下？」

邵明淵眉頭一皺。

江遠朝對昭昭的態度、語氣有些奇怪，似乎和以前不一樣了，讓他本能感到不快。

「江大人有沒有覺得這裡不舒服？」喬昭望了院子中黑壓壓的人群一眼，收回視線，抬手指了指自己的腹部某處。

江遠朝一怔，下意識抬手按向那處，忽覺一陣痛襲來。那痛好似把腸子扯了出來，雖只是一瞬間，卻讓他疼得冷汗冒了出來。

他眉眼平靜看向喬昭，問道：「是那碗湯？」

喬昭沒有否認。但凡有一絲希望，她就不會坐以待斃，那碗火腿鮮筍湯的毒是她下的。

江遠朝自嘲笑了笑。「黎姑娘好本事。」

他以為她對他尚有一絲柔軟，誰知她卻冷硬如刀，利用一切機會置他於死地。

如果她只是黎昭，這樣對他無可厚非。

如果她是喬姑娘——

只要這麼一想，江遠朝便覺心裡的疼比腹部的絞痛還要劇烈，讓他幾乎無法呼吸。

少女淡淡的聲音響起：「江大人中的是七日斷腸散，七日後沒有解藥便會腸穿肚爛而死。除了我，這世上再無人有解藥。為了江大人身體著想，江大人留下來陪我們可好？」

江遠朝手捂腹部，看著喬昭露出一絲慘笑。「妳說好便好。」

「大人——」江鶴不知道發生了什麼事，見江遠朝面色難看，一臉憂心喊了一聲。

江遠朝對著院子抬了抬手，院子中出現的人如落潮般四散退下，彷彿從未出現過。

邵明淵盯著那些人的動作若有所思。那些人的行事風格，與錦鱗衛不大一樣。

他心裡存了這個念頭，拉起喬昭的手。「江大人好好休息吧，本侯有事與黎姑娘說。」

江遠朝看了喬昭一眼，見她如此順從地任由男子握著手，再想到那聲「庭泉」，嘴角的笑意再也維持不住。

他想起來了，數月前冠軍侯的亡妻出殯，她一路追著出殯的隊伍跑，眼巴巴望著喬家大公子邊跑邊哭。那時他就心生詫異，忍不住問她為什麼，她說因為喬家大公子長得俊秀。

當時他便知道這個小姑娘沒有說實話，卻想不通緣由，現在他是不是可以確定，因為她就是喬姑娘，所以才有那些反常的行為。

可是她為什麼會與冠軍侯在一起？難道說她半點不介意冠軍侯的那一箭？

隨著邵明淵帶著喬昭走向別的房間，江遠朝斜靠著牆壁閉了閉眼。

她能原諒取走她性命的人，卻對他無情至斯，教他如何能承受？

「大人——」

江遠朝睜了眼，深深的痛楚被平靜目光悄悄遮掩，淡淡道：「別煩我，滾出去。」

江鶴滿腹委屈滾出去，坐到門口的臺階上嘆氣去了。

邵明淵帶著喬昭進了另一間屋子，直接把她抱住，整個人都在發抖，頭埋在她頸間久久沒有說話。最後喬昭輕輕推了推他。「庭泉，沒事了。」

邵明淵抬頭，卻猛然看到少女白皙脖頸間的那一抹瘀痕，眼神瞬間結了冰。「他幹的？」

喬昭下意識抬手去摸脖頸，衣袖下滑露出一截皓腕，手腕上同樣有著紫青的痕跡。

邵明淵拉起喬昭的手，低頭在她手腕處小心翼翼親吻，心一抽一抽地疼。

只要一想到他視若珍寶的女孩險些遇難，他就恨不得扎自己兩刀才能緩解那巨大的恐慌。

灼熱的淚滴在喬昭手腕上，她吃了一驚，喃喃道：「庭泉，你哭啦？」

邵明淵抬眼，布滿血絲的眸中蘊含著清澈的淚。

他抬手擦擦，聲音沙啞。「沒哭，不知道為什麼就流出來了。」他抓起喬昭的手放在唇邊摩挲。「昭昭，都是我無能，讓妳又遇到危險。」

喬昭主動伸出手環住男人的腰，低嘆道：「傻瓜，只有神仙才是萬能的。你別自責，誰能想到江遠朝會早早盯上了咱們呢？」

她有預感，將來恐怕少不了江遠朝的糾纏，可是事已至此，她並不後悔。

如果那時沒有對江遠朝暗示她的真正身分，此刻她早已又死了一次。

「你是怎麼找過來的？」靠在男人寬闊的胸膛裡，喬昭只覺無比心安。

「辦完了事，馬不停蹄趕到與你們約好的地方，發現你們沒來，覺得有些不對勁，又返回來找。我看到晨光留下來的特殊記號，又發現了打鬥現場，於是順著留下的痕跡找來，恰好發現那個錦鱗衛去抓藥，就跟過來了。」

喬昭緊了緊雙手。

邵明淵說得輕描淡寫，她卻知道他承受了多少煎熬。

返回福星城辦事，又匆匆趕到他們約好的地方，然後再折回來找他們，這樣短的時間內做到這些，換作其他人早已沒有體力與精力支撐了。

「江遠朝是不是想對妳下殺手？」邵明淵依然無法控制地從骨子裡升騰起恐懼，顫聲問道。

喬昭輕輕點頭。「他要帶走邢御史，大概是覺得我知道得太多了。殺了我和晨光，你就不知道是誰幹的了。」

邵明淵渾身一僵，好一會兒聲音嘶啞道：「我早晚會宰了他！」

喬昭搖了搖頭。「算了，那樣就與江堂成了死敵，麻煩更多。」

「好，我聽妳的。」邵明淵說了這話，沉默許久，最終沒有問江遠朝為何會留下喬昭性命。

他是男人，自能感覺出來江遠朝對昭昭有了男女之情，但他如何忍心問出這話讓她難堪呢？

至於那個覬覦他媳婦的男人，他早晚會和他算這筆帳！

「庭泉，你的事情辦好了嗎？」

「辦好了，你放心吧。」邵明淵輕輕摩挲著喬昭手腕。「還疼嗎？」

喬昭搖頭。「不疼了。」

她仰頭看著風塵滿面的男人，彎唇笑笑。「除了當時受了一點罪，我吃得好睡得好，還吃到了螃蟹小餃兒與火腿鮮筍湯——」

邵明淵直接把喬昭拉進了懷裡。「我看到了樹上的屍體。」

一句話讓喬昭不由怔住。

男人灼熱的唇落在少女光潔的額頭上，密如雨落。「當時我覺得自己的心都要停了……」

喬昭仰頭望著滿眼自責的男人，不由笑了。「我說你的臉怎麼腫了，是不是自己打的？」

邵明淵尷尬紅了耳朵，訥訥道：「不小心撞樹上了。」

撞樹上把臉撞腫了？喬姑娘也不揭穿，靠在邵明淵懷中慶幸不已。無論如何，他們都沒事，只要順順利利回京，這一趟就沒有白來。

邵明淵擁著喬昭，心中何嘗不在慶幸，下巴抵著她的秀髮，喃喃道：「昭昭，以後再不讓妳離開我了。」

喬昭一動不動任由他擁著，輕聲道：「我也不想再分開。」

她咬了咬唇，在心悅的男人面前終於流露出幾分軟弱來。「庭泉，當時我好怕……」

邵明淵心疼得要死，連連道：「是我不好，是我不好……」

他情不自禁去吻懷中少女的唇，被她一把推開。

喬昭紅著臉斜睨著他。「趕緊把易容卸了，先睡一覺再說。」一張陌生的臉親她，太尷尬。

邵明淵顯然也想到少女拒絕的原因，低笑道：「我這就去洗臉。」他說完便起身離開。

片刻後，聽到動靜的喬昭忙轉過身來，嘴角的笑意在見到來人時不由收起，淡淡道：「江大人。」

江遠朝站在門口，凝視著少女的面龐。不久前，眼前的女孩面色蒼白如雪，而現在卻似塗了一層胭脂，美得令人心醉。

是因為冠軍侯嗎？

「江大人有事？」喬昭很是不喜這人用這樣晦暗莫名的目光看著她，皺眉問道。

「妳和冠軍侯——」

喬昭面色微沉。「這應該不關江大人的事。」

「他親手殺了自己的妻子！」江遠朝脫口而出。

「那也不關江大人的事。」喬昭冷冷道。

「妳就不怕嗎？」

「怕什麼？」邵明淵走了進來，面罩寒霜。

他才去洗個臉的工夫，這小子就跑過來和昭昭說話？

對待邵明淵，江遠朝顯然就沒那麼客氣了，似笑非笑道：「怕侯爺不懂憐香惜玉啊。」

邵明淵輕笑一聲。「這就不勞江大人操心了。還是說，江大人想學一學如何憐香惜玉？」

江遠朝鄙夷地看了邵明淵一眼，毫不客氣道：「不是江某看不起侯爺，在這方面，我就是閉著眼睛都比你做得好！」

邵明淵面無波瀾，平靜問道：「既然如此，江大人為何不早些回京，對未婚妻多獻獻殷勤？」

「你……」江遠朝臉一黑。邵明淵面無表情看著他。

江遠朝移開視線去看喬昭，觸及少女冷淡的表情，只剩下苦笑。他與邵明淵針鋒相對又如何，只因她不喜歡，他便輸了。想到這裡，江遠朝只剩下心酸與憋屈，不發一言走了。

邵明淵收回目光，直接關上了門。聽到關門聲傳來，江遠朝在外面站了片刻。

江鶴湊上去。「大人……」

「滾！」江遠朝大步邁開離去。

江鶴無所謂摸了摸鼻子。跟著大人久了，要是一天沒聽到大人讓他滾，他還睡不著覺呢。

「庭泉——」喬昭才開口，靠著門的男人就把她拉過來，低頭咬住她的唇。

喬昭下意識掙扎了兩下，男人夾雜著薄荷清香的氣息充斥著她鼻端，讓她忘了反抗，乖順地由著他攻城掠地，最終軟倒在他懷中，只能伸出雙手死死環住他的腰才不至滑落下去。

「昭昭……」邵明淵含著少女芬芳的唇瓣，輕舔慢撚，一寸寸占有她的美好，模糊道，「以後離那個人遠一點。」

「嗯？」被獨屬於男人的氣息包圍著，讓喬昭反應有些遲鈍。

邵明淵鬆開她的唇，輕輕去吻她雪白的脖頸，上面青紫色的瘀痕讓他一顆心疼得厲害。「我說江遠朝……以後離他遠些……那人心思不純……」

「我知道了……」喬昭紅著臉推開邵明淵。「你快去歇著，眼裡全是血絲。」

邵明淵氣息微喘，暗暗平復了心情。「嗯，我這就睡。昭昭，妳陪我——」

喬昭直接擰了他一下，嗔道：「胡說什麼？」

邵明淵被擰得一臉無辜，眨眨眼道：「我說妳等我睡了再出去，有妳陪著我安心。」

他說到這裡，忍不住低笑出聲。「昭昭，妳想到哪裡去了。」

喬昭自知誤會了，尷尬地瞪他一眼。

邵明淵脫鞋躺到床榻上。「昭昭，我就睡一會兒，妳記得喊我……」

「知道了，你快睡吧。」喬昭說完，已經聽到悠長的呼吸聲傳來。

她悄悄打量著一沾枕就睡著的男人，忍不住伸出手，一點點描繪著他的臉部輪廓。

男人的側臉線條弧度完美，冷硬如刀削，扇般的濃密睫毛在眼瞼下方落下一圈投影，安靜的睡顏讓他整個人柔和起來。

喬昭這樣靜靜看著，只覺滿心柔軟，忍不住低頭在他臉頰上輕輕親了下，這才起身走出去。

轉眼已是兩天後。

晨光早已清醒，可惜身上纏滿了繃帶，可憐巴巴躺在床上動彈不得。

江鶴忿忿不平地給晨光餵飯，一邊餵一邊嘀咕：「當時弄死不就得了，現在還要我給餵飯，下一步是不是就要給他搓澡了？真是不划算！」

晨光白了他一眼，怒道：「我只是動彈不得，不是聾子！」

江鶴撇嘴。「聽見又怎麼樣？有本事跳起來咬我啊。」

「你給我等著！」晨光氣得咬牙。

這時邵明淵走了進來，晨光嘴一撇，控訴道：「將軍，江大人的屬下欺負您的屬下。」

邵明淵對江鶴略一頷首。「有勞了。」

「將軍……」晨光頗為不滿。

邵明淵睇了晨光一眼，伸手把他衣裳扯開。「老實換藥！」

晨光疼得咧嘴。「將軍，您輕點啊。」

還是黎姑娘動作輕柔，誰知道將軍大人看到後，就主動把這個活給攬過去了。

他想換人！

你做夢。將軍大人用眼神給了小親衛無情的答案。

一七七　味同嚼蠟

五日後，晨光已經可以下床走動。

「侯爺這就要走了？」江遠朝站在庭院中，目光掠過喬昭，似笑非笑看著邵明淵。

邵明淵不動聲色揚眉。「還要麻煩江大人送我們一程。」

江遠朝看了喬昭一眼，似是問她，又似是對邵明淵說：江某有選擇的餘地嗎？

這幾日，他時不時就會感到腹中絞痛，算是嘗到了七日斷腸散的滋味，為了活命就只能由著對方擺布了。

「船已經備好了，侯爺既然要走，那便趁早。」

「江大人準備得很周全，多謝。」

天氣悄然轉冷，江邊已見蕭瑟景象，喬昭一行人登船離開了暫住的地方。

一路往北，幾乎每隔數里路就有官方船隻攔截盤查，但每次因江遠朝亮出錦鱗衛的身分便輕鬆放行。

江遠朝忍不住嗤笑。「侯爺這是拿江某當了護身符嗎？」

邵明淵憑欄而立，望著波光粼粼的江面微微一笑。「能者多勞。」

「侯爺承認自己無能？」江遠朝反唇相譏。

邵明淵笑意淡淡。「本侯從不在口舌上與人一爭長短。」

江遠朝掉頭看向如撒了碎金的江面，忽然笑出聲。「江某其實很好奇，侯爺究竟做了什麼驚天動地的大事，讓整個福東風聲鶴唳，如此嚴格盤查過往船隻。」

邵明淵收回視線看向江遠朝。「本侯也很好奇，江大都督有什麼要事，會命江大人悄悄潛到福東來。」

江遠朝知道問不出什麼，瞥見喬昭過來，不再言語。

「該用飯了。」喬昭走過來道。

「今晚吃什麼？」邵明淵笑問。

「撈了幾尾魚，做了蔥燒魚還有魚湯。」

二人有說有笑往內走，江遠朝獨自立在原地。

喬昭走出數步轉身。「江大人怎麼不動？」

江遠朝定定看著喬昭，指指自己的腹部。「這裡疼，不想吃。」

少女沉默片刻，抬腳走過去，摸出一只小瓷瓶給他。「不是解藥，不過能緩解疼痛。」

江遠朝拿著似乎還留有少女餘溫的瓷瓶，低嘆道：「多謝了。」

喬昭垂眸，態度冷淡疏離。「江大人客氣。」

江遠朝嘴唇翕動，有心問個究竟，但礙於這幾日那個礙眼的人總是不離喬昭左右，只得作罷，默默抬腳跟上。

晚飯很簡單，一尾蔥燒魚，一大碗魚湯，還有一盤切得碎碎的酸豆角。現下情況也顧不得講究，幾人團團圍坐用飯。

邵明淵仔細把魚肉挑了刺，放入喬昭碗中。喬昭笑笑，給他盛了一碗魚湯。

江遠朝忽然覺得味同嚼蠟，放下筷子起身出去，站在船欄邊吹著江風。

江風冷冽，讓他的頭腦為之一清，想到剛才的離席不由苦笑。面對她，他好像越來越沉不住氣了。這種自尋煩惱的事，放在以往他是嗤之以鼻的，誰知他江遠朝也有這樣的一日。

「大人——」江鶴不知何時走了過來，靠著船欄，小心翼翼喊了一聲。

江遠朝側頭看他。江鶴遞過去一個饃饃。「大人，您沒吃飽吧？這個還熱乎呢。」

男人盯了那個白白胖胖的饃饃好一會兒，伸手接了過來，手撕了塞入口中。他動作斯文，一個饃饃也吃出了山珍海味的感覺。

江鶴就嘆了口氣。「大人，出門在外，您還是別挑食了。」

江遠朝因為一個饃饃湧起的感動頓時煙消雲散，伸手指了指船艙裡。

還未待他說話，江鶴便苦著臉道：「屬下知道，屬下這就滾。」

耳朵清淨下來，江遠朝盯著江面出神，不多時聽到了腳步聲。

他霍然轉身，見是邵明淵，眼底不由自主浮現的那絲雀躍沉了下去，淡淡道：「侯爺吃好了？」

「我不挑食，吃得很好。」

「那侯爺是來找江某聊天的嗎？」江遠朝調轉了視線。

他真的不能多看這傢伙一眼，一看就有打人的衝動，偏偏又打不過，實在憋屈！

「想跟江大人說一聲，船要靠一下岸。」

「喔？」江遠朝眼底閃過意外之色。

邵明淵很是坦然。「有兩名親衛在此接應我。」

江遠朝眸光深深盯著邵明淵。「侯爺能隨時與親衛保持聯絡，倒是令人驚訝。」

邵明淵笑了。「江大人何嘗不是如此。」

掌舵的是江遠朝的人，在他的吩咐下，船很快在邵明淵指定的位置靠了岸。

江邊夜寒露重，兩名身穿黑衣的年輕男子相攜上了船，仔細看，其中一名被另一名架著胳膊，低垂著頭看不出模樣。

「葉落，怎麼是你？」晨光大為意外。

葉落不著痕跡對晨光遞了個眼色，扶著另一名親衛道：「將軍，葉風受了傷，卑職先扶他進去休息了。」

江遠朝目光一直追隨葉落，直到他扶另一名親衛進了船艙，才收回視線，淡淡笑道：「看來侯爺果然是做大事去了。」見邵明淵面色平靜，他忽而彎唇，「對了，邢舞陽在福星城門外遇刺受傷，是出自侯爺的手筆吧？」

邵明淵與江遠朝對視，態度分毫不讓。「福星城瘟疫的謠言，是江大人散布的吧？」

江遠朝呵呵笑起來，初冬夜色中男子低沉的笑顯出幾分孤清。「沒有福星城百姓的動亂，侯爺怎會那麼順利出城？」

邵明淵定定看著江遠朝，嘴角閃過一絲嘲諷。「這麼說，本侯還要感謝江大人鼎力相助了？」

江遠朝雙手扶著船欄，眼中彷彿盛了清冷的星光，不急不緩道：「侯爺實在想感謝，江某也可以接受，但請黎姑娘早些把解藥給我可好？」

邵明淵理直氣壯地拒絕：「這個恐怕不行，只有黎姑娘做我的主，我可做不了她的主。」

江遠朝嘴角一抽，直接黑了臉。這人就是故意氣他的！

在劍拔弩張的氣氛中，時間又過去了兩日，船已經駛離福東境內，沿途盤查的官船驟然減少，檢查也不似先前遇到的那樣嚴謹。

江遠朝走到喬昭面前，與她相距不到半丈，伸出手平靜問道：「可以給我了嗎？」

喬昭彎唇一笑。「沒有。」

江遠朝臉色白了一下，定定看著喬昭。

喬昭往後退了，兩步拉開二人的距離，笑盈盈道：「沒有七日斷腸散，所以也沒有解藥。」

江遠朝只覺心猛然跳了一下，定定看著喬昭。「妳沒給我下致命毒藥？」

喬昭揚了揚眉。「江大人不相信？」

「我自是信的。」江遠朝眸中波光湧動，最後轉為平靜的深潭，意味深長道：「後會有期。」

他說完，看向立在喬昭身側的邵明淵。「侯爺可要照顧好了黎姑娘。」

「不勞江大人操心。」

江遠朝輕笑一聲，帶著自己的人上了一艘船，揚長而去。

「總算是走了，有他們在，什麼話都不方便說。」身上還纏著繃帶的晨光笑嘻嘻地勾著葉落的肩頭。「葉落，快告訴我，你什麼時候有個兄弟叫葉風了？」

「多嘴。」邵明淵睃了晨光一眼，走到邢御史那裡，態度很是客氣。「邢大人，我帶你去見一個人。」

邵明淵帶邢御史見的人，正是前兩天隨著葉落一同上船的親衛葉風。

邢御史看著昏睡中的親衛，面露不解。

「邢大人仔細看看。」邵明淵提醒道。

邢御史仔細打量著親衛，忽然眉頭一皺，上前一步掀起親衛滑落至額前的髮。

親衛的耳朵輪廓飽滿，耳垂大而厚，邢御史抖著手翻過他左耳看向耳後，赫然看到一個小小的肉芽。邢御史連連後退，驚悚滿面，猛然看向邵明淵。邵明淵神情平靜朝他笑笑。

「他是邢舞陽？」邢御史伸手一指床上昏睡的親衛。

立在角落裡的晨光一扶額頭，喃喃道：「邢舞陽？真看不出來啊，這麼有名的將軍長得這麼低調。」

「侯爺，他真的是邢舞陽？」邢御史忍不住再問。

邵明淵頷首。「邢大人沒有認錯，他正是當今聖上親封的抗倭將領邢舞陽。」

「這個畜生！」邢御史隨手抄起桌几上的茶盞，向著邢舞陽的臉砸去。

邵明淵伸手把茶盞輕巧接住，笑容從容如此時安靜的江面。「邢大人別急，邢舞陽如今在咱們手中，受到應有的懲罰是早晚的事。」

邢御史死死盯著被喬裝打扮過的邢舞陽，嘴唇劇烈顫抖，最後嘆道：「福東的百姓可被這個畜生害慘了！」

邵明淵朝邢御史拱手。「所以回京後就要有勞邢大人了。」

他直接擄走了邢舞陽帶回京城，屬於先斬後奏，不管邢舞陽犯了多大的罪過，他都免不了天子責罰。然而他不得不這麼做。邢舞陽在福東隻手遮天多年，根基太深，即便他們掌握了他勾結倭寇造成民亂、兵變的確鑿證據，對邢舞陽的處置依然會是令天子頭疼的事。

天高皇帝遠，如果天子下旨奪了邢舞陽的兵權回京認罪，很可能逼得邢舞陽直接造反。

到那時，別說明康帝這樣出了名不願惹麻煩的帝王，換作任何一個帝王都會忌憚的。這樣一來，對邢舞陽的處置又不知會拖延到什麼時候，喬家大火就不能及時翻案了。

他知道昭昭此番南行勢在必得，又怎麼忍心讓她失望。只有先斬後奏把邢舞陽帶回京城，才能免去天子的顧慮，好好收拾這個為禍一方的大將。

邢御史官海沉浮多年，雖因為眼中揉不得沙子，一直只是一名小小的七品監察御史，卻對這些彎彎繞繞心知肚明。

能親眼看著邢舞陽身敗名裂、得到懲罰亦是他的心願，邢御史遂對邵明淵回了一禮，正色道：「邢舞陽貪汙軍餉、勾結倭寇，害得地方民不聊生，激起民變與兵變。幸得冠軍侯相助，才使本官脫困。邢舞陽擔心本官把他的種種惡行奏明聖上，竟直接造反，本官只得請冠軍侯出手把他直接拿下，進京認罪。」

邢御史說完，對邵明淵淡淡一笑。「侯爺覺得下官這樣說如何？」

身為監察御史，本就有遇到突發大事的決斷之權，他這樣說一下撇清了邵明淵，自是好極。

邵明淵頷首一笑。「多謝邢大人了。」

邢御史搖搖頭。「應該是下官謝侯爺才是。邢舞陽已成福東最大的禍患，若不是侯爺出手，想要把他繩之以法不知何日才能辦成，下官定然等不到那一天了。」

二人相視一笑，達成了默契。

邢御史身體還有些虛弱，沒過多久就覺得乏了，回去小憩。

晨光憋了一肚子疑問，見邢御史一走，立刻竹筒倒豆子般倒了問題出來。

「將軍，原來您那時候回去就是為了擄走邢舞陽啊。嘿嘿，那福星城現在不是大亂了？」

「暫時還不會亂。前不久才發生了兵變，邢舞陽的人不管多麼著急，都不敢把他失蹤的事傳出去，不然鎮不住那些意圖反抗邢舞陽的人了。好在咱們出城那日許多人親眼看到邢舞陽被冷箭所傷，接下來一段時間內他閉門養傷是很正常的事。」邵明淵解釋道。

晨光撓撓頭。「這麼說，將軍您豈不是幫了他一把？」

喬昭解釋道：「現在不亂是好事，如果真因為咱們劫走邢舞陽導致福東大亂，回京該不好交代了。且福東戰亂一起，百姓們也會遭殃。」

晨光聽喬昭這麼一說立刻想明白，一臉欽佩看著邵明淵。「將軍大人真是英明神武，卑職還以為您那時放冷箭只是為了趁亂逃跑呢，原來還有這層用意在。」

邵明淵臉微熱，飛快瞥了喬昭一眼，嘴角微翹。當著昭昭的面被屬下誇讚，還挺高興的。

他心中雖這麼想，面上卻一本正經。「哪來這麼多話，你的傷還沒好俐落，早點歇著去。」

「卑職還有最後一個問題，葉落不是隨著池公子他們走了嗎，怎麼會回來？」

「自己去問葉落。」邵明淵嫌小親衛打擾了他與喬昭的獨處時間，淡淡道。

晨光悄悄撇撇嘴，走了出去。

室內安靜下來，喬昭向邵明淵一笑。「還好每一步都沒有走錯。」

大概唯一的意外，就是江遠朝了。

邵明淵顯然與喬昭想到了一處去，眉頭緊鎖。「昭昭，我總覺得江遠朝此行目的不簡單。」

喬昭點頭附和：「我也這樣認為。我甚至覺得，他此番潛入福東，很可能是在背著錦鱗衛指揮使江堂行事。」

「他默認了散布福星城鬧瘟疫是他的手筆，昭昭妳覺得他的真正目的是什麼？」

江遠朝說幫他們趁亂出城的話，邵明淵是一字都不信的。

喬昭搖頭。「我暫時也想不透他的目的。不過有一點可以肯定，他希望福星城亂起來。」

「渾水摸魚，江遠朝想摸的是哪一條魚呢？」邵明淵望著天水相接的遠方喃喃道。

這時晨光匆匆進來。「將軍大人，不好了，船在漏水，葉落忙著往外舀水，根本忙不過來！」

邵明淵帶著喬昭走了出去。甲板上已經積了一層水，且以肉眼可見的速度上漲著。

葉落忙得滿頭大汗，一見邵明淵與喬昭出來，立刻稟告道：「將軍，船上有好幾個洞！」

喬昭提著裙襬，彎腰在腳邊的冒水處抹了一下，沉聲道：「是軟蠟。看來江遠朝臨走前送了咱們一份大禮。」

晨光氣道：「那人果然沒安好心！」

邵明淵看了看江岸，沉聲道：「葉落，別忙了，你帶好邢舞陽，咱們棄船登岸。晨光，你顧好自己。」

「那邢御史怎麼辦？」晨光有些急。

將軍大人定要護著黎姑娘的，葉落護著邢舞陽，他身上有傷帶不了人，邢御史就沒人管了。

那個心黑的江遠朝，定是算好了這一點，看他們笑話呢！

「邢御史我來帶著。」

「那三姑娘呢？」

邵明淵睇晨光一眼，直接把喬昭背了起來，淡淡道：「廢話太多，趕緊棄船。」

一番折騰後，幾人狼狽上了岸。

邵明淵一人帶著兩個人游上岸，體力有些透支，以手撐地微微喘息。喬昭擰了擰濕透的衣裙，寒風中身子微顫，瓷白的臉上單薄的唇凍得發青。

年輕將軍瞧在眼裡很是心疼，奈何此刻除了一身濕透的衣裳與懷中包了防水油布的帳冊，別無他物，只得道：「咱們找個隱蔽的地方烤火。」

喬昭笑笑。「不要緊。」

她面上平靜，心中卻對江遠朝臨走還要算計他們的行為厭煩到了極點。

此時已是初冬，晨光的傷口才剛結痂，一沾水便會有惡化的危險。邢御史體弱，連番折騰下來萬一熬不住，撐不到京城也是可能的，更別說還有個昏迷不醒的邢舞陽。

晨光氣得踢了岸邊石子一腳。「早知道就給他下點耗子藥，三姑娘您就是心太軟。」

喬昭牽了牽嘴角，態度冷淡。「別提他了，保存好體力，咱們還要趕路。」

好在此時已經出了福東地界，不用提心吊膽隨時會被發現行蹤，邵明淵派了葉落重新僱了一條船，一行人輾轉幾日，總算風塵僕僕回到嘉豐，與池燦等人會合。

楊厚承上前給了邵明淵一個大大的擁抱，喜笑顏開道：「庭泉，總算盼到你們回來了，前幾日我這眼皮子直跳，生怕你們出什麼事呢。」

「行了，烏鴉嘴，沒看他們臉上一層泥嘛，讓他們洗漱一番再說。」池燦語氣帶著嘲諷，眼底卻是淡淡的笑。看到好友，邵明淵同樣心情放鬆，對邢御史介紹道：「邢大人，這位是長容長公主府的池公子，這位是留興侯府的楊世子。」

「見過二位公子。」邢御史自下了船，一直神色凝重，此刻聽了邵明淵的介紹也未見開顏。

「您就是邢御史吧？」楊厚承半點不在意邢御史的冷淡，咧嘴笑道：「兩位邢姑娘知道冠軍侯他們去救您，天天盼著呢。」

池燦察覺邢御史興致不高，沒有吭聲。

「不知小女她們人在何處？」邢御史沉聲問道。

「已經讓人去通知她們了，您稍等啊。」

楊厚承話音才落，就聽女子急切的聲音傳來：「父親——」

眾人聞聲望去，就見貞娘提著裙襬飛奔而來，撲跪到邢御史面前，哽咽道：「父親，女兒總算盼到您回來了——」

邢御史的態度比眾人預想中要冷淡許多，沉聲問道：「妳妹妹呢？」

跪倒在地的貞娘身子一顫，訥訥道：「靜娘身體不舒坦，還在躺著。」

「帶我去見她。」

「是。」最初的激動過後，貞娘站了起來，抬袖擦擦眼角，柔聲道：「父親隨我來。」

邢御史點點頭，轉身對喬昭等人道：「下官要去看一下小女，還望各位行個方便。」

邵明淵笑道：「邢大人請便。」

等邢御史隨著貞娘遠去，邵明淵收回視線，若有所思。「邢御史對女兒的態度有些奇怪。」

喬昭想了想道：「我去看看。」

靜娘房中。

邢御史看了一眼面色蒼白猶在睡覺的小女兒，抬腳走到外間。貞娘見狀默默跟了出去。

邢御史坐下，繃著臉問：「妳們是如何得救的？」

貞娘不敢隱瞞，把來龍去脈講給邢御史聽。邢御史聽完，沉默良久，一遍一遍提起茶壺把茶盞斟滿，很快灌了一肚子茶水。

「父親……」貞娘不安地垂著頭。父親嚴厲正直，恐怕無法接受她們被倭寇糟蹋過的事實。

邢御史放下茶盞，瓷器與桌面相撞，發出清脆的響聲。

「這麼說，妳妹妹懷了倭寇的孩子？」

「已經打掉了——」貞娘急急道，迎上邢御史冷厲的眼神，不由嚥下了後面的話。

邢御史盯著貞娘，許久後起身，拂袖便走。

「父親——」貞娘心頭一慌，不由抓住邢御史的衣袖，語氣中不自覺流出哀求。

邢御史卻無視了長女的哀求，冷淡吐出四個字：「有辱門風！」

邢御史說完拂袖而去，留下貞娘呆立原地，許久後眼睛輕輕一眨，落下一行淚來。

她自幼受父親教導，此刻怎麼會不懂父親的意思。父親是嫌她們被倭寇玷汙了身子，沒有以死保住尊嚴。貞娘擦了眼淚，慘笑一聲，解下腰帶搭上房梁。

喬昭雖然跟了過來，但以她的教養自是做不出偷聽人家父女談話的事，便在廊下站著。見邢御史出來，她迎了上去。

邢御史淡淡道：「小女她們已經歇下了，黎姑娘回去吧。」

望著邢御史離去的背影，喬昭越想越覺得不對勁。父女重逢，邢御史的態度未免太冷淡了些。思及此處，喬昭心中一跳，快步折返回去走到靜娘的房門前，輕輕叩了叩門。

裡面無人回應。

「貞娘姊姊，妳在裡面嗎？」喬昭喊了一聲。

裡面依然悄無聲息。

喬昭加大了力氣敲門。「貞娘姊姊，我進去了。」她不再遲疑，猛然推開了門。

門吱呀一聲打開，貞娘懸在房梁上，單薄的身子如風中垂柳，來回搖晃。

「貞娘！」喬昭面色大變，飛奔過去抱住貞娘的雙腿。

她力氣小，根本不可能把貞娘放下來，只得死死抱住她的腿喊道：「靜娘，靜娘！」

裡間的靜娘聽到動靜揉著眼睛走出來，一見貞娘懸在梁上，發出短促的一聲叫便暈了過去。

喬昭急得汗如雨下，勉強騰出一隻手，拿起掛在頸間的骨笛吹響。

清越悠揚的笛音響起，邵明淵聽聞面色一變，片刻後飛奔而至。

「庭泉……」喬昭抱著貞娘雙腿，臉色慘白。

邵明淵抽出腰間匕首把繩索割斷，放貞娘下來。喬昭立刻給貞娘施救。

這麼會兒的工夫，池燦等人都趕了過來。邢御史背手立在外邊，冷眼旁觀。
貞娘嚶嚀一聲醒了過來。喬昭面露喜色。「貞娘姊姊，妳醒了。」
貞娘眨眨眼，眼珠微轉瞥見邢御史，如針扎般跳了起來，推開喬昭對著牆壁撞去。
楊厚承眼疾手快地拽住貞娘，納悶道：「邢大姑娘，好端端幹嘛尋死覓活啊？」
「楊公子，你放開我……」貞娘掩面嚶嚶哭泣。
「沒事吧？」邵明淵低聲問喬昭。
「我沒事。」喬昭搖搖頭，見冰綠與阿珠趕過來，忙吩咐道：「把兩位邢姑娘扶到裡間去。」
靜娘還在昏迷中，冰綠力氣大，彎腰就把靜娘抱了起來。
阿珠去扶貞娘，卻被貞娘推開。「你們不必管我了，見到父親平安歸來我已經沒有遺憾，可以安心去了……」見貞娘眼中死志堅決，喬昭心中一沉。
誰也不可能十二個時辰不眨眼地盯著貞娘，如果她抱了必死的心，出事是早晚的事。
貞娘先前明明很是堅強，為何忽然變成這個樣子？
喬昭不由看向邢御史，見他看到兩個女兒一個自盡一個昏倒卻無動於衷，隱隱明白了。
冰綠把靜娘抱進去後走了出來。
「冰綠，與阿珠一起扶邢大姑娘進去，好好陪著邢大姑娘。」喬昭吩咐道。
此處畢竟是女子住處，見喬昭安置好了貞娘姊妹，邵明淵等人抬腳離開。
「邢大人不去看看邢姑娘她們嗎？」喬昭走到邢御史面前問。
邢御史面色緊繃，淡淡道：「這個不勞黎姑娘操心。」
喬昭揚眉冷笑。「我也不想操心，只是兩位邢姑娘好不容易逃離魔爪，看到邢大姑娘忽然要尋短見很是心痛，想問一問邢大人究竟是為什麼？」

邢御史深深看了喬昭一眼，反問道：「為什麼？黎姑娘年紀雖小，卻也是讀女訓長大的官宦之女，難道不知道為什麼？」

喬昭冷笑。「我真不知道為什麼。」

為了所謂的名節，就要逼親生女兒去死嗎？她的兩位父親都不是這樣的人！

邢御史遮住眼底的嘲諷，冷冷道：「黎姑娘特立獨行，確實與尋常女兒不一樣。」

這話諷刺意味頗濃，邵明淵聽得眉頭一皺，淡淡道：「本侯的未婚妻，自是與眾不同。」

邢御史微怔。他冷眼看著喬昭與邵明淵舉止親暱，自是看不順眼，沒想到他們是未婚夫妻？

池燦深深看了邵明淵一眼，懶洋洋道：「要我說，特立獨行的是邢大人才是。我還是第一次見到當爹的逼女兒去死的。」

「池公子此言差矣，我是她們的父親，當然疼愛她們。但她們被倭寇糟蹋了清白，本該以死保住尊嚴，如何能繼續苟活於世？」

「被倭寇糟蹋了清白，不是她們的錯，是那些倭寇的錯，更是邢舞陽那些害百姓民不聊生的蠹蟲們的錯。」池燦沉聲道。

邢御史盯著池燦精緻無雙的眉眼，牽了牽唇角，反問道：「那麼池公子願意娶一個被倭寇糟蹋的女子為妻嗎？」

池燦面色發寒。「邢大人這話未免過分了。」

邢御史嗤笑一聲。「池公子既然答不出，就不要拿那些話來質問我了。我是她們的父親，這世上沒有人比我更疼愛她們，我自是知道哪種選擇對她們才是真好。」

池燦被邢御史堵得閉了閉眼，睜開時飛快瞥了喬昭一眼，面無表情道：「如果那個姑娘是我本來就心悅的，那麼我願意。」

他心愛的女孩要是不幸遭了厄運，他只會更加憐惜，哪裡捨得嫌棄。

邢御史笑著搖頭。「只可惜啊，我的女兒沒有福分遇到池公子這樣的人。」

這時喬昭開了口：「在邢大人看來，女子的命運，不是嫁人就是死嗎？」

因為沒了清白嫁不出去，所以情願讓她去死？

邢御史顯然不想再和喬昭多說，冷冷哼了一聲。

喬昭還待再說，邵明淵朝她搖了搖頭。喬昭無奈又窩火。

她知道很難改變一個人根深柢固的觀念，可她無法坐視一個人因為這樣的觀念逼死親生女兒。

這個世道，女子太難，有的是自己沒勇氣活下去，有的是哪怕想活著，至親卻不讓她活。

「庭泉，黎姑娘，你們洗漱一下吧。邢大姑娘那裡別擔心，有這麼多人看著不會出事的。」

見氣氛僵持，楊厚承打圓場道。

「李爺爺呢？」喬昭知道貞娘姊妹的事一時半會兒難以解決，便問起李神醫來。

「李神醫不知在研究什麼，關了門不許任何人打擾，他還不知道你們回來了呢。」

李神醫來了靈感閉門謝客是常有的事，喬昭雖遺憾不能立刻見到他老人家，但也不敢打擾，轉而問道：「謝姑娘呢？」

聽她問起謝笙簫，楊厚承立刻不吭聲了。

池燦笑道：「楊二打小報告，謝姑娘的家人把她帶回去了。」

楊厚承嘀咕道：「我這是為她好。」

喬昭神色複雜看了楊厚承一眼，好心提醒道：「以後楊大哥再有機會見到謝姑娘，記得戴一面護心鏡。」

一七八 諄諄教誨

嘉豐雖好，喬昭等人卻不能久留，修整了兩日，眾人便決定返京。

正討論時，李神醫居住的茅草屋一聲巨響，鬍子燒得焦黑的李神醫咳嗽著跑了出來，頭髮上掛著許多雜草。

喬昭駭了一跳，忙拿出帕子替李神醫擦拭。「李爺爺，您沒事吧？有沒有受傷？」

李神醫擺擺手。「沒事，沒事，就是房子太不禁折騰了，當時應該弄一間石屋的——咦，昭丫頭什麼時候回來的？」

喬昭無奈地笑。「回來兩日了，見您一直不出來，正準備來和您辭行的。」

李神醫愣了愣。「這麼快要走？」

「想早些回去替喬家大火翻案。」

李神醫胡亂抓了抓頭髮，數落道：「走得這麼急，妳這丫頭怎麼不早點告訴我？」

喬昭笑了。「您研究起東西來，不是最煩人打擾？李爺爺研究的東西有進展嗎？」

李神醫一聽樂了。「有點進展，我在提純一種治療瘴瘧的藥物……」

老人家眉飛色舞說個不停，喬昭含笑而聽。

等他說完，一旁的邵明淵輕咳一聲。「神醫，要不要去收拾一下？」

李神醫驀地瞪大了眼睛，納悶道：「侯爺什麼時候來的？」

邵明淵默默抬頭望天。他比昭昭高出一頭多，這麼大個塊頭，李神醫居然沒看見？

喬昭忍俊不禁。李爺爺研究起與醫術有關的東西向來心無旁騖，把邵明淵一個大活人無視了也不稀奇。

「吃了飯就要走了？」李神醫邊問邊往外走。

一行人到了白雲鎮最大的酒樓。酒菜早已備好，幾杯酒落肚，李神醫漸漸有了酒意，眯著眼打量著喬昭與邵明淵，一會兒覺得滿意，一會兒又覺得有些生氣。

「李爺爺，您少喝點。」喬昭勸道。

李神醫啜了一口酒，笑眯眯道：「看著你們平安回來，心裡高興，高興了就得喝酒。」

「沒有不讓您喝，還是少喝點。」

李神醫看著喬昭呵呵笑，笑了一會兒忽地瞧邵明淵一眼。「侯爺，不知什麼時候請老頭子喝喜酒？」

邵明淵飛快睃了喬昭一眼，面不改色笑道：「明年。」

李神醫一聽笑意頓時一收，問喬昭：「明年？」

喬昭臉微紅。「您別聽他瞎說。」

李神醫一看壞了，別人不瞭解昭丫頭他還不瞭解嘛，冠軍侯說的十之八九是真的。

昭丫頭明年才十四歲，這臭小子怎麼就把昭丫頭拐到手了呢？

不行，他得和這臭小子好好談談。

李神醫把酒盅放桌面上一放，站了起來，一臉嚴肅道：「侯爺，老頭子有些話要和你說。」

邵明淵跟著站了起來，喬昭敏銳地發現某人的舉止帶了一絲說不出的緊張。

她猜不到李神醫會說些什麼，卻不由感到好笑。

李爺爺又不會吃人，也不知道他緊張什麼。

❧

一走出屋外，冷風就驅散了酒意，讓人頭腦一清。

李神醫抬眼看著面前神情恭順的年輕人。年輕人個子很高，眼睛黑如水洗的寶石，純淨的目光讓人一望就覺得品行端正。

初冬蕭瑟中，李神醫開了口：「想好了，再把昭丫頭娶回去？」

「想好了，不會變。」邵明淵認真回答。

李神醫點點頭，看著面前身材高大的年輕人，清了清喉嚨。「侯爺比昭丫頭大了不少吧？」

「咳咳咳。」不料李神醫問起這個，邵明淵措手不及咳嗽起來。

李神醫面不改色，繼續往邵明淵心口上插刀。「昭丫頭才剛到你胸口高呢。」

「咳咳咳。」年輕將軍咳得更厲害了，看著李神醫嘴唇翕動，一副欲言又止的模樣。

「想說什麼？」

「昭昭比我的胸口還是高一點的。」某人糾正道。

李神醫臉一板。「不管怎麼說現在昭丫頭還小，開春也不過十四，你到時都二十二了！」邵明淵一臉懵。他這麼老，所以李神醫不準備把昭昭嫁給他了？

「按理呢，這話不該我說，不過昭丫頭就剩我這麼一個長輩了，我還是要叮囑侯爺一聲。」

「李神醫儘管指教。」

因為喝了酒，李神醫臉色微紅，眼神卻比未喝酒前還要清明。

他朝身材高大的年輕人招了招手。邵明淵微微傾身，擺出虛心聆聽的模樣。

「昭昭身子骨天生較尋常女子纖細，為了她的安全著想，十八歲前，侯爺不能讓她有孕。」李神醫醉眼微闔，語氣嚴肅道。

邵明淵一張臉頓時紅透了。

「侯爺能否做到？」李神醫斜睨著一臉窘迫的年輕人。

害羞有什麼用，他要的是他的保證！

「李神醫放心，我不會做讓昭昭有危險的事。」

「那就好。」李神醫微鬆口氣，摸了摸快燒沒的鬍子。「有侯爺這句話我就放心了。行了，侯爺進去吧，叫昭丫頭出來，我有些話對她交代。」

邵明淵走進去，不多時換喬昭出來。

「李爺爺。」

「你們走得急，李爺爺在這裡就把話說了。昭丫頭，那小子品性不錯，妳既願意再嫁給他一回，就把以前的事忘了吧。」

喬昭含笑點頭。「李爺爺放心，我明白怎麼做。」

見喬昭應得痛快，李神醫反而笑了。「怎麼，不砸仙人球了？」

那時他是萬萬沒想到，昭丫頭兜兜轉轉還是和老友看好的那個孩子在一起了。

「昭丫頭，聽李爺爺的，該砸時還是得砸，要是那小子想納個妾啊、養個通房啊，妳可別學那些腦子糊塗的大家閨秀裝什麼賢良淑德，先把那小子砸清醒再說。不成的話，李爺爺給妳準備些吃不死人的毒藥，儘管往那小子身上招呼……」

喬昭啞然失笑。「李爺爺您放心，他不會的。」

她想要的是祖父與祖母那樣的感情，彼此唯一，攜手一生，而不是像母親那樣，人到中年，主動張羅給父親納妾。如果邵明淵是會納妾的人，她根本就不會嫁給他。

分離總是令人傷感，喬昭一行人上了停靠在碼頭的船，直到岸邊的人漸漸模糊了面龐，依然能看到老人家朝他們招手。

「昭昭，李神醫對妳說了什麼？」邵明淵湊在喬昭耳邊，輕聲問。

「李爺爺說，他要種許多仙人球，等我出閣時給我添妝。」

天氣漸冷，兩岸風景蕭瑟，回程途中，喬昭的心情卻因貞娘姊妹多了一絲壓抑。

她第一次不知該如何解決這樣的事。邢御史是貞娘姊妹的父親，任她再如何舌燦蓮花，邢御史態度擺在這裡，她就不可能勸得了貞娘姊妹。

江面遼闊，是京城那邊看不到的波瀾壯闊，喬昭靠著船欄出神。

急促的腳步聲傳來，喬昭回頭，就見阿珠匆匆走來。「姑娘，邢大姑娘和邢二姑娘要跳江，冰綠一手拉著一個，快要支撐不住了……」

喬昭提著裙襬急急趕了過去。

「妳放開我們──」邢大姑娘喊。

冰綠急得滿頭汗。「兩位姑娘，妳們能不能別為難婢子啊？好好活著不好嗎，為什麼非要死呢？我一個天生伺候人的小丫鬟還沒想死呢！」

冰綠力氣雖大，到底年齡還小，拽不住兩個拚盡全力要尋死的人，左手拉著的貞娘用力一掙，掙脫了她的手，探身往船欄外撲去。

喬昭眼疾手快拉住貞娘。「貞娘姊姊，妳冷靜點！」

見是喬昭，貞娘更是羞愧，用力往回抽手。「黎姑娘，妳不必再勸，就讓我們姊妹乾乾淨淨地去吧，我們不是一時衝動，早就想明白的……」

她用力太過，喬昭又是個弱不禁風的身板，這麼一來頓時失去控制，整個人往船外摔去。

「姑娘！」阿珠臉色大變。

「沒事了。」邵明淵拍拍喬昭的背，柔聲道。喬昭驚魂普定，聽到這個聲音頓時安了心。

喬昭只覺手腕一緊，落入一個溫暖的懷抱。

跟在邵明淵一旁的池燦怒容滿面，大步走到貞娘面前，厲聲道：「邢大姑娘，妳想死可以，能不能別害了別人？」

貞娘怔怔看著池燦。

池燦一指喬昭。「要不是我們過來，黎姑娘就掉江裡去了，妳要害死她是不是？」

「我、我不是有意的……」貞娘喃喃道。

因為盛怒，面前男人如火一般耀眼，說出的話卻充滿了冰冷嘲諷：「妳明知道我們不可能眼睜睜看著妳們去死，明知道黎姑娘派了兩個丫鬟晝夜不分地盯著妳們，就不能安分一點嗎？妳看看黎姑娘兩個丫鬟現在成了什麼樣子！」

貞娘不由看向冰綠與阿珠。

阿珠膚色白皙，眼下青影就越發明顯，顯然是許久沒有睡好覺了。

冰綠年紀不大，巴掌大的小臉下巴尖尖，臉頰沒了以往的豐潤，因為剛才用力拉著貞娘姊妹，汗水打濕了頭髮，一縷縷貼在臉頰上，顯得狼狽又可憐。

貞娘輕輕咬了咬唇，想到這幾日兩個丫鬟日夜守著她們姊妹，有一點動靜就趕忙睜眼，便眼底閃過一抹慚愧。

池燦冷笑一聲，說出的話不留絲毫情面。「想死可以，能不能等到了京城在妳們父親面前尋死覓活去，別折騰別人。」

楊厚承悄悄拉了拉池燦，低聲道：「拾曦，過了啊。」

池燦甩開楊厚承的手，冷笑。「有些人理直氣壯拿別人的好心糟蹋，不說明白了就裝糊塗！」

「我沒有……」貞娘喃喃說著，掩面而泣。

活著難，為什麼連死都這麼難呢？她和妹妹究竟做錯了什麼？

貞娘抬頭，淚眼朦朧中彷彿看到了父親面無表情的臉，她收回視線，看向喬昭。「黎姑娘，妳放心吧，我和妹妹不會再折騰了。」

喬昭張了張嘴，不知該如何安慰。

自那一日起，貞娘姊妹果然安靜下來，眾人心知肚明這樣的風平浪靜只是暫時的，面對這樣無解的難題毫無辦法，只能暗中留意著姊妹二人的動靜。

越往北天氣就越冷，眾人不知什麼時候起脫下了夾衣換上棉服。當看到第一場雪時，京城終於到了。

「總算是回來了。」池燦遙望著越靠越近的京郊碼頭，呼出一口白氣。

楊厚承站在他身邊，沒有說話。

「有心事？」池燦揚眉看他。

楊厚承伸手一指。「拾曦，你看，京郊碼頭多麼繁華，這樣冷的天氣，靠岸的船隻絡繹不絕，那些行人車夫比南邊小鎮子上的人還多。」

池燦睇他一眼。「你究竟想說什麼？」楊二什麼時候這麼多愁善感了？

楊厚承穿了一身藏青色的棉袍，襯得人挺拔高大，雙手搭著船欄，喃喃道：「不知怎麼，去了一趟南邊，再看到這樣的繁華場面，心裡反而不舒坦。」

池燦笑了笑。「這樣就不舒坦了？你問問庭泉，在北地待了那麼多年，回到京城是什麼感受？」

邵明淵不料會被問到，笑笑道：「無論在哪裡，但求心安。」

楊厚承一拍欄杆。「說得好，但求心安！庭泉、拾曦，我想好了，我要去南邊打倭寇去！邢舞陽這次被庭泉抓回京城，皇上定然會選派新的將領去南邊，到時我就想法子謀個差事，跟著去。」他說完，眨了眨眼，忍不住問兩個好友：「你們怎麼不勸我？」

池燦白他一眼。「你不是都想好了嘛，還勸什麼？」

楊厚承又去看邵明淵。邵明淵穿了一件黑色棉袍，絲毫不顯臃腫，反而挺拔如一株蒼松，見好友看他便笑了笑。「只要想清楚了就行。」

「以前你們可不是這麼說的。」楊厚承依然有些不適應。

「以前你是無知者無畏，我們自然不放心你一時腦熱跑到戰場上去。現在你親自走了一遭，看到南邊是什麼樣子，也知道倭寇的厲害，有自己的選擇我們自然不會攔著。」邵明淵平靜道。

楊厚承激動一拍邵明淵的手臂。「你們支持就好。說不準皇上讓你頂替邢舞陽的位子，我還在你手下做事呢。」

「你想多了。」池燦淡淡道，卻沒解釋什麼，摸了摸腰間代表金吾衛身分的佩刀。「我大概也不會留在金吾衛了。」

「拾曦，你準備去哪兒？」楊厚承來了興趣。

「還不知道能不能成，到時候就知道了。」
「你們看，岸邊那個穿青衣的是不是子哲？」
船靠了岸，眾人陸續下船，朱彥迎上來，依次與好友擁抱。
「總算盼著你們回來了。」朱彥道。
喬昭才下了船，一個僕人打扮的中年男子就飛奔過來。「三姑娘，您可算回來了！」
她記性好，想起了眼前男僕是前院餵馬的老張頭。
「張伯怎麼在這兒？」
張伯見到喬昭顯然高興極了，解釋道：「這不是進臘月了嘛，家裡老夫人他們琢磨著您不定哪天就回來了，所以每天都讓老奴來碼頭守著呢。」
喬昭心頭一暖，回頭去看邵明淵。
「我帶人去面聖，妳先回家吧。」邵明淵隱去眼中的戀戀不捨，溫聲道。
「對呀，黎姑娘，妳先回去，我和拾曦進宮見太后，等太后傳喚了，妳再進宮。」
喬昭頷首，想了想叮囑邵明淵：「那些救回來的女子非要跟著我，就先留在冠軍侯府吧，你看著隨便安排她們一些事情做。」
「好，妳放心就是，我會安排好的。」
朱彥在一旁看著喬昭與邵明淵的互動，心生疑惑，向楊厚承投以詢問的眼神。
楊厚承輕咳一聲，眨眨眼。朱彥只得壓下疑惑不問。
回去的路上，喬昭忍不住問老僕：「老夫人好嗎？」
「三姑娘放心吧，老夫人精神著呢。」
「太太呢？」

「太太身體也好，大夫說這一胎很穩，來年三姑娘就有弟弟抱了。」

喬昭露出笑容。「大老爺呢？」

「大老爺啊……」老僕語氣一頓。

喬昭斂了笑。「大老爺有事？」

「大老爺沒什麼事……」

「張伯直說就是。」

「大老爺也沒什麼大事，就是前些日子和人下棋，與人爭起來，對方喝了點酒，沒控制住把大老爺打了一頓。」老僕見喬昭面色微變，忙道：「三姑娘別擔心，大老爺沒傷著，為此還得了半個月的假期呢。」

喬昭一聽就覺得不對。「下棋鬥毆，還能有半個月假期？」

老僕嘿嘿笑了。「打大老爺的就是翰林掌院。」

喬昭：「……」她接著問：「其他人也都好嗎？」

「咱們西府都挺好的，就是惦記您出門在外呢。不過東府的老鄉君不大好，眼睛徹底看不見了……對了，家裡還接到消息，二老爺回京述職，再過些日子就能到了……」

喬昭耐心聽著老僕講述，回到黎府時已經對家中情況有了大致瞭解。

京城的冬天要比南邊冷得多，青松堂裡已經燒起了地龍，大太太何氏與二太太劉氏都留在那裡，與鄧老夫人商量著過年的事兒。

二老爺黎光書外放好幾年，這是幾年來第一次回京過年，對西府的人來說，今年的新年自是比往年要隆重。

二太太劉氏眉梢眼角都透著喜色，拿著長長的採買單子請鄧老夫人過目。「老夫人，您看兒媳擬的單子有沒有落下的？」

鄧老夫人掃了一眼，見規格比往年要高，並沒提出異議，點頭道：「就照著這個辦。老大媳婦，妳的禮單擬好了嗎？」

沒等到何氏的回應，鄧老夫人又喊了一聲：「老大媳婦？」

何氏這才反應過來。「老夫人，您喊我啊？」

「老大媳婦，想什麼呢？」

何氏摸了摸隆起的腹部，面露憂色。「老夫人，我昨天做了個夢，夢見我的昭昭被一隻好大的黑鷹給叼走了，嚇得我一宿沒怎麼睡。您說，昭昭不會出什麼事吧？」

未等鄧老夫人說話，劉氏便開口笑道：「大嫂，您沒聽說夢都是相反的嘛，三姑娘肯定好好的呢，說不定啊，已經在回家的路上了。」

劉氏話音才落，大丫鬟青筠便快步跑了進來，未語先笑。「老夫人，三姑娘回來了！」

鄧老夫人驀地站了起來。「當真？」

何氏抬腳便往外走，被鄧老夫人一把拉住。「慢點，當心妳肚子裡的孩子。」

鄧老夫人說完，越過何氏箭步衝了出去。

黎府沒有多少變化，只是院中的綠植沒了色彩，青石板路被打掃得乾乾淨淨。

喬昭看到鄧老夫人帶頭走出來，忙快步迎上去，行了個大禮。「祖母，孫女回來了。」

鄧老夫人忙把喬昭拉起來，上下打量著她，鬆了口氣。「回來就好，回來就好。外頭冷，回屋說話。」

喬昭還沒來得及說話，就被何氏抱住。何氏嚶嚶哭了起來。「我的昭昭怎麼瘦得皮包骨了？阿珠，冰綠，妳們怎麼照顧姑娘的？」何氏不滿地瞪了冰綠與阿珠一眼，這一看便傻了眼。跟冰綠與阿珠一比，寶貝女兒氣色還算好的。

「妳們不是奉太后的命令去採藥嗎，難道不管飯的？」

鄧老夫人咳嗽一聲。「行了，回屋再說。」

青松堂裡溫暖如春，喬昭一進去就覺得熱了，脫下身上大衣裳遞給阿珠，吩咐道：「妳們兩個先回西跨院歇著吧，這些天辛苦了。」

鄧老夫人等人落座，喬昭重新給長輩們一一見禮。

「還順利吧？」鄧老夫人問。

「順利，藥已經帶回來了。」喬昭迎上一張張喜悅的臉，遲疑了一下道，「跟祖母說件高興的事兒，李爺爺尚在人世，孫女這次南行遇到他老人家了。」

「當真？」鄧老夫人大喜，雙手合十。「老天保佑，我就說李神醫那樣的活神仙不會有事的……」接下來鄧老夫人三人拉著喬昭問個不停，喬昭撿著能說的都說了。

她口齒伶俐，說起南邊的風土人情繪聲繪色，鄧老夫人三人聽得目不轉睛，直到一個急切的男聲從門口傳來：「昭昭回來了嗎？」

喬昭忙站起來，看向門口。「父親——」

黎光文快步走進來。數月不見，黎大老爺風采依舊，只是眼角瘀青有些破壞形象。

「昭昭瘦了啊。」當著鄧老夫人等人的面，黎光文竭力擺出平靜的樣子，打量喬昭許久後嘆道。

喬昭笑道：「出門在外自是沒有家中舒服，過些日子就胖回來了。」

鄧老夫人這才反應過來，忙吩咐青筠去通知廚房準備上等的席面，催促喬昭去洗漱。

何氏陪著喬昭回了雅和苑，視線落在東邊月亮門處，與女兒咬耳朵道：「妳祖母給黎皎挑了一戶人家，臘月裡不議親，打算明年開春就定下來呢。」

見何氏一臉熱切與女兒分享八卦的樣子，喬昭很給面子地問道：「祖母替大姊看中的是哪戶人家？」

「京郊一戶姓趙的，幾代都是耕讀傳家，不過有個規矩，好像是不許家裡子弟出仕。妳祖母有個老姊妹的女兒嫁到那戶人家，小日子過得不錯，這次就是那位姑姑給牽的線。」何氏說著嘆了口氣，嘀咕道：「我也覺得挺不錯的。」

可惜世人眼瞎，嫌她的昭昭名聲不好，不然嫁到那樣的人家該是極省心的。

何氏雖然心無城府，這樣的話當著喬昭的面自是不會說的，只能默默傷懷。

喬昭心思玲瓏，察覺到何氏話中的惋惜之意，挽著何氏手臂笑道：「娘現在還害喜嗎？」

何氏果然轉移了注意力，笑道：「早不害喜了，娘現在一頓能吃三碗飯。」

「也不能吃太多，娘還是吃兩碗吧。」

母女二人說笑著進了西跨院。

東跨院裡安安靜靜的，黎皎坐在窗前的繡架前，捏著繡針聽到若有若無的笑聲，心煩意亂之下把手指扎出了血珠。她把繡針隨手往繡架上一扎，含住出血的手指，出了會兒神後喊道：「杏兒，外面為什麼這麼吵？」

黎皎的貼身丫鬟原本是春芳和秋露，自從她犯了錯，鄧老夫人一怒之下打發了兩個大丫鬟，換了兩個老實本分的丫鬟，一個叫杏兒，一個叫小桃。

杏兒快步走進來，回道：「是三姑娘回來了，太太陪三姑娘去了西跨院。」

「黎三回來了？」黎皎喃喃道，眉間浮現陰霾。她閉了閉眼，耳畔的笑聲似乎更清晰了。

黎三與繼母在笑什麼？哼，定然是笑她來年就要和一個破落戶訂親了。

黎皎不由想起了鄧老夫人試探她對這門親事時的情景。

當時她是怎麼說的？她笑著點了點頭，說只要是祖母安排的都好。祖母這才鬆動了態度，從那時候開始默許她偶爾去青松堂請安了。

她們以為她對這門親事滿意極了，不過是認為她壞了名聲，能嫁出去就不錯了。

可是憑什麼？她的母親也是伯府的姑娘，父親是清貴的翰林修撰，若不是母親早逝，她怎麼會淪落到要嫁給一個莊戶人家？還有黎三——

她好歹還能嫁出去，可是黎三呢，那樣的名聲在外，只能在黎府當一輩子老姑娘，憑什麼笑話她？黎皎越想越恨，長長指甲一劃，繡了一半的鴛鴦戲水枕巾就毀了。

「姑娘！」杏兒吃了一驚。

黎皎睇她一眼，冷冷道：「把繡布撤了，伺候我梳頭。」

黎三回來了，府上定然要吃團圓飯的，她近來表現還好，到時候有機會出席。

她倒是要瞧瞧，黎三變得怎麼樣了。

喬昭回了西跨院，何氏指揮著丫鬟燒熱水讓她沐浴。

直到整個身體泡在滴了玫瑰香露的浴桶裡，喬昭才有種回到家中的真實感。

經歷了那麼多，她是真的回到京城了。

少女緩緩把身體沉了下去，長長的髮如水藻在水中鋪散開來。泡在熱氣騰騰的水中很是舒適，喬昭閉了眼，牽掛著邵明淵進宮面聖的事。

這一次人證物證俱全，邵明淵把邢舞陽都帶回來了，應該不會再有什麼意外了。只可惜以她的身分不能光明正大地看到那些。還有兄長，定然很惦念她，也不知留在將軍府裡清減了沒，幼妹晚晚有沒有調皮……

她的思緒想遠，浸在浴桶中彷彿睡著了，此時門外傳來何氏的聲音。「昭昭，妳洗好了嗎？」

喬昭回神。「洗好了，我這就出來。」

少女被包裹得嚴嚴實實回到屋內，何氏接過丫鬟遞過來的牛角梳，親自替她梳髮。

「娘，您還是別忙了，現在身子不方便。」

何氏抿唇笑了。「娘現在幹不了重活，給妳梳個頭髮還是可以的。昭昭啊，妳平安回來，娘這顆心才算放下了，以後咱哪也不去了，就留在娘身邊。」

「好，以後我哪也不去，就陪著您。」如果可以，她也想安安靜靜當黎昭。

團圓飯就設在了青松堂的花廳中，鄧老夫人特意命人去國子監把黎輝叫了回來，黎皎也如願以償走出了房門。

「數月不見，三妹清減了。」黎皎笑著端起燒得熱熱的米酒敬喬昭。「三妹出門在外，家裡人一直很惦記妳。」

「多謝大姊惦記。」喬昭回敬，態度並不熱絡。

黎皎捏緊了杯子，貝齒把下唇咬出一條痕跡，輕聲道：「三妹莫非還在怪我？」

她誤闖青樓打傷長春伯幼子並賴到喬昭頭上一事，在座的人心知肚明，自是明白這話由何而來。

喬昭笑了笑，淡淡問黎皎：「大姊一定要在今天與我討論這個？」

她知道黎皎的用意。

當著西府所有主子的面擺出委屈的姿態提起這件事，貌似是向她道歉，實則是逼著她親口說出原諒的話。她要是說了原諒，那件事就算過去了，以後倘若再因此不滿就是抓著不放；她要是不表示原諒，那就是她心胸狹窄，沒有容人之量。

這一趟南行，她殺過人，還不止一個，再回到內宅之中，哪裡還耐煩這些言語上的較量。

喬昭避而不答，一個反問讓黎皎一滯。

鄧老夫人已經開口道：「好了，難得吃頓團圓飯，別說這些有的沒的。」

黎皎低下頭。「是孫女不會說話，祖母勿怪。」她攏在袖中的手握緊了，掐得手心生疼。

都是沒了名聲的孫女，她如今就像個見不得天日的老鼠，小心翼翼討好當家做主的祖母，黎三卻活得恣意，成了全家人的寶貝。

憑什麼！

黎皎手上一用力，不小心折斷了指甲。疼痛傳來，讓她臉色微變。

坐在黎皎身邊的黎輝低聲問：「怎麼了，大姊？」

黎皎緩緩擠出一抹笑。「沒什麼，好久沒和你們一起吃飯了，有些激動。」

黎輝嘴唇動了動，輕輕嘆了口氣。

花廳的四角擺著火盆，屋子裡暖洋洋的，一頓飯吃完，喬昭鼻尖就冒出了汗。

這時大丫鬟青筠掀開棉簾子進來稟告道：「老夫人，宮中來人了。」

一七九　太后思慮

宮中來的還是上次傳太后懿旨的太監來喜。

自從上次來傳旨，西府黎家的大太太給了他一包袱銀子，來喜就對這家人印象深刻。

托那包袱銀子的餘威，來喜態度很不錯。「太后得知黎三姑娘遠道而歸，很是惦念，特傳黎三姑娘進宮說話。」

太后傳喚自是無人敢阻攔，鄧老夫人忙吩咐青筠準備手爐給喬昭捧著，叮囑她小心謹慎。

何氏挺著個肚子來到來喜面前，塞過去個荷包。「我家姑娘還小，還望公公多加照應。」

來喜捏捏荷包，雖與上次比起來落差有點大，轉念一想這才是正常的，遂露出個笑臉。「太太放心，太后是真的惦記黎三姑娘。」

何氏暗暗撇了撇嘴，等來喜帶著喬昭一走，就惱道：「什麼惦記昭昭，明明就是迫不及待想看昭昭帶回來的藥有沒有效呢。昭昭才回來，連口氣都不讓人歇，可見那些人——」

「好了，這些話就別說了，把三丫頭的房間好好收拾一下，通通風，等她回來正好歇著。」鄧老夫人知道何氏嘴上沒有把門的，忙打斷了她的話。

何氏果然被轉移了注意力，眉飛色舞道：「老夫人您放心吧，不用特意收拾，昭昭的房間我每天都命人打掃兩遍呢，床帳、門簾那些都換成了應季的，被褥是新棉花彈的……」

黎皎默默聽著，滿心悲涼。

喬昭走到黎府門外，彎腰上了停在外頭的小轎。

來喜走在轎子旁邊，趁機打開荷包看了一眼，這一看不由瞪大了眼睛。

居然是一荷包的金葉子！嗯，西府黎家真是個好地方。

來喜揣好了荷包，熱切看了宮轎一眼。

過不久，喬昭在宮門前下了轎，由來喜領著往內走。她頓了一下腳步，下意識往乾清殿的方向看了一眼。

原本進宮東張西望是很不妥的，看在一袋子金葉子的份上，來喜態度很是和藹，小聲提醒道：「黎三姑娘，太后等著呢。」

喬昭點點頭，攏了攏額前髮絲，跟著來喜往慈寧宮的方向走去。

這個時候，邵明淵是不是在乾清殿裡？皇上見到那些證據，又有什麼反應？

喬昭雖沉穩，可事關替喬家翻案的大事，心中還是難以淡定。

「太后，黎三姑娘來了。」

喬昭給靠著熏籠閉目養神的楊太后見禮。「臣女見過太后。」

楊太后睜開眼睛，打量著下方的少女。

少女比數月前清減了些，看著越發嬌弱可憐，她完全想像不出這麼個女孩子是經歷了諸多波折才平安歸來。想到楊厚承提起眼前少女時的讚嘆不絕，楊太后下意識蹙眉。

一個姑娘家與眾多男子朝夕相處數月，無論她在人們口中多麼好，作媳婦都是不能考慮的。

侄孫是個大大咧咧的性子，從沒對姑娘家留意過，提起這位黎三姑娘竟然讚不絕口，莫非是生出了什麼不該有的心思？還是說，這是眼前少女有意為之的結果？一個小小翰林修撰的女兒，還是沒了好名聲的，同行的那些男兒能抓住任何一個都是天大的好事了。

楊太后琢磨的時間長了些，喬昭保持著見禮的姿勢一動不動，心生不解。

太后似乎對她有意見？可她什麼也沒做呀。

「起來吧。」蒼老的聲音終於從上方傳來。

喬昭低眉垂目起身，安安靜靜等著楊太后發話。

楊太后見她沉靜從容的樣子，又有些不舒坦了。

明明身分低微，見了她卻不卑不亢，是誰給這丫頭的底氣？身為天下地位最高的女人，她不喜歡一切不符合身分的言行。

楊太后端起熱茶抿了一口，不緊不慢道：「哀家聽說，黎三姑娘這一趟南行很是辛苦。」

喬昭並不明白太后隱隱的敵意從何而來，恭敬回道：「為太后效勞，是臣女的榮幸，怎麼會覺得辛苦？」

「倒是會說話。」楊太后輕笑一聲，把茶盞放在手邊的炕几上。「來，到哀家身邊來。」

喬昭走到楊太后面前。楊太后冷眼看著一身素裙的少女款款走近，每一步都彷彿丈量好了距離，紋絲不差，耳戴的明珠沒有半點晃動，不由瞇起了眼睛。

這樣的教養，就更不像是一個翰林修撰家的姑娘了。

當對一個人存了成見時，對方哭也是錯，笑也是錯，坐臥行走都是錯，楊太后此時便是這樣的心態。

她沒有為喬昭規矩妥當的言行感到滿意，反而越發覺得眼前少女居心叵測，目的不純。

另一邊，走出宮門的池燦狠狠踢了楊厚承一腳。

楊厚承一臉委屈。「拾曦，好端端踹我幹什麼？」

池燦氣得臉色鐵青。「踹你？我還想大耳刮子搧你呢！」

「到底怎麼了啊？」楊厚承一頭霧水。

「我問你，你在太后面前誇黎三幹什麼？」

「啊，我不是想讓太后她老人家知道黎姑娘多麼辛苦嘛。黎姑娘和咱們不一樣，要是得了太后青眼，將來好過些──」

池燦冷笑打斷了楊厚承的話：「楊二，你是不是傻？就沒見過你這樣幫倒忙的！」

「我怎麼幫倒忙了？」

「你動腦子想想，黎三和咱們朝夕相處數月，你回來後說她千好百好，你讓太后怎麼想？」

楊厚承眨了眨眼，漸漸變了臉色。「不會吧，太后能想到那些亂七八糟的地方去？」

「不然呢？」

「那，那怎麼辦？」

「我哪知道怎麼辦？你這一多嘴，別說對黎三青眼有加了，太后不厭煩黎三就不錯了。」

楊厚承懊惱。「糟了，糟了，那我豈不是害了黎姑娘？我原想著讓黎姑娘討了太后喜歡，將來能順順當當嫁給庭泉呢──」

池燦翻了個白眼。「你操心自己吧。」

「我怎麼了？」

「太后懷疑你對黎三起了心思，你自己琢磨太后會怎麼辦吧。」

楊厚承緩緩扶額。「完蛋了，完蛋了，太后是不是想給我娶個媳婦啊？」

「是呀，你也老大不小了，該娶媳婦了。」池燦涼涼道。

「喂，你的同情心呢？」

「被你吃了。」

慈寧宮裡，楊太后指了指床邊的小凳子。「坐吧。」
喬昭順從坐下，雙手交疊放在腿上，身子前傾擺出認真聆聽的姿態。
「哀家聽說，黎三姑娘已經把藥膏制好了？」
喬昭頷首。「回太后的話，已經制好了。」
「能治好九公主的臉？」
這種保證喬昭當然給不出，便道：「能改善九公主的面部是肯定的，但能否完全恢復如常，要看個人體質。」
「叫九公主過來。」楊太后吩咐來喜。
不多時，宮人在門口通傳道：「九公主到——」
伴隨著一陣涼意，真真公主從外面走了進來。
她面戴輕紗，露在外邊的眉眼精緻如畫，蘊含著焦急飛快瞥了喬昭一眼，才向太后請安。
面對一直疼愛的孫女，楊太后態度就和藹多了，笑著招招手。「快過來。」
真真公主走過去，竭力保持著鎮定，笑盈盈道：「皇祖母，真真剛從外邊進來，別把寒氣過給您。」
楊太后伸手握了握真真公主的手，嗔道：「怎麼也不拿個手爐？」
「急著見到皇祖母，就忘了拿。」
楊太后直接把手中的佛手手爐塞進真真公主手裡，這才道：「黎三姑娘回來了，帶了藥膏，妳試試管不管用。」真真公主眼中一亮，含著期盼看向喬昭。

喬昭從袖中拿出一個淡青色的瓷盒。瓷盒上印著素雅的花紋，打開來是質地細膩的白色膏體，如凝脂美玉。

「這個……能治我的臉？」真真公主的手不自覺隔著面紗撫上面頰。

「我先看看公主殿下現在的情況。」

真真公主猶豫了一下。

「去暖閣吧。」楊太后示意宮婢領二人去暖閣。

暖閣裡暖如春日，真真公主沉默了片刻，抬手取下面紗。

原本絕世的容顏此時結了層層疊疊的痂，顏色深淺不一，沒有結痂的地方因為太久沒有見到陽光而顯得慘白，讓人一看就頭皮發麻。

真真公主迎著喬昭的目光，死死攥著面紗，指節因為用力隱隱發白，卻強逼著自己沒有躲閃。

眼前的人，手中握著她的希望，她不能退。

喬昭仔細打量了真真公主一眼，露出笑容。

「黎三姑娘笑什麼？」真真公主咬唇問，心頭生出一股惱火。

她想發怒，卻死死克制住。她已經變成人不人鬼不鬼的樣子，要是連性情都變得人見人厭，那就太可悲了。

「公主殿下的情況比我想像得還要好，所以鬆了一口氣，替殿下高興。」

「妳這是什麼意思？」真真公主只覺心跳如雷，喃喃道。

喬昭把藥膏放入真真公主手中。「公主殿下先試試吧，每天睡前把臉塗厚厚一層，早上再洗去，堅持三日看看效果。」

「就這樣嗎？」真真公主有些不相信如此簡單。

「殿下沒有亂抓，臉上是自然結的痂，這樣就足夠了。用上三天有效果的話，到時候再調整用法。」

真真公主緊緊握著瓷盒點頭。「好，我試試。」她重新戴上面紗，與喬昭一同走出去。

楊太后看了真真公主一眼，真真公主朝她輕輕點頭。太后抬了抬眼皮，示意喬昭落座。

「黎三姑娘多大了？」

「馬上要十四歲了。」

「十四歲呀？那還小呢。」

喬昭越聽越莫名其妙。

楊太后卻端了茶。「黎三姑娘不辭辛苦去南方採藥，哀家甚是感動，妳這次辛苦了，早些回家歇著吧。」

帶著楊太后賞的禮物，喬昭被打發了出去。

宮外視野開闊，黎家馬車就停在不遠處的樹下，晨光傷勢未好俐落，車夫換了別人，正靠著馬車閉目養神。車夫聽到動靜，睜開眼。「三姑娘，您出來了。」

喬昭上了車，吩咐道：「去冠軍侯府。」

車夫一愣，見喬昭神情平靜，忙應了聲「是」，馬鞭揚起，趕著車直奔冠軍侯府。

馬車在冠軍侯府門前停下，喬昭知道邵明淵此刻不在，正尋思如何對門人說，門人便跑了過來，一臉恭敬把她迎了進去。

「侯爺吩咐了，您若是來了就請裡面歇著。」

「喬公子在嗎？」

「在呢，您稍等。」

喬昭坐在客廳裡等了片刻，就聽急促的腳步聲傳來。

她猛然站起來。喬墨出現在門口，嘴角掛著清風朗月般的淺笑，人越發消瘦了。

喬昭輕輕按了一下眼角，快步迎上去。

喬墨扶住喬昭的肩，輕嘆道：「妹妹瘦了。」

喬昭抬眼凝視著他，喃喃道：「大哥也是。」

兄妹二人對視良久，才恢復了常態。

當著下人們的面不好多說，喬墨提議道：「去看看晚晚吧。」

冠軍侯府很是開闊，連青石板路都比黎府寬敞許多，許是親衛們一絲不苟慣了，主人雖數月不在，路面上仍打掃得一塵不染。

兄妹二人走在路上，喬墨忽然道：「這裡是個好地方。」

沒有指手畫腳的長輩，沒有勾心鬥角的內宅女子，妹妹倘若生活在這裡，要比絕大多數女子舒心得多。喬昭聞言腳步一頓，看向喬墨。

喬墨雖半邊臉毀了容，此刻卻沒有絲毫遮掩，眼神平靜如秋水，嘴角噙著溫柔的笑。「他知道了嗎？」

喬昭莫名就紅了臉，當著兄長的面總有那麼幾分心虛，訥訥道：「知道了。」

喬墨視線落在眼前少女飛起紅霞的面頰上，意味深長問道：「大妹怎麼想？」

「什麼怎麼想？」喬昭裝糊塗。看來說話果然不能說得太滿，現在臉好疼。

喬墨呵呵笑起來。「大哥明白了，看來很快就能天天看到大妹了。」

喬昭被取笑得有些尷尬，抿嘴笑道：「那可不一定，至少最近一段時間我會見不到大哥了。」

喬墨眼神微閃，不解其意。

喬昭想與兄長分享喜悅，自是不再賣關子，低聲道：「李爺爺還活著。」

沉穩如喬墨這一剎那都失了神，失聲道：「真的？」

喬昭拉住喬墨衣袖，狠狠點頭。喬家大哥抬手想摸摸妹妹的髮，手又抖得厲害，最終落下來，不斷道：「真是太好了。」

喬昭眼中水光閃過。「大哥，李爺爺還惦記著你呢，讓你去嘉豐找他。他說你臉上的傷單靠藥膏是好不了的，需把傷疤切開再刺激肌膚癒合。」

冠軍侯府占地頗廣，兄妹二人刻意放慢了腳步，等走到喬晚住處時，喬昭已經把南邊的情況簡略說了一遍。

「大哥——」喬晚聽到動靜提著裙襬跑過來，見到喬昭一愣。

喬昭見到喬晚同樣一怔。

數月不見，幼妹居然長高不少。再想到自己目前的身高，喬姑娘忽然有些心塞。他們喬家人個子都高，喬晚以後定然矮不了，她好像有點不妙……

「晚晚怎麼不說話？」喬墨摸摸喬晚的頭。

喬晚這才回神，咬著唇喊了聲「黎姊姊」。

喬昭含笑應了：「來得匆忙沒帶禮物，下次來給妳補上。」

「不用，我又不是小孩子了。」喬晚飛快拒絕，轉著眼珠問：「黎姊姊，妳和我姊夫一起出門的吧？怎麼不見我姊夫呢？」

「妳姊夫有事，大概天黑才能回來。」喬昭自然而然道。

喬晚皺著眉，總覺得眼前這位黎姑娘語氣怪怪的，可又想不出哪裡怪，最終嘆了口氣。「還以為馬上能見到姊夫呢。」

她長高了，變漂亮了，姊夫看到了肯定高興。

正被小姑娘喬晚惦念的邵明淵，此刻正垂首立在御書房內，感受著天子的怒火。

明康帝依舊沒有上朝，身上隨意披著件常服，面沉如水盯著首輔蘭山。「蘭山，邢舞陽可是你推薦給朕的，當時說什麼此人忠肝義膽，碧血丹心，可為良將。現在呢？與倭寇勾結，官逼民反，甚至激起了兵變，下一步是不是要謀奪朕的江山了？」

明康帝氣得一拍龍案，首輔蘭山跪在下面老老實實磕頭。「老臣該死，老臣該死。老臣忘了人是會變的，是老臣眼拙，識人不清，請皇上責罰！」

明康帝一言不發盯著蘭山，蘭山也是個豁出去的，抬手狠狠打著自己耳光。

寬敞的御書房裡此刻擠滿了人，除了邵明淵與首輔蘭山，還有錦鱗衛指揮使江堂，次輔許明達，禮部尚書蘇和，刑部、都察院、大理寺三法司最高長官亦赫然在列。

此時眾人皆戰戰兢兢立在御書房中，聽著啪啪的耳光響聲大氣都不敢吭。

他們這位皇上雖三天兩頭不上朝，卻不是那種軟弱無能的帝王，真要惹怒了他，隨時要做好被收拾的準備。

不過——

眾人垂著頭，眼角餘光瞥了蘭山一眼。身為當朝首輔，哪怕是面對帝王，說搧自己耳光就搧自己耳光，還真不是每個臣子都能做出來的。

果然就聽明康帝冷冷開了口：「夠了，一個首輔，跟個奴才似地打自己嘴巴子，是唯恐別人不說朕昏聵嗎？」

蘭山立刻停了手，連連磕頭，態度無比謙卑。「老臣有罪，老臣有罪，只希望皇上不要因為老臣氣壞了身子，就是老臣的福氣了。」

眾人齊齊翻了個白眼。拍馬屁拍到蘭首輔這個份上，他們也是服氣的。

明康帝居高臨下看著蘭山，見他花白稀疏的頭髮因連番動作披散了下來，顯得狼狽不已，頭頂的髮已經遮蓋不住頭皮，心不由軟了幾分。

這是跟了他二十多年的老臣了，他還記得當年曾感嘆過蘭山鬚髮生得好，當得起「美髯公」的美稱。彈指間，當年的美髯公就成了年近古稀的禿頂老頭兒，讓人看了眼睛發澀。人生短暫，歲月無情，果然還是要堅定不移走修仙大道才能永坐江山啊。明康帝在心中感嘆道。

許是想到了長生大道，明康帝怒火稍減了幾分，手抬了抬。

一直立在明康帝身後、彷彿隱形人的秉筆太監魏無邪，立刻端了溫度剛剛好的銀耳湯遞過去。

明康帝潤了潤喉嚨，淡淡道：「你們都說說，邢舞陽的事兒，打算怎麼辦？」

跪在下方的蘭山面上不敢有絲毫變化，心中卻悄悄鬆了口氣。

他這一關暫時是過了，至於邢舞陽，只能自求多福了。

明康帝發了一頓火，把最頭疼的問題拋了出來，在場眾臣皆低頭不語。

「怎麼不說話了？」明康帝臉色更加陰沉。

他養著這些酒囊飯袋可不是讓他們當壁花的！

眾臣頭皮一麻，互相使著眼色，心中都是一個念頭：你們可趕緊說話啊，再不說話皇上就生氣了！

「嗯？」明康帝從鼻孔哼出一個字。

眾臣腿抖了抖，打定主意不當第一個開口的人。

先不說邢舞陽與首輔蘭山的關係，誰先開這個口，以後就得被蘭山咬著不放。最關鍵的是，邢舞陽的罪行凌遲處死都是輕的，可他雄踞福東多年，誰要是提了這個恰當的建議，逼得邢舞陽反了，那會被皇上翻來覆去地收拾啊。

明康帝陰鷙的目光緩緩掃過眾人，心中冷笑。

別以為他不知道這些王八蛋怎麼想的，一個個都不想擔責任呢！

個個都是國之重臣、朝廷棟梁，他們不擔責任想幹嘛？怎麼分享他的仙丹時爭先恐後著呢？

明康帝視線最後落到刑部尚書寇行則身上。

寇行則正是喬昭的外祖父。

「寇尚書，你的親家居然不是死於意外，而是被人殺害縱火，不知你怎麼想？」

寇行則立刻跪下來。「臣懇請皇上嚴懲凶手。」

「凶手不止嘉南知府李宗玉，還與邢舞陽脫不了關係。」明康帝似笑非笑地道。

寇行則背後冷汗冒出來，心道：他們是積了幾輩子的福，攤上這麼一位不好伺候的皇上，皇上這是逼他說出對邢舞陽的處置。

「皇上，臣以為，雖然有邢御史的帳冊證實邢舞陽貪汙軍餉、勾結倭寇的惡行，但喬家大火一事，還需要三法司會審疑犯，提審證人，才能確定此事究竟是否與邢舞陽有關。」

明康帝牽了牽嘴角。老東西皮球踢得好。哼，論踢皮球誰踢得過朕！

「寇尚書，朕記得之前命刑部侍郎黎光硯去嘉豐查案吧，當時可是得出了喬家大火純屬意外的結論。」

寇行則擦了一把汗。「皇上恕罪。」

明康帝冷哼聲，看向次輔許明達。「許次輔，你認為該如何處置邢舞陽？」

許明達心頭一凜，斟酌道：「按理說邢舞陽罪無可赦，如何處置並無爭議，只是他在福東多年，根深葉茂，要是弄不好很可能造成動盪……」

這時邢御史開了口：「皇上，臣還有事稟報。」

明康帝拿眼睨了邢御史一眼。老皇上現在對邢御史心情格外複雜。

沉默了好一會兒，明康帝抬抬眼皮，吭了一聲：「說吧。」

邢御史眼角餘光飛快掃了邵明淵一眼，肅容道：「皇上，冠軍侯從邢舞陽手中救出微臣，邢舞陽意圖反叛，被冠軍侯拿下，此次隨微臣一起到了京城。」

邢御史話音一落，眾臣眼睛猛然亮了，齊齊看向邵明淵。

明康帝更是明顯嘴角翹了一下，定定看向筆直立在階下的年輕人。

他封的冠軍侯可真年輕，還能用上好多年呢，如今看來，他當時的決定簡直太英明了，不說別的，年輕英俊的臣子看起來比這幫老傢伙順眼多了。

明康帝輕咳了一聲。「冠軍侯，你把邢舞陽帶回來了？」

邵明淵越眾而出，回道：「是的，皇上，邢舞陽此時正由微臣的親衛看守。」

「你好大的膽！」明康帝忽然沉了臉。

邵明淵一撩墨色袍襬，面不改色地單膝跪下。

明康帝怒道：「誰給你的膽子，自作主張把邢舞陽帶回京城？福東要是大亂了怎麼辦？」

邢御史見狀跟著跪下來，毫不畏懼道：「回皇上，把邢舞陽拿下押送進京，是微臣的主意！」

明康帝把目光緩緩移向邢御史。「哦，原來是邢御史的主意？」

「皇上，邢舞陽在福東作惡多端，為所欲為，一手遮天控制了福東各級官員，連駐福東的錦鱗衛都為他所用，以致蒙蔽天聽多年。微臣掌握了他的罪行，他便軟禁微臣，倘若不是冠軍侯武藝高強把他拿下，就是他所犯罪行罄竹難書，我們投鼠忌器之下也奈何不得……」邢御史完全一副豁出去的模樣，有啥說啥。

錦鱗衛指揮使江堂臉色隱隱發黑。

這個邢御史，能不能就事論事，把他們錦鱗衛扯出來幹什麼？

所以說這些當御史的一個個都腦子有問題，跟瘋狗似地逮誰咬誰。

「如今福東官員百姓皆以為邢舞陽閉門養傷，局面尚算穩定，可以說這個時候把邢舞陽神不知鬼不覺押送進京是千載難逢的良機。皇上聖明，請不要縱逆臣，責良將，寒了大梁子民的心！」邢御史越說聲音越高，神情激動。

明康帝悄悄抽了抽嘴角。這個邢御史，這麼激動做什麼？是不是他要不答應，就立刻撞柱子給他看了？

老皇帝目光掃向邵明淵。

年輕的臣子靜靜跪在紅毯上，身姿筆直，一身玄衣襯得他如一柄凜冽的刀，令人無法忽視。

這是一柄好刀。明康帝默默想。

不管是邢御史的決斷，還是冠軍侯自作主張，眼下局面都是最好的了，讓他少了很多頭疼的事。明康帝這樣尋思著，面上卻半點異色不露，依然板著臉緩緩道：「冠軍侯、邢御史，你們起身吧。」

邵明淵和邢御史聞言站了起來。

明康帝深深看著他，不疾不徐道：「朕其實有些意外，冠軍侯會去福東。」

「微臣僥倖得到了邢舞陽勾結倭寇的帳冊，想替岳丈一家盡份心力，這才有了福東之行，機緣巧合之下又遇到了邢御史——」邵明淵說到這裡語氣一頓。

明康帝果然被他加重語氣提到的「機緣巧合」引起了興趣，問道：「冠軍侯說說，你是怎麼機緣巧合遇到邢御史的？」邢御史臉色微變，神情緊張看向邵明淵。

邵明淵卻彷彿沒有察覺邢御史緊張的目光，朗聲道：「回陛下，微臣等人前往一座海島，不料那座海島被倭寇占據，在剿滅了倭寇之後，救出兩名女子，她們正是邢御史的女兒。」

「侯爺……」邢御史神情劇變，眼底蘊含著熊熊怒火。

明康帝卻更加有興趣，淡淡瞧了邢御史一眼道：「邢御史稍安勿躁，聽冠軍侯把話說完。」

邵明淵面色平靜道：「經過瞭解，才知道兩位邢姑娘的父親正是邢御史。兩位邢姑娘忍辱負重與倭寇周旋，就是為了傳遞出邢御史被邢舞陽軟禁的消息。微臣正是從兩位姑娘口中知曉邢御史的下落，才冒險潛入福東救出邢御史，拿下了邢舞陽。」

邢御史不料邵明淵會這麼說，怔怔聽著，一言不發。

邵明淵微微抬頭，語氣真摯：「皇上，現在邢御史平安進京，邢舞陽得以伏法，微臣岳丈一家的冤情大白於天下指日可待，可以說兩位邢姑娘功不可沒，她們稱得上令人欽佩的奇女子。」

明康帝對兩個小姑娘沒興趣，不過聽到這裡自是不能毫無反應，略一沉吟便道：「如此說來，邢御史的兩位令嬡確實當獎。魏無邪，傳朕旨意，賞兩位邢姑娘貢緞十匹，金盞寶石三鬥，玉如意一柄……」

邢御史撲通跪下來，聲音微顫道：「皇上，這太折煞小女了……」

明康帝牽了牽嘴角，不以為意道：「朕願意給的恩典，怎麼會折煞令嬡？有功者當獎，有過者當罰，朕賜她們如意，希望她們以後的日子能稱心如意，邢御史可明白了？」

「微臣……明白了，謝主隆恩。」邢御史伏在地上，心情五味陳雜。

如果可以，他又怎麼會捨得逼死兩個女兒？她們是他在這世上僅剩的兩個至親了。

她們被倭寇糟蹋了，沒了名節，原本是不該活的，活著只會令家族蒙羞，就算他心軟，族人也不會留情，但有了皇上御賜的玉如意就不一樣了。

邢御史揣著複雜的心情，悄悄瞥了身姿筆挺的邵明淵一眼。

他彷彿還能記起在混亂中，眼前的年輕人面不改色對著邢舞陽射出那一箭的狠厲。

那一刻，他以為冠軍侯是為了趁亂逃脫，誰能想到這個年輕人後面一系列的布置呢？

封侯拜相，是古今無數臣子心心念念的榮耀，眼前的年輕人年方弱冠就做到了，確實是實至名歸。

邵明淵並不知道邢御史此刻的感嘆，只是心中暗暗鬆了口氣。

有了皇上這柄玉如意，兩位邢姑娘的性命應該就保住了，那樣昭昭便不會難過了。

一八〇　刑部走水

明康帝掃量著臣子們的各色神情，輕輕吁了口氣，朝魏無邪努努嘴。

魏無邪忙餵了明康帝一勺銀耳湯。

明康帝把銀耳湯嚥下，開口道：「既然邢舞陽已經押送進京，你們三法司就好生審問審問，包括兩本帳冊上提到的那些蠹蟲，這次一定要全都揪出來！」

「是。」

明康帝看邵明淵一眼，接著道：「還有喬家大火一案，也一併查清楚了。寇尚書，尤其要問問你的下官黎侍郎，究竟是怎麼查的案！」

眾臣齊聲應了，明康帝點點頭，看了魏無邪一眼。魏無邪會意，轉身進了內殿，不多時端著錦盤出來。

明康帝淡淡笑道：「魏無邪，把這些仙丹發下去吧。」

眾臣嘴角一抽。明康帝笑呵呵道：「眾愛卿正好嘗嘗朕的新天師煉出的仙丹效果怎麼樣。」

「多謝陛下恩賞。」眾臣跪下謝恩。

明康帝想了想，吩咐道：「冠軍侯和邢御史此番辛苦了，魏無邪，給他們一人分兩顆。」

眾臣暗暗鬆了口氣。

謝天謝地，多了兩個小夥伴分擔一下還是強多了。

江堂拿著新到手的仙丹欲哭無淚。又是新品種，看來他又要派人去請黎三姑娘了。

「怎麼，眾愛卿不嘗嘗嗎？」明康帝緩緩掃過眾臣，安慰道。「不要捨不得吃，朕這裡還有。」

眾臣：「……」不活了！

首輔蘭山一口把仙丹吞下，神情激動衝明康帝磕了一個頭。「皇上，這次的仙丹效果甚好，甫一入喉就化作甘霖仙露，臣現在四肢百骸都暖洋洋的，如置春日……」

蘭山一番讚美聽得明康帝露出笑臉，眾臣卻暗暗翻了個白眼。

什麼叫吃了仙丹如置春日？這是御書房，他們沒吃還熱得出汗呢！

看著眾臣把仙丹吃下，明康帝滿意點點頭，擺擺手道：「你們去忙吧，邢舞陽的案子，朕要儘快知道結果。」

「是，臣等告退。」

明康帝冷眼看著眾臣神情謙卑，躬身告退，他嘴角露出意味莫名的笑意，淡淡道：「江指揮使留下。」

江堂腳步一滯。寬敞的御書房轉眼間空曠下來。

明康帝嘆了口氣。「奶兄，朕對錦鱗衛可是有點失望了。」

江堂跪下來。「臣有罪。」

明康帝居高臨下看江堂一眼，嘆道：「起來吧，現在不是上朝，也沒有外人，奶兄跪什麼。」

「臣身為錦鱗衛指揮使，卻對福東錦鱗衛被邢舞陽收買一事毫無察覺，是臣失職，請皇上責罰。」江堂跪著不動，態度懇切請罪，心中卻把邢御史大罵一頓。

皇上更多是操心長生大道，要不是邢御史那個混帳巴巴提醒，怎麼會特意把他留下來？被皇上罵兩句也就罷了，萬一皇上一激動再賜他幾枚仙丹，還要看著他吃下去，那才要哭了。

「責罰什麼？責罰了你，誰給朕當錦鱗衛指揮使去？」明康帝淡淡問道。

「臣慚愧。」江堂低著頭，心中淌過暖流。說起來，皇上對他是極好的。

「奶兄起來說話。」

江堂站了起來，出乎他意料，明康帝沒再揪著駐福東錦鱗衛的事繼續追問，忽而問道：「奶兄覺得，福東總兵，誰堪大任？」

江堂心頭一跳，腦海中忽然就閃過了一個人的身影。

論軍功，論威望，論個人能力，福東總兵最好的人選非冠軍侯莫屬。

不過皇上問他這個，就有些意思了。最好的人選擺在那裡，皇上還要問他的意見，憑他對皇上的瞭解，這說明皇上對用冠軍侯有些遲疑。江堂略一琢磨，便明白了明康帝的心意。

冠軍侯太優秀了，在北地威望無人能出其左右，甚至有一種說法，北地百姓只知有冠軍侯，不知有明康帝。如今北地戰事方歇，皇上樂得看冠軍侯安分守己幾年，以此緩解他在北地造成的一人獨大的局面。倘若把冠軍侯派去福東，不出幾年，萬一成為另一個邢舞陽該怎麼辦？

到那時，冠軍侯在南北軍中威望無兩，可沒有另一個「冠軍侯」潛入福東把他拿下送到天子手上了。比起用最好的將來造成難以掌控的局面，不如用次一等的免去這樣的麻煩。

「奶兄覺得冠軍侯如何？」明康帝試探問道。

「冠軍侯自是勇武無雙，不過臣覺得冠軍侯調任福東總兵並不合適。」江堂琢磨出明康帝的心思，這樣回道。

笑意從明康帝眼底一閃而逝，江堂暗暗鬆了一口氣。看來猜對了。

「呃，奶兄覺得冠軍侯不合適？能不能給朕說說他為何不合適？」

「回皇上，冠軍侯年少便在北地征戰，適應的是北方的環境。而福東自然氣候、風土人情與北地大相逕庭，將士的習性、作戰的要點更是完全不同。身為一名最高將領，在臣看來，個人勇武及不上經驗豐富重要，所以臣覺得冠軍侯不太合適。」

江堂的話顯然取悅了明康帝，皇帝輕笑起來。「呵呵，奶兄說得有些道理，那回頭朕召集六部九卿再議吧。」

「皇上聖明。」江堂悄悄鬆了口氣。

總算過關了，他要趕緊去和黎三姑娘碰一下頭，看看新天師煉出的仙丹會不會吃死人。

「魏無邪——」明康帝喊了一聲。

聽到這聲喊，江堂腿一軟差點跪下。魏無邪已經走到江堂身邊。

明康帝笑吟吟道：「剛才當著那麼多人的面，朕不好單獨賞你。這幾枚仙丹奶兄帶回家吃吧，剛出爐的。」

江堂默默嚥下一口老血，感恩戴德收下仙丹告退。

指揮使一走，明康帝收起了笑容，回到御案前用手指在桌面上寫下「邢舞陽」三個字，抬手拂去又寫下「冠軍侯」三字。

盯著新寫的三個字良久，明康帝嘆了口氣。

他的這位冠軍侯，可真年輕啊。

「魏無邪，冠軍侯這次南行，是為了祭拜他岳丈一家？」

「是。」魏無邪猜不透皇上問這話的用意，如實回道。

明康帝緩緩點頭，眼神深邃，喃喃道：「倒是一位好女婿。」

另一邊，江堂一回到錦鱗衛衙門，就直接踢飛了一把椅子。江十一冷著臉把椅子接住放好。

「十一，去把黎三姑娘給我請來。」

江十一站著沒動。江堂皺眉。這個木頭樁子在想什麼？

「義父，黎三姑娘目前在冠軍侯府。」

江堂狹長的眼睛瞇了瞇，饒有興致地看著江十一，語氣意味莫名：「十一還是挺關心黎三姑娘的動靜嘛。」天啊，他這個木頭樁子義子終於開竅了？要真能把黎三姑娘娶到手，這不就意味著他再也不用憂心仙丹的事了？

江十一端著一張冰塊臉，對江堂的話只覺莫名其妙，面無表情道：「義父不是一直很留意黎三姑娘的動靜嗎？」

江堂拿眼斜睨著江十一，最終洩了氣。他怎麼會對這個木頭樁子抱期望？

「那行吧，繼續派人留意著，等黎三姑娘從冠軍侯府出來，就請她過來。」

「是。」江十一應下，準備退下。

江堂想了想喊道：「等等，還是明日吧，今天已經不早了。」

江十一腳步一頓，點頭示意明白了。江十一繼續往外走，江詩冉旋風般衝進來，險些撞到他身上。江十一默默往旁邊一挪，江詩冉一個趔趄往前栽去，伸手扶住桌角才沒有摔倒。

少女站直了身子，氣得跺腳：「十一哥，你就不能扶我一下嗎？」

江十一摸了摸鼻子，沒吭聲。

江詩冉咬了咬唇，顯然是習慣了，狠狠瞪了江十一一眼，這才走向江堂。

「爹，我聽說冠軍侯他們回來了？」

江十一沒有停留，直接走出了房門。

「冉冉消息很靈通嘛。」江堂笑眯眯道。

江詩冉搖了搖江堂衣袖。「爹，您就說是不是嘛？」

「對，他們是回來了。」

「那個黎三也回來了？」江詩冉問。

江堂微微點頭。

「她真的把藥帶回來了？」

江堂笑笑。「這個爹就不清楚了。」

江詩冉推了推江堂。「您是錦鱗衛指揮使，怎麼會不清楚？」

江堂無奈看著女兒，只覺有些頭疼。他雖是錦鱗衛指揮使，管控的主要是宮外的消息，宮內的事並不能插手。再者說，就算是宮外消息，人又不是神仙，哪能什麼都知道。

他這個女兒，未免把錦鱗衛想得太能耐了。

「好吧，您不清楚，那我進宮問真真去。」江詩冉撂下一句話匆匆走了。

冠軍侯府中，因為喬晚在場，喬昭很多話不便講，就隨意講起南邊一些見聞。

喬晚雙眼晶亮聽著，聽到喬昭說起白雲鎮上的鹵粉鮮辣酸香的滋味時，不由嚥了嚥口水：「那家的鹵粉我也吃過的。」

喬昭含笑看著她。

小姑娘彷彿回憶起了鹵粉的滋味，眼睛都在發光。「我第一次回嘉豐，我大姊帶我去吃的。」

她側了頭，拉喬墨衣袖。「大哥，當時你也在呢，還記得不？」

「記得。」喬墨寵溺地摸了摸幼妹的頭。

「滷粉真的太好吃了，不過我吃不了太辣，喉嚨都要冒煙了。大姊還說帶我去城裡吃湯包的，可惜祖父發了病，沒有去成……」小姑娘說到後來聲音低落下去。

後來她再回嘉豐，大姊已經嫁人了，祖父沒過多久也去世了……

喬晚想到難過的事，沒精打采低著頭。喬昭看著一臉難過的小姑娘，揉了揉她肉嘟嘟的臉頰。「等晚晚長大一些，我可以帶妳回嘉豐吃湯包與滷粉。」

李爺爺定居嘉豐，他們的根也在嘉豐，邵明淵應該會陪她常回去的。

喬晚咬了咬唇，嘀咕道：「那怎麼一樣呢？」

她想和哥哥姊姊熱熱鬧鬧一起吃滷粉，黎姊姊再怎麼樣也是外人，不能和大姊比的。

喬昭與喬墨皆聽清了喬晚的話，兄妹二人對視一眼，皆無奈笑笑，卻沒有再說什麼。

有些事，他們只能瞞喬晚一輩子。

「將軍，您回來了。」親衛的聲音傳來。

兄妹三人皆轉頭，就見一身玄袍的邵明淵大步流星走了過來。

喬晚眼一亮，飛奔過去撲向邵明淵。「姊夫，你終於回來啦——」

邵明淵彎腰扶住喬晚，笑意溫和。「晚晚長高了。」

他對喬晚說著，眼睛卻直直落在緊隨其後的喬昭身上。

小姑娘依然興奮不已。「姊夫，你瞧我是不是還變白了？這些天我一直在屋子裡努力讀書寫字呢。」

「是，晚晚不但長高了，還變漂亮了。」邵明淵順口表揚道。

喬晚歡喜不已。喬墨淡淡的聲音響起：「晚晚，妳姊夫還有很多事，不要鬧妳姊夫。」

「噢。」小姑娘壓下滿腔興奮，察覺邵明淵目光一直落在喬昭身上，便伸手拉住喬昭的手，「黎姊姊，咱們去花園玩吧，大哥和姊夫有事呢。」

姊夫離開這麼久都不想大哥和她嗎？幹嘛一直盯著黎姊姊看個不停？

喬墨拍了拍喬晚。「晚晚自己去玩吧，我們都有事。」

喬晚委屈嘟起了嘴。「大哥偏心！」

見小姑娘賭氣跑了，喬墨搖頭笑笑。「這孩子，真是長不大。」

邵明淵不以為意道：「晚晚還小，小孩子不就是這樣嘛。」

他這樣說著，含笑望著喬昭。喬昭白他一眼，快步走了過去。「怎麼樣？」

她看得出來，邵明淵回來得急，額頭沁出一層汗珠，靠得近了還能聽到他微微加重的喘息聲。

「皇上得知我們把邢舞陽帶了回來，已經命三法司好好提審了，還有喬家大火一案也一併審問。我算是這次的見證人，現在還要趕過去。怕妳和舅兄等得急，所以先回來告訴你們一聲。」

「既然這樣，派人回來說一聲不就是了。」喬昭嗔道。

邵明淵手動了動，想要替少女把被風吹亂的髮絲捋至耳後，但想到喬墨就在一旁虎視眈眈盯著，便老老實實沒敢動。他對著心愛的姑娘露出一個溫柔的笑，眼中柔光繾綣。「我回來親自說一聲，你們不是能更放心些……」

「咳咳。」喬墨輕輕咳嗽一聲。

還沒成親呢，就當著他的面調戲他妹妹，真當他是死人啊？

邵明淵戀戀不捨看了喬昭一眼，恢復了一本正經的模樣，對喬墨道：「舅兄，我這就過去了。今天三法司可能會連夜整理案卷，我去看看邢舞陽通倭與喬家大火是否同時進行。」

邵明淵匆匆回來見了喬昭一面又匆匆離開，留下喬墨對著妹妹，心情格外複雜。

「大妹和侯爺還挺熟悉的。」喬墨意味深長道。

喬昭眨眨眼。大哥到底想表達什麼？

「他對妳……」喬墨舌頭打了一個結。

眼前的少女年紀還小，就像梔子花剛剛結了花苞，雖然美麗，卻還未盛放，讓人很容易生出憐愛呵護的心態。可他大妹其實只比他小了兩歲，以往他們兄妹之間更像是志趣相投的朋友。這個時候他想盤問一下妹妹，就有些沒底氣。

喬昭不知兄長的糾結，盈盈笑道：「大哥放心吧，他對我很好。」

喬墨扶額。這個傻妹子，他擔心的就是他對她太好了呀！

那小子看著妹妹的眼神跟餓狼似的，妹妹要還是以前的樣子也就罷了，可現在還這麼小，他都不能往深處想，只要一想，宰了那小子的心思都有了。

「大哥？」察覺喬墨的心不在焉，喬昭不解喊了一聲。

喬墨回神，輕咳一聲：「咳咳，對妳好就行。」忍了忍，終究忍不住叮囑道：「畢竟還沒成親，該有的距離還是要有的。」

喬昭抿唇笑了。「知道了。」

見妹妹答應得痛快，喬墨更不放心了。

妹妹到底聽懂了沒有啊？他雖然是兄長，畢竟不是母親，有些話不好說得太明白。

喬公子正心塞，就有親衛走過來道：「喬公子，宮裡送了賞賜下來，是賞給住在府上的兩位邢姑娘的。現在我們將軍不在，您看您是不是出去接待一下？」

喬墨住在冠軍侯府上，因為邵明淵的態度，府中上下給足了這位大舅哥的面子，在這些人心中可以算半個主人了，此時由他出面接待宮中太監說得過去。

喬墨微怔了一下，看向喬昭。喬昭心中詫異，簡單解釋了兩位邢姑娘的來歷。

喬墨聽了對親衛道：「既然是賞給兩位邢姑娘的，那就請她們出來吧。」

貞娘與靜娘隨著邢御史進京，暫時被邵明淵安排在了客院中，因怕她們尋短見，派了好幾個人守著她們。

姊妹二人聽到宮中來了給她們的賞賜，整個人都是懵的，直到傳皇上口諭的公公把盛放玉如意的托盤遞到貞娘手中，貞娘還如塑像般遲遲沒有反應。

傳信太監輕咳一聲。「兩位邢姑娘謝恩吧。」見貞娘姊妹依然傻愣著，傳信太監不由皺眉。

喬昭輕輕碰了貞娘一下，低聲道：「貞娘姊姊，該謝恩了。」

貞娘如夢初醒，慌忙謝恩，手中托盤一斜，用紅綢遮蓋的玉如意險些滑落，幸虧喬昭眼疾手快扶了一下，才避免打破玉如意的厄運。

傳信太監眉頭皺得能夾死蚊子，尖聲道：「邢姑娘可要拿穩了，這可是聖上賜的玉如意，您要是拿不穩，那可就沒法如意了。」

貞娘已是徹底嚇醒了，冷汗濕透了後背，忙不迭磕頭謝恩，直到傳信太監拂袖走了，才死死抱著玉如意跌坐到地上，雙眼呆滯無神。

一旁的靜娘拉了拉貞娘衣袖。「大姊，剛剛那位公公說什麼？」

貞娘心情激蕩，抱著玉如意沒有吭聲。

「他是不是說，皇上稱讚咱們機敏純孝，特賜玉如意一柄，希望咱們以後的日子能稱心如意？」貞娘緩緩點頭，依然如墜夢中。「他是這麼說。」

皇上怎麼會知道她們姊妹，又為何賜了這柄玉如意？難道是父親——

貞娘一直如死灰般的眼睛忽然有了光亮。

臘月的京城是寒冷的，青石板上冰涼刺骨。

喬昭伸手搭在貞娘肩頭，嘆道：「貞娘姊姊，快起身回屋去吧，地上太涼。」

貞娘死死抱著玉如意起身，直到離開神情還有幾分恍惚，喬昭卻敏銳發覺她的眼中有了生機。

邢家姊妹從接到皇上口諭到離開，由始自終都沒看那些綾羅綢緞與珠寶一眼，還是喬昭吩咐親衛給二人送了過去。

待姊妹二人走遠了，喬昭收回目光，輕嘆道：「我一直擔心她們該怎麼辦，現在有了這柄玉如意，或許就不一樣了。」

這個年代，對於未出閣的女子來說，父親就是她們的天。如果天不讓她們活著，她們根本無力活下去，旁人就算同情也無能為力。

喬昭便體會過這樣的無能為力，沒想到因為一柄玉如意，所有人都認為的死結居然就這樣解開了。她很意外，可心頭浮現某人俊朗的模樣，卻又覺得在意料之中。

這時喬墨開了口：「大妹說她們的父親邢御史過於迂腐，對女兒的疼愛及不上對禮教的推崇，如今看來倒不盡然。」

喬昭牽了牽唇角。「恐怕不是那位邢御史的功勞。」

與其相信一個人根深柢固的想法會在一夕之間改變，她情願相信符合理智的推測。

「哦，那又是怎麼回事兒……」喬墨忽然反應了過來，看著妹妹的眼神變得古怪。

面聖的就那些人，不是邢御史的功勞，那就是冠軍侯的了，妹妹很會給冠軍侯臉上貼金嘛。

喬墨腹誹幾句，一臉嚴肅道：「妹妹趕緊回黎府吧，妳今天才回來就被太后傳喚，家裡人定然惦念呢。」

「嗯，那我這就回去了，等他回來，要是有重要的消息，就派人知會我一聲。」

喬昭不好在冠軍侯府久留，壓下心中的不捨離去。大概是盼了太久才等到這一天，她的心有些無法平靜了。

天很快就黑下來，冠軍侯府的簷前廊下點亮了紅燈籠，青石板路在月光下宛若鋪了銀霜，馬蹄聲踩在上面發出躂躂聲響，由遠及近。

「將軍。」親衛迎上去。

邵明淵翻身下馬，把韁繩交給親衛，腳步匆匆走了進去。

「侯爺回來了。」喬墨嘴角掛著淺笑，語氣溫和。

年輕將軍身上的墨色長袍似乎因寒冷而更加硬挺，襯得他皓月清輝般耀眼。

喬墨抬了抬眉梢，心想他這位妹夫往年只有威名在外，沒有美名流傳，如今仔細看來，其實生得俊極了。

邵明淵與喬墨打過招呼，往他後面瞥了一眼，再瞥一眼。

昭昭回去了——

居然回去了！

一路狂奔回家的某人心裡空落落的，卻見大舅哥對他笑得越發溫和。

「侯爺看什麼呢？」喬公子笑意淡淡問。

邵明淵輕咳一聲，一本正經道：「我覺得這座描金山水屏風有些舊了，回頭要換個新的。」

喬墨斂眉低笑。「侯爺說得是，是該換新的了。對了，查案怎麼樣了？」

邵明淵撣了撣身上灰塵，坐下來接過親衛遞過來的溫水抿了一口，水一入口不由一怔，看向親衛。親衛解釋道：「黎姑娘說將軍整日奔波，喝蜜水潤喉舒服一些。」

邵明淵飛快看他一眼，很想保持淡定，但上揚的唇角卻洩露了他的心情。「黎姑娘說的？」

舅兄要是不在就好了，他要反覆多問幾遍。從別人口中聽到昭昭對他的關心，感覺真是好極了。

「是黎姑娘說的，黎姑娘還說已經晚了，讓您別喝茶了。」親衛補充道。

邵明淵連連點頭。「知道了。」

親衛低頭偷笑。將軍大人是不是傻了，跟他說「知道了」做什麼，他又不能轉告黎姑娘。

喬墨深深看了邵明淵一眼，嘴角笑意微凝。

什麼時候大妹對這小子這麼關心了？居然還偷偷叮囑親衛給這小子準備蜜水，他都不知道！

喬公子心中湧起妹妹被狼叼走的深深無力感，看著邵明淵的目光越發深沉。

邵明淵察覺喬墨眼神不大對，立刻收斂了得意，輕咳聲道：「舅兄，你剛剛問什麼來著？」

喬墨輕輕敲了敲椅子扶手，淡淡道：「侯爺記性不大好啊。」

某人面不改色地端起水杯一飲而盡。「喝了蜜水就想起來了，舅兄問查案的事吧。三法司要連夜整理卷宗，核對帳冊，爭取明天把涉案官員名單初步整理出來。」

喬墨默默點頭。邵明淵見狀安慰道：「舅兄放心吧，皇上發了話，那些人會抓緊的，過兩日應該就要傳喚舅兄了。」

身為喬家大火一案的苦主，喬墨定然會上堂的。

「那就好，侯爺忙了一天，快去洗漱睡吧。」

「舅兄也早些休息吧。」

邵明淵回到居所，脫下衣物邁入熱氣騰騰的浴桶中，健碩頎長的身子緩緩浸沒到水中。因為寒毒已經驅散，露在外面的肌膚不再如以往那樣白皙，而是染上了淡淡的小麥色。

「出去吧。」邵明淵打發走了伺候他沐浴的親衛。

關門聲傳來，他整個人徹底放鬆下來，拿起水瓢舀了一瓢水澆下，熱水沖刷著結實的身軀，心頭湧上淡淡的暖。

昭昭居然會悄悄吩咐親衛給他準備蜜水——

邵明淵閉目，嘴角溢出一絲微笑。

原來被人時刻惦念的感覺是這樣的。他的昭昭，定然是世上最好的妻子。

夜很快深了。

冬日的夜很安靜，沒有鳥語蟲鳴，只能聽到乍起的北風輕輕拍打著窗櫺。

很多人在熟睡，很多人卻徹夜難眠。

刑部衙門中燈火通明，窗紗上人影晃動，低低的翻閱案卷的摩擦聲雖然細微，在深夜卻顯得格外清晰。一名小吏敲門而入，笑容滿面對忙碌的官員們道：「各位大人，小的奉尚書大人之命給各位送宵夜來了。」

一名官員放下手中筆，笑問道：「什麼宵夜？正好有些餓了。」

忙碌到現在，所有人都是又餓又乏。

「燕窩粥。」小吏打開食盒，把一盅盅燕窩粥往外端。

「居然有燕窩粥吃，真不錯。」一名年輕官員笑道。

小吏把燕窩粥依次送到官員們面前。「我們尚書大人交代了，各位大人都辛苦了，不能再委屈了大人們的胃。」

眾官皆笑起來，端起燕窩粥小口小口喝起來。這樣的寒夜，一盅燕窩粥下肚自然是極舒坦的。小吏默立一旁，見眾人把燕窩粥喝完，低眉順眼上前收拾。

「行了，你出去吧，我們還要繼續辦案——」年輕的官員說完，忽覺眼前一片模糊，後面的話還沒說完就睡了過去。

小吏冷眼看著眾人接連睡去，嘴角溢出一絲笑容。

他把食盒輕輕放下，翻找了半天，終於找到最重要的兩本帳冊，取下燈罩湊近點燃，直到燒成了灰才鬆口氣，把油燈推倒，悄無聲息退了出去。

不多時火光沖天，發現火勢的人大喊道：「不好啦，走水了！」

「大人們還在裡面——」

人聲嘈雜，一片混亂。兩刻鐘後火被撲滅，屋中被救出來的官員已經清醒，皆滿身狼狽。

刑部尚書寇行則因上了年紀小憩片刻，沒想到打個盹的工夫就出了大事，急得臉都青了。

「究竟是怎麼回事兒？」

剛剛經歷了一場火災的官員們神情茫然。

寇行則氣得臉色鐵青。「諸位難道都睡著了？」

他可沒說要去歇著，是這些王八蛋說他年紀大了，熬不得夜，力勸他小睡一會兒，難不成這些人勸走了他，就是為了好集體睡覺？

「寇尚書先別急著盤問始末，先看看有什麼損失吧。」大理寺卿提醒道。

對於別的單位的人，寇行則自然不好發火，拿眼瞪著刑部左侍郎黎光硯。黎光硯抬袖擦了一下臉，臉上登時多出兩道黑灰，看起來分外滑稽。

不過此時無人有笑的心思，皆心情沉重。

「都傻愣著幹什麼，趕緊檢查一下燒燬了什麼。」身為刑部的二把手，黎光硯只覺今日狼狽極了，先是因為去嘉豐查案的事被上峰痛罵了一頓，現在又遇到這種狀況。

他心生不妙的預感，帶頭開始檢查。

一名郎中面色慘白，嘴唇顫抖道：「不、不好了——」

眾人皆看向他。

郎中面色已經如死灰一般難看，哆哆嗦嗦道：「那兩本帳冊……全、全燒光了……」

「寇尚書！」大理寺卿忙扶住險些栽倒的寇行則。

「燒光了？你沒有記錯？」寇行則眼前陣陣發黑，在大理寺卿的幫助下勉強站穩身形。

郎中面如土色，只覺天塌了一般，掩面泣道：「下官沒有記錯，當時那兩本帳冊就放在這層架子上——」

「再找找！」

一番兵荒馬亂之後，在場眾人全都如喪考妣。

「大，大人，現在該怎麼辦？」有官員小心翼翼問寇行則。

大理寺卿覺得不對勁，輕輕推了寇行則一下，臉色大變。「不好了，寇尚書昏過去了。」

一陣人仰馬翻之後，眾人都默默坐在屋中，神情呆滯。

今天整理的資料都燒個精光，最重要的是兩本帳冊全都付之一炬，等天亮了，他們可怎麼向皇上交代啊！

「這場火究竟是怎麼回事兒？」刑部尚書寇行則被大理寺卿猛掐了一陣人中，醒過來後彷彿蒼老了十來歲，有氣無力問道。

室內是死一般的沉默。

「說！」寇行則一拍桌案。

一名年輕官員小心翼翼道：「我們正忙著，一名小吏奉您的命令來給我們送宵夜，下官吃完宵夜，不知什麼時候就睡著了……」

其他人紛紛附和：「下官也是，吃了宵夜好像很快就睡著了，再清醒過來，就成這樣了……」

大理寺卿與都察院左都御史皆看向刑部尚書寇行則。

從這些官員的話中不難聽出來，那些宵夜很可能有問題。

寇行則手抖得厲害，怒道：「什麼小吏？我那時候在睡覺，怎麼會吩咐人給你們送宵夜？你們難道不動動腦子嗎？」

一群人被訓得低著頭，想反駁又不敢。他們那時候睏得眼睛都睜不開了，肚子還響個不停，誰會想到送宵夜的小吏有問題。這可是刑部衙門，不是茶樓酒肆。

「那個小吏的樣子，你們可還記得？」

眾人頭垂得更低了。

「都啞巴了？」寇行則年紀大了，此刻一生氣就有些頭昏腦脹，不得不強逼著自己冷靜下來。

他冷靜個屁，誰能冷靜啊，等皇上知道了非宰了他們不可！

「大人，那個小吏一直低著頭，下官當時沒留意……」

「沒留意？我看你們當時光想著吃了吧？」寇行則氣得鬍鬚一翹一翹的。

大理寺卿長嘆一聲。「寇尚書，還是想想怎麼善後吧。」

他說著，與左都御史對視一眼，皆是滿眼無奈。帳冊是在刑部衙門被燒燬的，他們責任是小一點，那也只是小一點點罷了。

他們三法司共同審查此案，出了問題誰都吃不完兜著走。

「那個小吏此刻定然不在衙門裡了，我認為暫時不要在他身上浪費時間。」大理寺卿道。

「那帳冊被燒燬，該怎麼交代？」左都御史問。

大理寺卿深深看了寇行則一眼。「寇尚書咱們去隔壁說話吧。」

三法司最高長官去了隔壁商議。

「寇尚書，你覺得咱們該怎麼對皇上交代？」大理寺卿開口問道。

寇行則張了張嘴，忽然抬手扶額。「頭好疼，年紀大了不頂用了。」

其他二人：「……」不帶這樣的啊，誰規定年紀大了就可以不要臉的？

「張寺卿有沒有什麼想法？」寇行則一邊問一邊看了一眼窗外，喃喃道：「天快亮了。」

張寺卿嘴角抽了抽。

怎麼變成他的事了？當然，想不出解決辦法誰都跑不了，三人本就是一根繩上的螞蚱。

張寺卿委婉道：「天災比人禍要好接受得多。」

到了他們現在的身分地位，有些話毋須說得太明白，一點便透了。

眾官連夜查案，睏倦之下睡著了，油燈不小心翻倒點燃了帳冊，比有人混進刑部藥倒了一眾官員要強多了。前者直接推到意外上面，後者要揪的東西就多了。

小吏究竟什麼身分？倘若是外人，如何混進刑部衙門的？那些守衛都是擺設嗎？要真是刑部的人，那這個小吏當初是誰舉薦的？又是受了誰的指使做這種事？

小吏現在人在何處？要是交不出人來，是不是他們這些人能力有問題？

由此引發的一連串問題，足以讓皇上把他們三個人的官服扒下來。

「二位大人覺得如何？」張寺卿試探問道。

左都御史面沉似水，想了許久道：「就算是天災，皇上恐怕依然會勃然大怒。」

「那也是沒辦法的事。」張寺卿嘆道。他們倒楣是一定的了，只是倒楣大小的問題。

「寇尚書，你怎麼看？」

寇行則閉著眼，沒有吭聲。張寺卿嘴角一抽，加重了語氣：「寇尚書！」

這老東西難道睡著了？

寇行則這才睜開眼，掃兩個戰友一眼，沉聲道：「不如把冠軍侯請過來，看有沒有法子吧。」

「帳冊被燒，請冠軍侯來有何用？」張寺卿不解其意。

寇行則想到外孫女婿邵明淵也是死馬當活馬醫，嘆息著解釋道：「其中一本帳冊畢竟是冠軍侯帶回來的，萬一冠軍侯謄寫過呢？」

張寺卿與左都御史對視一眼，不由搖頭。

冠軍侯一介武夫，能想得到謄寫帳冊？

不，就算是他們，出門在外也不會去做這麼麻煩的事。

「不論如何，先請他來問問吧。」寇行則揉著眉心道。

冠軍侯府中，邵明淵睡得正熟，親衛低聲道：「將軍，您醒醒，刑部來人了。」

邵明淵警醒睜開眼睛，翻身下床。「怎麼回事兒？」

親衛把外袍遞過去，邵明淵接過穿好，又披上搭在屏風上的狐狸毛大氅，抬腳去了刑部。

刑部衙門燈火通明，邵明淵隨著派來請他的官吏趕到後略掃一眼，便知道出了事。

寇行則三人在裡間等著，見他進來皆站起身來。

邵明淵打過招呼後看向寇行則，恭敬問道：「寇尚書叫我來不知有何事？」

這樣的場合，他自然要以官職稱呼寇行則，而不是外祖父。

「書房夜裡走水，那兩本至關重要的帳冊被燒燬了。」一面對這位權勢驚人的外孫女婿，寇行則心情頗為複雜，開門見山道。

邵明淵聽了，面上並無多少變化。他過來時就看出來這裡走過水，地面上還淌著濕漉漉的黑水，再想到深更半夜把他叫來，心中已經隱隱有數了。

見邵明淵面不改色，張寺卿一臉驚喜。「侯爺莫非另有準備？」

「嗯？」邵明淵微挑眉。

「邢舞陽通倭的那本帳冊是侯爺帶回來的，侯爺莫非另謄寫過一份？」張寺卿懷著希望問。另一本帳冊是沒辦法了，能保住一本也行啊，那樣皇上對他們的處置就會輕一些。要知道真正令皇上動了真怒的，本來就是邢舞陽通倭的那本帳冊。

邵明淵搖搖頭。「本侯沒有另外謄寫。」

寇行則三人最後一點希望徹底斷了，卻聽邵明淵語氣一轉道：「不過，那本帳冊還找得回來。」

一八一　大尾巴鷹

「如何找得回來？」三人中張寺卿年紀最輕，聞言驀地站了起來。

刑部尚書寇行半眯的眼睛則緩然睜開，死死盯著邵明淵。

左都御史盯著邵明淵的目光越發深沉。

「三位大人稍安勿躁，我要回侯府一趟。」邵明淵站起身來。

張寺卿向寇行則猛使眼色。他拿這位年少成名的冠軍侯無可奈何，當外祖父的說出的話總有分量吧？

「明淵，你回府有什麼辦法？」寇行則壓下眼中的急切，語氣溫和問道。

「明淵」二字無疑表露了二人之間非同尋常的關係。

邵明淵恭敬笑道：「寇尚書先好好休息吧，等我回來就知道了。」

「侯爺什麼時候回來？」張寺卿忙問。

邵明淵沉吟一番道：「總之晌午前會回來的。」

昭昭連日奔波，定然不能早起的，晌午應該差不多了。

「晌午？這、這太晚了……」

邵明淵淡淡掃了張寺卿一眼，反問：「張大人還有別的辦法嗎？」

張寺卿被問得沒了話說。

「三位大人，那我就告辭了。」

眼巴巴看著邵明淵消失在門口，張寺卿看向寇行則。「寇尚書，這——」

寇行則不願意讓別人看輕了他與冠軍侯之間的關係，心中雖沒底，面上卻不露聲色道：「侯爺是個心裡有數的，張寺卿放心吧。」

「寇尚書，張寺卿，既然冠軍侯說有辦法，刑部衙門失火的消息必須牢牢封鎖住。」左都御史出聲提醒道。

寇行則與張寺卿同時頷首，三人往外走去。

外面夜色正濃，星子全都隱了去，馬蹄踏在冷硬的青石板路上，噠噠聲越顯清晰。

邵明淵翻身下馬，走進府中。出乎意外，喬墨已經起身，正等在那裡。

「舅兄怎麼就起了？」邵明淵疑惑揚眉。

喬墨笑了笑，不動聲色問道：「是不是案子遇到了什麼問題？」

他是喬家尚存的唯一男丁，終於看到家人大仇得報的希望自是輾轉反側，如何能安然入睡？喬墨時刻留意著動靜，察覺邵明淵深夜離府，一顆心早就懸了起來，只是他生性沉穩，在旁人面前自是不會顯露出來。

邵明淵聞言點頭。「是遇到點意外。」

喬墨暗暗攥緊了拳頭。

擔心喬墨著急，邵明淵沒有賣關子，開門見山道：「刑部衙門深夜走水，燒了不少文物，包括那兩本至關重要的帳冊。」

喬墨一怔，喃喃道：「這是意外？」

邵明淵面色如雪，冷笑道：「自然不是意外，不過事情已經發生，這個時候追究其他是本末倒置。好在昭昭曾經看過那本有關邢舞陽與當地官商勾結倭寇的帳冊，也已經背了下來。相較之下，損失了另一本貪汙軍餉的帳冊就不算什麼了。」

眾人心知肚明，皇上最恨的本來就不是邢舞陽貪汙軍餉，而是勾結倭寇逼起民亂與兵變。

喬墨聽了揚眉一笑。「大妹把帳冊背了下來？」

邵明淵與有榮焉，素來沉穩的將軍大人在大舅哥面前竟不自覺帶了那麼些眉飛色舞。「是，昭昭很是厲害，藉著昏暗光線翻看一遍，就全都記下了。」

「呃，這樣啊……」喬墨挑眉斜睨著邵明淵，意味深長問道：「昏暗光線？」

邵明淵一滯，很快反應過來，故作平靜。「當時我們為了避人耳目，夜裡去的喬府……」

喬墨淡淡道：「妹妹畢竟是女孩子，侯爺以後夜裡還是不要帶她到處跑。」

居然還叫大妹昭昭，叫得如此親近，是這小子臉皮太厚了，還是在他鞭長莫及的時候發生了什麼事？

邵明淵咳嗽一聲，忙保證道：「以後不會了。」

等他與昭昭訂了親，再想見昭昭就可以光明正大了，要什麼夜裡？他是那種夜闖香閨的人嗎？

喬墨聽邵明淵這麼說，抿了抿唇，顧及著喬昭面子到底沒再追究，轉而笑道：「另一本帳冊，侯爺也不用擔心。」

「嗯？」邵明淵一時沒有反應過來喬墨的意思。

喬墨笑了。「另一本帳冊，我也背了下來。」

邵明淵怔了好一會兒，嘴唇動了動，居然不知說什麼好。

人家這才是親兄妹，都有過目不忘的本事！

將軍大人忽然開始為將來擔憂了。要是他與昭昭生了孩子，記性沒有這麼好——那必然是隨他啊！忽然覺得壓力很大怎麼辦？邵將軍愁得抓了一下頭髮。

「那我這就把帳冊默寫出來。大妹那邊——」

邵明淵回神，沒有遲疑道：「等天亮了我再給昭昭送信。」

喬墨想了想，頷首。「也好，大妹正是長身體的時候，不能缺覺。」

大妹目前的身高堪憂啊。這樣一想，喬公子又對眼前覬覦妹妹的臭小子滿意起來。好歹還記著讓妹妹多睡會兒，應該是個懂得疼人的。

「舅兄穿件大衣裳，外頭冷。」邵明淵忽然道。

喬墨眉眼平靜地看著邵明淵。

「帳冊至關重要，我帶你去刑部衙門，當著三法司長官的面默寫。」

邵明淵說得委婉，喬墨心裡卻是明白的。

喬家大火即將翻案，如果李神醫能治好他的臉，來年春的會試他定然參加，如果順利考中，那麼他就會正式踏入仕途。

三法司長官是朝中重臣，這個時候讓他們看到他的價值，且欠下這份人情，對他將來的官場之路無疑大有好處。

喬墨面上不動聲色，心中卻很詫異，不是詫異別的，而是驚訝邵明淵這份心思。

他的這個妹夫，實在與世人眼中的武將不同。

雖然家人慘遭橫禍，甚至親身體會到了當今天子的荒唐冷酷，喬墨卻對官場沒有畏懼與逃避。他是喬家僅剩的男丁，官場再險惡殘酷，他也必須走這條路，重新撐起喬家的門戶，為兩個妹妹遮風擋雨。

喬墨體質弱，披了一件黑色貂皮大氅與邵明淵一同趕到刑部衙門。

刑部尚書寇行則見到喬墨一愣。「墨兒，你怎麼來了？」

張寺卿與左都御史視線落在喬墨已毀的左臉上，帶著些說不出的惋惜。

「舅兄曾經呈給皇上的那本帳冊，他背下來了。」

「喬公子背下來了？」張寺卿看向喬墨的眼神多了幾分不可思議。

帳冊不是經史子集，全是陌生的人名與資料，毫無規律可言。要能背下帳冊，記性委實驚人。

張寺卿與左都御史不由看向寇行則。

喬家玉郎的名號曾經在京城很是響亮，與長容長公主之子齊名，只是流傳在外的名聲皆是說這位喬公子琴棋書畫出眾，繼承了喬拙先生的風采。但到了他們的地位，對琴棋書畫這些已經不怎麼在意了，所以對這位喬公子印象並不深刻。

但一名過目不忘的學子意味著什麼，不言而喻。

寇行則察覺兩位同僚看他，輕輕咳嗽一聲道：「墨兒的記性確實是極好的。」

但他不知道能好到如此地步。他與親家喬拙理念素來不和，他希望在官場上更進一步，如果沒了可能，至少能讓子孫少走些彎路。

喬拙正好相反，放著清貴至極的國子監祭酒不做，早早遊山玩水去，對子孫科考更毫不熱衷。別的不說，就喬墨身上的舉人功名，還是他趁過壽時專門叮囑女兒，外孫這才去考了試。

這孩子居然過目不忘啊——寇行則不動聲色看著喬墨，心中卻感慨萬千。

喬拙可真是浪費良才美玉，這要是他親孫子——

親孫子也不可能有這個記性……寇尚書腦海中忽然閃過這個念頭，一陣心塞。

「那就請喬公子快些把帳冊默寫出來吧。」雖聽寇行則這麼說，張寺卿心中還是存著懷疑，忍不住催促道。

邵明淵淡淡瞥了張寺卿一眼，似笑非笑道：「張大人稍安勿躁，本侯半夜把我舅兄驚擾起來，總要讓人喝杯熱茶吧？」

張寺卿訕訕笑道：「侯爺說得是。喬公子，你先喝杯茶，帳本的事稍後再說。」

他一時心急，認為喬家本來就脫不了關係，喬墨來幫忙也是理所應當的，冠軍侯的態度卻提醒了他，喬家是苦主，帳冊燒燬了，皇上只會對喬家人更加體恤，倒大楣的還是他們。

喬墨態度恭順，語氣卻不卑不亢：「大人們著急，學生心中也急，等學生把帳冊默寫出來，再陪大人們喝茶。」

張寺卿一聽，頓時對喬墨印象更好了幾分，連連點頭道：「那就辛苦喬公子了。」

一直沉默的左都御史忽然嘆道：「我與令尊共事多年，竟從未聽令尊提起過喬公子的事。如今看來，令尊太低調了。」

喬墨面帶哀色。「先嚴在家鮮少談論朝中的事，想來在外面也是這樣。」

左都御史頷首。「喬公子快忙吧。」

寬大的黃花梨書案上鋪著筆墨紙硯，喬墨端坐一旁，略加思索便提筆寫起來。

除了邵明淵，其他三人皆忍不住圍過去，就見一個個剛勁俊拔的小字躍然紙上，竟是沒有絲毫凝滯。張寺卿看到紙上的前幾個人名，眉心一跳，不由扭頭去看左都御史。

兩本被燒燬的帳冊非同小可，他們拿到手後都是翻閱過的，記下來當然不可能，但最開始的幾個名字還隱約有印象。

喬墨居然真的記了下來！

二人對視一眼，眼底的擔憂這才暫且放下了。寇行則冷眼旁觀好一會兒，轉而看向邵明淵。

邵明淵輕聲道：「三位大人，咱們先出去吧，省得打擾我舅兄默寫。」

幾人走出去，寇行則低嘆道：「可惜墨兒背下的是貪汙軍餉那一本帳冊。」

幾人心知肚明，皇上真正在意的是另一冊。

左都御史開口道：「好在那些混帳同流合汙，向軍餉伸手的人，脫不了通倭的罪行。」

張寺卿搖頭嘆息。「沒有帳冊，只能以貪汙軍餉定罪，還是不一樣的。」

幾人一時都沉默了。

「要不請邢御史過來吧，兩本帳冊都是他寫的，或許還能記得一些。」

「那樣並不能服眾。」邵明淵平靜開口道。

三人皆望向他。

「就算邢御史勉強記得帳冊三、四成內容，誰會認可這樣殘缺不全的帳冊？他們完全可以推說時間過去太久，邢御史記錯了。」

「是啊，兩本帳冊幾乎波及整個福東官員，他們真的咬死了不承認，誰都無可奈何。」張寺卿喃喃道。

「三位大人把衙門走水的消息封鎖住了吧？」

寇行則點頭：「失火範圍不大，只有那間辦公房，而且一失火就被撲滅了，除了帳冊資料幾乎沒損失什麼。參與救火的人已經被叮囑過，不會傳出去的。」

「這樣的話就簡單了，三位大人把兩本帳冊恢復如初便是。」

三人面露不解。

「我把邢御史請來，等舅兄默寫完，邢御史再謄寫一遍就是了。」

之前為了安全起見，天黑後邵明淵就把邢御史安置到了冠軍侯府中。

張寺卿眼睛一亮，撫掌道：「這樣好極！」

兩本帳冊本來就是邢御史寫的，只要內容不變，邢御史再重新謄寫一遍，誰能指出問題來？這原本是很簡單的事，他們卻因為心情過於低迷，一時沒有轉過彎來。

「不過另一本帳冊……」左都御史遲疑看向邵明淵。

到了這個時候，他開始相信這位年輕的冠軍侯一定有他們想不到的辦法。

邵明淵微微一笑。「另一本帳冊我來想辦法，晌午之前，定給三位大人一個答覆。」

「那就拜託侯爺了。」

離開刑部衙門走在街上，天已經開始濛濛亮了。

邵明淵吩咐在外等的親衛回侯府去請邢御史，自己則調轉馬頭，直接去了黎府隔壁的宅子。

宅子中有兩名親衛看守，宅子不大，地面被打掃得乾乾淨淨。

邵明淵推門而入，竟然有種回家的感覺。他看著黎府的方向笑了笑，叮囑了親衛一聲，倒頭便睡。過了一個多時辰，親衛輕聲把邵明淵喊醒：「將軍，已經辰正了。」

年輕將軍一躍而起，推開窗戶，凜冽的寒風吹進來，外面天光果然已經大亮。

他沒有急著聯繫喬昭，仔細洗漱過後，把下巴上冒出的鬍茬刮得乾乾淨淨，才吩咐道：「把信鴿帶來。」

西府中，喬昭從青松堂請安回來，正準備收拾一下隨何氏去東府拜見老鄉君，一隻灰鴿落在她腳下。

灰鴿乖巧在喬昭腳邊跳著，出來曬太陽的八哥二餅不知從何處衝出來，一翅膀把灰鴿搧了個跟頭。這次的灰鴿沒像上次傳信的白鴿靈巧潑辣，二餅正虎視眈眈盯著灰鴿，一副準備開打的模樣，灰鴿卻好像被搧懵了，愣愣地一動不動。

喬昭對跑過來的冰綠無奈道：「把二餅抱走。」

冰綠蹲下來，耐心哄道：「二餅，跟冰綠姊姊走。」

二餅頭一偏，冰綠竟從小八哥眼中看到了不屑，不由一滯。二餅趁機向灰鴿衝去。

冰綠如夢初醒，擼起衣袖怒道：「給我回來，我還不信收拾不了你！」

一陣雞飛狗跳後，冰綠總算抓住二餅帶走了。

喬昭彎腰從灰鴿腳上取下紙條，看過後揉碎了拋入風中。

「姑娘？」阿珠喊了一聲。

喬昭回神。「去正院。」

正院裡，何氏正翻箱倒櫃。

「娘在翻什麼？」喬昭走了進來。

何氏轉頭去看喬昭，見她空手進來不由皺眉，隨手把桌几上放著的鏤空雕花小手爐塞進她手中，嗔道：「大冷的天也不知道拿著袖爐。我在翻衣裳呢，我記得前些日子把那件雪狐毛的披風放到這裡了。我們昭昭皮膚白，穿那件雪狐披風最襯妳了，省得去了東府讓那位老鄉君挑剔。」

喬昭不由笑了。「娘您忘了，祖母不是說鄉君的眼睛已經看不見了嗎？」

何氏手上動作一頓。「呃，對，我一下子給忘了。」

東府那個老鄉君最愛挑三揀四，要不是晚輩出遠門回來不去拜見長輩會被人說嘴，她才捨不得帶昭昭過去受苦呢。

何氏站了起來。「既然這樣，那就過去吧，咱們早去早回。我讓方媽媽燉了紅棗烏雞湯，回來後正好喝一盅暖身子。」

「娘，咱們晚點去東府吧，我有點事要出去一趟。」

何氏一愣。「要出去啊？我看今天要下雪的樣子，沒有急事還是在家待著吧。」

「娘，我有急事。」

「有急事？」何氏眨眨眼，想了想道：「那什麼時候回來呀？」

「這個也不一定。」喬昭不確定道。

紙條上只寫了他在隔壁等她，並無太多內容。在喬昭想來，邵明淵要見她，定然與邢舞陽的案子脫不了關係，她不能讓別的事絆住腳。

「娘，您放心吧，是冠軍侯找我有事。」喬昭坦然道。

何氏怔怔不語。「娘？」喬昭不解喊了一聲。

何氏回神，神情複雜看著寶貝女兒，嘆道：「妳這孩子，怎麼一下子就把實話說出來了呢？別人家女兒跑出去和男子幽會不都是藏著掖著嘛，她家昭昭是不是太實在了點？

喬昭哭笑不得，挽著何氏手臂道：「我不是怕娘擔心嘛。」

何氏一臉感動。女兒什麼知心話都和她說，真是太好了。

「那要準備馬車吧？娘去安排一下。」

喬昭忙把挺著肚子的何氏攔住。「娘別忙了，我不用坐車。」

「不坐車怎麼行？這麼冷的天，妳要走著去冠軍侯府不成？」

「我就去隔壁，隔壁宅子是冠軍侯的。」

何氏驀地瞪大了眼，吃驚道：「這麼巧？」

喬昭抿嘴笑了笑。事無不可對人言，她不認為這個需要瞞著母親。不過母親能認為是巧合，這思路也是清奇了。

何氏不過是被女兒願意與她分享祕密的巨大喜悅沖昏了腦，冷靜下來後忽然明白過來：「等等，我記得隔壁宅子空了好些年啊，怎麼主人成了冠軍侯？」

何氏一個激靈反應過來：冠軍侯這是看上她閨女了吧？這小子打算近水樓臺先得月啊！

婦人扶額坐下。喬昭吃了一驚。「娘，您怎麼了？」

何氏撫著肚子擺擺手。「等等，讓娘緩緩。」

她說怎麼會做了那麼奇怪的夢，水靈靈的寶貝閨女被一隻大鷹給叼走了，她可算知道那隻大尾巴鷹是誰了！

何氏看著花朵一般的女兒心情複雜。

她的昭昭還不到十四歲，就有臭男人盯上了？這可不行！

見何氏一副咬牙切齒的模樣，喬昭笑了笑，大方邀請道：「要不娘陪我一起去吧。」

反正就在隔壁，就當母女二人一起散步了。

「啊，這、這、這……好吧！」何氏矜持了一下，果斷應下來。

既然是女兒親口邀請的，她就勉為其難答應吧，正好去見見那隻大尾巴鷹。

隔壁宅子裡，邵明淵立在院中，頻頻看向黎府的方向。

這個時候昭昭應該接到信鴿的信了吧，為何還沒過來？莫非是被什麼事絆住了腳？

書上說一日不見如隔三秋，以往他對此一笑置之，現在終於體會到了。

腳步聲傳來，邵明淵霍然轉身。

一名親衛快步走過來。「將軍，黎三姑娘來了——」

話音未落，邵明淵已經大步流星向著門口走去。

親衛跟在後面喊：「將軍——」

奈何宅院太小，後面的話還沒說完，他們的將軍大人已經來到了門口，一臉傻笑道：「昭昭，妳終於來了——」後面的話戛然而止，跟在身後的親衛已絕望地捂住臉。

好同情他們的將軍大人，可是他也愛莫能助啊，誰讓將軍大人這麼心急的。

年輕將軍的笑意僵在嘴角，傻傻看著挺著肚子出現在門口的何氏。

何氏抬手撫了撫鬢邊的石榴絹花，一臉端莊道：「您是冠軍侯嗎？我是三姑娘的母親。」

邵明淵一張俊臉都青了，迅速看了一眼喬昭。

什麼狀況啊，為什麼未來的岳母大人會出現在他家門口？

不、不、不，要是出現在冠軍侯府也就罷了，可這是他為了方便見昭昭買在黎府隔壁的宅子，未來的岳母大人會不會多心啊？

只有傻子才不會多心！愣在門口的某人絕望地想。

何氏上下打量著面前的年輕人。

個子倒是挺高，長得也俊，不過傻高個又不能當飯吃，長得俊也沒什麼稀奇的，她的昭昭長得更俊呢。而且這隻大尾巴鷹好像不太機靈的樣子。未來的岳母大人滿懷憂愁地想。

扶著何氏的喬昭實在看不過去，輕輕咳嗽了一聲。

邵明淵這才如夢初醒，結巴著道：「您、您請進——」

「娘，小心點兒。」喬昭扶著何氏跨過門檻，與身體僵直立在門口的邵明淵錯身而過時，含笑看他一眼。

邵明淵轉身跟上，看到一臉同情的親衛，抬腳輕輕踹了他一下。

真想踹死這小子啊，這麼重要的情報居然沒有稟報，以往教他們的東西都被狗吃了嗎？

何氏走到院中，停住腳四處打量一番。

邵明淵一顆心提了起來。

未來的岳母大人莫非嫌院子裡打掃得不夠乾淨？或是覺得太窄小了些？

何氏忽然轉身，邵明淵忙停下腳步，低眉斂目道：「外邊天寒地凍，您請屋裡坐吧。」

何氏揚了揚秀氣的眉。小夥子態度倒是不錯，不過——

她眼角餘光掃了一眼如花似玉的女兒，心中冷哼一聲。她可不會被迷惑了，這小子現在低眉順眼的，還不是為了拐走她閨女嘛。

婦人走進堂屋，落座後接過親衛奉上的茶盞，低頭喝了一口，不由一怔。

居然是蜜水。

看到何氏的反應，邵明淵溫聲解釋道：「您有孕在身，不適合喝茶，喝蜜水好一些。」

聽了邵明淵的話，何氏的心就像被蜜水泡著，很是舒心，嘴角不由露出明媚的笑意。

邵明淵暗暗鬆了口氣。

昭昭現在的母親看起來太年輕了，他沒辦法不緊張，萬一對方嫌棄他太老了，配不上昭昭怎麼辦？更何況，他還悄悄把宅子買到了人家隔壁……

邵明淵正忐忑著，忽然察覺有人輕輕踢了他小腿一下。他側頭看過去，迎上喬昭似笑非笑的視線，忙收回目光，擺出一本正經的模樣。

在別人面前他可以肆無忌憚，在未來的岳母大人面前，他還是老實點吧。

「侯爺怎麼想起約我們三姑娘出來啊？」何氏放下茶盞問。

邵明淵嘴角一抽，恭聲道：「晚輩是有事要請教三姑娘。」

怎麼能叫約呢，他可不是誘拐人家閨女的登徒子。

何氏側頭看了喬昭一眼。喬昭輕聲道：「娘，我們確實有正事要談。」

一聽喬昭這麼說，何氏收起了挑剔的心情，站起來道：「那你們商量吧，娘去逛逛侯爺家的花園。」邵明淵使了個眼色給親衛，站起來道：「您慢些走。」

直到親衛陪著何氏出去，邵明淵才跌坐到太師椅上，狠狠鬆了口氣。

喬昭抿唇笑道：「邵將軍，不知道的還以為你打了一天一夜的仗呢。」

邵明淵臉色發白。「這可比打仗要累人多了。」男人可憐巴巴看著少女。「不行，昭昭要親我一下，才能撫慰我飽受摧殘的心靈。」

喬昭拍他手背一下。「說正經事！」

邵明淵順勢抓住喬昭的手，低頭湊過去道：「讓我親一下也行。」

話音未落，就聽門口傳來何氏的聲音：「忘了拿手爐——」

邵明淵飛快扔開喬昭的手，一顆心撲通撲通跳得飛快。被娘親逮個正著，喬昭頓時面紅如霞，狠狠瞪了闖禍的男人一眼。

前腳剛說了有正經事要談，才把親娘打發走就胡來……

「你們兩個不是有事要談嘛，怎麼都傻愣著不動？」何氏一臉疑惑。

喬昭與邵明淵對視一眼，同時鬆了口氣。

等何氏揣著手爐走了，邵明淵再也不敢亂來了，規規矩矩坐著，看著喬昭傻笑。

「笑什麼？」喬昭沒好氣問道。

「咱們運氣不錯，沒被逮到。」
「什麼咱們？是你臉皮厚！」
「是，都是我臉皮厚，咱們昭昭臉皮薄著呢，別生我的氣啦。」
「說吧，有什麼事？」
邵明淵把夜裡刑部衙門走水的事簡略說了一下。
喬昭暗暗捏緊了手帕，冷笑道：「那些人還是不死心！」
「是啊，福東的地位相當微妙，蘭山父子經營多年，如何甘心被人連根拔起。」
福東換一位總兵，只要下面的人不變，那新總兵不過是個空架子而已，要是全都換掉，再想往那邊伸手就沒那麼容易了。這樣一來，蘭山父子無疑會斷掉大筆財源。
邵明淵凝視著面前少女，輕嘆一聲。「昭昭，幸虧妳當時堅持把那本帳冊記下來。」
「我就是怕有這種萬一，小心無大錯。既然大哥早就去了刑部衙門默寫帳冊，你怎麼現在才知會我呢？」
邵明淵只笑不語。喬昭想了想，忽然就明白過來。
他是想要她多睡一會兒。喬昭一時之間有些感動，又怕有所表示再被母親大人抓個正著，只得抿唇笑笑，聲音柔和下來：「那我先把帳冊默寫出來吧。」
二人進了書房。書房布置很簡單，該有的卻一應俱全。
喬昭一手提起衣袖，坐姿端正開始默寫帳冊，邵明淵站在一旁替她研墨。
一時之間書房靜謐無聲，只聽到沙沙的書寫聲。
溫暖的冬陽從窗子灑進來，給少女的側臉鍍上一層淡淡的光芒，使她白皙的面龐看起來近乎半透明，安靜柔美。

邵明淵一時看得出神，一滴墨汁染到衣角上，他卻渾然不覺，依舊目不轉睛看著心愛的姑娘。

喬昭停筆側頭。「傻站著不累嗎？」

「不累。」

「不累也坐下。」

他又不是鐵打的，眼瞼下的青影都能嚇死人了，還要逞強。

「好。」男人乖乖坐下來。

時間一點點流逝，邵明淵卻覺時間過得太快了些。今日過後，想見到昭昭又不知要等到什麼時候了。

何氏逛完了光禿禿的花園子，讓親衛領著來到書房外，透過敞開的窗看到內裡情形，不由停住了腳。女兒在忙，她還是不打擾了。

邵明淵警覺力頗高，察覺到何氏視線，立刻悄悄起身，放輕腳步走了出來。

「您逛完了嗎？要不要進屋歇歇？」

「不用了，我先回府了。」

「晚輩送您。」

「不用勞煩侯爺了，就在隔壁。再者說，讓人看到也不好。」何氏快言快語道。

邵明淵默默望天。未來的岳母大人說話真直接！

示意親衛送何氏出了門，邵明淵這才徹底放鬆下來，等到喬昭放下筆，遞了一杯蜜水給她，而後問道：「昭昭，妳說我什麼時候去妳家提親好？」

一八二 新的難題

喬昭不由握緊了水杯，平靜看著問話的男人。她能明顯看得出對方的緊張。

「臘月裡不議親。」

邵明淵眼睛一亮。「來年春天怎麼樣？」

「我還未及笄，父母不一定會答應。」

聽喬昭提到父母，邵明淵更緊張了，猶豫了下問道：「昭昭，妳覺得我剛才表現如何？」

「嗯？」喬昭一時不知這話從何問起。

邵明淵搓了搓手。「就是……岳母大人對我還滿意吧？」

喬昭直接把手帕砸在了男人臉上，嗔道：「要臉嗎？誰是你岳母大人？」

何氏已走，邵明淵膽子立刻壯起來，笑呵呵道：「誰是妳的母親，誰便是我的岳母大人。」

喬昭白他一眼。

邵明淵握住喬昭的手，察覺有些涼，用雙手攏著輕輕揉了揉：「昭昭，說真的，我剛剛的表現還好吧？」

喬昭忍不住笑了。「我還以為你膽大包天呢，原來會怕我娘。」

「那當然，岳母大人萬一不把妳許配給我怎麼辦？」

喬昭嘆口氣。「婚姻大事乃父母之命，媒妁之言，你問我，我哪知道該怎麼辦呀？」

邵明淵一聽就傻了，抬手揉揉臉，苦惱道：「妳的意思是岳母大人對我不滿意了？」

喬昭睇了他一眼。「要是你有個未及笄的女兒，有個膽大包天的小子看上她了，偷偷買下你家隔壁方便幽會，你會怎麼樣？」

將軍大人眼中殺機一閃，冷冷道：「我剝了那小子的皮！」

喬昭也不說話，就這麼看著愣住的男人笑。

邵明淵狠狠揉了一把臉。「完了！」

他鬱悶了片刻，掙扎道：「不過咱家隔壁是親王府，沒人買得起……」

冠軍侯府座落在皇城附近，是天子御賜府邸，代表了冠軍侯非同一般的榮光。

喬昭不再逗他。「行了，咱們的事明年再說吧，反正不急，你先把這本帳冊送過去，再有別的事隨時通知我。」

邵明淵接過帳冊，沒精打采。誰說不急的？他已經二十一了！娶了好幾年的媳婦成了個小姑娘，還要慢慢等她長大，箇中滋味不足對外人道。

年輕將軍把喬昭送到了大門口，抬手輕輕碰了一下她的面頰，溫聲叮囑道：「回去好好歇著，有事就讓晨光來隔壁找守宅子的親衛。」

「知道了，你快走吧，正事要緊。」

喬昭立在杏樹旁，看著男人俐落翻身上馬消失在胡同口，這才轉身回到黎府。

邵明淵趕去刑部衙門時已經快要晌午，書房內的三位重臣皆無心吃飯，翹首以待等著他回來。一見門口出現邵明淵的身影，三人立刻起身迎上去。

「怎麼樣了？」

邵明淵把散發著墨香的帳冊遞過去。

寇行則接過來翻開，端麗的小字躍然紙上。他不由看向邵明淵。

邵明淵面無表情立在一旁，臉上瞧不出任何端倪。

寇行則翻閱完，把帳冊遞給一旁的張寺卿。張寺卿翻到其中一頁，指著一個人名道：「我記得這個人，一個小小的百戶能收受賄賂五百兩，實在令人觸目驚心！」

左都御史也想了起來，笑道：「我對此人也有印象，當時張大人是一眼看到他的名字，才印象深刻的吧？」帳冊上記錄的百戶與張寺卿同名，當時張寺卿就罵了聲晦氣，沒想到這時倒成了驗證帳冊對錯的關鍵。

「居然連名字記錄的頁碼與位置都一模一樣。侯爺，下官實在是有些好奇，您這本帳冊是出自何人之手。」張寺卿嘆服道。

邵明淵直言道：「帳冊出自何人之手並不重要，重要的是能解決了三位大人的麻煩。張寺卿，您說是嗎？」

張寺卿官場摸爬滾打多年，能混到大理寺卿的位子當然不簡單，聽出邵明淵語氣中的淡淡警告，自是打消了追問的念頭。管他什麼人默寫出來的帳冊，不耽誤他們查案才是最重要的。

「另一本帳冊我舅兄默寫出來了嗎？」

寇行則笑道：「那本帳冊要厚一些，墨兒應該快寫好了。」

話音才落，喬墨便從書房中走了出來。他眉宇間難掩倦怠，神色卻淡然從容，把厚厚的帳冊雙手奉給寇行則。「寇尚書，您看一看。」

寇行則快速翻閱一遍，對其餘兩人道：「那就請邢御史來謄寫吧。」

二人齊齊點頭。

兩本帳冊到手，本以為這一道難關是過了，誰知到了邢御史那裡，卻出了問題。

「原先的帳冊丟了，讓我重新謄寫別人默寫出來的？」邢御史面色嚴肅，連連搖頭。「這絕對不行！」

「怎麼不行啊？」張寺卿一臉詫異。

邢御史正色道：「帳冊事關許多官員命運，怎麼能造假呢？」

「誰造假了？這兩本帳冊就是完全按照你寫的帳冊默寫出來的！」張寺卿抓狂道。

「證據呢？」邢御史反問。

「證據？」

「是呀，下官現在也不記得兩本帳冊的內容了，如何能確定重新默寫的兩本帳冊沒有出錯？」

「這……」張寺卿被問得啞口無言，向左都御史使了個眼色。

這可是你的屬下，還是你來吧。

左都御史清了清喉嚨，語氣親切道：「邢御史，這兩本帳冊確實是按照你寫的帳冊默寫出來的，我們剛才已查驗過了，沒有問題。皇上那邊還等著咱們的案子查出結果，你就盡快把帳冊重新謄寫一遍吧。」

邢御史直愣愣問：「怎麼驗證？我這寫帳冊的人都無法確定兩本帳冊有沒有記錯，三位大人怎麼驗證？」

左都御史被噎得說不出話來。

張寺卿朝左都御史翻了個白眼，腹誹道：難怪別人都說都察院的人全是茅坑裡的石頭，又臭又硬！

左都御史面子有些掛不住，加重了語氣：「邢御史，你若不謄寫帳冊，有沒有想過大家辛辛苦苦忙碌的一切都會白費？那些令人憤怒的貪官汙吏會繼續逍遙法外？」

「這些道理下官都知道，但一就是一，二就是二。大人們看到的帳冊上一個個名字關乎的是一家人甚至一族人的命運。如果下官謄寫了錯誤的帳冊，又和那些蠹蟲有什麼區別？」邢御史擲地有聲地反問。

「你、你這是迂腐！」張寺卿氣得一甩衣袖。邢御史一言不發，強硬的態度卻表明了一切。

「劉大人，你看看這……」張寺卿看向左都御史。

左都御史扶額。他有什麼辦法？他也很無奈啊！

當初選派御史前往福東，因為前兩任御史一個暴病身亡，一個出了意外，大家都覺得晦氣，沒人願意去，這位邢御史是主動請纓的。他可是領教過這位下官的倔脾氣了。為了不被屬下打臉，左都御史識趣沒有開口。

氣氛一時僵持下來。

邵明淵開口道：「既然這樣，邢御史還是去忙吧，那兩本丟失的帳冊，我們再找找看。」

邢御史板著臉朝幾人一拱手。「那下官就去忙了。」

以邢舞陽為首的一眾官員在福東的種種惡行，他需要詳細寫成摺子呈給皇上，尚有得忙呢。

「哎——」眼睜睜看著邢御史掉頭出去，張寺卿伸了伸手，一臉無奈。

「劉大人，那是你的屬下，你就讓他這麼走了？」

「不然呢？逼死他？」左都御史睇了張寺卿一眼，理直氣壯提醒道：「張大人別忘了，我那些屬下最愛一言不合撞柱子自盡了。」

張寺卿抖了抖鬍子，被堵得不知說什麼好。

「那現在怎麼辦吧？那兩本帳冊最後是要作為重要物證一同呈給皇上的，兩本帳冊兩本字跡，一看就是假的，到時候咱們腦袋都要搬家！」

寇行則沉默聽著張寺卿與左都御史的爭執，視線投向邵明淵。「侯爺對邢御史說咱們去找丟失的帳冊，是不是有什麼特別的意思？」

經寇行則這麼一提醒，張寺卿二人齊齊看向邵明淵。邵明淵與喬墨交換了一下眼神。剛才他就是忽然發現喬墨對他使了個眼色，才暫時安撫住了邢御史。

「三位大人，我想與侯爺商量一下。」喬墨開口道。

見幾人皆看向他，喬墨依然神情淡然，彷彿邢御史出人意料的拒絕沒有給他帶來絲毫影響。

「好，你們進去說話吧。」寇行則略微猶豫了一下，點頭應下來。

三位重臣走到廊下吹著冷風，心情頗沉重。

書房內安靜而空蕩，墨香濃郁。

喬墨沉默片刻開了口，說的卻不是帳冊的事。「我和大妹一母同胞，年紀只隔了兩歲，雖然因為大妹自幼隨祖父隱居嘉豐，相聚的日子不多，但我們許多愛好卻驚人相似……」

邵明淵沒有打斷，認真聽著。凡是有關昭昭的事，他都想瞭解。

喬墨說到最後，深深看著邵明淵。「侯爺，大妹有沒有和你提起過，我們兩個皆擅長模仿他人筆跡？」

邵明淵微怔，搖頭道：「昭昭沒有提過。」說到這，他笑了笑。「昭昭不是愛炫耀的人。」

喬墨牽了牽嘴角。他還擔心邵明淵臉上掛不住呢，誰知這小子挺會找理由。

「如果面前擺著邢御史的字，給我和大妹一天的時間，我們可以模仿到八成相似，若是給我們三天的時間，就能做到以假亂真。」

邵明淵聽得驚嘆不已。天縱奇才的人果然是存在的，他的妻子與舅兄都是這樣的人。

想到這裡，年輕將軍苦惱揉了揉臉。

壓力更大了怎麼辦？以後他與昭昭的娃娃要是不聰明，定然是隨他……

「侯爺？」喬墨不明白眼前的人怎麼忽然苦著一張臉。

邵明淵回神，乾笑道：「舅兄驚才絕豔，我實在是佩服。」

喬公子莫名聽出了幾分口不對心，詫異看邵明淵一眼，輕嘆道：「無論是我還是大妹，都可以偽造邢御史的筆跡謄寫那兩本帳冊，但我不確定這樣做是不是對的。」

他所受到的教導其實讓他心中清楚，這種做法非君子所為，可那兩本帳冊太過重要，重要到他願意放棄某些堅持。

「舅兄不用想多了，這樣做就是對的。」邵明淵毫不遲疑道。

喬墨目光深沉看著他。

邵明淵笑得很輕鬆，彷彿讓喬墨遲疑的根本不是值得煩惱的問題：「有的事情，結果比過程重要，戰場是這樣，官場上也是如此。只要我們知道是對的，那就值得去做，堅定不移，毋須退縮！」

喬墨眸光微閃。

邵明淵笑了笑，目光投向窗外，輕聲道：「誰都想守著君子之風，光風霽月，可這世上的很多事，總要有人去做。」

喬墨心中一震，彷彿第一次才認識了眼前的年輕男子。

他比他還要小兩歲，就已經是名震天下的常勝將軍，皇上親封的冠軍侯。很多人豔羨，很多人佩服，可同樣有很多人暗地裡罵他冷血無情，射殺自己的妻子換取軍功。

世人愚昧，人云亦云，有時候想毀掉一個人的名聲，只需要幾個閒漢酒後嗑牙就夠了。

他一直以為邵明淵走到今日，憑的是一腔熱血，現在卻發現這人比絕大多數人都通透。這位大梁最年輕的高級將領，因為看得明白而堅定不移，勇往直前。

喬墨伸手拍了拍邵明淵的肩頭，鄭重道：「侯爺說得對，我知道該怎麼做了。」

邵明淵卻笑著搖了搖頭。「這件事，舅兄不能做。」

喬墨這一次是徹底糊塗了，目露疑惑。

「如果李神醫治好了舅兄的臉傷，舅兄會參加明年的會試吧？」

「對。」喬墨皺眉，已經明白了邵明淵的意思。

「舅兄如果想在仕途上走得長遠，就不能讓人知道你擅長模仿他人字跡。」

一個能模仿他人字跡的人，哪個長官敢用這樣的下官？

喬墨一時沉默了。

「我去找昭昭。」

喬墨攔住邵明淵。「大妹是女孩子，我怎麼能置身事外，反而把她牽扯進來？」

「舅兄，我知道昭昭的想法，如果真的由你出面，她會生氣的。」

喬墨嘴唇動了動，最終嘆了口氣。

黎家東府。

「鄉君，西府的大太太帶著三姑娘來給您請安了。」丫鬟附在姜氏耳邊提醒道。

「現在什麼時辰了？」

「晌午了。」

姜氏渾濁的眼珠一動不動，對著前方冷哼一聲，手中拐杖在地面上重重一拄。「看來是欺負我老婆子眼睛看不見了，快晌午才過來請安！」

不過數月不見，姜氏看起來老了許多，臉上的皮鬆垮層疊，眼珠白濛濛如死魚眼珠。當被她用這樣一雙眼睛看著時，足以令人不寒而慄。

不過對眼前母女二人是個例外。

喬昭自是不必說了，何氏更是個膽大的，見姜氏發了怒，明擺著要給她們一個下馬威，她順了順鬢角，不慌不忙站了起來，還順勢拉了喬昭一把。

立在姜氏下手邊的大丫鬟剛要開口，何氏一個銀元寶就遞了過去。

大丫鬟一怔，抬眼看去。何氏笑嘻嘻地把銀元寶塞入大丫鬟手中，指了指姜氏的眼睛。大丫鬟頓時會意，眼風一掃，見廳內除她以外無人伺候，便把碩大的銀元寶收了起來，不再吭聲。

何氏抿唇一笑。她就知道，沒人和錢過不去。這個老太婆只懲罰她就罷了，可她還有昭昭與肚子裡的孩子呢，哪能任這老太婆隨意磋磨。

「怎麼不說話？莫非不把我這老太婆放在眼裡？」姜氏陰沉沉問道。

喬昭剛欲開口，被何氏攔住了。

何氏清了清喉嚨，笑吟吟道：「哪能呢，昭昭剛忙完了正事，侄媳就趕緊帶著她來給您請安了，半點工夫都沒敢耽誤。」

喬昭：「……」她總是那麼天真，以為母親大人長進了。

果然姜氏一聽就氣炸了肺。「何氏，妳的意思是給老婆子我請安不是正事了？」

何氏還待再說，被喬昭拉了一下，這才閉口不言。

喬昭開口道：「鄉君勿惱，給您請安當然是正事了。不過一早上宮中九公主就派人給我傳了話，我忙完九公主的事就立刻過來給您請安了，請您勿怪。」

姜氏抓起手邊茶盞就往地上砸了過去。她雖看不見，對準的卻是請安時站立的方向，奈何何氏早就自顧坐下了，還拉上了喬昭，那只茶盞自然落了空，落在地上摔得四分五裂。

姜氏的怒斥伴隨著茶瓷碎裂的清脆聲傳來：「少拿宮裡壓我！妳個小丫頭什麼心思打量我不知道？我吃過的鹽比妳吃過的米還多！」

何氏一聽就惱了。「鄉君，您這話是什麼意思？我們三姑娘有什麼心思啊？不能因為您是長輩，就胡亂給人扣帽子吧？」

姜氏聽了更是惱怒。「何氏，這是一個當侄媳婦的對伯娘說話的態度？」

何氏破罐子破摔道：「您也知道我是侄媳婦，不是兒媳婦啊？我們老夫人還沒這麼挑剔呢！」

喬昭扶額。她的母親大人，怎麼淨說大實話呢！

「妳！」姜氏以手扶額，做出頭暈的樣子。

「老夫人——」大丫鬟駭了一跳，忙替姜氏拍背。

何氏抿著唇，一臉倔強。讓她向這老太婆低頭是不能的，至於萬一真把這老太婆氣出個好歹來，那就到時候再說唄。

姜氏緩了緩神，冷笑道：「我想起來了，妳是有身孕的人了，懷了西府的金孫，有了護身符。好，我也不是那等刻薄的人，妳坐下吧。」

早就坐下的何氏毫無誠意地道了一聲謝。

姜氏重重一拍桌子。「三丫頭，妳給我跪下！」

何氏去拉喬昭，喬昭搖搖頭，默默跪下來。

如果姜氏讓她母親跪下，她無論如何都會攔著，她不能看著有身孕的母親處於危險之中，但讓她跪下，她不想去做不必要的抗爭。

姜氏是她的伯祖母，子孫輩哪怕沒有錯，當長輩的讓人跪下，倘若不跪，傳出去受指責的也是晚輩。

姜氏的斥責劈頭蓋臉砸下來。「妳可真是出息了，在男人堆裡混了好幾個月，把黎家的臉面丟盡了不說，一回來還害得妳伯父被上峰責罵，黎家怎麼出了妳這麼個掃把星？」

聽到姜氏這些無端的指責，喬昭不再沉默，在對方的氣急敗壞之下平靜問道：「鄉君覺得我奉太后懿旨南下，是丟了黎家的臉面？」

姜氏被問得一滯。替太后辦事那是天大的榮耀，喬昭這趟出行雖有諸多讓人詬病的地方，但無人敢放到明面上來鄙夷，不然就是笑話太后處事不當。

姜氏身為宗室中人，自然深知這一點。

喬昭繼續問：「鄉君說我害大伯父被上峰責罵，這侄孫女真不明白了，還望您能解惑。」

姜氏冷笑一聲，質問道：「妳既然和冠軍侯同行，冠軍侯查到那些後為何不及時知會你大伯父，好讓他能有所準備？妳可倒好，一回來就見不到影子，擺明是看東府的笑話，是不是？」

「一筆寫不出兩個『黎』字，我為何要看東府笑話？」喬昭語氣依然波瀾不驚，心中嘆息一聲。她能感覺得到，姜氏的性情和以往有了不小的變化，已經把暴躁擺到明處，成了個充滿戾氣的老婦人。

這大概與姜氏雙目失明心情鬱結有關，她恰好成了姜氏怒火發洩的對象。

「三丫頭，妳是在質問我嗎？」姜氏從道理上講不過喬昭，乾脆擺出長輩的身分來。

喬姑娘無語望天。

跟她講道理，她跟妳耍無賴，她前世今生兩輩子，這樣的長輩還是獨一個。

「茶。」姜氏朝大丫鬟伸手。姜民不急，寒冬臘月的天，就算屋裡擺著炭盆，地板也是冰涼的，她倒要看看這丫頭能撐到什麼時候。

看到姜氏嘴角掛著的笑意，喬昭不動聲色捏了捏厚厚的護膝。她就知道準備這玩意兒還是能派上大用場的。

姜氏慢條斯理喝著茶，喬昭慢條斯理跪著，何氏忍了又忍，剛要開口，一個丫鬟匆匆進來，揚聲道：「鄉君，西府來人說，刑部尚書府的寇大姑娘請三姑娘過府一敘。」

姜氏一臉懷疑。「刑部尚書府的大姑娘？這是西府來人說的？」

西府鄧氏是個護犢子的，十有八九是找了個藉口好把三丫頭叫回去，難不成以為她眼睛瞎了，心也跟著瞎了？

丫鬟忙道：「尚書府的人跟著過來了。」

姜氏猶不死心，親自見了尚書府的管事，這才信了。

這時又有丫鬟進來稟報：「鄉君，江大都督府的大姑娘請三姑娘過府一敘。」

緊跟著又有人來傳：「泰寧侯府的朱七姑娘請三姑娘過府一敘。」

「禮部尚書府的蘇姑娘請三姑娘過府一敘。」

姜氏徹底傻了眼。

說好的名聲敗壞沒人搭理呢？

姜氏睜著死魚般的眼珠望向喬昭所在方向。

她很想看看記憶中淺薄無知的小女孩，是怎麼成為現在讓自己看不透的存在，奈何眼前一絲光亮也無，只有一片死寂。

喬昭安安靜靜跪著，一言不發。

姜氏最終放棄了思索，從牙縫裡擠出兩個字來：「去吧。」

少女聲音平靜無波：「鄉君保重身體，侄孫女告辭了。」

等喬昭一走，姜氏伸手一掃，把手邊桌幾上擺的東西全都掃到了地上去。

嘩啦一聲巨響，地上一片碎瓷，球形的袖爐骨碌骨碌在地上滾動，發出令人頭皮發麻的聲響。

進來報信的丫鬟們皆噤若寒蟬。她們東府的這位老夫人自打眼睛看不見後脾氣是越發大了，以前頂多是言語上敲打她們，現在一個不好就要受皮肉之苦。

只有姜氏的心腹婆子小心翼翼勸道：「鄉君，仔細傷了自己。」

姜氏依然怒不可遏。「妳聽聽那丫頭說的什麼話！要我保重身體？這是見我瞎了，心裡偷著樂吧？」

「鄉君，您別多心……」

「我怎麼能不多心！西府這是翅膀硬了，不把東府放在眼裡了，我等著西府老二回來後鄧氏來求我！」

往往外放官員回京敘職，想要謀個好位置的話是要找人活動的。東府的大老爺黎光硯雖不是吏部主管這些的官員，但身為刑部侍郎已經是數得著的大員，在吏部那邊自然有臉面。

心腹婆子趁機勸道：「是呀，鄉君您就別氣了，論子孫有出息，西府哪能跟咱們東府比呢？別說咱們大老爺，就是兩個哥兒現在當差都當得有聲有色，西府的輝哥兒可還是個孩子呢。」

聽到心腹婆子這麼說，姜氏總算緩了緩神色。

無論如何，西府在這方面是沒法和東府比的。等鄧氏來求她，她定不會心軟！

喬昭看著幾個府上來的管事，神色微凝。她可不相信有這樣的巧合。

阿珠走過來，在喬昭耳邊低語幾句。喬昭微微頷首，示意阿珠好好招待幾個府上的管事，悄悄去了隔壁鄰居家。

邵明淵正等在那裡。

「有什麼問題嗎？」喬昭問。

許是越在乎就越會出現波折，喬昭對此已有預感。

「東府那位鄉君沒有為難妳吧？」邵明淵同聲問。

看到他眼底的擔憂，喬昭一顆懸起的心莫名安定了些，笑道：「即便為難，也不過一些內宅手段罷了，沒什麼打緊的。」

邵明淵目光落在喬昭膝蓋處，那處的襖裙明顯比旁處髒了些。

「她讓妳跪著了？」

男人目光轉深，讓人感到野獸般的危險。喬昭甚至覺得她若是不說些什麼，眼前的男人就要化成孤狼，找人拚命去了。

「你看。」喬昭把裙襬掀起來，露出綁在膝蓋上的棉墊，笑盈盈道：「她有張良計，我有過牆梯。沒必要與她硬著來，反正我吃不了虧就是了。」

邵明淵重重鬆了口氣。「那就好。」

他一聽說昭昭去了東府給那位老鄉君請安，想到先前打探到的情況就忍不住為她擔心。無奈的是他們現在無名無分，他一個外男，為了昭昭名聲是沒辦法光明正大護著她的，只能採取迂迴手段。

「昭昭，咱們盡快訂親吧，開春就訂下來。」邵明淵望著眼前纖弱的少女輕嘆。等她成為他的未婚妻，不管是老鄉君還是什麼黎侍郎，即便占著長輩的名分，他也毋須顧忌了。

「嗯。」喬昭含糊應了一聲，催問道：「到底遇到什麼問題了？」

邵明淵苦笑。「邢御史不答應謄寫。」

喬昭沉默了片刻，嘆道：「我雖不認同邢御史某些想法，但他是個值得欽佩的人。」

「是呀。但現在這個值得欽佩的人給咱們出了一個大難題，所以我來找妳了。」

喬昭略一思索就明白了邵明淵的意思，緊了緊手中袖爐，輕聲道：「三天。三天後我會謄寫完帳冊，你記得把原來帳冊所用的紙墨準備好。」

要仿造兩本帳冊，可不只是模仿筆跡就夠了。用什麼紙什麼墨，紙張的磨損程度都有講究。

邵明淵頷首。「這些毋須擔心，我都會準備好，只是這三天要辛苦妳了。」

他說著把一疊紙遞過去。「邢御史寫廢的奏書，左都御史悄悄塞給我的。」

喬昭接過來：「能把案子辦好了，怕什麼辛苦。對了，寇大姑娘她們邀請我過府一敘，是不是與你有關呀？」

男人一本正經道：「別的姑娘怎麼會與我有關係？」

喬昭斜睨著他。「到底有沒有關？」

邵明淵以拳抵唇輕咳一聲。「寇尚書知會了寇大姑娘一聲。」

「那朱七姑娘呢？」

「朱彥跟她說的。」沒等喬昭問，邵明淵接著道：「蘇姑娘恰好與朱七姑娘在一起，不知怎麼就跟著湊熱鬧了。」

「反正都與你無關？」

男人含笑點頭。「嗯。」

「厚臉皮！」喬昭嗔道。

邵明淵抓住她的手放到自己臉上，一臉嚴肅道：「不厚，妳摸摸。」

「誰想摸啊——」少女臉頰泛起桃花般的粉色，撞入男人漾起層層漣漪的深深眼波裡，忽然忘了言語。

二人四目相對，一時之間寧靜無聲，只有看不見的火花在年輕男子與少女之間悄悄點燃。

喬昭察覺握著自己的那隻大手漸漸加大了力氣，莫名有些慌亂，忙抽回了手，抬手理了理垂落的髮絲，問道：「那江大姑娘呢？」

「什麼？」邵明淵明顯有些失神。

「我說江大姑娘，她怎麼也來湊熱鬧請我去江府作客？」

邵明淵一臉無辜。「這個真和我無關……」

喬昭把邢御史寫廢的奏書收好，想了想道：「都推了不去不太好，我就去一趟寇府吧。」

她寧願去寇府也不想和江詩冉打交道，去寇府正好可以推了那邊。

二人皆有要緊事做，儘管心頭都存著或濃或淡的不捨，還是匆匆分開了。

一八三　種種偏見

喬昭應邀去了寇尚書府，寇梓墨披著大氅站在垂花門處迎她。

見到寇梓墨，喬昭不由吃了一驚。

數月不見，原本身材高眺的少女豐腴雙頰陷了進去，一身鴨蛋青色的襖裙配著雪狐毛大氅，讓弱不勝衣的少女多了幾分化不開的哀愁。

「寇大姑娘清減了。」喬昭走過去。

寇梓墨凝視眼前少女片刻，伸手握住她的手。「黎三妹妹長高了。外邊冷，咱們進屋說話。」她的聲音溫柔平靜，卻莫名讓人覺得有些哀傷。

喬昭隨著寇梓墨進了屋。寇梓墨的閨房裡擺著幾個火盆，一進去大衣裳便穿不住了，她解下大氅交給丫鬟，招呼喬昭道：「黎三妹妹坐吧。」

丫鬟上了熱茶，默默退了出去。

「快晌午了，黎三妹妹就在我這一起用飯吧。」

「不必了，出來時和母親說了要回去吃。改日我作東請寇大姑娘吃飯，再把朱七姑娘她們叫上小聚一下。」

寇梓墨認真看著喬昭，抿了一下嘴角，輕聲道：「我聽說表哥認了黎三妹妹當義妹。」

喬昭坦然點頭。「嗯，我和喬大哥很投緣。」

「如何投緣？」寇梓墨追問道。

喬昭深深看著寇梓墨。她眼中沒有女孩子因心上人與其他女子親近而產生的戒備與不快，而是滿滿的好奇與困惑。

喬昭微微一笑。「我見到喬大哥，就覺得他和我親哥哥是一樣的，彷彿我們上輩子就作過兄妹。」

寇梓墨聽了低下頭去，默默揉著手中帕子。

「寇大姑娘？」喬昭覺得寇梓墨與往常不同，彷彿有著無限心事，輕輕喊了一聲。

寇梓墨抬起頭，望進喬昭眼睛裡。「黎三妹妹叫我寇姊姊吧，妳和我表哥結為兄妹，在我心裡就和妹妹一樣的。」

喬昭含笑點頭。「好的，寇姊姊。」

見眼前少女忍俊不禁的樣子，寇梓墨忽然反應過來，俏臉緋紅道：「妳別誤會，我、我沒有別的意思……」

喬昭笑盈盈看著她。她一直知道寇梓墨對兄長情根深種，對此她的態度是順其自然。

她希望她的兄長能娶到兩情相悅的姑娘。

「我真的不是那個意思……」寇梓墨卻忽然激動起來，說到最後竟忍不住哽咽了下，然後便好似堤壩決了一道口子，瞬間崩潰哭了起來。

「寇姊姊？」

寇梓墨一把抱住喬昭，手抖得厲害，淚珠從腮邊滑過，已是冰涼。「黎三妹妹，妳不用說什麼，讓我靠一靠，靠一下就好了……」

喬昭沉默無聲，伸手輕拍著寇梓墨的肩膀。

她沒有問寇梓墨為什麼哭，卻隱隱猜到與兄長脫不開關係。自從兄長搬離寇府入住冠軍侯府，還下過大獄，寇梓墨多次去探望兄長，二人之間究竟如何便不得而知了。

寇梓墨坐直了身子，拿帕子擦了擦眼淚，赧然道：「讓黎三妹妹看笑話了。」

「寇姊姊不必覺得不好意思，誰都有傷心的時候。傷心的時候不哭，難道笑嗎？該哭便哭，該笑便笑，這沒什麼大不了的。」

寇梓墨垂眸抿了抿唇，淺淺笑了一下。「黎三妹妹說得是，多謝了。今日妳就留下用飯吧，就當陪我說說話。」聽寇梓墨這麼說，喬昭點頭應了下來。

二人略說了幾句閒話便到了飯點，丫鬟從大廚房提了食盒過來，把飯菜擺上桌。

寇梓墨在喬昭面前哭了一場，無形中覺得二人親近不少，便隨口問丫鬟：「不是吩咐妳告訴大廚房，加一道山藥羊肉羹外加兩盅冰糖燉雪蛤嗎？」

丫鬟咬了咬唇，飛快看喬昭一眼，垂眸道：「大廚房說姑娘吩咐晚了，山藥羊肉羹來不及做。」

「那冰糖燉雪蛤呢？」

丫鬟頭垂得更低。「雪蛤恰好沒有了，明日才去採買。」

寇梓墨秀眉微蹙，再仔細看了一眼菜色，忽然心中一動，明白了什麼。她性子沉穩，儘管攏在大袖中的手指關節已捏得發白，面上卻不動聲色，對丫鬟淡淡道：「退下吧。」

丫鬟退下後，寇梓墨勉強對喬昭笑笑。「今日匆忙，招待不周，對不住黎三妹妹了。」

喬昭雲淡風輕笑笑。「怎麼會呢，寇姊姊家的飯菜比我們府上豐盛多了。這道紅燒鯉魚恰好是我最喜歡吃的。」

寇梓墨鬆了一口氣。「合妳口味就好，冬日菜冷得快，咱們吃完再聊。」

二人秉著食不言寢不語的規矩，默默吃起來。

半涼不熱的魚肉吃在嘴裡，喬昭只覺味同嚼蠟。她的眼角有些酸脹，眨了眨才把澀然壓下。

出嫁的女兒回到娘家是嬌客，身為外孫女也算小嬌客了。她多次來過外祖家，知道外祖家待客席面分了六等，曾經的她用的是一等，如今卻是最末等。

小姑娘黎昭或許不懂，她卻記得分明，寇家最末等的席面，招待的是貴客帶來的體面下人。

寇府用招待下人的飯菜招待府上大姑娘的朋友，其中的意思不言而喻。

他們欺黎家的姑娘不懂，用意是在告訴寇梓墨，希望她以後別再邀黎家姑娘上門。

大舅母以患了瘋病的名頭被關起來，如今尚書府主事的是二舅母竇氏。但她犯不著這樣落寇梓墨面子，當嬸子的插手侄女交友問題，純粹吃力不討好，有這個時間何不用來教養自己兒女？

所以示意大廚房這樣做的人已經很明瞭，就是她的外祖母薛氏。

曾經，外祖母待她和煦慈愛，每次來比對親孫女還親熱。而今，她成了黎昭，卻只能得到一頓招待下人的飯菜了。

最初的委屈過去，喬昭挺直了脊背。

這也沒什麼，她有了疼她的爹娘祖母，是因為她是黎昭；而今得了這樣的對待，還是因為她是黎昭。有得必有失罷了，至少她能重活一次，已經是大賺特賺了。

喬昭心頭豁然開朗，飯菜在嘴中有了滋味。

寇梓墨卻如坐針氈，等喬昭一走，抬腳去了薛老夫人屋子裡。

「梓墨來了。」薛老夫人淡淡掃了寇梓墨一眼。「到了祖母這兒，怎麼不說話呢？」

寇梓墨咬了咬唇。「祖母，今天——」

「妳是想問午飯的事吧？」

寇梓墨垂眸默認。薛老夫人淡淡道：「梓墨，以後別和黎家姑娘來往。」

「為什麼？」

薛老夫人面色淡淡。「祖母不想看著黎家姑娘帶累了妳的名聲。」

寇梓墨眼眸微微睜大。「祖母此話何意？」

「一個姑娘家，與數名年輕男子朝夕相處數月，能有什麼好名聲？」

「可黎姑娘南下是奉了太后之命——」

薛老夫人笑了笑。「在外面大家自是不會多說什麼，祖母也只是私下提醒妳。黎家姑娘眼看著就要及笄了，到時妳可以看看，可會有人家上門提親。」

寇梓墨頗不贊同薛老夫人的話。「孫女覺得黎姑娘人品端正，不是會招惹人的……」

薛老夫人淡淡睃了孫女一眼。「人品端正？如果人品端正，為何留興侯府會急慌慌舉辦賞花宴？」她說著把一張素雅請帖推到了寇梓墨面前。

寇梓墨心思聰敏，略一琢磨便明白了薛老夫人的意思。

薛老夫人沉沉目光緊盯著長孫女，語帶警告道：「現在滿京城收到這張帖子的人家，都知道黎家姑娘招惹了留興侯府的世子，嚇得留興侯府的老夫人急慌慌下帖子要開賞花宴，替寶貝孫子挑媳婦呢。」

見孫女面沉如水，薛老夫人語重心長道：「祖母也不是那等勢利眼的人，沒有因為黎家姑娘出身尋常看不起她的意思。以往妳請她過府並沒有攔著，可現在祖母不能看著妳繼續與她相交了。梓墨啊，妳想想看，黎家姑娘現在這樣的名聲，那些夫人太太們若是知道妳與她交好，會怎麼看妳？妳現在可正是議親的時候。」

寇梓墨抿唇不語。

薛老夫人挑眉。「梓墨，祖母的話妳到底聽進去了嗎？難不成妳也想像黎家姑娘那樣嫁不出去，當一輩子老姑娘？」

寇梓墨在心中苦笑。如果不能嫁給表哥，她情願當一輩子老姑娘。

不過她一個姑娘家，這話是沒臉對長輩說的。

「梓墨？」見孫女依然不言語，薛老夫人眸光微深。

寇梓墨牽了牽嘴角。「您放心，以後我不會請黎姑娘來府了。」

她不可能憑三言兩語改變祖母的看法，既然如此，又何必讓黎三姑娘來了受冷遇。儘管黎三姑娘察覺不到，她看在眼裡心中卻不好受。

薛老夫人聽寇梓墨這麼說，露出鬆快的笑容。「妳明白就好。祖母準備午睡了，妳也回去歇著吧。」

寇梓墨起身，走至房門口突然回頭道：「祖母，黎三姑娘不會招惹留興侯府的世子的。」

她撂下這話提著裙襬匆匆離去，只剩下松鶴紋的棉簾子在薛老夫人眼前輕輕晃動。

薛老夫人嘴唇翕動，重重嘆了口氣。

春風樓裡，池燦把一張帖子摔在了楊厚承面前，冷笑道：「看看你幹的好事！」

楊厚承漲紅了臉。「我回去和祖母說清楚！」

池燦拉住他。「說什麼？你想越描越黑嗎？現在全京城有頭有臉的人家都在看黎三笑話，認定了她品行不端，這輩子是嫁不出去了。」

「那怎辦？」楊厚承急得不行，盯著帶有留興侯府標記的帖子，福至心靈。「庭泉娶黎姑娘不就行了，那些人家可都想把女兒嫁到冠軍侯府去呢，等庭泉娶了她，看他們還有什麼話說！」

池燦似笑非笑看著他。

「我說得不對嗎？」

「你說得對極了，所以我主要是想問問你打算怎麼辦？帖子上寫得清清楚楚，賞花宴就訂在三天後。」

楊厚承重重拍了一下額頭。「對呀，我該怎麼辦？」

他急得團團轉，池燦笑眯眯喝茶，事不關己道：「自作孽不可活。」

喬昭離開寇府，一路上沒有回頭。

她曾經的外祖家，以後她大概不會再來了。她怕越是走得近，體會到的東西越殘酷。

「三姑娘，到了。」

馬車停了下來，喬昭下了馬車往內走，一個聲音傳來：「站住！」

喬昭聞聲腳步一頓，側頭看去，就見江詩冉面帶慍怒走了過來。

「妳去了什麼地方？」江詩冉在喬昭面前站定，質問道。

「我剛從寇尚書府上回來，江姑娘有事嗎？」

「我明明邀請妳過府一敘，妳為何去了寇尚書府？」

「我先接到了寇大姑娘的帖子。」

江詩冉冷笑。「我看都是藉口，妳分明是不敢去我家！」

喬昭懶得與江詩冉爭辯：「江姑娘可以這麼認為。江姑娘要是沒事的話，我就先進去了。」

「妳果然承認不敢去我家了吧?黎三,妳心虛了是不是?」

喬昭只覺莫名其妙。「江姑娘此話從何說起?」

「妳少裝糊塗,真真用了妳的藥根本沒有任何效果,妳從一開始就是騙她的!」

喬昭沒有時間與江詩冉歪纏,淡淡道:「那我等著九公主傳喚我。江姑娘有什麼資格代替九公主質問我?」說完,抬腳往門內走去。

「黎三,妳給我站住!」回答她的是俐落的關門聲。

江詩冉氣紅了臉,走到黎府門前抬腳踢了一下,卻忘了今天穿的是軟緞鞋,痛得眼淚都流了出來。「縮頭烏龜!」江詩冉恨恨罵了一聲,一轉身看到了面無表情的江十一。

江詩冉後退一步,擰眉道:「十一哥,你怎麼在這裡?」

江十一聲音冰冷無波道:「請黎三姑娘去江府作客。」

「誰讓你請她去作客的?」江詩冉一臉不悅。

「義父。」江十一說完,見江詩冉不言語,以為她沒反應過來,補充道:「就是你爹。」

「我爹請她去作客?」江詩冉一聽就怒了。「不許請她去!」

江十一繞過江詩冉,敲了敲門。

「十一哥,你聽見了嗎?」

「聽見了。」

「那你怎麼還敲門?」江十一回頭,面無表情道:「不敲門怎麼請黎姑娘過府?」

「你剛剛說聽見了!」江詩冉咬牙切齒提醒。

江十一頷首,表示她說得沒錯,重複道:「大都督請黎姑娘過府。」

江詩冉氣得嘴唇都白了,知道沒法讓江十一改主意,暗暗下定了決心:等黎三到了江府,正好找她算帳！

江大姑娘盤算得好，傳信的門房回話道：「我們三姑娘說還有事走不開，請您轉告江大人，過幾日她再去拜訪。」

江十一點點頭，轉身走了，留下江詩冉目瞪口呆。

什麼時候錦麟衛這麼沒脾氣了？等等，黎三才是她爹的親閨女吧？

三日後，真真公主小心翼翼洗去在臉上敷了一夜的藥膏，坐到了梳妝鏡前。

瑩白如玉的纖長手指撫上面頰，真真公主不確定地問伺候她的宮婢：「本宮臉上疤痕的顏色是不是淡了些？」

宮婢連連點頭。

「妳沒騙本宮？」真真公主猶不敢相信。

「奴婢不敢欺瞞殿下，您的臉看起來真的好多了。」

「這麼說，那藥膏真的管用？」真真公主語氣熱切起來。

「管用，管用。殿下您就放心吧，您的臉肯定會恢復如初的。」宮婢說著忍不住聲音哽咽。

自從公主殿下毀了容，不知多少個日夜徹夜難眠，她們當奴婢的看在眼裡，同樣不好受。

「哭什麼，本宮的臉還沒好呢。」真真公主語氣難掩顫抖。

宮婢忙抹了抹眼睛。「是、是、是，等殿下好了奴婢再哭。」

真真公主瞪她一眼。「說的什麼蠢話！快拿了本宮的牌子出宮去請黎三姑娘。」

宮婢領命而去，真真公主時而目不轉睛盯著鏡子，時而摸摸臉，聽到另一名宮婢通報說江詩冉來了，忙請她進來。

「真真，我來看看黎三的藥膏管不管用。」看到真真公主的臉，江詩冉頓了下，遲疑道：「看起來似乎好了些。」

「妳確定？」真真公主想從好友這裡得到認同。

江詩冉為難了。「這也不好確定啊，又不明顯。」

真真公主目露失望之色。

「我再仔細看看啊。」江詩冉湊近去看。

真真公主強行克制住躲避的衝動，任她打量。江詩冉看了好一會兒，眼睛一亮。「這裡，就是妳左眼角下面這塊地方，我記得有一個淺淺的疤痕，現在不見了！」

真真公主猛然抓住江詩冉的手。「妳也發現了？」她一直不敢說，怕是自己的錯覺，那會讓她心頭悄然生起的希望徹底被掐滅，沒想到竟真不是她臆想出來的。

江詩冉狠狠點頭。「那就是真的管用了。」

看著好友喜悅的神色，真真公主忽然掩面痛哭。

「真真，別哭了，妳應該高興才是，妳的臉有救了呢。對了，妳不是說今天黎三會進宮嗎？」

真真公主拿帕子擦了擦眼淚。「已經派人去請了。」

然而宮婢帶回來的消息卻讓人大失所望。「黎三姑娘一大早出門去了，現在還沒回府。」

江詩冉不由怒了。「真真，妳不是說黎三告訴妳連敷三日藥膏，到時候她會視情況調整用法嗎？怎麼現在時間到了，她卻躲起來？」

「或許她是真的有事。」真真公主笑得勉強。

「哼，她分明是不把你放在眼裡。走，她不來，咱們去找她！」

真真公主眼看藥膏起了作用，心急如焚，聽到江詩冉的提議稍微猶豫了下便答應下來，跟太后請示後出宮去了。

馬車往杏子胡同駛去，一路上江詩冉都在訴苦：「真真，妳說我爹是不是中邪了，怎麼就被黎三迷惑住了呢？」

「我也不知道。」江堂是錦鱗衛指揮使，皇上的頭號心腹，真真公主自是不會多加評論。

「她肯定是舉止不端！」江詩冉撇了撇嘴，從袖中抽出一張帖子給真真公主看。

真真公主不解其意。「留興侯府怎麼突然辦起了賞花宴？」

江詩冉冷哼一聲。「所以我才說她有問題，留興侯府這場賞花宴就是因為她才辦的。」

聽江詩冉講完事情的來龍去脈，真真公主目瞪口呆。「還有這種事？」

「不止呢，我爹以前還說過，冠軍侯對黎三特別照顧。」

真真公主一怔，語氣有些異樣：「冠軍侯？」

江詩冉沒有察覺，自顧道：「是呀，我可真沒見過哪個姑娘家像她這樣勾三搭四——」

話音未落，馬車忽然劇烈顛簸起來，二人在車廂內東倒西歪，嚇得驚叫連連，幸虧隨行的侍衛護住才沒有太狼狽。

「怎麼回事？」江詩冉含怒問道。

「馬突然驚了。」侍衛回道。

「馬好端端怎麼會受驚？莫非出宮前沒有檢查過？」江詩冉追問。

真真公主目光卻投向遠處，眼睛眨不眨盯著一道騎馬遠去的背影。

那個人好像是冠軍侯——

「殿下要用的馬都是仔細檢查過的，沒有任何問題。」

視線裡不見了那道身影，真真公主忍住心頭異樣收回目光，狀似不經意地問道：「剛剛是不是有人經過？」

侍衛眼神一閃。「卑職想起來了，就是那人經過後，馬突然就驚了。」

「別胡說！」真真公主臉色一沉。「繼續趕路吧。」

岔路口處，邵明淵勒緊韁繩，胯下駿馬停了下來。他回頭遙望一眼杏子胡同，面罩寒霜。

原來那些大家閨秀在背後是這樣議論昭昭的！

路過那輛馬車，他本來也沒在意，奈何耳力太好，對「冠軍侯」三個字敏感了些，就聽到了那麼零星半句。勾三搭四？想到別人把這個評價按在喬昭頭上，邵明淵就心口發疼。

這樣殺人不見血的軟刀子落在昭昭身上，她該怎麼過？

邵明淵一夾馬腹，向著回京後只匆匆去請過一次安的靖安侯府趕去。

「侯爺，二公子來了。」

靖安侯一聽面露喜色。「快請二公子進來。」

片刻後，披著墨色披風的年輕男子走了進來，向靖安侯問好：「父親。」

靖安侯對兒子的到來顯然很欣喜，溫聲問道：「不是說這幾日忙得很嗎，怎麼有空過來？」

邵明淵解下披風丟給僕從，開門見山道：「父親，我心悅一位姑娘，想請您替我去提親。」

「啥？」靖安侯以為自己還沒睡醒，溫和的聲音都變了調。

當兒子的絲毫沒有考慮當爹的被颶風掃過般的心情，面不改色道：「兒子想娶媳婦了。」

靖安侯傻傻點頭。「啊，娶媳婦是好事，是好事。」

明淵這孩子在說什麼？他為什麼聽不懂？

「那就多謝父親了。」

「謝我什麼？」靖安侯依然如墜夢中。

邵明淵微微一笑。「您不是答應了替兒子去提親嗎？」

「啊？」靖安侯點頭後愣了愣。

等等，他什麼時候答應的？

見靖安侯一副狀況外的模樣，邵明淵輕咳一聲。「父親？」

「啊，你說。」靖安侯一個激靈回神。

「兒子想問，您什麼時候去替我提親？」

靖安侯太震驚了，以至於一聽到「提親」兩個字就開始發暈，下意識問道：「明淵啊，你先前不是說不大行嘛——」

話說出口，靖安侯才反應過來說了什麼，忙咬了一下舌頭，劇烈咳嗽起來。

他一時不敢看次子，咳嗽得眼淚都流了出來，小心翼翼打量著邵明淵道：「明淵，我的意思是說，你現在行了？不對，我也不知道我在胡說些什麼，你就當我沒說。」

靖安侯語無倫次，想要撞牆。同樣身為男人，他清楚那則流言對一個男人來說傷害有多大，更何況這還不是流言，而是次子親口對他承認的。他怎麼一時糊塗就問出來了呢？

靖安侯正懊惱著，就聽邵明淵一本正經道：「讓父親操心了，兒子忽然覺得自己又行了。」

「那就好，那就好。」靖安侯大大鬆了口氣，眼中滿是欣喜。

邵明淵從容問道：「所以，父親能替兒子去提親嗎？」

「你看中的是哪一家的姑娘？」

邵明淵毫不猶豫道：「翰林院黎修撰的次女，家住杏子胡同，在黎家東西兩府中排行第三。父親若是還有不清楚的，都可以問我。」

「忒清楚了。」靖安侯愣愣道。次子這是生怕他提親找錯人嗎？

「等等，是不是奉太后之命南下的那位黎姑娘？」

邵明淵頷首。「對，正是那位黎姑娘。」

靖安侯不由皺了眉。「京城裡有關那位黎姑娘的流言還挺多的……」

「兒子非她不娶。」邵明淵直接打斷了靖安侯的質疑。

靖安侯深深看著坐在對面的次子。

曾幾何時，他手把手教拳腳功夫與騎射的孩子長大了，成長為一個有主見有擔當的兒郎。

次子願意娶妻生子他高興還來不及，當然不會攔著，只是那位黎姑娘的名聲……

靖安侯看著出眾的兒子不由心疼。他們虧欠這孩子太多了，因此靖安侯對兒子表示希望有最好的姑娘來匹配他，以後不讓他再受委屈。

「最好的姑娘？」邵明淵聽明白了靖安侯的意思，牽了牽唇角，鄭重道：「父親，對我來說，不是因為她是世人認為最好的我才心悅她；而是因為我心悅她，她在我眼裡便是最好的。」

靖安侯表情微動。邵明淵見狀笑了笑。「當然，她其實真的是最好的，請您相信兒子的眼光。」

父子二人對視片刻，靖安侯笑了。「既然你這麼說，那為父自然沒有反對的理由。」

他想給兒子最好的是為了讓他高興，如果適得其反，那是蠢貨才會幹的事。

邵明淵一顆心落了地，嘴角笑意讓他看起來越發俊朗。「父親今天就請媒人去吧。」

「啥？」靖安侯聲音高了起來，發現邵明淵不是開玩笑，哭笑不得道：「別胡鬧，嫁娶乃是大事，哪有這麼草率的，至少要等轉年出了正月才好議親。」

「兒子等不及了。」邵明淵面不改色道。

靖安侯一怔，差點打翻手邊茶盞，表情格外複雜。「明淵啊，難道明年為父就能抱孫子了？」

邵明淵淡淡瞥靖安侯一眼。「黎姑娘轉年才十四歲。」

靖安侯眨眨眼，一時之間竟說不出心中是高興還是失望。

他本以為兒子速度太快了些，鬧半天人家姑娘明年還沒及笄呢，還有得等了。

「既然這樣，你急什麼？」

「著急別人胡亂往她身上潑髒水，我不能名正言順把那些人教訓一頓！」邵明淵語氣平靜說著，眼中閃過寒光。父子倆同在北地打過韃子，他清楚與父親之間開門見山的交流最有效。

靖安侯聽了這理由不由樂了。「行，那為父就請媒人替你提親去。」

邵明淵唇角揚起，心中淌過暖意。「多謝父親。」

「先不慌謝我。」靖安侯指了指桌幾上的茶盞。「喝杯茶潤潤嘴，看你嘴唇乾得全是裂子，也不怕人家姑娘嫌棄。」

邵明淵抽了抽嘴角。這是親爹嗎？這麼快就嫌棄他了。

見邵明淵乖乖喝了茶，靖安侯正色道：「你先前向皇上告假，說替亡妻守一年，雖說現在已經期滿，可馬上求娶別家姑娘是不是太快了些？恐怕於你名聲不好。」

世人常說的守孝一年，實則是守九個月，從年初喬氏離世到現在早已滿了。

邵明淵輕笑一聲：「父親，求娶新人與我『不行』，您覺得哪個名聲更不好？」

凡事最怕比較，靖安侯毫不猶豫就改了想法，拍板道：「行，為父這就派人去請最好的官媒過來。」

黎家西府隔壁的宅子中。

睡在書房美人榻上的少女翻了個身，睜開眼睛。

「姑娘，您醒啦。」

眼前景色一時有些朦朧，喬昭揉了揉眼角，翻身坐起來。「侯爺呢？」

阿珠笑道：「見您睡了，侯爺就悄悄走了。」

「我睡多久了？」

「約莫一個時辰。」

喬昭蹙眉。「怎麼不早點叫我？」

阿珠忙解釋道：「侯爺說您這兩天太累了，吩咐婢子不許打擾，等您什麼時候睡醒了再陪您回府。」

喬昭翻身下榻。「那趕緊回去吧。」為了安全起見，她這三天臨摹邢御史的筆跡都是在此處進行，如今總算謄寫好了帳冊，是該早些回家了。

片刻工夫就到了家，門人稟報道：「三姑娘，有兩位姑娘在花廳裡等著您。」

喬昭頷首，抬腳向待客花廳走去，守在廊下的冰綠匆匆走過來，小聲道：「姑娘，是那位公主和江大姑娘，婢子覺得她們沒安好心，要不您天黑再回來吧。」

喬昭抬手點了點小丫鬟光潔的額頭。「淨瞎說，這裡是我家，哪有主人躲著客人的道理？」

冰綠連連點頭。「姑娘說得是。」

哪有當客人的上門挑釁的道理，她們要是為難姑娘，她就不客氣了！

小丫鬟順手撿了塊磚頭跟上去。

花廳裡，真真公主與江詩冉已經等得不耐煩，頻頻看向門口。一見喬昭進來，江詩冉倏地站了起來。

一八四 梅園驚事

「黎三，妳可捨得回來了！」江詩冉不陰不陽道。

「公主殿下和江姑娘來了。」喬昭打了聲招呼，吩咐跟在身後的冰綠：「把我從南邊帶回來的茶葉泡了。」

「是。」冰綠應下，低頭瞅了瞅手中磚頭，一時拿不定主意該放在哪裡。

喬昭目光下移，看到磚頭輕輕咳嗽了一聲。冰綠忙把磚頭放在擺花觚的架子下，提防地看了江詩冉一眼才走出去。

江詩冉看到磚頭表情一僵，冷笑道：「怎麼，妳的丫鬟還想拿磚頭砸我不成？」

喬昭淡淡道：「江姑娘多想了。」

江詩冉等了等，見喬昭後面就沒有下文了，忍不住咬了咬唇。

居然連個解釋都沒有，是不是料定了她不能把她怎麼樣？

「黎三，妳跟九公主說好了三天後調整藥膏用量，九公主今天請妳進宮妳卻不來，我看妳根本沒把九公主放在眼裡吧？」

喬昭淡淡瞥了江詩冉一眼，看向真真公主。「殿下把面紗取下來，讓我看看。」

真真公主默默取下面紗，悄悄捏緊了帕子盯著喬昭，心中很是緊張。

江詩冉飽含怒火的聲音卻響了起來：「妳是聾子嗎，聽不見我說話？」

真真公主不由皺眉，只覺這個聲音格外刺耳。以前她怎麼沒覺得好友這麼聒噪呢？

喬昭這才看向江詩冉，平靜問道：「江姑娘可以代表公主殿下的意思嗎？」

江詩冉被問得一滯，不由看向真真公主。

公主對喬昭勉強笑笑。「本宮當然沒這麼想，冉冉直脾氣，黎三姑娘莫要往心裡去。」

「真真！」江詩冉不料好友直接否定，頓覺掃了面子，心中很是窩火。

「那就好，我還以為公主殿下也這麼想，原來只是江姑娘一個人的意思。」

「妳——」江詩冉氣得臉通紅，有心反駁，卻發現找不到反駁的點。

「請喝茶。」冰綠端了托盤過來，把茶杯一放，退至一旁重新撿起磚頭。這塊用來墊腳的磚頭還挺扎實，小丫鬟默默想。

喬昭雖在隔壁宅子裡小睡了一會兒，但這兩日為了臨摹邢御史的字可謂身心俱疲，此時依然覺得頭隱隱作痛，遂開門見山道：「殿下的肌膚對藥膏沒有不良反應，從今天起就連續敷用吧，晨起時把睡前的藥膏洗去塗上新的，如此反覆，七日後再看成效。」

真真公主心下有些失望，忍不住問道：「就這樣嗎？」

喬昭笑看著真真公主。「尋常一個痘印要消下去尚要十天半月呢。」

真真公主自知失態，臉微熱。「是本宮心急了。」

皇祖母喜歡的是規矩懂事的女孩兒，她可不能像江詩冉這般說話肆無忌憚，傳出飛揚跋扈的名聲。

厚實的棉簾子晃了晃，阿珠走進來，附在喬昭耳邊低語幾句。

喬昭面上驚訝神色一閃而過，站了起來。「殿下，江姑娘，我先失陪一下。」

「那我們就——」真真公主話說到一半忽然察覺江詩冉悄悄踢了她一下，話頭一轉。「那我們等妳，黎三姑娘快去忙吧。」

喬昭微微欠身表示歉意，走到門口腳步一頓。「冰綠，隨我出去。」

她保險起見還是帶走拿著磚頭的丫鬟，不然回頭把廳裡坐的這兩位拿磚頭拍了，又有得頭疼。

待喬昭一走，真真公主抿了口茶，對廳內伺候的丫鬟道：「下去吧，本宮有些話與江姑娘說。」

伺候茶水的丫鬟自然不敢反駁公主，忙退了出去。

真真公主看向江詩冉。

「真真，妳有沒有發現剛才那個丫鬟進來說話，黎三臉色都變了？」

真真公主點頭。剛剛她看到了對方的驚詫，然而不覺得這與自己有什麼關係。

江詩冉見好友無動於衷，皺眉道：「真真，妳就不好奇嗎？她肯定是遇到大事了，不然就她那張面癱臉，怎麼會有那樣的表情？」

「大事？」不知為何，真真公主腦海中驀地閃過一道騎馬的背影。

冠軍侯離開的方向是杏子胡同，他難道拜訪了黎家？

「不行，我去探探情況。」江詩冉揚聲把丫鬟喊了進來：「帶我去淨房。」

喬昭匆匆趕到待客廳，還未到門口就聽到黎光文的怒吼聲：「豈有此理，昭昭還不到十四歲，靖安侯府竟然請媒人上門提親，靖安侯腦子被驢踢了吧？」

廳內傳來鄧老夫人的咳嗽聲。「老大，你冷靜點。」

「冷靜？我沒法冷靜，一想到我女兒還不到十四歲就被人惦記著，我就氣得肝疼。」

門外的喬姑娘忍不住點頭。是呀，她現在也氣得肝疼。

說好的明年開春才來提親，邵明淵忽然抽什麼風？這事換了尋常人家或許會欣喜若狂，但她這位父親大人顯然和尋常人不一樣。

「三姑娘到了。」站在門口的丫鬟喊道。

喬昭走了進去。廳內忽然安靜下來。

走了一路，喬昭面上已經恢復了平靜，向鄧老夫人與黎光文見禮。

鄧老夫人神色複雜開了口：「三丫頭，剛剛有媒人上門，替靖安侯府的二公子向妳提親。祖母覺得這事有些突然，所以叫妳過來問問。」

「媒人呢？」喬昭問。她也覺得突然啊。

鄧老夫人瞥了一臉憤怒的黎光文一眼，無奈道：「被妳父親趕走了。」

黎光文冷哼一聲。「這種糊塗媒人不趕走，留著在咱家過年嗎？」

喬昭嘴角彎了彎。原本是有些惱怒的，不知為何聽了父親大人的話，就只想笑了。

急急的腳步聲傳來，未等丫鬟通報，何氏與二太太劉氏就一同走了進來。

劉氏正準備向鄧老夫人見禮，何氏就急忙問道：「老夫人、老爺，我聽說有媒人上門提親了？」

「哼！」黎光文依然氣得不想說話。

鄧老夫人怕何氏為此生氣動了胎氣，忙安撫道：「先坐吧，別著急上火的，是有媒人上門提親，不過——」

何氏話聽了一半已是喜形於色，撫掌道：「太好了，我就說有眼光好的人家，我的昭昭怎麼可能嫁不出去呢！」

鄧老夫人：「……」

黎光文眉毛一揚，剛想說什麼又硬生生忍住了。他不和孕婦計較！

在鄧老夫人與黎光文的沉默中，何氏後知後覺反應過來：「等等，昭昭還不到十四歲呢，上門提親的是誰家啊？」

劉氏同樣滿心好奇。她前兩天出門赴宴，聽了一耳朵的閒言碎語。那些人雖然議論的是三姑娘，可她身為黎家媳婦，臉上同樣沒有光彩。

更何況她兩個女兒眼看著大了，特別是嫣兒，只比三姑娘小了數月而已，要說心裡不犯愁是騙人的。現在京城像樣點的人家提起三姑娘都在看笑話，等將來輪到嫣兒議親，定然會受影響。

原先老夫人流露出來的意思，是沒想著三姑娘能出閣，留在黎家當一輩子老姑娘未嘗不可，但留興侯府那場賞花宴一辦，三姑娘要是嫁不出去真會拖累家中姊妹了。

哎，今天居然有媒人上門提親，這可真是件大好事，可惜被大伯子給推了，莫非男方太差了？

劉氏在心中嘀咕著，不由有些遺憾。

「靖安侯府。」見黎光文一聽到這個話題又要發火，鄧老夫人咳嗽一聲道。

何氏有些茫然。「靖安侯府？」這是哪家啊？

何氏在人情往來方面素來不靈光，見她一臉懵，鄧老夫人居然半點不覺得生氣。

主要是早年生氣太多次，麻木了！鄧老夫人暗自想著。

老太太睇一眼劉氏，劉氏果然很給面子地反應過來：「靖安侯府？天啦，大嫂，妳不知道嗎，就是那個『一門雙侯』的靖安侯府啊！」

「一門雙侯？」

「對，靖安侯府的二公子，就是咱們大梁大名鼎鼎的常勝將軍冠軍侯啊！」

「呃，我知道了！」

靖安侯她沒印象，冠軍侯她可太有印象了，這不是他們鄰居嘛。

劉氏興奮不已。「老夫人，靖安侯府是給府上三公子提親嗎？我聽別人提過，他們府上的三公子比咱們三姑娘大一歲，年紀正相當呢。」

天啊，要是三姑娘嫁到靖安侯府去就太好了，雖然靖安侯府的三公子不是世子，但只要不分家，三姑娘的子女就是身分尊貴的侯門公子、姑娘，將來有一門體面的姻親是肯定的。

還有什麼比子孫後輩過得好更讓人高興的呢？

何況三姑娘能加入侯府，她的兩個女兒議親就會順遂多了。

「不是三公子。」未等鄧老夫人開口，何氏就否定道。

那大尾巴鷹她早見過了，雖然樣貌清俊，可怎麼看也不只十四歲，誰家十四歲長得那麼滄桑？

「不是三公子？」劉氏一怔，隨後笑容有些勉強了。「靖安侯世子已經娶妻了呀。」

難道那位世子想討三姑娘作妾？

壞了，大伯子定然是因為這個才氣得把媒人趕出去！

這就太過分了，三姑娘名聲再不好也是翰林修撰之女，怎麼能給人當妾呢！要是那樣，她這當嬸子的出門都抬不起頭來！

何氏秀氣的眉擰起，不解道：「靖安侯府上門提親和他們世子已經娶妻有什麼關係？他們是替二公子求親呀。」

何氏此話一出，廳內眾人俱是一愣。

鄧老夫人眼睛微眯。「妳怎麼篤定是二公子？」

她這個兒媳婦不可能忽然機靈起來，這其中莫非有什麼她不知道的事？

喬昭一顆心提了起來。她實在對母親大人的智慧不抱什麼信心，母親要是說出邵明淵把黎府隔壁宅子買下來的事，那可真的完了。

「大嫂，靖安侯府的二公子是冠軍侯。」劉氏忍不住提醒道。

那可是剛過弱冠就封侯的冠軍侯呀，京城多少重臣勳貴想把女兒嫁過去，不過礙於冠軍侯向皇上提出請假一年為亡妻守身，那些人家才暫時按兵不動罷了。

這樣的人物，怎麼可能會求娶一名小小翰林修撰的女兒？

「我知道呀。」何氏只覺大家反應有些莫名其妙，理直氣壯問道：「不是冠軍侯求娶昭昭還能是誰呢？那位世子即便不成親年紀也太大了，昭昭可不能嫁。」

女婿比昭昭大太多，萬一將來早早剩下昭昭一個人怎麼辦呢？當然這話不吉利，她還是不說出來了。

聽何氏嫌棄靖安侯世子的年紀，鄧老夫人與劉氏齊齊翻了個白眼。

大個屁啊，二十多歲的侯門公子娶個十幾歲的女孩子不是很正常嘛。

「那為何就不能是三公子了？」鄧老夫人問。

何氏抿嘴一笑。「三公子就更不可能了，十四歲還是個上學堂的孩子呢，肩不能挑手不能提，半點本事還沒有，憑什麼娶我的昭昭啊？等昭昭嫁過去，總不能指望昭昭拿嫁妝養他吧？」

見何氏一臉嫌棄的模樣，鄧老夫人與劉氏已經不知道說什麼好了。

何氏最後總結道：「所以來求娶昭昭的當然是二公子冠軍侯了。」這麼顯而易見的事情，大家一直追著問幹嘛呀？

喬昭悄悄鬆了口氣。

「老夫人……」劉氏忍不住向鄧老夫人求證。

鄧老夫人神色複雜點頭。「確實是冠軍侯。」

劉氏扶額。等等，她好像有點暈。緩了好一會兒，劉氏看向黎光文。「大哥沒答應，是覺得冠軍侯門第太高了嗎？」

黎光文詫異看劉氏一眼，加重語氣道：「是因為我女兒太小了。」這麼蠢的問題為什麼還要問？他忽然覺得何氏還是挺聰明的。

劉氏表情呆滯，喃喃道：「來提親的是冠軍侯……」

「冠軍侯也不能讓昭昭平白長兩歲，總之這時就惦記昭昭的都是混蛋！」黎光文咬牙切齒道。

另一邊，藉口有事告辭離去的真真公主與江詩冉坐在回程馬車上，江詩冉不可思議道：「我從淨房出來後假意迷了路，與一個丫鬟搭上了話，妳猜打聽到了什麼？居然有媒人上門來給黎三提親了！」

真真公主心莫名一沉。「哪個府上？」

江詩冉頗為遺憾道：「還沒來得及打聽到，那個拿磚頭的丫鬟就過來了。不過呀，黎府把媒人趕出去了，可見求親的人家是上不了檯面的。」

真真公主下意識鬆了口氣，抬手摸摸臉，又有些赧然。她長這麼大第一次對一個男人動了心，無論如何，她不希望黎三姑娘與她看中的男人扯上關係。

江詩冉只覺心中大快，笑吟吟道：「原本留興侯府的賞花宴我是不打算去的，忽然覺得去看看熱鬧也不錯。」

真真公主搖搖頭。「冉冉，妳這又是何必呢？黎三姑娘畢竟幫我治臉，我心中是感激她的。」

江詩冉冷笑道：「真真，想感激也要等妳的臉被她治好了再說吧。我和她的恩怨妳又不是不知道。當初馥山社的事算我一時衝動，可長春伯府的那個混蛋在碧春樓挨打的事，還被人們算在我頭上，憑什麼呀？」

真真公主嘴唇翕動，覺得好友這話有些沒道理。

若不是馥山社與黎三姑娘結怨在先，碧春樓的事別人又怎麼會安到江詩冉頭上呢？

不過相交了十多年，真真公主清楚江詩冉的性子，默默把話嚥了下去。

江詩冉往後仰了仰，放鬆地靠著軟枕。「反正我對她是沒法待見的，她過得不好我就高興。」

所以留興侯府的賞花宴，她是定要去瞧瞧熱鬧的。

有媒人上黎家提親的事不知怎麼就傳了出去，留興侯老夫人主持的賞花宴上，有位夫人便提起了此事。

「說起來杏子胡同的黎家還真是有些意思，東西兩府的大姑娘、二姑娘許久不曾露面，反倒是他家三姑娘話題不斷。我聽說昨兒個居然有媒人上門去給黎三姑娘說親了呢。」

這位夫人有名的嘴碎，平時除了一、兩個關係好的，別人都敬而遠之。然而今天留興侯府辦這場賞花宴的目的大家心知肚明，想來留興侯老夫人很是樂意聽聽有關那位黎三姑娘的事，有幾位夫人便很給面子搭了腔。

「不能吧，黎家那位三姑娘好像年紀還小。」接話的夫人側頭問固昌伯夫人：「伯府與黎家是兒女親家吧？」

固昌伯府正是黎皎的外祖家。

固昌伯夫人朱氏神情冷淡。「我那小姑都沒了十幾年了，不過那位黎三姑娘我略微知道一點，她開年便滿十四歲了。」

「那可真的不大，居然就有媒人上門提親了？」

她們這些人家很早便開始悄悄替女兒相看，但要擺到明面上提親總要等到女兒及笄之後。

大理寺卿之妻王氏因丈夫與黎家東府的大老爺黎光硯不和，素來愛踩著黎家說話，此時黎家人不在就更肆無忌憚了，陰陽怪氣道：「年紀不大怎麼了，有人提親黎家還不高興啊？」

各家夫人心領神會一笑。

就憑黎三姑娘現在的名聲，能有人上門提親是該謝天謝地了。

「不知提親的是哪家啊？」又有人好奇問。

「提親的是哪家不清楚，不過媒人被黎家趕出去了。」最先提起這個話題的夫人道。

眾人皆是一臉訝然。

「好好的媒人上門提親，怎麼會趕出去呢？」

一家女百家求，到了適婚年紀誰家姑娘沒有幾個媒人上門提親呢，雖說總會有那麼一、兩家沒有自知之明惹人厭煩，但為了不結怨，頂多婉拒就是，怎麼能把媒人直接轟出去？

眾位夫人面面相覷，想到了一處去：定然是提親的人家太過不堪，黎家寧可讓女孩兒當一輩子老姑娘也不想結這門親。

留興侯老夫人舉起了酒杯，露出慈眉善目的笑。「行了，咱們喝酒賞花，不提不相關的事。」

眾位夫人紛紛舉杯。「侯府的梅園乃京城一絕，咱們今天可飽了眼福了，還要感謝老夫人呢。」

這時一位身穿綢子夾襖的丫鬟匆匆走來，慘白著臉附在留興侯老夫人耳邊低語幾句，留興侯老夫人當即就變了臉色，起身道：「大家先喝酒，老身去更衣。」

留興侯老夫人才離去，又有一位丫鬟湊在固昌伯夫人朱氏耳邊說了幾句，朱氏面色發白站了起來，對身邊的夫人勉強笑笑。「我去更衣。」

待固昌伯夫人朱氏一走，廳內眾位夫人就紛紛打發自己的丫鬟去打聽情況。

梅林裡定然發生了什麼事，不然身為主人的留興侯老夫人不會這麼突兀離場，且這件事十有八九與固昌伯夫人有關。

這些在世人眼中知書達理的貴夫人們此時個個神情興奮，八卦之火熊熊燃燒著，同時又有些擔心自己的孫女或女兒。

那些孩子們此時都在梅林裡逛呢，也不知到底遇到什麼事了。

發生在眼皮子底下的事想要捂住是不可能的。沒過多久，那些被派出去打聽情況的丫鬟們就陸續返回，同時帶來梅林中的情況。

「什麼，留興侯世子把固昌伯府的杜大姑娘給踹到湖裡去了？」

吸氣聲此起彼伏，眾位夫人面面相覷。

不能吧，留興侯世子雖然因為是獨子，定然挺金貴，但以前沒傳出過這樣無法無天的名聲啊。如果是這樣，那她們可不敢把嬌養大的女孩兒嫁過來了。

不行，耳聽為虛眼見為實，還是要去看看。

眾位夫人皆忍不住站了起來，明明心中好奇如貓爪子撓，面上還要擺出擔憂的樣子。「寒冬臘月落了水可了不得，咱們去看看兩個孩子怎麼樣了吧。」

梅林後的湖邊，留興侯老夫人看著一臉無所謂的孫子氣得渾身發抖，厲聲道：「畜生，還不給我跪下給固昌伯夫人賠罪！」

「跪下就跪下。」楊厚承嘀咕一句，大剌剌對著固昌伯夫人朱氏跪下來。「朱夫人，對不住了，我和子哲在湖邊走，誰知那麼巧就遇到了杜姑娘幾個。我真不是故意把令嬡踹下湖去的，我怎麼可能做這種事呢！」

才被救上來的杜飛雪一張小臉比她的名字還白，整個人縮在丫鬟拿來的大氅裡瑟瑟發抖。

固昌伯夫人朱氏摟著杜飛雪，氣得臉色鐵青。「那我女兒是如何掉下去的？還望楊世子說個明白！」

見眾位夫人陸續走來，留興侯老夫人忍著昏過去的衝動道：「先把杜姑娘送進暖閣再說！」

暖閣裡溫暖如春，杜飛雪卻依然沒有緩過來，整個人縮在被子裡打哆嗦。

丫鬟端了紅糖薑茶上來。

留興侯老夫人溫聲道：「先喝杯茶暖暖身子，大夫馬上就過來。」

看著杜飛雪刷白的小臉，固昌伯夫人朱氏拿帕子拭了拭淚，心中對被留興侯老夫人擰著耳朵扯到外廊上的楊厚承惱怒至極。

她娘家的侄兒朱彥與留興侯世子楊厚承自穿開襠褲時就在一起玩，她也算看著楊厚承長大的，以往覺得這孩子性情開朗，是個靠譜的，誰能想到會對她女兒做出這種事來。

朱氏餵杜飛雪喝下一碗紅糖薑茶，緊張問道：「飛雪，覺得怎麼樣？」

杜飛雪嘴唇發青，點了點頭。

「飛雪，今天到底是怎麼回事？妳好端端為何會掉進湖裡去？」

杜飛雪用力捏著茶碗，哭道：「母親，是楊世子把我踹下去的——」

她哭得上氣不接下氣，已是說不出話來。固昌伯夫人柔聲安慰了女兒幾句，見大夫來了，起身走到外頭廳裡。廳裡幾位與固昌伯夫人相熟的夫人紛紛問起杜飛雪的情況。

固昌伯夫人勉強笑道：「還好。」

她說完看向留興侯老夫人。「老夫人，您都聽到了，飛雪說確實是世子把她踹下去的。我女兒雖性子跳脫些，該懂的規矩還是懂的，不知犯了多大的過錯，竟被一個大男人一腳踹進湖裡去……」

「朱夫人別急，我這就問問那個小畜生！」

楊厚承跟著丫鬟走了進來。

「跪下！」

楊厚承扯扯嘴角跪了下去，聽完固昌伯夫人的質問，義正辭嚴道：「朱夫人，令嫒一定是誤會了，我為什麼要故意把她踹下去啊？我們之間無冤無仇的——」

「你胡說！」裹著大氅走來的杜飛雪氣得胸脯起伏。「你就是聽到我說話，故意踹我的。」

「杜姑娘，話可不能亂講，我聽到妳說話就踹妳啊？那我現在怎麼沒踹妳呢？」

「小畜生，你再亂說！」留興侯老夫人氣得舉著拐杖往楊厚承身上砸，高高舉起，因為心疼孫子又輕輕落下。

看在眼裡的夫人們暗暗想：這可真是親祖母！

「飛雪，妳進去躺著。」固昌伯夫人朱氏拍了拍杜飛雪的手，觸手冰涼，又是一陣心疼。

杜飛雪站著不動，情緒激動道：「那是因為你聽到我在笑話黎三！哼，現在誰不知道啊，你陪著黎三去了一次南邊就被她迷惑住，聽我說了她的不是，自然就忍不住——」

「飛雪，這不是妳該說的話，快進去！」固昌伯夫人面色微變。

不管黎家的三姑娘究竟如何，一個未出閣的女孩當眾這樣說都是不妥的。

留興侯老夫人果然沉下臉。「杜姑娘聽誰說，我那不爭氣的孫子被人迷惑住了？」

楊厚承趁機訴苦：「祖母，當時孫兒就是聽到杜姑娘這麼說太意外了，一時走神絆了她一下，但孫兒可不是故意的。」

心黑皮厚不承認，誰能拿他怎麼樣？他可真沒聽過那麼難聽的話，這些平日裡嬌滴滴的姑娘是怎麼說出口的？竟然說他和黎姑娘已經暗通款曲，甚至——

邵庭泉知道了一定會打死他的！

杜飛雪扶著門不聽母親朱氏的勸。「你當別人都是傻子嗎？會被你這番漏洞百出的說辭糊弄過去？」

楊厚承冷冷看著杜飛雪。「杜姑娘這是賊喊捉賊吧？說起來我該問問妳，咱們無冤無仇的，妳為何要往我身上潑髒水？我奉了太后懿旨護送黎姑娘南下，怎麼就成了我被迷惑了？我告訴妳，我與黎姑娘之間清清白白、坦坦蕩蕩，她已經有人家上門求娶了，杜姑娘以後可不要亂講話！」

杜飛雪一臉鄙夷。「有人家上門求娶？呵呵，我聽說媒人被黎家趕出來了，可見提親的人家根本上不了檯面。不過我是覺得可惜啊，黎三錯過這一次，還不知什麼時候再有機會呢。」

楊厚承神情古怪。「妳說提親的人家上不了檯面？能不能問問妳聽誰說的？」

杜飛雪一揚下巴。「江大姑娘說的！」

楊厚承嘆了口氣。「我說杜姑娘，江大姑娘是逗妳玩吧？」

「你胡說什麼？」杜飛雪皺眉。她與江詩冉都極討厭黎三，江詩冉怎麼會逗她玩？

楊厚承忽然轉頭，問廳中一位年輕婦人。「王夫人，我才知道，原來貴府在有些人眼裡是上不了檯面的。」

留興侯老夫人忙斥道：「胡說什麼！」而後對年輕婦人笑道：「世子夫人莫和小畜生計較，

他嘴上就沒把門的。」

年輕婦人正是靖安侯世子夫人王氏，也就是冠軍侯的大嫂。

滿京城勳貴遍地，有些落魄的還不比一個當著肥差的小官家裡過得滋潤。可靖安侯府卻不一樣，別說和其他侯府比，就是比僅剩的幾家國公府都不遑多讓。這當然是因為靖安侯府出了一個封侯拜將的兒子，足以讓靖安侯府在數十年內風光無限。

這樣的門第誰敢說上不了檯面？

「祖母，不是我胡說啊，是杜姑娘說的。」

「我什麼時候這樣說過？」杜飛雪氣得咬牙。

楊厚承眨眨眼，一臉無辜。「就是剛才啊，在場的夫人們不是都聽見了嗎？妳說去黎家提親的人家上不了檯面。」

「我是這樣說了，可這與靖安侯府有什麼關係？」

廳內眾人都覺得楊厚承說的話有些古怪，心中隱隱晃過一個念頭，又覺荒謬至極。

楊厚承笑著問王氏：「王夫人，難道妳不知道，今天去黎家提親的就是貴府嗎？」

「你說什麼？」杜飛雪失聲驚呼。

眾人目光齊齊落在靖安侯夫人王氏身上。

王氏同樣一臉驚訝。他們府上什麼時候請媒人去黎家提親了？為何她一點都不知道？

見王氏明顯不知情的模樣，眾人悄悄交換了下眼神。

嘖嘖，該不會是靖安侯世子瞞著王氏想求黎家三姑娘當妾吧？

各色目光下，王氏只覺如墜冰窟。她才給世子生了個女兒，二子一女多麼令人豔羨，難道世子就已經有了異心？

「王夫人，侯府真的去黎家提親了？」

王氏被問得說不出話來，不由看向楊厚承。

楊厚承只覺這些女人的眼神莫名其妙，笑呵呵道：「王夫人可能不知道吧，是靖安侯親自請了媒人去黎家替庭泉求親的。」

「庭泉？」王夫人眸子陡然睜大，失聲道：「你說我們府上二公子？」

楊厚承點頭，大聲道：「對，就是冠軍侯。」

此話一出，整個廳內針落可聞，廳外則響起驚呼聲：「這不可能！」

江詩冉大步走了進來，眼睛緊緊盯著楊厚承。「你再說一遍。」

楊厚承心中很是厭煩這位飛揚跋扈的江大姑娘，不冷不熱道：「說多少遍都可以，要求娶黎家三姑娘的是冠軍侯，也就是江大姑娘與杜大姑娘口中上不了檯面的人。」

「你胡說！」江詩冉脫口而出，腦海中已是一片空白。

去黎家提親的怎麼可能是冠軍侯，黎三只是個小小翰林修撰的女兒！

溫暖如春的室內，披著大氅的杜飛雪只覺寒意從腳底升起，往後退了半步，看著楊厚承篤定的神情與江詩冉震驚的表情，已是失去了言語能力。

冠軍侯怎麼會看上黎三？這簡直是滑天下之大稽！

「楊世子，你沒弄錯吧？」一位夫人試探地問。

楊厚承咧嘴一樂。「那哪能弄錯呢，我與庭泉可是髮小，靖安侯與他說了這事後，他就告訴我們了。」

「冠軍侯答應了？」眾位夫人忍不住同聲問道。

楊厚承一臉莫名其妙。「為什麼不答應啊？庭泉不都二十多歲了，娶妻生子很正常嘛。」

處於震驚中的留興侯老夫人忍不住抽了抽嘴角。

她真想打死這個小畜生。人家冠軍侯二十多歲娶妻生子就是正常，怎麼她一把年紀給他操持相親宴，這小畜生就要死要活呢！

眾位夫人更是想打人。冠軍侯年紀大了想娶妻生子是重點嗎？重點是他為什麼會答應求娶黎三姑娘！

「可靖安侯為何會向黎家求娶黎三姑娘？」終於有人問了出來。

另一人忍不住跟著道：「我記得黎三姑娘的父親是翰林修撰吧。」

不是說翰林修撰不好，在大梁，翰林修撰是頂清貴的，有儲相之稱，可真的能入內閣的又有幾人呢？當然最重要的，還是黎三姑娘那糟糕至極的名聲啊，靖安侯府絲毫不在意嗎？

楊厚承笑道：「當然是黎三姑娘足夠好，所以靖安侯不在乎出身門第，想給兒子討來作媳婦唄，不然還能有什麼原因啊？總不會有人拿刀架在靖安侯脖子上，逼他請媒人去黎家求親吧？」

這話糙理不糙，眾人竟無言以對。

楊厚承又加了一句：「就是可惜了，黎家沒同意。」

眾位夫人只覺萬箭穿心，受到了暴擊。

楊厚承滿意笑笑。很好，庭泉交給他的任務算是完成了。

靖安侯世子夫人王氏強自鎮定，對留興侯老夫人道：「老夫人，我婆婆近來在禮佛，府中大大小小的事太多，我想起還有事情沒處理完，就先回去了。」

留興侯老夫人心知肚明靖安侯世子夫人回去的原因，自是沒有強留。

眾位夫人見靖安侯世子夫人一走，也被靖安侯府向黎家提親卻遭拒的消息弄得沒了留下的心思，紛紛向留興侯老夫人告辭。

一場變相的相親宴就這樣草草收場。

留興侯老夫人心塞不已，還要打起精神應付準備替女兒出頭的固昌伯夫人朱氏。

趁人不注意的時候，楊厚承低聲警告杜飛雪：「我與朱子哲可是最好的朋友。」

真以為他傻嘛，他和子哲好好在湖邊散步，這位杜大姑娘就帶著朋友過來了，分明是想趁機與子哲搭話呢。自己就立身不正，居然還那樣說黎姑娘，什麼寬以待己，嚴以待人，他可算是領教了。

杜飛雪心中氣得滴血，卻不得不對固昌伯夫人說：「母親，當時比較慌亂，我也記不太清楚了，現在想著好像是不小心絆了一腳，楊世子他不是故意的。」

這個卑鄙無恥的王八蛋，竟然拿表哥威脅她！

留興侯老夫人見杜飛雪鬆了口，心中石頭落地，一臉和藹道：「幸虧杜姑娘想起來了，我就說我家小畜生雖然不爭氣，也不是那等沒有分寸的孩子。不過杜姑娘身體沒有大礙是最緊要的，朱夫人，妳說呢？」

杜飛雪憋屈不已，只得低頭掩飾眼中的憤怒，落在固昌伯夫人朱氏眼中，反倒成了女兒心虛的象徵。朱氏只覺難堪不已，強推了留興侯老夫人命丫鬟奉上來的厚禮，拉著杜飛雪匆匆走了。

待人都走得乾乾淨淨，留興侯老夫人看著空蕩蕩的廳，揚起拐杖就向楊厚承打去。「小畜生，這下你滿意了？現在滿京城的夫人太太們都知道你性情暴躁，一言不合就把人家小姑娘踹進湖裡去，我看以後誰家還敢把女兒嫁給你？」

楊厚承湊上來任由老夫人打，笑嘻嘻道：「祖母息怒，祖母息怒，孫兒也不想啊。」

只不過聽到那樣難聽的話，他的腳一時沒忍住而已。

老太太打了兩下，到底捨不得了，憤怒拿拐杖敲地板。「我早晚被你氣死！」

楊厚承伸出大手摟住老祖母。「祖母別氣啊，您可要長命百歲，孫兒以後肯定給您娶個特別好的孫媳婦回來，將來讓您帶重孫呢。」

聽了寶貝孫子這話，留興侯老夫人心中火氣已是消了大半，撇了撇嘴道：「你不惹禍，我就謝天謝地了。」

安撫好了祖母，楊厚承悄悄溜去了春風樓。面對著池燦與朱彥似笑非笑的表情，他伸手一人打了一拳，嘟囔道：「娘啊，總算是逃過一劫。」

池燦嘲笑道：「你也算是名揚京城了。」

走廊裡腳步聲傳來，一襲藍袍的邵明淵推門而入，見三位好友都在，嘴角不由揚了起來。

楊厚承撲上去。「庭泉，你可要賠償我名譽損失，為了你家黎姑娘，我今天可是豁出去了，把人家大姑娘都踹到湖裡去了。」

邵明淵輕笑。「呃，只是為了我？」

一八五　酒後真言

聽邵明淵這麼問，楊厚承嘿嘿樂了。「順帶幫我自己解決相親宴的問題，這下總算清淨了。」

池燦懶洋洋把玩著酒杯。「說起來你也不小了，娶妻生子不是應該的嘛，推三阻四做什麼？」

楊厚承坐下給自己倒了一杯酒。「我來年想去南邊，還不知道什麼時候回來，何必娶個姑娘讓人家獨守空房呢。」

邵明淵握著酒杯的動作一頓，心中忽然便有些難過了。

如果那時沒有那道召他回京成親的聖旨，如果他再堅持一下，等到燕城收復後才與昭昭成親，昭昭是不是就不會承受那一箭穿心之痛了？

想到那一箭，邵明淵只覺痛徹心扉，端起酒杯一飲而盡。

「庭泉？」朱彥喊了一聲。

邵明淵笑起來。「今天我和重山都解決了一樁心事，來，咱們好好喝一杯。」

「是要好好喝一杯，等我去了南邊，咱們再想聚齊了還不定什麼時候呢。」楊厚承拍桌子道。

四人舉杯痛飲。

半個時辰後，邵明淵腿上多了個掛件。

「庭泉，你說我祖母知道我跑去南邊，會不會氣病了啊？」楊厚承趴在年輕將軍腿上問道。

邵明淵想了想，點頭道：「十有八九會。」

「那可如何是好？」楊厚承搖了搖邵明淵胳膊。

邵明淵忍耐皺眉。真的很想把這個酒鬼扔出去怎麼辦？

「咦，我有主意了，黎姑娘不是醫術精湛嘛，要不請她去我家住唄，這樣我祖母萬一氣病了，就可以請黎姑娘幫忙。呵呵呵，我可真聰明。」楊厚承一臉傻笑，在邵明淵手臂上蹭了蹭。

池燦與朱彥齊齊別過臉，不忍直視。

「請黎姑娘去你家住？」邵明淵眸光轉深，語氣莫名。

池燦在桌下重重踢了楊厚承一下。

楊厚承一臉戒備。「拾曦，你踹我幹嘛？我告訴你啊，你可不許和我搶黎姑娘，我先說的——」

話未說完，楊大世子就被臉色發黑的將軍提了起來。

楊厚承雙腳懸空，一臉興奮。「呵呵呵，我好像會飛了。」

邵明淵提著楊厚承打開門扔到了走廊上，冷冷道：「你給我醒醒酒！」

被寒風一吹清醒了些的楊厚承抱著邵明淵大腿痛哭。「庭泉，你不會打死我吧？我喝醉了，我跟你說，打喝醉的人是不道德的！」

邵明淵涼涼一笑。「不會，打個半死就夠了。」

四人酒散後，邵明淵騎馬直奔杏子胡同。

喬昭得了信悄悄過來，看到男人泛紅的雙頰與微醺迷濛的眼，不由揚眉。「喝酒了？」

屋子裡燒得暖和，邵明淵脫了大氅扔覺得熱，又去解外袍。

喬昭拍了他一下，嗔道：「好端端脫衣服做什麼？」

男人比少女高大許多，這樣低著頭看她，好似把她整個人都籠罩起來。清冽酒香撲面而來，使少女雙頰彷彿也染上了桃花的顏色。

見他手上動作依然不停，已經解開了衣領露出喉結，喬昭更是無奈，拽著他的手道：「你喝醉了？」男人低頭含笑，眸中星光閃動，伴隨著灼熱氣息吐出兩個字：「我熱！」

喬昭扶額。看來真是醉得不輕。她原本打算來「興師問罪」的，看樣子也問不成了。

咦，這人該不是故意的吧？

「你等著，我去煮醒酒湯。」喬昭轉身，卻被男人拉住，只得回頭看他。

邵明淵酒意上湧，醉眼朦朧看著眼前少女。「妳幫我脫！」

喬昭一雙水眸驀地睜大幾分，不可思議道：「邵明淵，你發酒瘋啦？」

面前的男人一臉委屈，理直氣壯反問：「妳是我媳婦，為何不幫我脫？」

喬昭額角青筋跳了跳。「誰說是你媳婦就要幫你脫衣服？你別胡鬧，我去煮醒酒湯！」

邵明淵一把拽住她，得意道：「不用別人跟我說，我就知道！」

「哦，你是怎麼知道的？」喬昭挑眉。

男人似乎有些支撐不住了，頭低下來抵在少女髮頂，老老實實道：「我夢到過，夢裡不只妳幫我脫了，我還幫妳脫——」

喬昭重重踢了男人小腿肚一下，斥道：「邵明淵，你給我閉嘴！」

他做了亂七八糟的夢，為什麼要說出來！

邵明淵皺了皺眉，勸道：「昭昭，妳輕點踢，當心腳疼。」

原本尷尬又氣惱的喬姑娘心頭莫名軟了一下，抬手替男人稍稍整理了亂髮，輕嘆道：「你別胡說八道，我就不踢了。」

「我才沒胡說八道。」男人清澈如水的眼睛裡滿是委屈。「我夢到了三次，奇怪的是每一次都是在山洞裡──」

喬昭臉色緋紅，伸手掩住邵明淵的嘴。「不許再說了！」

「好，好，那我不說了。」男人眼睛彎了彎，一臉期待看著眼前少女。「那妳幫我脫衣裳嗎？」

「我幫你醒醒酒才是真的！」喬昭用力推開邵明淵，落荒而逃。

半個時辰後，醒了酒的年輕將軍表情呆滯，用力揉了揉臉。

他剛才都說了些什麼亂七八糟的？還死皮賴臉求昭昭幫他脫衣裳！

「清醒了？」喬昭把軟巾打濕，替他擦臉。

「嗯。」邵明淵垂眸遮住眼底的尷尬，又忍不住悄悄打量少女表情。

少女神情認真，看不出喜怒。

「昭昭，我剛才喝多了。」

「我知道。」

「所以我剛才都是胡言亂語的……」

「我知道。」

「那妳──」

喬昭咬唇。「邵明淵，以後不許再喝多了！」

明明是酒後吐真言，卻哄她說是胡言亂語，真當她是無知小姑娘嗎？

邵明淵乖乖點頭。「知道了，以後不喝多了。」

見他一副老實巴巴的模樣，喬昭只剩下嘆氣。「提親是怎麼回事？不是說好開春再說嘛。」

邵明淵握住她的手。「不想讓別人覺得妳嫁不出去。」

「我不在意。」喬昭往回抽手。

男人握得更緊，認真道：「我在意。」

喬昭怔了怔，輕聲道：「可這樣一來，想要我父親點頭答應親事就更難了。」

「我知道。」邵明淵凝視著少女，柔聲道：「那我就再努力一些討岳父大人歡心。至少現在，我不想聽那些人非議輕視妳。」

男人的眼波太溫柔，彷彿醇厚的酒，讓人不知不覺就醉了。

喬昭移開視線，默默想：這傢伙喝了酒似乎特別會說話。

「昭昭，妳幹嘛不看著我？」男人把頭抵在喬昭肩窩，帶著幾分撒嬌。

喬昭身體一僵，淡淡道：「你有什麼好看的？」

「等一會兒妳回去，就看不到了。」

喬昭白他一眼。「放心，我不會後悔的。」

「我會。」邵明淵喃喃說了一句，把少女擁在懷裡。「昭昭，我有些不習慣不能時時刻刻看到妳。」

喬昭推了推他，男人硬邦邦的胸膛彷若磐石，紋絲不動。

「那兩本帳冊交給他們了？」她岔開話題。

「嗯，放心吧，這次有皇上開口，那些人不敢敷衍，說不準臘月衙門封印前就能結案。」

喬昭心下微鬆。「我該回去了，你突然請了媒人來提親，我父親氣得都沒去上衙。」

父親大人可算又找到理由翹班了。

「我送妳。」

「就在隔壁，送什麼。」喬昭推辭。

邵明淵不由分說握住喬昭的手往外走。「我想送。」

喬昭掙扎了下，抿唇。「邵明淵，我發現你喝了酒就一點都不講道理了。」

邵明淵輕笑，理直氣壯道：「夫妻之間不需要講道理，以後我聽妳的就行了。」

「誰跟你是夫妻啊？」喬昭紅了臉。哪有人臉皮這麼厚，面不改色把這種肉麻話掛在嘴頭上。

邵明淵腳步一頓，停下來俯視喬昭，語氣堅定道：「以前是，以後也會是。」

「現在還不是——」

男人低頭，啄住少女粉嫩的唇瓣輕輕親了親，啞聲道：「所以我還要繼續努力啊。昭昭，妳說是不是？」

外面天寒地凍，緊靠在一起的二人之間卻陡然生起驚人的熱度。

站在廊下的兩名親衛對視一眼，識趣地別過了頭。

「咳咳，今天的天氣還挺不錯的。」親衛甲抬頭望天。

親衛乙忙點頭。「是呀，真不錯，我都覺得熱了。」

「嗯，是挺熱。」

親衛甲／親衛乙：「……」

這樣旁觀將軍大人與未來的將軍夫人卿卿我我，實在有些受不住啊。他們也是正當年的小夥子，將軍大人難道不知道他們也是需要媳婦的人嗎？

「唉。」親衛甲嘆了口氣。

「唉。」親衛乙跟著嘆了口氣。

二人用眼神互相安慰：還好快有將軍夫人了，熬著吧。

「別人看著呢，別胡來。」喬昭悄悄提醒，臉紅如霞。

這個人臉皮越來越厚，她已經不知道該怎麼對他了。

「他們是我的親衛，不用在意。」邵明淵雖這麼說，還是克制著沒有把這個吻加深，在少女唇角輕輕親了親便放開，拉著她的手往門口走去。

兩人站在門口，邵明淵深深望著喬昭。「妳回吧，等妳進去我再關門。」

「嗯。」喬昭轉身，不由愣住，好一會兒喊出兩個字：「父親……」

黎光文站在黎府門口，繃著一張臉打量拐他閨女的混小子。

嗯，人高腿長，目光清明，瞧著倒是人模人樣的，可品質太惡劣了，居然哄騙他閨女幽會！實在是太惡劣了！黎光文越想越氣，狠狠瞪了呆愣住的年輕將軍一眼，冷冷道：「跟我過來！」

他走了兩步猛然停下轉身。「不對，去你那裡！」

要是回黎府的話，豈不是全府的人都知道他閨女與野男人幽會了，還好他機智，沒有被憤怒沖昏頭腦。

邵明淵險些撞上黑著臉的岳父大人，摸了摸鼻子暗道一聲好險，老老實實跟在黎光文身後走進院門。

「將軍，您把將軍夫人送走啦——」

兩名親衛看到走進來的黎光文，說話聲戛然而止，齊刷刷地看向他們倒楣的將軍大人。

將軍大人這是被抓個正著？兩名親衛面面相覷，忽然開始糾結了。

等會兒將軍大人的未來泰山要是痛扁將軍，他們到底是幫忙，還是不幫呢？

「咳咳，我忽然想起來還沒餵馬呢！」親衛甲自言自語喊了一句，拔腿就走。

親衛乙趕緊跟上。「我去抱草！」

眨眼間只剩下年輕將軍面對著黑臉岳父。

邵明淵暗暗鬆了口氣。還好兩個親衛避開了，等會兒要是被岳父大人痛揍沒那麼丟臉。

「父親……」

黎光文睇了喬昭一眼。「小姑娘別說話！」

他說著狠狠瞪著邵明淵。臭小子聽見了嗎？他女兒還是小姑娘呢，你也下得去手！

邵明淵垂眸，恭敬道：「您請進屋喝杯茶吧。」

「有酒嗎？」

邵明淵一怔，忙點頭。「有。」

黎光文冷笑。「有酒喝什麼茶！」酒品見人品，他倒是要瞧瞧這小子喝醉了是什麼德行。

一個時辰後。

桌上擺著幾個喝空的酒罈子，黎光文醉眼矇矓，挾了一筷子青椒肚絲，讚道：「這道青椒肚絲炒得極入味。」

年輕將軍眼神清亮，語氣恭敬依舊：「您很會品味，這道青椒肚絲裡面加了特製的料酒，是百味齋的祕方。」

黎光文激動一拍桌子。「我就說這道青椒肚絲吃著這麼對胃口呢，我最愛的就是百味齋那道青椒肚絲。」

「是，昭昭對我說過的。」

「昭昭對你說過？」喝得微醺的黎光文瞇著眼看著面前的年輕人，有些詫異。

邵明淵飛快看了喬昭一眼，笑道：「是呀，昭昭說您喜歡吃百味齋的青椒肚絲。」

「這是你派人從百味齋買來的？」黎光文問，忽然覺得對面的小子順眼幾分。

能記得他喜歡吃百味齋的青椒肚絲，倒是有心了。當然，他主要是因為女兒記著他吃什麼才高興的，與這渾小子無關。

邵明淵看著半醉的未來岳父大人含笑道：「晚輩從百味齋討來的祕方，親自做的。」

「你做的？」黎光文忽然覺得頭有點暈。

「是，自己學會了，以後您或昭昭若想吃的話就方便多了。」邵明淵一臉誠懇。

黎光文被這番話哄得喜笑顏開。「嗯，你有心了。對了，昭昭還喜歡吃紅燒獅子頭。」

年輕人溫和笑著。「這道菜我也學了。」

喬昭悄悄翻了個白眼。

好吧，你贏了，她就知道父親大人不是對手！

又過了半個時辰。

黎光文打了個酒嗝，伸手拍拍邵明淵的肩膀。「嗯，你說得也有幾分道理，昭昭雖然小，但才華能甩其他姑娘八條街，要是總有亂七八糟的人家來提親確實不勝其煩，還不如選一個靠譜的人定下來，就不用再操心了。」

年輕將軍嘴角一直噙著謙恭的笑。「還是您想得通透。晚輩若是與昭昭訂了親，什麼時候成親都聽您的。這樣一來，昭昭的年齡根本不再是問題，早早訂親有益無害，您說是嗎？」

黎光文醉眼矇矓，連連點頭。「是這個道理。」

對面端坐的年輕人笑意陡然加深。

黎光文半瞇著眼睛撓了撓頭。「不過——誰知道來提親的人家靠譜嗎？」

邵明淵笑了。「您看晚輩可以嗎？」

黎光文挑剔看了笑意融融的年輕人一眼，頭有些發暈，抬手揉了揉太陽穴，問道：「能養得起妻兒？」

對面年輕人頷首。「晚輩受封一等侯，歲祿兩千石，養妻兒足矣。」

「兩千石？」喝得半醉的未來岳父大人掰著指頭算了算。

他是從六品翰林，月俸八石，一年就是九十六石，兩千石的話……呃，他要老老實實上衙二十年！忽然不想幹了怎麼辦！

「不會有人欺負昭昭？」

「家嚴為人和善，家慈一心禮佛不理俗事，且晚輩已經開府另居，只要昭昭嫁過來就能當家做主，連晚輩也會聽她的。」

「這樣還不錯。」黎光文連連點頭，又覺得不大好。「你堂堂的一品侯，聽媳婦話不怕被人取笑嗎？」

邵明淵微微一笑，神情誠懇。「男人的威風不是靠在妻子面前擺譜賺來的。」說到這裡，他笑意轉冷，帶著幾分輕嘲：「再者說，應該沒有什麼人在晚輩面前說這些。」

黎光文顯然很滿意這番回答，笑著點了點頭，看一眼如花似玉的女兒又不甘心，再問：「我聽說勳貴之家都講究納妾的？」

「勳貴之家有沒有這個講究晚輩不清楚，不過晚輩肯定沒這個講究。晚輩此生只願與昭昭共白首，還望您能成全。」

聽了這話，喬昭睫毛輕顫，睇了邵明淵一眼。邵明淵看過來，對她溫柔一笑。

黎光文在心中盤算：賺得多，沒人管，還不納妾，這樣的乘龍快婿很不錯啊！

「那您是答應了嗎？」邵明淵見機問道。

黎光文揉了揉眼角。「行，把我閨女帶走吧。」

喬昭扶額，所以父親大人趁著酒意就把她賣了嗎？

邵明淵起身，朝黎光文鄭重一揖。「晚輩會盡快請家中長輩再來提親，多謝您成全。」

他說著，斜睨喬昭一眼，微微上挑的眼角眉梢，透著真切的歡喜與難以言說的瀟灑。

喬昭垂眸，臉不自覺紅了。這人大概是極會哄人的，只要他願意。

邵明淵送黎光文往外走，悄悄握了握喬昭的手，低聲道：「等我。」

「在我父親面前你就動手動腳，當心他揍你。」喬昭白他一眼。

或許是知道親事很快落定，喬昭不自覺對邵明淵的態度更加親暱起來。

邵明淵低笑。「不會的，他以後也是我岳父大人，向著誰還不一定呢。」

喬昭眨眨眼，忽然覺得還真有這可能。就憑這人哄人的本事，糊弄她父母簡直是小菜一碟。

黎光文腳步踉蹌地回到了雅和苑。

何氏拿了打濕的帕子替黎光文擦臉擦手，一邊擦一邊嗔道：「好端端怎麼喝酒了？」

黎光文擺了擺手。「不用妳忙，妳懷著身孕呢。呵呵呵——」

「老爺笑什麼？」

黎光文往榻上一躺，雙手交叉疊在腦後，酒意陣陣上湧。「我跟妳說啊，我今天給咱們閨女找了個女婿。」

「啥？」何氏聲音陡然拔高。「老爺，您喝多了吧？」

黎光文努力睜睜眼。「我沒喝多，我清醒著呢。我告訴妳啊，咱們的女婿可厲害著呢，一年俸祿頂我幹半輩子的，絕對不會委屈了咱們昭昭。」

何氏撇嘴。「我會給昭昭一大筆嫁妝，男方好不好可不能用錢來衡量。」

「嫁過去就能當家做主。」

何氏眼一亮。「這個好！」

黎光文嘿嘿直樂。「他還承諾了不納妾，不收通房。」

何氏眼睛更亮。

「他還說，可以先訂親，什麼時候把昭昭嫁過去咱們說了算。」

何氏把濕帕子甩到一旁，興奮起來。「老爺，這麼好的女婿您從哪找來的？」

黎光文伸手一指，得意道：「說起來巧了，居然就在咱們隔壁。」

「這麼巧！」何氏撫掌，忽然反應過來。「等等，就在咱們隔壁？」

隔壁住的不是那隻大尾巴鷹嘛！

「啊，要不說與咱們昭昭是天注定的姻緣呢。」黎光文呵呵笑著，翻了個身睡著了。

何氏撫了撫心口。天啦，女兒真的要被大尾巴鷹叼走了！

不行，她要去找女兒問個清楚。

喬昭房內。

「您說冠軍侯？」喬昭示意阿珠把二餅帶走，替何氏倒了一杯熱水。

何氏沒喝，只是捧著杯子暖手，壓低聲音道：「昭昭，妳給娘透個底，妳稀不稀罕冠軍侯？」

喬昭沉默。

何氏笑著攬住喬昭的肩。「跟娘還有什麼不好意思說的，其實不管對方有千百個好處，只有妳稀罕才是最重要的。」說到這，何氏語氣一頓，又加了一句：「當然還要對方也稀罕妳。」單方面的喜歡，有她嘗過就夠了，她不想女兒再嘗一次。

何氏這樣想著，不自覺撫上隆起的肚子，又微笑起來。還好現在總算苦盡甘來了。

喬昭垂眸，輕輕點頭。

「應該早些問妳的，那樣妳爹就不會把媒人給趕出去了。」何氏扼腕，緊張看著喬昭。「妳不會怪爹娘吧？哎呀，他家還會再派媒人來嗎？」

「會的，娘放心吧。」喬昭笑道。

這種忽然變成上趕著的感覺是怎麼回事兒？喬姑娘無語問天。

靖安侯替次子求娶翰林修撰黎家三姑娘的消息，隨著留興侯府賞花宴的結束，如一陣風般傳遍了京城各府，就連明康帝也透過江堂得知了此事。

「這是靖安侯的意思，還是冠軍侯的意思？」明康帝抬了抬眼皮，一針見血問。

江堂想到了邵明淵對喬昭明裡暗裡的維護，回道：「臣以為，此事應該是冠軍侯的意思。」

明康帝輕輕拍打著龍案笑了笑。「朕也認為是冠軍侯的意思。」

他懶洋洋地把玩雕龍刻鳳的核桃，語氣莫名：「朕的這位冠軍侯，是個聰明人啊。」

江堂立在一旁聽著，並不接話。陪伴這位心思詭譎的天子數十年，他當然知道在什麼時候接話，什麼時候保持沉默。

明康帝可不是史上那些昏聵無能的君主，他懶於上朝，不是管控不了這偌大的江山，而是不想管，樂得當甩手掌櫃。

江堂不好深想下去了，總覺得想多了有種想甩手不幹的衝動。

「太聰明了也不太好，奶兄，你說呢？」

「皇上說得是。」江堂彎腰。他還能說什麼？

明康帝撩著眼皮看他。「奶兄，朕還有幾位公主未出閣啊？」

江堂悄悄抽了抽嘴角。這親爹當的，有幾位女兒未出閣居然要問他！

「回皇上，目前尚有五公主、七公主、八公主、九公主尚未出閣。」

「咦，為何六公主、七公主趕在五公主前面出閣了？」久不關注後宮的明康帝難得有了些好奇。

江堂輕咳一聲。「前年西姜國王子代表西姜國前來歲貢，對六公主一見傾心，求娶了六公主當王妃。」

「哦，朕想起來了，是有此事。那麼七公主呢？」

「七公主……去年因為染病而香消玉殞……」江堂已經無力嘆氣。

連女兒死了都忘了，明康帝也覺得有些沒面子，輕咳一聲道：「朕知道了。奶兄，你退下吧。」

「臣告退。」江堂隱隱鬆了一口氣。

「等等。」明康帝忽然想了起來，眼風一斜。「魏無邪，拿兩粒仙丹給朕的奶兄帶上。」

堂堂的錦鱗衛指揮使險些一個跟頭栽倒在龍案前。

「臣謝主隆恩。」江大都督無語望天。為什麼皇上連自己親閨女死了都忘了，居然，居然能一直記得賞賜他仙丹！

魏無邪把盛仙丹的玉盒塞進江堂手中，輕咳一聲提醒有些失態的江堂：「大都督拿好了。」

江堂回過神來，再次謝恩。

等江堂一走，明康帝側頭看向魏無邪。「五公主為何還沒嫁出去？」

魏無邪心中嘆口氣，面上不敢露出半點異色。「回陛下，五公主數年前出過痘——」

明康帝聞弦歌而知雅意。「五公主是麻子？」

魏無邪低頭默認，沒敢吭聲。

皇帝沉默了下。要是把一個麻臉公主下嫁給冠軍侯——算了，他這是嫌冠軍侯不造反嗎？

「魏無邪，去把八公主和九公主給朕叫過來。」

「皇上——」魏無邪有心提醒明康帝九公主毀容的事，話才開口皇帝一個不耐煩的眼風就飛了過來。

魏無邪垂眉斂目。「奴婢這就去。」

寢殿中，臉上塗滿了淡綠色藥膏的真真公主正與匆匆趕來的江詩冉敘話。

「妳說去黎府提親的是靖安侯府？」真真公主落在膝頭的手用力抓了抓衣襬。「是為誰提親？」

江詩冉臉色微沉。「為了冠軍侯！」

真真公主身子一顫，嘴唇抖了抖沒有出聲。

江詩冉煩躁踢了一下朱漆柱子。「真真，妳說靖安侯是不是腦子有問題啊，為什麼會替冠軍侯求娶黎三那種名聲掃地的人當媳婦？」雖然她爹曾說冠軍侯對黎三不一般，可她還是不敢相信冠軍侯那樣的男人會娶黎三為妻。這簡直沒道理！

真真公主低垂的睫毛輕輕顫了顫，苦笑道：「大概是緣分吧。」

她腦海中驟然閃過那道騎馬遠去的挺拔背影。

那個男人從杏子胡同而來，從她馬車旁瀟灑而過，沒有片刻停頓與回頭，就那麼絕塵而去。

他應該是去見黎姑娘，他們之間，早就生了情意吧。真真公主不是滋味地想。

「真真，妳怎麼了？」

真真公主回神，搖了搖頭。「沒什麼。」

這時有宮婢進來稟報：「殿下，皇上傳您去御書房。」

真真公主一驚，卻片刻不敢耽擱，把面紗戴好走了出去。江詩冉見狀跟了出去。

來請真真公主的是秉筆太監魏無邪的得意手下小鄧子。

真真公主心裡沒底，低聲問道：「公公可否知道，父皇為何喚我？」

小鄧子猶豫了一下。這種事按理是不該亂說的，不過這位公主與其他公主不同，在太后面前是有臉面的，更何況——

小鄧子眼角餘光掃了江詩冉一眼。

更何況九公主與江大都督的女兒情同姊妹，他沒必要得罪人。

「皇上問起了幾位未出閣的公主。」小鄧子提點了一句。

真真公主心中一跳，不由看了江詩冉一眼。

冉冉說他們父女是一起進宮的，父皇卻問起了未出閣的公主，這麼說，江大都督定然是把靖安侯府替冠軍侯求娶黎三姑娘的事稟告給了父皇。

莫非父皇想招冠軍侯當駙馬？

真真公主一顆心急跳起來，腦海中閃過那道一騎絕塵的背影，又落了下去。

「殿下，皇上還等著呢。」小鄧子見真真公主忽然停下腳步，低聲提醒道。

真真公主回神，匆匆對江詩冉道：「等我回來再走。」

前往御書房的路被打掃得乾乾淨淨，兩旁玉樹瓊枝，美不勝收。

真真公主頭一次覺得這條路是那麼長。

「皇上，九公主到了。」

真真公主走進去，拜倒。「兒臣見過父皇。」

明康帝居高臨下打量著久未見過的女兒，心中琢磨著：九女兒叫什麼來著？

短暫的沉默過後，明康帝開口：「小九啊，起身吧，抬起頭讓父皇看看。」

真真公主聽話抬頭。明康帝見狀一怔。「為何戴著面紗？」

真真公主垂眸。「回稟父皇，兒臣幾個月前臉上生瘡，毀了容，最近正在敷藥。」

「把面紗取下來。」

真真公主咬了咬唇，抬手把面紗摘下。明康帝看了一眼就移開視線。「戴上吧。」

他養的都是什麼公主啊，關鍵時刻居然沒有一個頂得上用場的！

明康帝擺了擺手。「臉出了問題就好好養著吧，需要什麼和妳母妃說。」

「兒臣告退。」真真公主目光冷然往外走，心中冷笑。

父皇恐怕連她母妃是誰都不記得了！

門口的白玉臺階上，真真公主與八公主撞了個對面。

「九妹臉好了嗎？」八公主笑問道。

真真公主牽了牽嘴角。「多謝八姊關心，好多了。」

「那就好，臉面對女兒家來說是最重要的，咱們身為公主也不例外。九妹可要保養好了顏面，以後最好少出宮去了。」

「這個就不勞八姊關心了，父皇還在書房中等著，八姊快進去吧。」

八公主笑意淺淺。「那我就進去了。」

真真公主停在臺階上，回眸看了一眼消失在門口的八公主背影，匆匆趕回了寢宮。

「這麼快就回來了？」等在屋中的江詩冉一見真真公主回來，不由有些意外。

「冉冉，妳稍等一下。」真真公主抬腳去了書房。

江詩冉好奇追了過去。

真真公主匆匆寫完一張信箋後放下筆，把墨跡吹乾，折疊好塞入信封中交給江詩冉。「冉冉，妳出宮後幫我把這封信交給黎三姑娘。」

江詩冉一愣，皺眉道：「妳還給黎三寫信？」

「我不方便頻繁出宮，但有要緊事聯繫她，所以就拜託妳了。」真真公主懇切道。

江詩冉狐疑盯著手中信箋，不解道：「妳與黎三什麼時候這麼熟了？」

真真公主笑笑。「並不熟，但確實有要緊的事。」

「莫非是妳的臉不舒服？藥膏有問題？」江詩冉追問道。

真真公主握住江詩冉的手。「冉冉，妳就不要問了，請務必今天把這封信交給黎三姑娘，越快越好。」

見好友不肯多說，偏偏還與她最討厭的人有關，江詩冉很是不痛快，捏著信箋一言不發。

真真公主哄道：「冉冉，等回來我給妳打一條五彩蝙蝠絡子好不好，妳那次還說最喜歡我床頭掛著的那條五彩蝙蝠絡子呢。」

江詩冉終於點頭。「那好吧，不過妳可不能背著我與黎三交好，那我會嘔死的。」

「妳放心吧，一定不會的。」見江詩冉答應了，真真公主鬆了口氣。

待把江詩冉送走，真真公主靠在屏風上開始發愣。

「殿下，屏風涼——」貼身宮婢勸道。真真公主回神，拿帕子擦了擦眼角。

宮婢駭了一跳。「殿下，您哭了？」

真真公主逕自走到床邊坐下來，抱過彈墨引枕靠著不語。

宮婢繞到公主身後，替她輕輕揉捏肩膀。

「剛才父皇叫我去，是想從本宮與八公主之間選一個人，下嫁冠軍侯。」

宮婢眼一亮。「恭喜殿下了！」

身為貼身宮女，公主殿下有次情緒崩潰時吐露了傾心冠軍侯的祕密，她成了那個聆聽者，從此後公主對她更親近了幾分，她也成了唯一知道公主祕密的人。

真真公主抬手撫臉，自嘲一笑。「父皇見到本宮這個樣子，便打發本宮回來了。」

「殿下，黎三姑娘不是說您的臉再連續敷上幾日就能好轉嗎？您怎麼不——」

真真公主目光淡淡看著宮婢，平靜問道：「怎麼不對父皇稟明？」

宮婢眼神微閃，默認了真真公主的話。公主抱著引枕望向窗外。

昨夜下了雪，窗外一片銀裝素裹，連人心彷彿都被這場雪滌淨了。

「因為我不想。」真真公主低語道。

如果江詩冉沒有帶來靖安侯府向黎家提親的消息，哪怕再畏懼那位高高在上的父皇，她也會盡量爭取。可是偏偏就在今天，父皇傳她去御書房晉見之前，她知道了這個消息。

或許是天意讓她知道得剛剛好。

杏子胡同那道一騎絕塵的背影，加上靖安侯府令人大為意外的提親，只說明了一件事：冠軍侯與黎三姑娘之間早已有了情意。

拋開黎三姑娘替她治臉的情分，她才不想要一個心裡裝著別的女子的男人。

她見過了父皇對母妃的無情，只希望她將來的駙馬心中只裝著她一個。如果不能，哪怕那個男人再優秀，再令人心動，其實都與她沒有半點關係。

那些好，都是別人的。

「那八公主——」宮婢完全不懂真真公主的想法。公主殿下不想爭取，豈不是讓八公主撿了便宜？

「她不會如願的。」真真公主冷笑。比起八公主，她當然希望冠軍侯與黎三姑娘能在一起。誰不樂意見到有情人終成眷屬呢？她放棄的，八公主憑什麼介入？

「妳去給本宮端一碗燕窩粥來吃吧，本宮餓了。」

「是。」見公主殿下想吃東西，宮婢悄悄鬆了口氣，轉身出去。

真真公主垂眸，盯著纖細手腕上的血玉鐲，落下一滴淚來。

她初次對一個男人動了心，便這樣無疾而終，就如窗外的雪，等化了後便消散得乾乾淨淨，無人知曉。

江詩冉離開皇宮後直奔杏子胡同。

聽了門人稟告，喬昭把江詩冉請進來。

「喏，九公主給妳的信。」江詩冉黑著臉把信箋甩給喬昭。

信箋上用娟秀的小字寫著「黎三姑娘親啟」幾個字，字跡卻有些凌亂，顯然是匆匆寫成。

喬昭心中微訝，面上不動聲色地對江詩冉道了謝。

江詩冉沒好氣撇了撇嘴。「妳收到就行，別轉頭對真真說我沒給妳。」她雖好奇信上寫了什麼，卻知道從喬昭這裡問不出話來，片刻不想多待就告辭離去。

喬昭打開信箋看過，面色微變，忙派阿珠去給邵明淵送信。

邵明淵還在黎府隔壁宅子沒走，正扶著後院的海棠樹催吐。

「將軍，漱漱口吧。」親衛遞了水壺與帕子過來，滿眼心疼。

他們將軍大人在春風樓本來就喝得半醉，剛才又為了搞定未來的泰山大人拚了老命，真是太可憐了。娶個媳婦可真不容易啊！

邵明淵接過水壺漱了口，才覺火燒火燎的胃裡好受了些，直起身來一邊擦拭嘴角一邊往外走，吩咐道：「備馬。」

他才走到門口，就有親衛來報：「阿珠姑娘來了。」

阿珠跟在親衛身後走了進來，一見到邵明淵的面，忙把信遞給他。「邵將軍，我們姑娘讓婢子把這個交給您。」濃郁的酒氣襲來，阿珠瞥了一眼男子蒼白的面色，忙低下了頭。

看到熟悉的字跡，邵明淵忍不住嘴角輕揚，背過身去打開信看起來。

邵明淵看了信，嘴角笑意頓時收起，整個人往外冒著寒氣。

一八六　再次提親

他費盡心思才換來現在的局面，那位天子居然要橫插一腳？

「跟你們姑娘說我已經知道了，讓她放心，剩下的事我會解決的。」

阿珠得了這話，朝邵明淵福了福身子，告辭離去。

邵明淵翻身上馬，直奔靖安侯府。

靖安侯府中，靖安侯世子夫人王氏正與邵景淵哭訴：「世子，您說侯爺給二弟訂親怎麼也不知會咱們一聲呢？今日我在留興侯府作客時才聽人提起這事，完全一頭霧水，別提多丟人了。」

「父親給邵明淵求娶的是哪家姑娘？」聽著王氏的哭聲，邵景淵隱隱有些不耐。

也不知道為何，自從王氏開始管家後就沒以往那麼可人意了，明明有著身孕，盯他卻比懷前兩個哥兒的時候還要緊，真讓人倒胃口。

「是翰林修撰黎家的三姑娘，名聲狼藉的那個。」王氏擦了擦眼角。「我實在想不明白侯爺怎麼會給二弟訂下那樣一門親事，最讓人難堪的是對方還沒答應！世子您不知道，今天咱們侯府都成了整個京城的笑話了。」

「父親有自己的想法，妳操心那麼多做什麼？」邵景淵莫名有些煩躁。

知道邵明淵只是個外室子後，他就不想與那個人再有任何交集。

他是邵家的長子嫡孫，一想到從小到大和那個弟弟暗中較勁卻處處比不過，結果對方竟只是個外室子，就覺得無比憋屈。他希望這個人離他的生活越遠越好。

王氏張了張嘴，心頭湧上陣陣委屈。這怎麼是操心多呢？她以後是侯府的女主人，只要一天不分家，兩個小叔子的嫁娶不就該她操心嗎？

「總之邵明淵的事妳少管，我還有事，先出去了。」一個外室子，不娶一個聲名狼藉的姑娘，還想娶公主不成？

邵景淵在侯府門口正好撞見了匆匆走進來的邵明淵。

兄弟二人四目相對。

「大哥。」

邵景淵敷衍點了點頭，錯身而過。

一個外室子是注定不能與他爭的，倘若將來父親偏心太過，大不了他就請族中長輩們做主。

邵明淵回頭看了一眼邵景淵的背影，牽了牽唇角。自從知道他與大哥、三弟並非一母同胞，他便知道他們之間的兄弟情是徹底斷了。這也沒什麼不好，知道沒有被善待的理由不是因為自己不夠好，他的心反而安定了。

邵明淵在練武場尋到了正練拳的靖安侯。

「你想讓為父再去黎家提親？」靖安侯一臉為難。「才被拒絕過，馬上就去不好吧？」

「父親放心，這一次黎家不會拒絕了。」

靖安侯打量著匆匆趕來的次子，有些猶豫。這孩子這麼著急，真的太反常了。

「父親是不是覺得兒子太心急了？」邵明淵自嘲笑笑。「父親有所不知，兒子得到一個消息，皇上有意把公主下嫁給我——」

靖安侯驀地緊張起來。「當真？」

邵明淵鄭重點頭。

「為父這就請人再去黎家提親！」靖安侯一下子表現得比邵明淵還要急切。

邵明淵悄悄揚了揚唇角。放眼京城，最怕與公主扯上關係的應該就是他父親了。

靖安侯年輕的時候，皇家曾有意把長容長公主下嫁給他，當時礙著長容長公主尚未及笄沒有訂下親事，卻是雙方心照不宣的事。誰知靖安侯去了邊關半年，再回來後長容長公主就迅速給自己選了個寒門士子當駙馬，一時傳為佳話。

那時靖安侯可謂憋屈至極，常來往的勳貴子弟看他笑話，老百姓們則把他當成破壞有情人的惡人看待，到頭來他明明是受委屈的一方，反而一聲都不能吭，只能默默把苦果嚥下。

一朝被蛇咬十年怕井繩，誰再提把公主下嫁給他家，靖安侯就跟誰急！

「父親，既然媒人已經去過一次被拒絕，這次就請位德高望重的人隨媒人一同去吧。」

「德高望重的人一時之間並不好找。」靖安侯有些為難。

靖安侯府想請這樣的人說媒並不是找不到，可這親提得太急了些。

「您看禮部尚書蘇大人如何？」

「蘇和？」靖安侯皺眉。「蘇和兼任翰林院掌院，是黎修撰的上官，按說是極合適的，只是為父與他交情不深……」

邵明淵笑著打斷靖安侯的話：「兒子已經派人去請蘇大人了，父親到時候只管招呼好蘇大人就是，畢竟結親講究父母之命、媒妁之言，兒子不方便多出面。」

靖安侯張了張嘴，有心想問邵明淵如何請得動禮部尚書蘇和，迎上對方似笑非笑的眼，最終把疑問嚥了下去。兒子大了，已經是京中舉足輕重的人物，有些事自然不能再刨根究底。

而杏子胡同的黎家西府陡然間熱鬧起來。

那些與黎家來往不多的夫人太太們紛紛遞了帖子來訪，當然作客是假，打探一下靖安侯府突然提親的內情是真。

鄧老夫人疲於應付，藉口不舒服統統推了。東府老鄉君姜氏得到消息，命人扶著她趕到西府。

「弟妹，靖安侯府來提親這麼大的事妳怎麼不和我說呢？」

「鄉君還是先坐下吧。」鄧老夫人不疾不徐開了口。

姜氏眼睛看不見，聽到鄧老夫人不溫不火的聲音就來了火氣，揚聲道：「弟妹，我聽說妳家大郎還把靖安侯府的親事給拒了？他可真糊塗啊！」

鄧老夫人一聽不高興了。

說她兒子糊塗？她兒子頂多是少一根筋，怎麼能說是糊塗呢？這不是侮辱人嘛！

「三丫頭還小，大郎推拒了這門親事，我覺得沒什麼不妥。」

「沒什麼不妥？」姜氏拐杖一揚，就差砸到鄧老夫人身上了。「三丫頭的名聲如何妳不是不知道，別說是靖安侯府，就是有個像樣的人家來提親已經是燒高香。我給妳說，三丫頭錯過這個村可就沒這個店了，以後難道要在黎家當一輩子老姑娘不成？」

鄧老夫人更不樂意了，淡淡道：「那可不一定，說不準靖安侯府鍥而不捨再來提親呢。」

姜氏冷笑。「那我就等著了。」

人家還會再來提親？除非太陽從西邊出來！

此時，大丫鬟青筠匆匆走了進來，語帶興奮：「老夫人，禮部尚書蘇大人來訪。」

鄧老夫人尚未反應過來，姜氏已經忍不住道：「是不是兼任翰林掌院的那位蘇尚書？」

「回鄉君的話，正是那位蘇大人。」

姜氏撇了撇嘴。「弟妹，該不是妳家大郎犯事了吧？」

她早就覺得那個棒槌侄子能在翰林院平安無事待十數年是個奇蹟，如今該來的總算來了。

鄧老夫人臉一沉。「鄉君這話可不能亂說。紅松，去請大老爺過來待客。青筠，扶我去見蘇大人。」

「我隨弟妹一同去吧，萬一有事還能幫大郎說和說和。」姜氏跟著站起來。

鄧老夫人搖了搖頭，去了前邊待客廳。

禮部尚書兼翰林掌院蘇和正在喝茶，一見鄧老夫人來了，放下茶盞站起來打了招呼，開門見山道：「老夫人，我是來替靖安侯府說媒的。」

鄧老夫人一聽，不由愣住了。剛剛她雖對姜氏說靖安侯府沒準會再來提親，但那只是氣話，實則心中認為根本沒可能，誰知靖安侯府居然真又請人來了，這次除了媒人還請了禮部尚書！

不管答不答應，至少在這一刻，看到姜氏驚愕至極的神情，鄧老夫人只覺心花怒放。

三丫頭可太爭氣了，到底是她的親孫女！

蘇和見鄧老夫人愣住，輕咳一聲。「老夫人？」

鄧老夫人回神，心中已是糾結萬分。

靖安侯府能請動禮部尚書來說媒，可見誠意十足。昭昭年紀是小了些，可小姑娘總會長大的呀，能嫁給冠軍侯當一品侯夫人，怎麼也比留在黎家當一輩子老姑娘強。

她到底是答應，還是不答應呢？

鄧老夫人正天人交戰，猛然察覺姜氏在背後拽了她一把，立刻清醒過來。

不能衝動，千萬不能衝動！

鄧老夫人咳嗽一聲，表情嚴肅道：「蘇大人的來意我知道了，不過婚姻大事講究父母之命，我當祖母的不好越俎代庖，還是等我家大郎來了，蘇大人與他商量吧。」

蘇和怔了怔。他可是聽說他那位棒槌屬下是個大孝子，對這位老母親恭恭敬敬的，怎麼孫女的婚事這位老夫人竟不插手嗎？

姜氏則是劇烈咳嗽起來。她這個老妯娌是不是傻？禮部尚書都親自上門了，居然還拿翹！長子跟她說過，因為辦嘉豐喬家大火一案不力，等眼下案子了結定是要受責罰，到時黎府處境可不大妙。眼前好不容易有了更進一步的機會，西府居然不懂得抓住！這一家子都有病吧？

黎光硯之妻伍氏站在姜氏身後，眼神轉冷。這就是她的婆母與西府老夫人的區別。如果婆母如西府老夫人這般明理，她的嬌嬌又怎麼會落得現在的名聲？

鄧老夫人看向姜氏，一臉關心。「鄉君累了吧？伍氏，快把鄉君扶回東府早些歇著吧。」

鄧老夫人開口送客，當著禮部尚書蘇和的面姜氏自然不好再說什麼，滿腹憋屈被兒媳婦扶走了。才出西府大門，姜氏就厲聲道：「去派人盯著西府，有什麼消息立刻回報！」

伍氏嘲弄牽了牽嘴角，溫聲道：「知道了。」

就婆母對西府多年來居高臨下的心態，就算三姑娘真的攀上了高枝，東府恐怕也沾不上光。她這個婆母眼睛瞎了，心也跟著糊塗了。不過她是無所謂的，隨這位老太太折騰就好，不然她家老爺又該不滿了。

不多時黎光文從雅和苑趕到了待客廳。

一見到蘇和，黎光文吃了一驚，喃喃道：「不至於吧，我就翹個班，您就追到我家來了？」

蘇和抖了抖鬍子，無奈道：「瞎嘀咕什麼呢？我有那個閒工夫？」

黎光文暗暗鬆了口氣。不是來和他母親告狀就好！

「那大人是來——」

「我是來提親的。」

黎光文一臉警惕。「大人，下官記得您只有一個孫子尚未成親吧？且只有八歲。」女婿太小了哪裡懂得疼人呢，至少就不會做青椒肚絲給他當下酒菜。

蘇和哭笑不得。「再胡說八道罰俸半年！」

黎光文默算了一下。他月俸八石，半年還不足五十石，而準女婿歲祿兩千石——這麼一想，隨意罰，反正不能再少了。

蘇和被黎光文一臉無所謂的表情簡直氣樂了，想到來意到底沒有罵人，道明這一趟的目的。「靖安侯府替二公子求娶我家三姑娘？」黎光文眨眨眼。「他們府上二公子就是冠軍侯吧？」

「對。」

「那行，我答應了。」

蘇和險些把喝入口中的茶水噴出來。不是說不久前媒人來黎家提親被趕出去了嗎？他還以為要費一番口舌勸勸的，對方這麼輕易答應下來，竟讓他有些措手不及。

鄧老夫人顯然也很意外，清了清喉嚨提醒道：「大郎，你知道自己在說什麼吧？」

「知道呀，蘇大人替靖安侯府說媒，我覺得不錯，就答應了。」

蘇和忽然覺得心情不錯。原來這個棒槌屬下是因為他來說媒才答應的，他面子還挺大的！

「既然你答應了，我就回去對靖安侯說一聲，剩下的便由你們兩家好好商議，我這位保山就算功成身退了。」

「蘇大人辛苦了，留下喝杯茶吧。」鄧老夫人忙道。

蘇和擺擺手。「罷了，我還是早些把好消息帶給靖安侯吧。」

蘇和才從黎家離去，那些盯著黎家的人就迅速把這個消息傳到了各個府上。

錦鱗衛指揮使江堂得了這個消息想了又想，最後嘆口氣。

皇上雖有招冠軍侯當駙馬的意思，畢竟沒有明言，他還是明日再把這個消息稟報給皇上好了，不然一天賞他兩次仙丹，他實在受不住啊。

翌日一早，江堂趕去宮中，卻從魏無邪口中得到了皇上閉關修行的消息。

「大都督回去吧，昨夜國師夜觀天象，七日內有紫氣東來之勢，極適宜閉關修行，皇上要七日後才出關。」

江堂摸摸鼻子回去了。

皇宮內，新晉國師輕輕嘆了口氣。冠軍侯的人情不好還啊。

❧

「你們知道嗎，靖安侯府請了禮部尚書當保山，再次上黎家提親去了！」

「又去了？靖安侯府圖什麼啊？這簡直門不當戶不對。」

「圖什麼咱不知道，反正黎家可是光彩了，小小的翰林修撰之女，一出閣就能當上一品侯夫人，嘖嘖，這份榮光是多少人求也求不來的。」

杏子胡同外的路邊樹下不知何時多了一個茶攤，坐滿了看熱鬧的人，此時正聚在一起議論著黎家的新鮮事。

「這麼說黎家答應了？」

「能不答應嘛，這可是打著燈籠都難找的好親事，男方可是冠軍侯呢！想當初冠軍侯率領北征軍入城受賞的時候，我們隔壁老王家的三閨女遠遠看了那麼一眼就害了相思病，到現在都哭著鬧著不肯嫁人呢。」冬日清閒，又是暖陽和煦的天氣，人們好不容易有了這樣的談資，越說越興奮，連杏子胡同悄悄駛出了一輛馬車都無人注意。

那些議論聲鑽入耳朵，坐在馬車內的黎皎聽得心煩氣躁，猛然掀起簾子往外看了一眼。

「姑娘——」丫鬟杏兒駭了一跳，忍不住喊了一聲。

黎皎忿忿放下簾子，面罩寒霜。「怎麼，我瞧瞧外頭的景兒也要妳管著？」她這日子過得可真憋屈，處處不如意不說，就連貼身丫鬟都是個膽小怕事的，全然沒有春芳、秋露的機靈。

「奴婢不敢。」杏兒低頭。

黎皎冷笑一聲。「打量我不知道妳怎麼想的嗎？我告訴妳，我就是處境再不好也是妳的主子，既然成了我的丫鬟，將來與我便是一榮俱榮一損俱損的關係，這一點妳最好掂量清楚了。」

「奴婢知道的。」杏兒縮著身子道。

黎皎見了只覺更加厭煩，冷哼一聲靠著車壁閉上了眼睛。

她被禁足了小半年，委曲求全，做小伏低，終於近來得了些自由，否則這趟出行想都不用想的。可是想到出門的緣由，黎皎更加氣悶。她退出京城閨秀的交際圈子小半年幾乎無人問詢，而今各家府上姑娘的請帖雪花般向她這裡飛來，全都是為了打聽黎三！

靖安侯府為何求娶黎三？冠軍侯對黎三是不是早已傾心？

她不用去見那些貴女們，就知道她們要問什麼了。

那些邀請她統統推了，只回外祖家固昌伯府與表妹杜飛雪見上一面。她現在已經想得明白，沒有顯赫的出身，就算她再玲瓏八面也是無用，在那些貴女心中半點分量都無。

而黎三呢，哪怕名聲再差，有了靖安侯府的提親後，立刻吸引了所有人的注意力，那些人全然忘了那場特意為笑話黎三而辦的賞花宴。

想必等黎三真的嫁給冠軍侯後，去哪裡都會成為座上賓吧。

黎皎閉著眼，唇角緊繃，垂在身側的手緊緊合攏。

憑什麼呢？

論出身，她們都是父親的女兒，她才是嫡長女；論年紀，她馬上就要十七歲，明明與冠軍侯更相當；論名聲，就算祖母責罰她那也是西府關起門來的事，她在外的名聲要比黎三好得多。

可偏偏靖安侯府求娶的是黎三！黎皎咬了咬唇。定然是黎三早就與冠軍侯有了私情！

馬車外忽然傳來陣陣驚呼。

「快看，那一隊人是不是靖安侯府的，他們是來黎家正式求親的吧？」

按規矩，男方請媒人上女方家提親後，若女方同意議婚，男方就需要正式向女家求婚了。

「天啊，我沒看錯吧，靖安侯府納采用的是活雁！」

「真的嗎？這可是寒冬臘月，哪來的活雁？」

黎皎猛然掀起車窗簾，探頭看去。

一隊人迎頭走過來，走在最前面的人穿著體面，攜著一對活雁，後面的人則挑著禮箱。

而令人群躁動的，便是那對活雁。

按著古禮，納采與納吉是該以雁為禮，但活雁並不易得，久而久之便以金銀絲帛等物替代。在這樣的冬日，靖安侯府向黎家求婚能以活雁為禮，足以看出男方的誠意。

黎皎盯著那對活雁，眼底冒了火，彷彿有萬千蟲蟻啃噬著她的心。憑什麼黎三會得到這樣的姻緣，憑什麼她只能嫁到京郊莊戶人家？

少女眼中的瘋狂讓杏兒看了心悸，卻不敢再多勸。車外是人聲鼎沸的熱鬧，車內是令人窒息的安靜。就在這樣的安靜中，黎皎緩緩放下了車窗簾，眼中平靜下來。

奶娘說得一點不錯，女人將來的榮光和體面是看嫁入什麼樣的人家，她就是死也不會嫁到京郊去！黎皎閉著眼，腦海中先閃過的是泰寧侯府的世子朱彥，而後閃過表妹杜飛雪的臉。

她嘴角噙著嘲弄的笑搖了搖頭。表妹自小一顆心就繫在朱世子身上，甚至連她這個表姊都防備著，唯恐當寶貝似的朱世子被人搶了去。

她是動過這個心思，可現在看來，朱世子如何能與冠軍侯相比！別說她幾乎沒有機會與朱世子接觸，就算真越過表妹嫁給朱世子又如何？她在黎三面前依然會低一頭，而且永遠壓不過去。

她到底該怎麼辦呢？

漸漸遠去的馬車上，黎皎認真思索起這個問題。

於此同時，在求婚的隊伍將要走到黎家西府大門，突然有兩人提著水桶衝出來，照著黎家大門潑去。

黑門鐵環，瞬間沾滿了穢物。

那兩人提著空桶，對著求婚隊伍大聲嚷道：「這黎家三姑娘年初就被人拐賣過，根本不是什麼清清白白的好姑娘，我們哥倆兒做個好事給貴府提個醒，不然等訂了親再後悔就來不及了！」

兩名男子眼神亂閃，一看就是街頭無賴來故意搗亂，但這樣的羞辱足以令女方顏面掃地。無數雙眼睛盯著靖安侯府來求婚的隊伍，抱著活雁的媒人早已呆愣原地。

整支隊伍瞬間安靜下來，你看看我我看看你，一時之間不知做何反應。

就在這時，韃韃的馬蹄聲響起，眾人聞聲望去，就見一身青袍的年輕男子端坐馬上，披著緋色斗篷，身後跟著數名裝束統一的隨從，皆提韁勒馬，肅然無雙。

邵明淵面如冰雪，居高臨下問兩名男子：「誰給你們的膽子，來給本侯提醒？」

「冠軍侯！」人群中響起一陣竊竊私語聲。

邵明淵端坐馬上，聲音如萬年的冰鑄成的利刃，刺入二人心頭。「誰告訴你們，這樣做了，本侯就會後悔？」一連兩聲問，不止兩名男子表情僵硬，就連圍觀眾人都覺心底發寒。

駿馬上的冷面將軍目光如實質的逼視，兩名男子再也抵抗不住這股威壓，硬著頭皮道：「沒人告訴我們，我們……我們就是覺得看不過去……」

邵明淵輕笑一聲，目光微轉，把看熱鬧之人的各色神情盡收眼底，淡淡道：「讓他們兩個把潑在門上的東西給我弄乾淨！」

身後兩名親衛下馬上前，各自提起一名男子的衣領推到了黎家的黑漆大門前。

鄧老夫人帶著二太太劉氏從側門出來，看著眼前一切怒容滿面。

「老夫人您別生氣，我看冠軍侯定能處理妥當的。」劉氏語氣篤定。

關鍵是惹到三姑娘的人一定會倒楣，這是她觀察無數次得出來的寶貴結論。

鄧老夫人勉強點頭，低聲交代道：「管好下人們的嘴，別傳到雅和苑去。妳大嫂有著身孕，受不得氣。」

「您放心吧，我這就去叮囑他們。」

鄧老夫人把視線重新投在黎家黑漆大門上，看著上面的穢物還有圍觀眾人的指指點點，一口氣堵在心裡，恨不得拎著拐杖上去打人。

他們黎家西府多少年來一直與人為善，低調本分，到底是誰這麼惡毒，竟指使街頭無賴來做這種缺德事？這可是當著男方求親隊伍的面發生的事，還有無數圍觀者當見證，要是一個處理不好，就算黎府與靖安侯府順利訂親，黎家也會顏面掃地，三丫頭永遠要受人恥笑。

鄧老夫人緩緩移開視線，看向駿馬上的年輕男子。她很想知道這位年輕的侯爺會如何做。

兩名男子被推到大門前，門上傳來的惡臭使他們連連往後躲，這舉動惹怒了兩名親衛，一個用力就把他們的臉抵到了大門鐵環上。

臘月的天，鐵環冰涼，黏稠穢物沾到臉上，令旁觀者發出陣陣驚呼。

「快點弄乾淨！」親衛厲聲道。

「你們，你們就算是侯府的人，也不能這樣仗勢欺人吧？」一名男子色厲內荏喊道。

端坐馬上的年輕侯爺淡淡一笑，挑眉道：「你要和本侯講道理？」

「您是侯爺，就可以不講道理了嗎？」男子忍著心中恐懼問。

冠軍侯是什麼樣的人物，連他這個街頭浪蕩子都是知道的，別說招惹了，連想想都雙腿發抖。奈何銀子太誘人，他們哥倆兒還是忍不住應下了這筆買賣。

可是這話本子發展明顯不對啊，對方明明說了他們把兩桶穢物往黎府大門上一潑，拔腿就走就可以脫身了。可冠軍侯為什麼會出現在這裡？

「本侯從來不和畜生講道理。」邵明淵薄唇緊抿，朝兩名親衛略一頷首，一字一頓道：「讓他們舔乾淨。」

親衛手上一用力，兩名男子頓時慘叫起來，聽得圍觀者心驚膽戰。

就在無數雙眼睛注視下，兩名男子被親衛強逼著用嘴一點一點開始舔黎府大門上的穢物。乾嘔聲此起彼伏。

靖安侯府的管事擦了一把冷汗，上前勸道：「二公子，眾目睽睽之下，您這樣做是不是有些過了——」迎上年輕侯爺冰冷的目光，管事把後面的話嚥了下去。

「別人能奈本侯何？」邵明淵淡淡問。他不是那些需要小心謹慎維護好名聲的文官，他的一切榮耀地位都是一拳一拳打下來的，裡面甚至有他妻子的血。

現在，在這花團錦簇的京城，這些坐享安穩的人憑什麼糟踐他的妻？

是了，他們不知道黎三姑娘就是他的妻，他不能讓他們知道他心愛的姑娘就是曾在北地燕城城牆上灑下熱血的人，但他至少可以用他的一切來捍衛她的尊嚴。

「可是，那些言官們會彈劾您仗勢欺人、魚肉百姓的……」

年輕將軍劍眉微挑，身後緋色披風在寒風中獵獵飛舞，說出的話比寒風還要冷：「他們儘管試試。」

兩刻鐘過去，兩名男子面如土色癱倒在地上，連連乾嘔。

「還不滾！」親衛抬腳踹去。「是不是想把地上的穢物也舔乾淨？」

此話一出，兩名男子猶如驚弓之鳥，彈起來飛快跑了。

親衛回到邵明淵身邊。

邵明淵低聲交代：「回頭跟上去，給我撬開他們的嘴，查清楚他們究竟是受何人指使。」

「領命。」

邵明淵回頭看了一眼人群。圍觀眾人下意識後退一步，噤若寒蟬。年輕俊朗的將軍接著微微一笑，就如春雪初融，拂去了人們心頭寒意。

「剛剛場面讓各位鄉親心生不適，邵某在此說聲抱歉。」邵明淵對眾人一揖，溫和有禮，「只是在那兩個畜生面前，邵某只是一個因準岳丈一家受辱而忍不住憤怒的半子，還望父老鄉親們能夠體諒。」

看著恭敬行禮的年輕人，在場的人不由沉默了。

是啊，冠軍侯有什麼錯呢，換了尋常人家，岳丈家被人如此欺辱，但凡有血性的都會拿刀跟那兩個畜生拚命的。

「侯爺，您做的沒錯，那兩個畜生就是欠收拾！」人群中有人忍不住喊道。

很快附和聲響成一片。

躲在人群中看熱鬧的楊厚承摸了摸下巴，喃喃道：「總覺得哪裡不對。子哲，你有沒有這種感覺？」站在楊厚承身邊的朱彥輕笑搖頭。「庭泉還真是善於模糊事實啊。」

「怎麼說？」楊厚承一頭霧水。

朱彥笑笑。「人們激動附和，全因聯想到換了自己的岳丈家被辱會怎麼做，或者自己的女婿會不會如庭泉這般維護岳丈家的臉面，這樣一來自然生出對那兩個人的同仇敵愾之心。只不過他們都忘了，靖安侯府與黎府還沒訂親呢。」

楊厚承咂舌，小聲嘀咕道：「這傢伙真夠狡猾的。」

聽著圍觀眾人對兩名男子的譴責，邵明淵翻身下馬，從呆愣的媒人懷中接過活雁，大步向鄧老夫人等人走去。

到了鄧老夫人面前，邵明淵深深一揖。「剛剛汙了您的眼睛，晚輩向您賠罪了。」

鄧老夫人看著抱著活雁向她行禮的年輕人，忍著笑意道：「進來吧。」

黑漆大門緩緩闔攏，擋住了看熱鬧的人們的視線。

邵明淵陪著鄧老夫人往裡走。

「今天的事，還要感謝侯爺出手幫忙。」

邵明淵語氣謙卑：「老夫人這話就折煞晚輩了，結親是締結兩姓之好，以後府上的事自然便是晚輩的事。」他說著，腳步一頓，目光落在不遠處的廊柱處。

朱漆的廊柱，隱約露出一截素色裙角。

男人的目光熱切起來。也不知為何，明明二人時時相見，甚至朝夕相處了數月，可是才分開那麼一會兒，他就十分想念了。在黎家的庭院裡，看到朝思暮想的姑娘就隱在不遠處的廊柱後悄悄望著他，他便忍不住心旌搖曳。

鄧老夫人看著抱著兩隻大雁挪不動腳、只剩下傻笑的年輕人，輕咳一聲，板著臉道：「侯爺，進屋喝茶吧。」

邵明淵一個激靈回過神來，耳根泛紅，面上竭力擺出一本正經的模樣，抱緊了活雁往前走去。

鄧老夫人悄悄彎了彎唇角。她看出來了，這位年輕的侯爺對他們三丫頭倒是一往情深，這樣的話，她暫時可以稍微放心了。

齊大非偶，她一直很擔心三丫頭嫁到侯府會受委屈，到時娘家就算想出力，螞蟻又如何撼動大樹呢？鄧老夫人一顆心才算落定，朝大丫鬟青筠使了個眼色。

青筠會意點頭，悄悄去了喬昭那裡。「三姑娘，老夫人不放心大太太，讓您回去陪著。」

「知道了。」喬昭輕輕點頭，遙遙望了消失在門口的挺拔背影一眼，轉身向雅和苑走去。

她當然明白祖母的意思，不論平時她與邵明淵如何見面聯絡，現在是男方上門來求親，她身為未出閣的姑娘自然是不宜露面的。像她這樣厚著臉皮偷偷跑來看男人一眼，沒被長輩一巴掌搧回去，已經是不容易了。

喬昭垂眸，濃密睫毛顫了顫。

她只是聽阿珠說那天見他醉酒難受才忍不住來看看，才不是想他呢……

「姑娘，您小心——」阿珠在身後拉了喬昭一把。

喬姑娘撞到了門框上，揉著發紅的額頭回過神來。咳咳，她真的不想他！

阿珠垂頭偷笑，喬昭斜睨了她一眼。阿珠忙收起笑意，清清喉嚨問道：「姑娘，邵將軍喜歡吃什麼菜？要不要婢子去跟大廚房說一聲？」

「大廚房做什麼他就吃什麼唄。」喬昭繃著臉道。

過了片刻，喬姑娘低咳一聲。「我記得前兩天吃的酸菜白肉不錯，去跟大廚房說一聲吧。」

邵明淵曾對她說過，離開京城七、八載，早已習慣了北地的飲食，尤其是到了滴水成冰的冬日，來上那麼一鍋酸菜白肉，吃下肚後連四肢百骸都是暖洋洋的，額頭冒汗，舒坦又痛快。

阿珠抿唇，笑盈盈道：「婢子這就去。」

待阿珠走後，屋內靜下來，喬昭抱過枕頭揉了揉，心中五味雜陳。

以前，她與邵明淵自幼訂下親事，未來成了一件可預見的事，對此並無多少期待。而現在，她才真有種將要開始一段嶄新生活的忐忑與期盼。

果然不出喬昭所料，鄧老夫人很是滿意邵明淵今日的處理方式，熱情留他用飯。

很快的，熱氣騰騰的酸菜白肉就端上桌來，邵明淵見了嘴角輕揚，一頓飯下來別的菜沒動幾下筷子，一鍋酸菜白肉倒是被他吃進了大半。

鄧老夫人看在眼裡，憂心忡忡。這麼能吃肉，以後可是要長胖的！

吃得酒足飯飽後，年輕將軍依依不捨離開了黎府。

「將軍，那兩個混混已經安分下來了，不過經過審問，他們對背後指使之人並不知情。」

「不知情？」邵明淵輕輕揉著肚子，眼神清明。

吃得好像有點多了，等會兒要打幾套拳才行。

「是，他們說對方一直沒有透露身分，只給了他們一筆銀子。」

這一點邵明淵並不意外。對方找了兩個街頭無賴行事，打的就是事後不沾身的算盤，想要從兩名混混口中問出有用的東西本就希望渺茫。

邵明淵表情平靜，眼底卻含著慍怒，淡淡道：「世上沒有不透風的牆，關鍵看花的心思夠不夠。繼續去查，他們什麼時候見的面，在何處見面，對方樣貌特徵，或者見面地方是否有其他人看到，總之一絲線索不許漏過，務必把這個人給我揪出來。」

殺一儆百，他要讓那些人以後再想到欺辱昭昭，先要掂掂自己的能耐！

固昌伯府中，黎皎一臉關切看著面色緋紅的杜飛雪。「飛雪表妹，妳還好吧？」

杜飛雪斜靠著床柱，有氣無力道：「都是姓楊的混蛋害我落水染了風寒，結果他們家只假惺惺派人送了些補品過來。哼，以為別人稀罕啊！」

黎皎笑著安慰，心中卻撇了撇嘴。

表妹還是那麼任性，既然染了風寒，好好養著就是，非要把她叫過來，就沒想過把她傳染了該如何？想到這裡，黎皎頗不是滋味。就算是外祖家，平日裡對她明面上不錯，實則不過如此。

如果她母親尚在人世，杜飛雪染了風寒想請她來作客，舅母定不會允許的。

說到底，不過是無人替她出頭，別人自然也就怠慢了。

「皎表姊，你們府上這兩天很熱鬧吧？」

「我整日在屋中繡花，也沒留意。」

「哼，姓楊的踹我下水，說白了還是因為黎三。一想到黎三那個賤人，我就想把她狠狠按到水裡去出了這口惡氣。」杜飛雪表情猙獰。

「表妹還是別這樣想了，我三妹馬上就是未來的侯夫人了，得罪了她，對咱們沒好處。」

「皎表姊，妳好歹是黎家嫡長女，怎麼對她一個繼室生的女兒忍氣吞聲？」

黎皎垂頭苦笑。「我能怎麼辦呢？表妹沒看出來嗎，近來祖母疑心我對三妹不夠真心，都不許我出來走動了。這次能出門還是托了妳的福，我都怕年後祖母不許我來拜年。」

杜飛雪一聽來了火氣。「皎表姊妳放心，年後要是黎家不許妳出門，我就請祖母出面！」

黎皎一顆心總算落定，抿唇笑了。

一八七 予以回擊

京城中八卦之火熊熊燃起的人們，還在翹首以待靖安侯府問名的結果，固昌伯府發生的一樁事就轉移了人們視線。

固昌伯夫人朱氏去寺廟上香祈福，恰好撞見喬裝打扮成尋常夫妻去拜佛的固昌伯與外室。

最扎眼的是那外室已經小腹隆起，彼時被朱氏撞見時，固昌伯正小心翼翼扶著她，眉眼間是朱氏不曾見過的溫柔。

朱氏當時就發了飆，一腳踹過去，固昌伯的外室就在寺院裡小產，寺院的青磚上血流了一地。這樣一來，一直背著怕老婆名聲的固昌伯原本心虛至極，這次卻發了火，夫妻二人當著無數香客的面大吵一架，不歡而散。

朱氏一氣之下回了娘家泰寧侯府。

泰寧侯老夫人嘆口氣勸女兒：「妳怎麼就這樣衝動呢，就算撞見女婿帶著外室上香，也不該在寺院裡就鬧起來。不過一個外室，別說有了身孕，就算生了又如何，能越過妳去？妳可給杜家生了一對龍鳳胎！再者說妳受了委屈，不是還有娘家給妳撐腰嘛，現在這麼一鬧反倒沒理了。」

朱氏繃緊了下巴冷笑。「母親說的，我何嘗不明白。可您是沒見到那個混蛋對外室溫柔小意的模樣，我見了肺都氣炸了，哪裡還顧得了這些。」

泰寧侯老夫人重重嘆氣。「顧不了怎麼辦？妳一時衝動，在寺廟裡把人踢流了產，一下子成了京城中人茶餘飯後的談資，把靖安侯府向黎家提親的鋒頭都蓋過了，將來可如何是好？」

「母親嫌我給侯府丟了臉？」

「阿寧，妳都是當母親的人了，怎麼還跟個孩子似地說氣話？」泰寧侯老夫人揉了揉眉心，心道她當娘的不會嫌棄自己女兒，可兒媳對此是頗有微詞的。畢竟京中人提一句固昌伯夫人，就會牽扯到泰寧侯府對女兒的教養。

「行了，女婿既然來接妳，妳就回去吧，別再擰著了。」

朱氏別過臉。「我不想瞧見他！」

泰寧侯老夫人拍拍她的肩。「阿寧，妳不是說了，飛雪的風寒還沒好俐落呢，妳把她一個人留在府內能放心？」

朱氏一聽，不由猶豫了，彆扭了好一會兒點點頭。

泰寧侯老夫人悄悄鬆了口氣，示意大丫鬟請固昌伯進來。

不多時固昌伯走了進來。已到中年的固昌伯並沒發福，看著還有幾分儒雅的味道，可面色卻難看得嚇人。

泰寧侯老夫人輕咳一聲。「伯爺，阿寧性子倔，你多體諒一下，好好談談吧。」

待泰寧侯老夫人一走，固昌伯看向朱氏，目光陰鷙。

朱氏一看就惱了，冷笑道：「原來伯爺不是來接我回去，而是來興師問罪的嗎？」

固昌伯看著表情冰冷的朱氏，心頭狂怒，猛地拍了一下桌子。「妳還有臉跟我甩臉子？看看妳幹的好事！」

朱氏被拍愣了，滿心火氣竟給憋了回去，問道：「伯爺什麼意思？」

她與眼前的男人同床共枕十多年，對他太瞭解，若不是遇到了什麼了不得的大事，他不可能在侯府就這樣對她發火。

她回了娘家，不論如何氣惱，心底是篤定了他會接她回去的。

處置有孕的通房這種事她又不是沒幹過，不然這麼多年來，他們這一房怎麼會只有她的一雙兒女。這次純屬晦氣，讓她在外頭撞見了，控制不住脾氣發作了那個小賤人才鬧得沸沸揚揚，搞得灰頭土臉。

「什麼意思？」固昌伯一雙眼睛噴著火，與他在朱氏素日眼中的斯文形象全然不同。「伯府放印子錢的事被抖落出來，現在已經有御史彈劾我，現在妳滿意了吧？」

「怎麼可能會被抖落出來？」朱氏失聲尖叫。

「要想人不知除非己莫為，有人特意針對伯府，還愁查不出蛛絲馬跡來？」

勳貴之家只靠著歲祿根本難以維持一大家子體面，而子孫大多還不成材，想要開源，放印子錢就成了大家心照不宣的選擇。這種事一般沒人追究，可一旦證據落到實處，那是要問罪的。

官員放印子錢，重者革職杖刑伺候，輕者把摺子付之一炬，血本無歸。

固昌伯只要一想到放出去的萬兩白銀打了水漂就心頭滴血，恨不得把朱氏拎過來重重打幾個耳光。

「現在銀子沒了，還沾上了那些瘋狗一樣的御史，都是被妳個賤人害的！」

朱氏大怒，伸手照著固昌伯臉上就抓了一道。「杜子騰，當時放印子錢收利息時，你可不是這麼說的！你真是有出息了，偌大的伯府靠著我的嫁妝撐著體面，好不容易找到一條財路，收錢時眉開眼笑，出了事就推到我一個女人頭上來了，你還要不要臉了？」

「我不要臉？」固昌伯被朱氏踩到痛處，氣得渾身發抖。「妳怎麼不問問伯府為何會被人盯上？還不是妳幹的好事！」

「我做什麼了？」朱氏又氣又恨，咬牙問。

「往黎府大門潑穢物的事，是不是妳指使人幹的？」

朱氏被問得一怔。

固昌伯冷笑。「怎麼不說話了？」

朱氏迅速回過神來，抬著下頷道：「伯爺說的什麼話，我怎麼不明白？」

「妳不明白？現在全京城人都明白往黎家大門潑穢物是咱們伯府指使的！」

「證據呢？那些人憑什麼這麼說？」

固昌伯閉了閉眼。「妳是天真還是蠢？那些看熱鬧的人需要證據嗎？妳還不知道吧，咱們伯府大門也被人潑穢物了。先是爆出放印子錢的事，緊跟著就被人潑了穢物，事情不是明擺著嘛，冠軍侯在為他岳丈家出氣呢！」

也是因為這個顯而易見的猜測，固昌伯府放印子錢的事一爆出來，他想求人都處處碰壁。

「冠軍侯怎麼能這樣……」朱氏面如土色，喃喃道。

「那妳告訴我，黎家的事，到底是不是妳幹的？」固昌伯死死盯著朱氏問。

朱氏緊緊抿唇。「是又如何，黎家那個小賤人給了飛雪多少委屈，你知道嗎？」

話音未落，「啪」的一聲脆響傳來，固昌伯狠狠打了朱氏一巴掌。

「老夫人，姑爺把咱們姑奶奶打了。」門外聽到動靜的丫鬟忙去稟告泰寧侯老夫人。

泰寧侯老夫人面沉如水走了進來。

朱氏捂著臉頰，看到母親進來，羞憤欲絕。

她是低嫁到固昌伯府的，這些年來在內宅中說一不二，日子過得很舒坦，與夫人太太們的聚會也是聽慣了婚姻順遂的奉承，可如今在娘家卻被夫君狠狠落了面子，簡直令她無地自容。

「你打我？你竟然為了這麼點事打我？」朱氏伸手向固昌伯打去。

固昌伯臉上還有先前朱氏抓出來的血痕，此刻見泰寧侯老夫人進來，不好還手，狼狽躲避著朱氏凶殘的攻擊。

「夠了！」泰寧侯老夫人重重一拍桌子。

朱氏手上動作一頓。固昌伯趁機遠遠躲開，站到了泰寧侯老夫人身後。

「阿寧，妳像個山野婦人一般撒潑，這像話嗎？」

朱氏氣憤難平，嘴唇翕動想說什麼，泰寧侯老夫人冷喝道：「妳給我住口！」

她這才抿唇不語，狠狠盯著固昌伯。

泰寧侯老夫人見了氣得眼前發黑。盯著自己的夫君像盯著仇人一樣，這不是蠢是什麼？

老夫人深深吸了一口氣，看向固昌伯。「姑爺，阿寧縱是有什麼不是，她畢竟是兒女都要成親的人了，你在侯府就這樣打她，是不是有些過了？」

在泰寧侯老夫人面前，固昌伯竭力收斂了火氣，訥訥道：「是小婿失態了。」

泰寧侯老夫人坐了下來，沉著臉道：「雖說阿寧在寺院裡一時衝動，可畢竟是姑爺你有錯在先。阿寧是當家主母，哪有外室有了身孕還把她蒙在鼓裡的道理？阿寧情緒激動了些，姑爺理應體諒些，為何還要在侯府與她起爭執呢？」

女兒脾氣再不好，也是她當掌上明珠嬌養大的，當時把女兒下嫁就是因為知道她受不得氣，不然侯府金尊玉貴的唯一姑娘，幹嘛嫁到伯府去呢？

誰想到原本看著老實疼人的女婿，在侯府都敢打她閨女了。

泰寧侯老夫人語氣淡漠，固昌伯卻聽出了幾分咄咄逼人。

「老夫人，小婿並不是因為那個才與她起了爭執。」

「那是因為什麼？」泰寧侯老夫人語氣不耐。

泰寧侯府根深葉茂，與不少顯貴門第都關係密切，平時固昌伯來到這裡總覺得氣短，可這一次卻忍不住了，毫無隱瞞地把朱氏幹的事全都抖落了出來。

「阿寧，姑爺說的可是真的？妳真為了給飛雪出氣，指使人去給黎家大門潑穢物，還被冠軍侯給查到了？」

「我……」朱氏欲言又止。

泰寧侯老夫人見狀心涼了一半，厲聲道：「請大太太過來！」

不多時泰寧侯夫人趕了過來。

「老夫人──」

老夫人打斷泰寧侯夫人的話：「固昌伯府的事情，妳聽說了沒？」

泰寧侯夫人一怔，眼帶冷光掃了朱氏一眼，點了點頭。

「那妳怎麼不告訴我！」

「兒媳怕您知道了氣壞身子。」

泰寧侯老夫人猛地看向朱氏。「說，那事究竟是不是妳幹的？」

朱氏後退一步，訥訥道：「我明明叮囑了管事不得親自出面，連兩個街頭混混都是隨便挑選的，怎麼會被查出來呢？」

「妳可真是糊塗啊！」泰寧侯老夫人一口氣沒上來，眼前陣陣眩暈。

「母親／老夫人──」

朱氏見大嫂扶住了母親，猛然看向固昌伯。「把我母親氣壞了，這下你滿意了？」

固昌伯氣得表情扭曲。「到這個時候妳還覺得是別人的錯！好，既然這樣，妳就留在娘家過年吧，回不回去隨妳！」

見固昌伯拂袖轉身，朱氏追上去拽住了他衣袖，罵道：「杜子騰，現在不是你連世子之位都保不住的時候，也不是你剛當上伯爺連一大家子開支都靠我嫁妝撐著的時候，所以你就這樣糟踐我是不是？你的良心呢？都被狗吃了嗎？」

「夠了！」固昌伯一把甩開朱氏。

扶著老夫人的泰寧侯夫人驚詫隱含鄙夷的眼神猶如利劍，在固昌伯臉上狠狠劃過，讓他滿臉通紅，冷冷道：「既然我如此不堪，實在配不上妳這出身高貴的侯門貴女，稍後我會把休書奉上，不敢再糟踐妳了！」

固昌伯說完拂袖而去，氣得發昏的老夫人緩過神來，喊道：「還不快攔住姑爺！」

朱氏氣得發抖，猶在逞強。「隨他去！」

沒過多久，固昌伯果然派人送了一紙休書過來。

「豈有此理！」泰寧侯老夫人不料這個向來老實的女婿是來真的，氣得臉色鐵青，只覺裡子面子被丟了個乾乾淨淨。

世上沒有不透風的牆，京城中傳得最快的就是他們這些人家的私密事，固昌伯府送來這一紙休書就算是一時之氣，泰寧侯府也要被人笑話好幾年。

「溫氏，隨我去固昌伯府走一遭！」

泰寧侯夫人溫氏無法拒絕，心中卻把朱氏恨了個半死。

小姑子這麼一鬧騰可是把侯府臉面丟盡了，她出去見人面上無光也就罷了，可憐她的顏兒快要議親，偏偏攤上這麼一檔子事，簡直是無妄之災！

「照顧好你們夫人。」泰寧侯老夫人臨走前叮囑朱氏的貼身婢女。

泰寧侯老夫人帶著兒媳婦殺到固昌伯府，找固昌伯老夫人理論。

固昌伯老夫人當然也不想與泰寧侯府反目成仇，畢竟兒媳婦再不像樣好歹養育了一雙嫡子嫡女，又出身高貴，若真休妻，將來兒子再娶個像樣的也不是容易的事。當然最重要的是，伯府放印子錢才虧空一大筆，休了嫁妝豐厚的兒媳婦，一大家子喝西北風啊。

固昌伯冷靜下來，看著跪在面前哭訴的一雙兒女，心中自是回轉了。

休妻說來簡單，牽扯卻多，哪是那麼容易的事，他主要還是嚇嚇那個悍婦罷了。

兩家長輩剛要談攏，泰寧侯府的人卻面如土色來報信：「老夫人、夫人，不好了，姑奶奶上吊自盡了！」

伏在朱氏屍身上痛哭的婢女險些哭斷了氣。夫人說是嚇唬伯爺的，可沒想到夫人那麼沉，她手一滑沒救下來，反而往下拽了拽！

泰寧侯老夫人看到朱氏的屍身直接昏了過去。泰寧侯夫人溫氏強忍著抓狂的衝動，忙派人去請出去鬥蛐蛐的老侯爺，以及與朋友應酬的泰寧侯回來。

固昌伯府的人全都趕到了。

杜飛揚與杜飛雪撲在朱氏身上哭得肝腸寸斷。

固昌伯直挺挺地跪在老泰寧侯面前磕頭。

老泰寧侯抬腳踹了固昌伯好幾腳，被泰寧侯攔住。「父親，妹妹已經去了，現在關鍵是如何料理後事，您可不能再氣壞了身子。」

他已經聽妻子說了，固昌伯給了妹妹休書，真算起來妹妹就是被休回娘家的人了，下葬的話到底是在侯府還是伯府還不好說。

要是固昌伯府承認妹妹還是伯府的當家主母，葬進杜家祖墳，妹妹還能享有香火供奉；要是葬回娘家，侯府成為京城的大笑話不說，妹妹將來連個祭拜的人都沒有，下場也太淒涼。

泰寧侯看著跪在地上的固昌伯，隱去眼底的怒意。

母親昏過去了，父親氣得厲害，他可不能再衝動，能讓這混帳把休書收回才好。

「妹夫，我妹妹嫁入伯府十多年，上孝敬公婆，下養育兒女，把貴府打理得井井有條，即便沒有功勞也有苦勞。無論你們鬧了什麼彆扭，如今人去了，不知你有什麼說法？」

一聽「妹夫」兩個字，固昌伯老夫人便明白了泰寧侯的意思，順勢道：「這混帳與朱氏結髮十數載，鮮有爭吵，而今也是話趕話才有了這負氣之舉，我早已教訓過這糊塗蛋了。還望侯府看在我那兒媳留下的一雙兒女份上，莫要與他計較了。」說到這裡，固昌伯老夫人抬手擦了擦眼淚。「我那兒媳生既是伯府的人，人沒了當然是要葬入杜家祖墳，得享子孫後輩香火的。不知侯府的意思呢？」

泰寧侯面色微沉。「不知老夫人能否做了伯爺的主？」

固昌伯老夫人重重打了固昌伯一下。「畜生，你可說話啊！」

固昌伯白著臉磕了個頭，神情沮喪。「母親的意思便是我的意思。」說完這話，他好像力氣被抽乾一樣，癱倒在地上。

他真的沒想到朱氏會尋死。朱氏那樣只能委屈別人不能委屈自己的人，怎麼會捨得尋死呢？即便是尋死，那也應該是為了嚇唬他才對。固昌伯怔怔想著，說不清心頭是什麼滋味。

怨朱氏嗎？在她面前夫綱不振十多年，自然是有怨的，不然他也不會在外養了溫柔體貼的外室。可是即便有怨，他們畢竟是結髮夫妻，育有一雙兒女，他從沒盼著她死。

十幾年，哪怕再沒感情，二人之間的牽扯也說不清了。就連這封休書，他也只是賭氣而已。她怎麼就尋死了呢？

固昌伯又忍不住默問了自己一遍。

泰寧侯瞧著固昌伯的樣子又氣又恨，偏偏為了妹妹的身後事還不能撕破臉，冷冰冰道：「既然這樣，伯府就早些把靈堂搭起來，向各府去報喪吧。」

雙方算是達成了一致，很快與伯府有親的府上便收到了喪信，朱氏自盡的消息如同插上翅膀，瞬間傳遍了京城的大街小巷。

黎家西府的二太太劉氏，正在錦容苑的暖閣裡帶著兩個女兒做女紅。

劉氏納鞋底，四姑娘黎嫣繡鞋面，六姑娘黎嬋年紀小，便給母親與姊姊打下手。

想到二老爺黎光書不日就要到家，劉氏只覺心中溢滿了喜悅，手上的鞋底便是給黎光書納的。她一雙鞋底剛剛納好，就從婆子嘴裡得到朱氏上吊自盡的八卦消息，驚得好一會兒嘴巴才闔攏，咬斷線繩雙手合十，念念有詞。

「娘，您念什麼呢？」

劉氏咳嗽一聲。「沒什麼，就是求佛祖保佑妳們父親平平安安到家。」

她當然不能告訴閨女們，她剛剛在謝天謝地謝神佛。

當初她「緊隨三姑娘腳步，絕不與三姑娘為難」的路線是多麼正確啊！

「妳們小姑娘家不必理會外頭的糟心事。嫣兒，娘記得妳剛繡了個素面錦鯉荷包，妳三姊喜歡穿素衣，繫上素面荷包正合適，妳給她送去吧，正好讓妳三姊瞧瞧妳的繡功進步了沒。」

四姑娘黎嫣暗暗撇了撇嘴。三妹明明連片樹葉子都繡不好，有啥能耐評論她進步了沒啊？總有種三妹才是娘的親閨女的感覺。

不過在劉氏的潛移默化之下，黎嫣對喬昭莫名覺得親近，卻不曾察覺何時與這位三妹親近起來的，遂點頭應了下來。

劉氏還不忘提醒道：「多和妳們三妹一塊玩兒，晚點回來不打緊。」

姊妹二人出了門，六姑娘黎嬋嘟著嘴道：「姊，為什麼我覺得三妹才是娘親生的？」

黎嫣摸摸妹妹的頭，惆悵嘆口氣。她怎麼知道為什麼，她也很無奈啊。

⁂

收到喪信後，作為固昌伯府的姻親，黎家西府自然是要去人的。

何氏有了身孕不方便，黎光文便獨自帶著黎皎與黎輝姊弟前往。

喬昭雖是何氏所出，按理也該隨著黎光文去弔唁的，卻被鄧老夫人攔了下來。用老太太的話說，多一事不如少一事，何必讓孩子去聽那些閒言碎語呢。

杜飛雪卻忍不住對前來弔唁的黎光文發了脾氣。「姑父為何不把黎三帶來？她是心虛不敢來嗎？」

面對小姑娘的質問，黎光文一頭霧水，震驚道：「難道伯夫人的去世還另有隱情？」

一句話問得固昌伯府的人冷汗淋淋，固昌伯老夫人乾笑道：「小孩子亂說話，姑爺別當真。」

即便現在很多人認定是朱氏指使人往黎家大門潑穢物，但伯府是不會承認的。

黎光文長長吁了一口氣。「嚇我一跳。我就納悶嘛，伯夫人去世，我閨女有什麼好心虛的！您可真夠理直氣壯的！在場的人齊齊翻了個白眼。

「我娘明明就是——」杜飛雪還待再說，被固昌伯老夫人狠狠掐了一下。

「大姑娘悲傷過度，帶大姑娘去後邊歇著。」

黎皎見狀忙上前去。「外祖母，我來勸勸表妹吧。」到了後邊，黎皎嘆口氣。「飛雪表妹，妳要難過就哭出來吧。」

杜飛雪忽然抱住黎皎，放聲大哭。

「皎表姊，我娘死了，以後我和妳一樣，都成了沒娘的人了——」杜飛雪摟著黎皎痛哭流涕。

黎皎拍著杜飛雪後背的手一頓，眼中閃過厭煩。

都這個時候了，為什麼還要踩她一腳？她從小沒了娘的還沒這麼哭過呢，杜飛雪好歹被千嬌百寵了這麼多年，比她可幸運多了。

黎皎短暫的沉默並沒引起杜飛雪的注意，她繼續哭道：「皎表姊，妳說我以後該怎麼辦啊？都是我爹要休了我娘，我娘才上吊自盡的。只要想到這個，我就不想瞧見我爹了……」

黎皎幾乎要不耐煩地翻白眼了。

她這位自幼受盡萬千寵愛的表妹可真是個傻的，當著她的面說她舅舅的不是。即便舅舅對她再尋常，那也比舅母一個外人要強得多，她除非腦子有毛病，才會捨了親舅舅站到死了的舅母那邊去。

「皎表姊，我好難過，我現在只要走進我娘住的院子就覺得喘不過氣來，嚶嚶嚶——」

聽著杜飛雪傷心欲絕的哭訴，黎皎心頭一動，動作放緩拍了拍她後背。「飛雪表妹，要不然妳回外祖家小住吧。」

杜飛雪哭聲一頓，抬起淚眼看著黎皎。

黎皎心思急轉，面上溫柔親切，一副全然為表妹著想的模樣。「既然現在在伯府住得不痛快，何不去侯府小住呢？妳是女孩兒，與飛揚表弟不同，就算留在侯府過年，也不會有人覺得不妥的。」

杜飛雪濕漉漉的睫毛低垂下來，輕輕顫了顫，顯然在思考黎皎的提議。

黎皎長嘆一聲。「飛雪表妹，我自幼就沒了娘，父親沒過多久便娶了繼母，妳看我如今過得怎樣？」這話一出，杜飛雪神情微變。表姊過得怎樣？當然是不好的。

從小到大什麼事都要靠自己，還要處處忍讓黎三，可就算這般委曲求全，到頭來黎三將要嫁入侯府成為侯夫人，表姊卻只能嫁到京郊去，甚至連出門的自由都受到限制……

杜飛雪一想到這些，便不寒而慄。

她也沒了親娘，父親正值壯年，定然要娶繼母的，到那時她豈不是和表姊一樣淒慘？

表姊說得對，她要去外祖家。外祖父、外祖母那麼疼她，在侯府住著定然比在伯府要好，而且還能時時見到朱表哥……

見杜飛雪神情鬆動，黎皎悄悄彎了彎唇角。

舅母一死，杜飛雪因為守孝就只能窩在伯府裡不出門，她即便能來伯府又怎麼樣呢？要是杜飛雪去了泰寧侯府就不同了，到時她以勸慰表妹的名頭去侯府走動，總會有謀事的機會。

而杜飛雪越想越覺得黎皎說得有道理，等見了泰寧侯老夫人，摟著老人家的脖子便痛哭起來。「外祖母，我好怕呀，我不想留在這裡了，我想跟您回家……」

一番話說得泰寧侯老夫人淚水漣漣。「好孩子別哭了，外祖母帶妳回家。」

扶著老夫人的泰寧侯夫人溫氏垂眸遮住眼底的驚詫與惱怒。

這位表姑娘以後莫非要在侯府長住？

按理說，喪母的女孩兒被外祖家接回去長住不算出格，可這位表姑娘對她兒子的心思她可早看在眼裡的。老夫人就這麼答應，豈不是給侯府招個禍害回來，偏偏她當舅母的還不能說什麼。

溫氏因為杜飛雪的突然之舉苦悶不已，固昌伯老夫人更是震驚且難堪。

她就這麼一個孫女，一直以來對這個孫女比對孫子們還寶貝，可沒成想到頭來竟養了個白眼狼出來。朱氏才死，孫女就哭天抹淚要去外祖家住，這傳出去讓別人怎麼看伯府？

黎皎冷眼旁觀，悄悄揚了揚唇角。

看吧，一旦沒了護著妳的親娘，哪怕親如祖母的厭惡都是如此輕而易舉。

杜飛雪最終如願以償去了泰寧侯府，固昌伯府的一場鬧劇以令人唏噓的方式落幕。

而喬昭這邊，經過問名、納吉，與邵明淵的親事總算定了下來。

大梁民風開放，訂了親的年輕男女見面約會是可以放到明面上來的。

邵明淵頗有種終於不用再偷偷摸摸的暢快感，請了喬昭去京城有名的百年老字號百味齋。

「冬日吃羊肉最滋補，昭昭，妳多吃點。」坐在臨窗位子上的邵明淵，盛了一碗羊肉羹遞給喬昭。喬昭接過來吃得香甜，察覺某人灼熱的目光一直落在她臉上，不由停下來看他。

「好吃嗎？」對面的男人含笑問。

「不錯。」喬昭點頭。

邵明淵用手中湯匙攪動著碗裡羊肉羹。「奇怪，我怎麼吃著鹹了？」

「沒有啊，我吃著剛剛好。」

「真的鹹了，妳嘗嘗。」邵明淵舀了一勺羊肉羹送到喬昭唇邊。

喬昭低頭吃下，不解道：「哪裡鹹了？」

「那我嚐嚐妳的。」邵明淵拿起喬昭的湯匙吃了一口，仔細品味著。「昭昭，妳的好吃些。」
喬昭這才回過味來，輕輕拍了邵明淵手背一下，嗔道：「要不要臉？」
邵明淵凝視著少女波光瀲灩的眸子，低聲道：「不要臉，只要妳。」
恰好酒樓夥計送了溫熱的米酒過來，喬昭警告瞪了男人一眼，待夥計退出去，咬唇道：「邵明淵，兩天不見你就胡說八道。」
邵明淵輕輕握了握喬昭的手。「昭昭，我們現在是未婚夫妻了，妳歡喜嗎？」
經歷無數波折才在一起，喬昭自是歡喜，可在男人深情注視下又說不出口，只得抿唇不語。
邵明淵拉起喬昭的手放到心口，笑道：「我歡喜極了，這顆心總算放下來。」
無論是天子，還是任何人，都別想阻擋他把昭昭娶回家的決心。
他們的親事總算落定了。
而明康帝還惦記著給他唯一拿得出手的八公主招冠軍侯當駙馬的事，一出關就叫了錦鱗衛指揮使江堂商議。
「什麼，冠軍侯已經與黎修撰的女兒訂親了？」
江堂點頭。「是的，皇上。」
明康帝心情十分惡劣。「怎麼沒有稟告朕？」
「您在閉關。」江堂小心提醒道。
明康帝：「……」閉關把看中的駙馬給閉沒了，他好煩！

一八八 風雪同行

明康帝心情不順，順便召來刑部尚書寇行則問案件進展，一聽還沒審完，直接把寇行則罵了個狗血淋頭。寇行則被罵得臉都綠了，回到衙門對著一群下屬破口大罵，被罵得同樣臉綠的下屬們只得打起精神來奮戰。

江詩冉隨著江堂進宮去看真真公主，把外面發生的事說了，忿忿道：「也不知道黎三走了什麼狗屎運，與冠軍侯的親事真的定了。」

真真公主聽了，心頭一鬆，而後又有淡淡的苦澀在心中蔓延開來。

冠軍侯真的如她所想那般有本事。她在花樣年華遇到的這個男人，果然是極好的。

「真真？」察覺真真公主走神，江詩冉喊了一聲。

真真公主回過神來，朝江詩冉微微一笑。「外頭可比宮裡熱鬧多了。」

江詩冉不滿地咬唇。「我和妳說黎三與冠軍侯訂親的事呢。」

真真公主有些厭煩。比起八公主，她雖然情願黎三姑娘與冠軍侯有情人終成眷屬，可她如今畢竟是相思一場全落空，好友為何非要反覆提起這件事給她添堵呢？

「別提他們了，他們如何和咱們有什麼相關。」真真公主不好對江詩冉發脾氣，只得岔開話題：「快年底了，妳的十三哥快回來了吧？」

江詩冉一聽真真公主提到江遠朝，眼睛頓時亮了，抿唇笑道：「嗯，我爹說十三哥快回來了。十三哥臨走時答應給我帶南邊的特色小玩意兒回來，到時候我拿些來給妳。」

真真公主勉強笑道：「多謝了。」也許是她太小心眼，為何聽到這些話就很想翻白眼呢？她才不稀罕好友的未婚夫帶來的小玩意兒。她是公主，什麼小玩意兒沒見過！真真公主腹誹著，沉默異常。

江詩冉忽然撫掌。「真真，妳臉上的藥膏該洗淨看看效果了吧，七天都過了。」

真真公主抬手撫摸臉頰，沒有吭聲。江詩冉拉了拉真真公主胳膊。「真真，妳今天怎麼啦？」

「我——」真真公主張了張嘴，嘆道：「我有些不敢看。」

這幾日換藥膏之時她從不敢照鏡子，唯恐發現毫無變化而心生絕望。

她的臉……真的會好嗎？

江詩冉頗不理解真真公主糾結的心情，不以為然道：「這有什麼不敢看的，逃避沒用啊，臉該什麼樣還是什麼樣。」

真真公主：「……」這樣的朋友好想絕交怎麼辦？

雖然這般腹誹，可臉上到底如何確實不能一直拖著，在江詩冉的催促下，真真公主示意宮婢打水淨面。清水把臉上的藥膏洗淨，纖纖十指捂住巴掌大的小臉，公主遲遲沒有動。

「真真，鬆開手啊。」江詩冉把真真公主推到梳妝鏡前坐下。她倒是要瞧瞧黎三的藥膏效果怎麼樣，要是糊弄真真，她定然要好好嘲笑她一番！

真真公主緩緩把手鬆開，眼睛閉著依然不敢照鏡子，耳邊卻響起了江詩冉的驚呼聲。

公主心中一沉，再顧不得多想，猛然睜眼往梳妝鏡中望去。

鏡子裡的少女眉目如畫，姿色天然，那些層層疊疊醜陋的痂已經褪去，露出吹彈可破的新生肌膚，瞧著竟比以往還要白皙柔嫩。

真真公主不可置信睜大一雙眸子，癡癡望著梳妝鏡，淚水簌簌而落。

「真真，妳的臉好了！」江詩冉猛地搖晃真真公主手臂。

真真公主卻沒有半點反應，猶如泥塑。

「真真，妳怎麼傻了？」

真真公主眼睛眨了眨，忽然捂住臉，放聲大哭。她哭得很大聲，全然沒有了平時的小心翼翼，彷彿要把五臟六腑都哭出來。

麗嬪恰好走到真真公主寢宮門口，聽到哭聲頓時花容失色，提著裙襬匆匆跑了進來，看到哭得彎下腰去的真真公主，還有一旁束手無策的江詩冉，完全慌了神，撲過去一把抱住真真公主。

「真真，告訴母妃，妳怎麼了？」

真真公主捂著臉，幾乎要哭斷了氣。麗嬪大急，想要去掰開真真公主的手又不敢太大動作，只得死死抱著真真公主道：「是不是藥膏出了問題？我就尋思一個小姑娘家是不靠譜的！真真別哭，母妃這就把那個黎三姑娘傳進宮裡來，讓妳好好出氣！」

一旁的江詩冉默默翻了個白眼。連她都知道黎三成了冠軍侯的未婚妻，不再是任人搓扁捏圓的軟柿子了，這位娘娘還糊塗著呢。不過也是，一個舞姬出身的女人能有什麼腦子？

「來人——」麗嬪揚聲喊人。

真真公主這才鬆手抱住麗嬪胳膊。「母妃，您別喊——」

麗嬪一雙美眸睜得老大，音調拔高：「真真，妳的臉——」

公主又哭又笑，不停點頭。「母妃，我的臉好了，全好了……」說到後面，又是泣不成聲。

「老天！」麗嬪活像見鬼了一般，再沒有了平時嬌花照水的優美姿態，一屁股跌坐到鋪著羊毛地毯的地板上，「那藥膏真的神了！」

母女二人對視，哭了笑笑了哭，最後還是真真公主先恢復了冷靜，拿帕子擦擦眼淚道：「我的臉好了，想先去告訴皇祖母一聲，然後對黎三姑娘親自道聲謝。」

「應該的，應該的。」麗嬪還在激動，已是語無倫次。

對她來說，女兒的臉太重要了。她就只有這麼一個公主，皇上是個一心修仙的，等將來飛升之後，她還指望著招個好駙馬的女兒養著呢。

真真公主重新淨面上妝，特意挑了件石榴紅的五蝠捧雲小襖，配雪青色撒花裙。臨近年底了，老人家都圖喜慶，太后也不例外，喜歡看到小輩穿得熱熱鬧鬧的，真真公主深知此點。

這時楊太后正在內室待客，客人身分有些特殊，乃是撇離了疏影庵的無梅師太。一聽真真公主來請安，太后看了師太一眼，淡淡吩咐來喜：「告訴九公主，哀家在待客，讓她回頭再來。」

來喜正準備去傳話，無梅師太忽然開口道：「真真與貧尼也算有些緣法，讓她進來吧。」

楊太后點點頭，待看到走進來的真真公主已恢復容顏的樣子，不由大驚。

「見過皇祖母。」真真公主向楊太后行禮，見到無梅師太眼中露出驚喜。「師太，您也在啊。」

許是毀容後又恢復了容顏，有種失而復得的慶幸與感恩，真真公主不經意間流露的喜悅要比以往純淨真誠許多。

無梅師太不由多看了公主一眼，露出一絲笑意。「貧尼也許久沒見到真真了，今日倒巧。」

真真公主抿唇一笑。「我是來向皇祖母道謝的，沒想到能遇到師太您，可見今天運氣好極了。」

她說著跪了下去，對楊太后行大禮。「皇祖母，真真給您道謝來了。」

最初的震驚過後，楊太后面上已經恢復了平靜，笑意淡淡。「這孩子，對皇祖母還這麼客氣做什麼？」

「要道謝的，若不是您，真真的臉怎麼會好呢？」真真公主繼續磕頭，聲音哽咽。
楊太后向身側宮婢示意：「還不把九公主扶起來。」
宮婢上前扶起真真公主。楊太后態度親切，衝真真公主招手。「真真，來皇祖母身邊坐。」
公主走過去，乖順地在太后身邊坐下。
楊太后仔仔細細打量著她，笑道：「真的是好了，面皮比以前還白淨呢。」
真真公主輕輕撫摸了一下臉頰，嘆道：「是呀，黎三姑娘的藥膏管用極了。她對我說不分晝夜連敷七日，果然就好了。」
「哦，是黎三姑娘的藥膏讓真真的臉恢復的？」無梅師太開口問道。
楊太后笑了。「那小姑娘還真有些本事，當時她說能治好真真的臉，哀家其實是不信的。」之所以讓她出海採藥，不過是抱著試試看的心態，成了固然好，不成也不會更糟。
「皇祖母，真真想對黎三姑娘親口道聲謝。」
楊太后頷首。「那妳就出宮一趟吧。」
那個小姑娘在她看來雖行為出格，令她很難產生好感，但畢竟是冠軍侯的未婚妻，真真與她相交還是不錯的。
無梅師太的聲音在暖如春日的內室淡淡響了起來：「說起來，貧尼也許久沒見過那孩子了，太后不如把她請進宮來一見。」
楊太后微怔，心生詫異。剛剛無梅師太讓真真進來還不奇怪，畢竟趕上了，現在特意要黎三姑娘進宮，就有些令人意外了。
別人不瞭解，她卻是清楚的，這位曾經的大長公主性子極清高冷漠，等閒人入不得她的眼。
「來喜，去請黎三姑娘進宮一趟。」

等在慈寧宮外的麗嬪一見來喜出來，悄悄問道：「來喜公公，九公主怎麼還沒出來呢？」

來喜公公笑道：「太后留九公主說話呢，娘娘不如先回吧。」

麗嬪點點頭，卻沒回自己寢宮，而是神清氣爽逛了一趟御花園，九公主容顏恢復的消息立刻傳遍了宮中每個角落。自覺總算揚眉吐氣的麗嬪這才回去了。

沒過多久，喬昭就收到楊太后的傳召，跟著來喜走在去慈寧宮的路上，莫名覺得有人在暗中窺伺。喬昭腳步一頓。

「黎三姑娘怎麼不走了？」來喜不解地看著喬昭。喬昭笑笑，跟著來喜繼續前行。

「太后，黎三姑娘到了。」

楊太后眉梢微動，便見一名素衣少女跟著來喜走進來。

太后下意識蹙眉。快過年了，一個小姑娘家穿得這麼素淨，著實令人不喜。這樣想著，又看了真真公主一眼，心想著到底是她的孫女可人，一身石榴紅的小襖讓人瞧了就舒坦。

「臣女見過太后。」

「黎姑娘免禮吧。」楊太后很快嘴角噙笑，示意喬昭起身。

喬昭直起身來，向無梅師太問好。

無梅師太雖神色淡淡，可眼底的笑意比楊太后看起來親切多了。「許久不見，三姑娘清減了。」

喬昭微微一笑，大大方方道：「師太風采依舊。」

楊太后又忍不住暗暗皺眉。大概人與人之間是講眼緣的，她就是不喜這小姑娘冷靜從容的樣子，那讓她莫名有一種被冒犯的感覺。

「黎姑娘，本宮的臉好了！」真真公主難掩喜悅。

喬昭仔細打量真真公主一眼，露出真切笑意。「恭喜殿下了。」

真真公主抿唇一笑，當著長輩們的面不好多說，對楊太后道：「皇祖母，我想——」

無梅師太忽然輕咳一聲。「太后，黎三姑娘曾陪貧尼抄寫了數月佛經，我很喜歡這孩子的一手字，今日既然有緣遇見，想與她單獨說說話。」

楊太后忙笑道：「師太請自便。」

冷眼看著喬昭隨著無梅師太去隔間敘話，真真公主暗暗疑心。皇祖母對師太的態度好生奇怪，為何她莫名覺得皇祖母對師太有些隱隱討好呢？也或許，是她想多了。

無梅師太到了隔間，指了指小凳子說道：「坐吧。」

喬昭依言坐下來，等師太先開口。

無梅師太淡淡笑道：「貧尼聽說三姑娘出了一趟遠門，一路上沒少遇到麻煩吧？」

「麻煩是有一點，還好有太后安排的金吾衛相護，所以還算順利。」

「貧尼聽說南邊很亂，三姑娘到底是姑娘家，以後還是不要往險地去了。」

喬昭含笑應了：「多謝師太關心，以後應該是沒機會去了。」

無梅師太目光往喬昭手腕上落了落，少女纖細皓腕上戴著一串沉香佛珠，正是她贈送的那一串。

「師太近來還好吧？」

「還不錯。」

二人閒聊一陣，喬昭識趣地沒有問師太現在何處清修。

她隱隱覺得無梅師太單獨找她敘話有些古怪，卻又琢磨不透古怪在何處，只得暫且壓下疑惑。

直到告別無梅師太，與真真公主離開慈寧宮，喬昭依然一頭霧水。

無梅師太不是多話的人，究竟為啥拉著她純聊天啊？

真真公主在御花園的一株梅樹旁停下來。「黎姑娘，多謝妳了。」

大恩不言謝都是瞎話，但她還真不知道這位即將成為侯夫人的女孩子缺什麼。

真真公主想了想，把手腕上的血玉鐲摘下來塞給喬昭。「本宮知道妳或許不稀罕，不過這只血玉鐲與我母妃先前給妳的本是一對，妳就收著吧，將來——」

真真公主頓了一下，露出真切笑意。「將來出閣，紅色的玉鐲喜慶些。」

血玉鐲還帶著溫熱，光潤通透，一看就是長久被人佩戴，可見主人對它的喜愛。

君子不奪人所愛的道理喬昭還是懂的，更何況，血玉鐲於真真公主是心頭好，於她只是一件尋常首飾罷了，她何必收下人家常年佩戴的鐲子壓箱底呢。

喬昭執起真真公主的手，在對方不解的目光中，把血玉鐲給她重新戴上。

真真公主咬唇。「黎姑娘，妳這是何意？」莫非是看不上她的鐲子？

「我覺得殿下戴著這血玉鐲比我戴著好看。」喬昭笑著揚手，露出一截皓腕。「我沒殿下白。她南下數月，一路風吹雨打，沒曬掉一層皮就不錯了，現在比離京前黑了不少，估計要養一個冬天才能養回來。真真公主定睛一看，發現自己還真比喬昭白了些，要是堅持把血玉鐲塞給人家就有點埋汰人的意思了，便也不再強給，訥訥道：「多謝了。」

二人本就關係一般，此時站在梅樹旁，鼻端隱有暗香浮動，一時之間還真找不到什麼話題講，就這麼默默冷場了。

公主尷尬扯了扯帕子，正尋思說點什麼，一道溫溫柔柔的聲音響了起來：「九妹在這裡呢。」從假山旁走過來一名藍裙少女，鵝蛋臉，水杏眼，額髮齊眉，氣質端雅。

真真公主暗暗皺眉，面上不好露出厭煩，介紹道：「這是我八姊，這是黎姑娘。」

喬昭朝八公主欠身行禮。「見過公主殿下。」

八公主眼波流轉，笑盈盈道：「本宮早就久仰黎姑娘的大名，還要多謝黎姑娘治好了我九妹的臉。」

真真公主暗暗翻了個白眼。踩著她裝什麼姊妹情深，真是煩人。

「八姊，我與黎姑娘還有話說，先走一步了。」

「九妹且慢。」八公主攔住九公主去路。

「八姊還有事？」

八公主垂下眼，輕聲道：「九妹，我想和黎姑娘單獨聊聊。」

喬昭暗暗皺眉。「單獨聊聊」幾乎就是麻煩上門的另一種說法了。

「八姊有話直說就是。黎姑娘是我請來的客人，我要對她負責的。」

八公主咬了咬唇，眼底閃過惱怒。她吃人不成，還負責！退一步說，就算她想怎麼樣，同是女孩子，她能怎麼樣？

不過對於九公主，八公主明面上是不願得罪的。

這個妹妹長得好看，又會討皇祖母喜歡，在宮中的日子比她強多了。她唯一的自得，便是能在九妹前頭把親事定下來。那日父皇招她與九妹同往御書房，她便明白父皇是在考慮她們的親事了，且父皇看中的駙馬應該很優秀。

這很好猜測，如果駙馬很尋常，父皇不會叫她與九妹一起過去。往令人不快的地方想，父皇是唯恐未來的駙馬不滿意，所以堂堂大梁公主成了被挑選的人。

想到這個，八公主不但沒有覺得惱怒，心中反而滿是期待。九妹那時候見不得人，她明顯成了被選中的那個，也就是說，她很快就能離開這令人窒息的皇宮了。

這幾日八公主的心情都是美妙的，可心中卻有一絲隱憂：她年幼時宮人疏於照顧，額頭留下一道疤，多年來一直被劉海遮著，將來成親後定會被駙馬見到……

「八姊要是不想說，那我們就走了。」真真公主拽過喬昭的手。

「九妹，妳等等。」八公主心知有真真公主在，她是擺不出公主威風來的，便心一橫掀起了劉海。「黎姑娘，妳看本宮額頭的舊年疤痕能否治好？」

真真公主表情微訝。她還真不知道八姊額頭一直有道疤痕。

疤痕不算長，卻頗深，又是落在臉上，對一個女孩子來說是很要命的事兒。

真真公主不由看向喬昭。黎三姑娘治好了她的臉，等於給了她新生，她可不會做越俎代庖這樣招人煩的事。

喬昭認真打量著八公主額頭疤痕，略一頷首。「可以試試。」

「真的？」八公主眼睛一亮，忍不住握住喬昭的手。

「咳咳。」真真公主把喬昭的手從八公主手中拽了回來。有話說話，拉人家的手做什麼？

「那藥膏……」八公主欲言又止。

喬昭頓時明白了八公主的意思，笑道：「八公主額頭上的疤痕是陳年舊疤，九公主用的藥膏並不合適，等我回去重新調配一瓶給殿下試試。」

「那就多謝黎姑娘了。」八公主大喜，力邀真真公主與黎姑娘去她的寢宮作客，但被真真公主推拒了。

送喬昭出宮的時候，真真公主嗔道：「妳倒是好說話。」

她這位八姊可沒有表面瞧著那麼和善，心思多著呢。當然家醜不可外揚，這話她是不好說的。

喬昭笑笑。「舉手之勞罷了。」

八公主的母妃與她祖母有些淵源，如今也算是替祖母照拂一下自幼喪母的八公主了，畢竟於她真的是舉手之勞。

聽喬昭這麼說，真真公主不再多說，一眼瞥見她手腕上的沉香手珠，忍了忍道：「黎姑娘，這沉香手珠是師太送妳的嗎？」

喬昭點點頭。真真公主眼中閃過豔羨。「師太對妳真是好，這串手珠我見師太戴了許多年，時常摩挲，定然會給人帶來好運。」

彼時的人，頗信神佛。

「難怪我後來運氣一直不錯，都是托師太的福。」喬昭下意識摸了摸手珠，心中不禁生起一個疑問。明明真真公主多年來一直去探望無梅師太，無梅師太卻把佛珠贈給她，真的是因為她比真真公主更合眼緣嗎？

喬昭帶著這麼一絲疑問回到府中，替八公主配置藥膏的事略過不提。

邢舞陽一案趕在衙門每年的例行封印前終於有了結果，因新任將領還未定，對福東一眾官員的處置便密而不宣，而嘉豐喬家大火一案最終水落石出，嘉南知府等一眾官員皆判了斬立決。

臘月二十三那天，正是小年，陰沉的天很快飄起了雪，菜市口的地被水沖了一遍又一遍，依然一片暗紅。

頭戴冪蘺的白衣男子，輕輕拍了拍素衣少女的肩膀。「昭昭，別看了。大哥也該出發了。」

長亭驛道，雪花漫天。

喬墨揚手替喬昭理了理雪狐裘斗篷上的可愛毛球，溫聲道：「此番家仇得報，多虧了妹妹四處奔波，大哥很慚愧。」

風雪中，喬昭笑意溫柔。「大哥說哪裡話，沒有大哥拚死帶出來的帳冊，我只能束手無策啦。

再者說，咱們的仇只報了一半，還有一座大山尚未剷平。」

喬昭所指的大山便是當朝首輔蘭山。

邢舞陽一案，蘭山被明康帝痛斥一頓，實際上絲毫沒有傷筋動骨，只是罰俸而已，這對蘭山來說委實不算什麼。可是喬昭兄妹深知，蘭山的罪名絕不止舉薦邢舞陽失察這麼簡單，至少喬墨在外祖家身中奇毒就隱隱有蘭山的影子。

往深處講，蘭山才是最大的幕後凶手，只有把他擊倒，家仇才算徹底得報。無論是喬昭還是喬墨皆深知此點，但同時也知道，想要剷平蘭山這座大山非一日之功，只能徐徐圖之。

「無論怎樣，咱們暫時實現了小目標，是值得高興的事。」皂紗遮蔽了喬墨的臉，讓他的聲音在風雪中聽起來更加溫柔。

「大哥說得對。」

「昭昭……以後穿得鮮亮些吧，大哥知道妳是為父母守孝，但妳現在已是黎家女，小小年紀穿得如此素淨，會惹長輩不快。」

喬昭抿了抿唇。

喬墨再勸道：「父母在天之靈知道妳的心意，別的只是個形式而已，妳說大哥說得對不對？」

喬昭頷首。「我聽大哥的。」

喬墨這才看向默默站在喬昭身側替她撐傘的邵明淵。

「侯爺──」

一身白袍的年輕將軍笑著打斷喬墨的話：「舅兄叫我明淵就是。」

一般來說，長輩呼名，平輩喚字，邵明淵請喬墨喊他的名字，足見對自己的敬重。

喬墨頓了一下，當然不會對堂堂一品侯直呼其名，心中卻覺舒心，含笑道：「庭泉，我妹妹以後就交給你了，你可要好好照顧她。」

當著喬墨的面，邵明淵握了握喬昭的手，笑道：「舅兄放心，我定會好好照顧昭昭的，不會讓她受委屈。」

視線落在二人雙手交握處，喬墨忽然又有些不快了。

他是讓這小子照顧妹妹，但沒說這小子現在就可以動手動腳占他妹妹便宜呀！

身為大舅哥，喬墨很心塞，以拳抵唇輕咳一聲，佯作漫不經心提醒道：「你們雖訂了親，但昭昭現在年紀畢竟還小，也不要太過頻繁見面了，以免被人詬病。」

邵明淵這才訕訕地鬆開喬昭的手，連連保證會當一個老實本分的未婚夫。

喬墨這才滿意點頭，話題一轉道：「還有晚晚，那丫頭性子跳脫，把她一個人留在侯府我也有些放心不下，庭泉替我多照顧她一下吧。」

邵明淵自是應了。喬墨放下心來，目光在喬昭與邵明淵之間流轉，溫聲道：「天寒地凍，你們不必再送，趕緊回去吧。」

「大哥，等你走了我們再回。」

「那好，我就先走一步。」喬墨深深看了喬昭一眼，朝邵明淵略一頷首，在邵明淵特派的幾名親衛的護送下，上了馬車漸漸遠去。

喬昭與邵明淵並肩而立，直到不見了馬車的影子，邵明淵執起她的手，笑道：「昭昭，咱們也回吧。」喬昭似笑非笑看他一眼。「剛剛是誰對我大哥保證會老實本分的？」

邵明淵拉著喬昭上了馬車，笑瞇瞇道：「我很老實本分啊。」看著少女凍得微微泛紅的鼻尖和雪玉一樣瑩白的小臉，男人張開雙臂，「過來，我給妳暖暖。」

喬昭脫了斗篷掛在車廂門口處的掛鉤上，白他一眼。「車內這麼暖和，誰要你多此一舉——」

話音未落，尾音便化作一聲嬌軟的驚呼，整個人被拉進一個寬敞結實的胸膛裡。

「邵明淵！」喬昭捶了他一下。男人一把捉住少女的手，低笑道：「別捶了，當心手疼。」

「那你鬆手。」對方結實緊繃的胸膛緊緊貼著她，喬昭莫名有些心跳加速，以手抵著他的胸膛想要拉開距離，卻發現根本動彈不得。

男人鬆開手。

喬昭輕吁一口氣，剛要坐直身子，上方陰影籠罩下來，男人清俊的臉在她眼前倏地放大。對方的唇落在她唇上，滾燙撩人。

「邵明淵……」喬昭頗有些無措，想要嚴肅地斥責，又怕被耳尖且格外八卦的晨光聽見，最終在對方的舌攻入後，只得妥協，由著他攻城掠地。

似乎是祛除了寒毒的緣故，對方的身子不再總是微涼，那般滾燙彷彿能把人燃燒起來。

喬昭只覺一道道熱流在體內流竄，似是滿足，又似是空虛，說不出的複雜感受讓她的腦海空白一片，只有無數煙花在綻放，最終連指尖都輕輕顫抖起來。

輕輕的喘息聲在溫暖的車廂裡迴蕩。

喬昭身體忽然騰空，再回神，已經被邵明淵抱著坐到了他身上。

這樣的姿勢令喬昭雙頰羞紅，忙掙扎起來。「邵明淵，快把我放下來。」吐出的聲音嬌嬌軟軟，連喬昭自己聽了都臉紅心跳。

頭頂上方傳來男人壓抑的聲音：「乖，別說話。」

男人擁著她，安安靜靜好一會兒，默默把她抱下來放到身側，靠著車壁輕輕呼了一口氣。

喬昭理了理微亂的鬢髮，瞪了邵明淵一眼。

邵明淵露出個明朗的笑容，柔聲問道：「還怕嗎？」

他知道眼前的女孩子很堅強，堅強到一定要親眼看著殺害她父母的凶手們行刑。

她神情平靜，看著一個個人頭落地，腔子裡的熱血從無頭的頸子飛出，濺起丈高。圍觀的百姓們或是大聲叫好，或是失聲驚呼，還有年紀小的嚇得大哭，現場嘈雜一片，唯有他的女孩安安靜靜從頭看到尾，連眼睛都不曾眨一下。可是他知道，他的昭昭其實是極怕的。

他看到她的手死死握著，手背上青筋分明，一直在抖。

他不忍阻止她的堅持，卻心疼她的承擔。

迎上對方溫柔明亮的眼，喬昭睫毛顫了顫，輕聲道：「不怕了。」

大概是知道將來的風雪路總會有人同行，就沒什麼可怕的了。

邵明淵把喬昭送到杏子胡同口，站在馬車旁輕輕敲了敲車窗。

車窗簾微動，被男人的大手按住。「不用掀窗簾子，風吹進去涼，就是告訴妳一聲，下雪了路滑，下車後走路小心。」

「知道了，你路上也小心。」簾子後傳來少女嬌軟的聲音，全然不似平時的清冷音色。

晨光豎著耳朵聽，衝邵明淵豎了個大拇指。將軍大人可真是嘴甜啊，嘖嘖，快趕上他了。

邵明淵淡淡瞥了探頭探腦的小車夫一眼，警告道：「好好趕車。」

晨光摸摸頭，小聲嘀咕道：「都到家了……」後面的話被將軍大人一眼瞪了回去。

隔壁宅子的親衛牽了馬出來，邵明淵翻身上馬，再看了馬車一眼，縱馬離去。馬蹄敲擊青石板路的躂躂聲傳來，一隻素手伸出，掀起了竹青色的棉簾子。

喬昭探出頭，默默望著那道挺拔如松的背影遠去，直到被前方房屋遮擋看不見了，才放下車窗簾。坐在外頭的晨光扭頭，笑眯眯喊了聲：「三姑娘，您坐穩了，我把車趕到門口去。」

「好。」車廂內的喬昭應了一聲。

馬車重新動了，沒多久又停下來，晨光的聲音外傳來：「二太太，您怎麼站在這兒啊？」

聽到二太太劉氏站在外面，喬昭忙掀起車窗簾，果然就見劉氏站在大門處，身後丫鬟替她撐著一把傘，但看濕漉漉的髮梢與裙襬濺上的泥點子，還有地上融化的一小片積水，可以得知她定然站在這裡許久了。

「三姑娘回來了。」劉氏笑了笑。

大概是在外面待久了，劉氏原本爽利的聲音聽起來有些發僵。喬昭當然不會坐在馬車裡與劉氏對話，忙鑽出車廂下了馬車，問道：「二嬸，您怎麼站在這裡？」

晨光一言不發，忙撐開傘替喬昭遮著，腹誹道：將軍大人過分了啊，哄著三姑娘出去連個丫鬟都不帶，害他總幹丫鬟的活，這像話嗎？

「三姑娘，妳快回去吧，外頭冷。」劉氏順手把手中的袖爐塞給喬昭，笑道：「我等人呢。」

手爐已經沒有那麼熱，再次證明了劉氏出來已久。

喬昭心中一動，問道：「您在等二叔嗎？莫非二叔是今天回來？」

一聽喬昭提到數年未見的夫君，劉氏眉梢眼角不自覺染了笑，並無尋常婦人的羞澀靦腆，快言快語道：「是呀，一大早接到消息，妳二叔今天就能到家了。管事已經去郊外等著，我在府裡閒不住，乾脆出來看看。」

一句輕鬆的出來看看，實則是在冰天雪地裡小半日的苦等。

喬昭伸手握住劉氏的手，入手似冰塊一般，不由在心中輕嘆了聲，勸道：「二嬸，咱們進去吧，讓門房留意著，一見到人來立刻知會您就是了。」

劉氏擺擺手。「不用，反正我回去也是無事，還不如站在這裡等著來得安心。三姑娘，妳快進去，這裡風大，當心著涼。」

「那我和二嬸一起等二叔吧。」將心比心，喬昭能感覺到劉氏對她的友善，這個時候自是做不出自己進去，留長輩在外面受凍的事來。

劉氏心中一暖，不由笑了。「陪我在這裡受凍幹嘛呀，妳兩個妹妹我都不許她們出來呢。妳們小姑娘家和我們不一樣，可不能受凍，不然將來要吃苦的。快快進去，妳娘今天滑了一跤，雖然沒有大礙，但還是趕緊去陪陪她吧。」

喬昭一聽何氏滑了一跤，心中猛地一跳，但照劉氏的語氣應該問題不大，緩了口氣道：「那我進去看看我娘。」

她轉身回到馬車上把自己的袖爐拿下來塞給劉氏，又從荷包裡拿出一個小瓷瓶。「二嬸，這是我制的驅寒丸，妳吃上一顆就不會覺得太冷了。」

「噯，多謝三姑娘了。」劉氏很是痛快，當著喬昭的面就打開瓷瓶，取出一枚驅寒丸吞下，而後催促道：「快進去吧。」

喬昭欠欠身，這才進了府，直奔青松堂給鄧老夫人請安。

鄧老夫人正在堂屋內來回踱步，聽到動靜猛然回頭，見是喬昭，眼中光芒暗了暗，嗔道：「妳這丫頭進來也不吭聲，祖母還以為妳二叔回來了呢。」

喬姑娘默默翻個白眼，迎上去道：「讓祖母失望了，孫女該打。」

鄧老夫人噗哧一聲笑了，伸手點了點喬昭光潔的額頭。「妳呀，還跟祖母貧嘴。妳二叔好幾年沒回來了，也不知道是胖了還是瘦了。他去的地方不大好，日子定然沒那麼舒坦，說不定瞧著比你父親還老呢。」

正走進來的黎光文摸了摸鼻子。

他哪裡老了？今天照鏡子明明還是玉樹臨風呢！二弟還沒到家，老母親就開始偏心了。

「你二弟這就快到家了，你一大早跑到哪裡去了？連妳媳婦今天跌了一跤都找不到你人——」

鄧老夫人話音未落，就見黎光文面色大變，轉身就往外跑，然後「砰」的一聲傳來，黎大老爺差點把門框撞散了架。

「你慌什麼！」鄧老夫人氣得拍桌子。

黎光文卻猛然回過身來，那架勢把老太太都唬得忘了反應。

「老大，你抽風呢？」

黎大老爺一個箭步上前，拉著喬昭飛一般跑了，留下鄧老夫人差點氣暈。

這個混帳，自己跑了不算，還把孫女給拐跑了，她後面的話還沒說完呢！

何氏雖然跌了一跤，但一點事沒有，反倒把劉氏那隻正巧路過的肥貓給壓暈了。

黎光文拉著喬昭直接闖進了何氏的屋子。「何氏，妳沒事吧？」

靠著床頭正吃烤紅薯的何氏一臉懵。「什麼事？」

一見何氏顯然很健壯的樣子，黎光文恢復了冷靜，忽然覺得在女兒面前表現出這般急切不大像話，輕咳一聲道：「紅薯甜嗎？」

喬昭：「……」

「甜。」何氏高興回道。

黎光文點點頭，自言自語道：「嗯，甜就好，二弟快回來了，我去前頭看看。」

大老爺落荒而逃，喬昭抿唇偷笑，陪著何氏說了好一會子話，母女二人一同去了青松堂。

兩房的主子都聚在了青松堂裡等著，不多時一個僕婦跑進來報：「老夫人，出事了！」

一八九 情薄意涼

鄧老夫人手中茶盞一抖，險些把茶水潑出來。

「出了什麼事？」老太太到底是見慣風浪的，把茶盞放穩問道。

僕婦神情古怪抹了一把臉。「二太太跟二老爺打起來了。」

「什麼？」鄧老夫人以為聽錯了，強忍住掏耳朵的衝動。

自從得知老二要回京敘職，老二媳婦整天神采風揚的，今天一大早就跑出去等著，攔都攔不住，怎麼好不容易把人盼到了，兩口子卻打起來了？

「大老爺沒攔著？」鄧老夫人一邊往外走一邊問。

僕婦神情更加古怪。「大老爺攔了，沒攔住，還被二太太給誤傷了。大老爺一生氣，和二太太一起把二老爺給打了，現在三人正在門口混戰呢……」

「什麼，大老爺受傷了？」何氏驀地站了起來，抬腳就往外走。「不行，我瞧瞧去！」

老夫人臉色鐵青。「老大媳婦妳給我站住！外面下著雪呢，要是再摔一跤該如何是好？」

何氏腳步一緩。

鄧老夫人趁機對喬昭使了個眼色。「三丫頭，陪妳娘在這裡坐著。」說完抬腳往門口走去。

何氏撫著肚子琢磨開了。「昭昭啊，妳二嬸幹嘛和妳二叔打起來了呢？他們打架也就罷了，還把妳父親給誤傷了，真是煩人！」

喬昭聽說有了身孕的婦人性情都會古怪些，自是順著何氏說：「娘別擔心，二嬸畢竟是女子，能有多大力氣啊。」

何氏扯了扯帕子。「妳父親也是，怎麼還能讓人給打了呢，要是我在就好了……」

何氏一臉遺憾的樣子令喬昭哭笑不得。母親大人一副沒加入戰局的表情是怎麼回事？喬昭一邊安撫何氏，一邊往門口處張望，很快就見一群人走了過來。

走在前頭的是鄧老夫人。老太太步履生風，一手拎著大兒子黎光文的耳朵，一手拎著二兒子黎光書的耳朵。

喬昭扶著何氏起身，目光飛快在黎光書身上掃過。

比起父親大人的人清如玉，這位在小姑娘黎昭腦海中幾乎沒有印象的二叔就顯得滄桑多了。濃黑的眉，繃直的唇部線條，下頦蓄的短鬚，都讓他看起來比兄長還要成熟沉穩。

喬昭視線再往後落，就是鬢髮散亂的二太太劉氏。劉氏的一左一右是四姑娘黎嫣與六姑娘黎嬋，兩個小姑娘明顯嚇壞了，神情惶然，淚水漣漣。

再往後……

喬昭眼神一縮。再往後的人就有些耐人尋味了。

一名梳婦人頭的年輕女子懷中抱著個約莫兩、三歲的幼童，稚子可愛，一雙黑葡萄般的大眼睛好奇地四處打量著，而婦人容貌之美令喬昭都暗暗吃驚。她以為真真公主已是絕色，沒想到這年輕婦人竟不遑多讓，甚至因正值桃李年華，比之青澀未脫的公主多了一份成熟穠麗的風韻。

喬昭一顆心莫名沉了沉。這女子如此姿色，西府以後恐怕要不太平了。

她冷眼觀察著女子，發現女子初入黎府這樣的環境竟絲毫不顯局促，抱著孩子就那麼柔婉乖順地立在人後，有種靜若處子的美好。

「都給我跪下！」鄧老夫人往太師椅上一坐，一聲冷喝打斷了喬昭的思索。

地上黑壓壓跪倒一片，站著的喬昭瞬間成了最顯眼的人，連二老爺黎光書都忍不住向她看來。喬昭鬆開何氏的手臂，默默跟著跪下來。

「三丫頭，妳又沒像這些不成器的混帳讓祖母生氣，跪著幹什麼？起來！」

鄧老夫人聲音微沉，含著火氣，喬昭識趣站起來，默默退到何氏身後站定。

老夫人沉著臉看著兩個兒子。「兩個畜生，大過年的就在家門口大打出手，不嫌丟人嗎？」

黎光文神情忿忿，很是委屈。「娘，兒子只是拉架的！」只不過拉著拉著出手了而已，可是二弟這麼欠揍，他有什麼辦法呀？

鄧老夫人額角青筋跳了跳，目光越過大兒子，看向黎光書。

黎光書表現就比大哥沉穩多了，衝鄧老夫人結結實實磕了幾個頭，口中道：「娘，兒子不孝，回來了，您老人家身體可還安好？」

居高臨下看著臉被抓花的二兒子，鄧老夫人一個白眼翻出來，冷冷道：「托你的福，我這老不死的還活著。」

「娘……」

鄧老夫人一拍桌子。「早知道你這麼混帳，還不如別回來，大過年給我添堵！你說說，後面的人是怎麼回事兒？」

黎光書扭頭，表情和語氣不自覺柔和下來：「冰娘，快來拜見老夫人。」

冰娘立刻跪著上前幾步，抱著幼童給鄧老夫人磕頭。「賤妾見過老夫人。」

鄧老夫人唇角緊繃，打量著冰娘。

黎光書討好笑道：「娘，這是兒子在嶺南納的良妾，叫冰娘，這是您的孫子浩哥兒，今年三歲了。」他說著伸手撫了撫浩哥兒的頭，柔聲道：「浩哥兒，喊祖母。」
浩哥兒畢竟年幼，乍然見到這麼多生人心中不安，扭身撲進冰娘懷裡不語。
「容媽媽，帶冰娘與浩哥兒下去歇著。」鄧老夫人淡淡開口。
待冰娘母子退下，鄧老夫人這才看向二太太劉氏，嘆道：「老二媳婦，妳起來坐吧。有什麼事不能好好說嗎，非要當著兩個女兒與一眾小輩的面撕鬧，能解決什麼問題？」
或許是老太太面對浩哥兒時的面無表情隱隱給了劉氏一絲安慰，從進屋後面色慘白若鬼的她這才沒有崩潰，默默起來向座位走去。
往日爽利的人此刻步伐重若千斤，好像要用盡全力才能拖著身子前行。
喬昭眼中閃過一絲憐惜，再看二老爺黎光書，若有所思。
這位二叔，居然任的是嶺南知府！這也不怪她不知道，小姑娘黎昭大概是對此不關心，一絲記憶也無，而她要顧著的事情太多，自然也想不到打聽這個。
「四丫頭、六丫頭，過來陪著妳們母親。」
黎嫣拉著妹妹黎嬋站起來，學著喬昭一般站到劉氏身後。
「老大，你也起來吧。」
黎光文立刻爬起來，對著黎光書冷哼一聲，在何氏身邊坐下來。
一時之間地上跪著的只剩黎光書一人。他自覺頗為沒臉，喊了一聲：「娘——」
老太太一個箭步衝過去，直接給了黎光書一巴掌。黎光書被打懵了，那一瞬間眼神狠厲，反應過來面前的是親娘才收斂起來，低頭道：「母親息怒。」
「息怒？」老太太又一個箭步折返回去坐下，冷聲道：「你出去五載，回來後帶著嬌兒美妾，還有臉讓我息怒？我看你是想氣死我！」

「娘，浩哥兒是您孫子啊……」黎光書頗為不解。記憶中和藹風趣的母親似乎變得陌生了。

「說什麼屁話，浩哥兒不是孫子難道是我老子嗎？」老太太顯然氣狠了，俐落翻了個白眼。

黎光書張張嘴，一個字都吐不出來。母親都這麼說了，他還能說什麼？他以為母親見了浩哥兒該欣喜若狂的，畢竟浩哥兒可是他這一房唯一的孫輩。

「畜生，我問你，你在外頭納妾為何沒有寫信回來？」鄧老夫人沉聲問。

劉氏死死絞著帕子，目光如刀，盯著跪在地板上的男人。這是她的夫君，日思夜想，心心念念，結果盼回來的是這麼一個場景。

肝腸寸斷，痛不欲生。

「兒子想著侍妾通房不值一提……」

「那浩哥兒呢？孩子都三歲了，怎麼你的家書裡隻字不提？」鄧老夫人再問。

老太太語氣中的咄咄逼人令黎光書有些不適。

他皺了皺眉，垂眸道：「嶺南環境險惡，小兒多夭，兒子怕早早對您說了，萬一有個意外徒惹傷心。不久前兒子接到回京調令，原想給娘一個驚喜的——」

鄧老夫人冷笑：「驚喜？氣都被你氣死了，何來驚喜？」

黎光書垂頭不語。他也沒想到，回到闊別已久的家，連口熱茶還沒喝，臉就丟了個乾淨。

「老二，我問你，你打算如何對你媳婦交代？」鄧老夫人一指二太太劉氏。未等黎光書回答，鄧老夫人又指向黎嫣姊妹。「你走時兩個女兒才多大？她們可整整五年沒見著爹了！你回來後一句一個『浩哥兒』，又把她們置於何地？」

四姑娘黎嫣咬著唇，面色蒼白如雪。六姑娘黎嬋年紀尚幼，先是渴盼著父親歸來，結果父親到了家門口就與母親就打成了一團，一樁樁事下來哪裡受得住，聽鄧老夫人這麼一說，登時捂著嘴抽泣起來。

「別哭了，哭有什麼用！」劉氏朝黎嬋一瞪眼。

鄧老夫人睇她一眼。「好了，有氣別對孩子撒。」

黎光書視線在兩個女兒身上落了落，露出幾分慈愛來。「娘您別生氣了，是我對不住劉氏，我向她賠不是。」

黎光書站起來，朝劉氏一揖。「是我做的不對，理應提前知會娘子的，還請妳原諒則個。」

劉氏冷笑不語。打量她是那等忍氣吞聲的婦人嗎？得了男人一句好話，就把男人幹的那些混蛋事全都拋到九霄雲外去了？哼，道歉有用，她能不能給他戴頂綠帽子再來道歉呢？

「老爺的意思，只要通知我一聲就行了？」

黎光書一滯，不滿看了劉氏一眼，淡淡道：「劉氏，妳也是知道的，我在嶺南多年，身邊總要有個人照顧。」

劉氏把下唇咬得發白。新婚燕爾，恩愛多年，這個男人一直喊她閨名「鶯鶯」，可如今，只得他一句毫無感情的「劉氏」。劉氏垂眸，在心底瘋狂冷笑著。

在他眼裡，她可以是劉氏、李氏、王氏，卻唯獨不再是「鶯鶯」了。

「我記得，當時是派了鴛鴦與青鸞陪你去的。」劉氏從牙縫裡擠出這句話來。

鴛鴦和青鸞是她的陪嫁丫鬟，當初黎光書外放，她足足三天三夜沒闔眼才下決心，讓兩個丫鬟陪他同去。她不想別的女人染指她的男人，可也知道讓一個三十歲未到的男人，長年在外沒有個女人服侍是不可能的事，與其最後被外頭野花勾了魂去，不如親自挑選靠譜的丫鬟給他。

為免一人獨大，她一口氣派了兩個丫鬟，饒是如此，也沒有明說讓他收為通房對心愛的男人，她說不出口，那比殺了她還難受。

她心底甚至隱隱有個不可能的念頭：萬一他真的願意為她忍著呢？只要她不明說，總還有希望的不是？

當時這個男人確實說了，讓她放心，他不會把心放在兩個丫鬟身上。如今想來，她真的只剩冷笑了。他是沒把心放在兩個丫鬟身上，可也沒放在她身上了。

那樣一個千嬌百媚的絕色佳人，她見了只覺遍體生寒，什麼正妻的地位威嚴，那一刻她知道統統都是無用，她能做的，只有和這個男人拚命。

他怎麼能這麼狠，帶這樣一個女人回來！

這樣的一個女子，足以擊垮任何一個女人的自信與矜持，無論身分高低。

「鴛鴦和青鸞因為適應不了嶺南的氣候，陸續病故了。」黎光書淡淡道。

劉氏閉了閉眼。都病死了，所以就有十足理由納妾了。那她獨守空房五年，怎麼就沒有理由出牆呢？這個世道，對女人何其不公！

鄧老夫人抄起茶盞砸到了黎光書腳邊。「畜生，你給我繼續跪下！」

黎光書邊下跪邊不解：為什麼又讓他跪下？這到底是不是親娘？他可能進了一個假黎府吧。

鄧老夫人看著重新跪下的黎光書，氣得冷笑。「你就這樣對你媳婦交代嗎？道歉就完了？」

不然呢？黎光書沒敢問出來，心中反問。

「浩哥兒正好還小，從今天開始抱給你媳婦養著。那個冰娘以後就住在西跨院裡，等閒不許出來礙眼！」鄧老夫人俐落做了決定。

劉氏生六丫頭時傷了身子，再難有孕，浩哥兒雖是庶子，勝在還不曉事，現在好好養著，將來與親生無異。至於冰娘——殊色天成，他們小門小戶的，恐非祥兆。

「娘／老夫人！」黎光書與劉氏齊聲喊了一句。

「怎麼？」鄧老夫人直接忽略了人渣兒子，看向兒媳婦。

「我不想養！」

黎光書聞言鬆了一口氣，神情緩和許多。「娘，冰娘是縣丞之女，也是兒子正經八百納回來的，當時便對她許諾，將來生的子女歸她教養。」

劉氏聽著，一顆心涼透了。她不想養，和不給她養，這當然是兩碼事！

「冰娘是官宦之女嗎？」少女淡淡的聲音忽然響起。

少女的聲音很淡，彷彿高山尖上那一抹薄雪，冰涼剔透，讓人無法忽視。

黎光書聞聲看了過去。少女穿著素淨的裙襖，梳著簡單的雙丫髻，只眉心一粒朱砂痣襯得臉龐瞬間明豔動人。黎光書盯著少女好一會兒才反應過來——這是他大哥的次女，他的侄女。

認出少女後，黎光書心中暗暗納罕：奇怪了，這個侄女在他印象中分明只是個普通小丫頭，雖然生得好，可富貴人家粉雕玉琢的孩子比比皆是，哪有什麼突出的。可他見慣了冰娘那等姿色的人，現在一看，竟有些稀奇了。

黎光書以審視的目光再次打量少女一眼。比之數年前，小丫頭眉眼似乎變化不大，只是長開了些，卻無端就變得吸引人目光了。

「冰娘是官宦之女嗎？」喬昭再問。這位二叔眼神陰鷙，一看便是城府頗深之人。喬昭有些疑惑，以老太太的風格，明明她爹那樣才是正常，這位二叔是怎麼長歪的？

「妳是三丫頭吧？」黎光書問。

「我是——」

黎光書皺眉打斷喬昭的話。「大哥大嫂是怎麼教養三丫頭的，與我數年不見，竟不懂得叫一聲二叔。」

黎光文一聽黎光書批評他女兒立刻不樂意了，冷哼一聲道：「你又是怎麼回事兒？與我數年不見，在家門口竟然和我打了起來！」

黎光書面色發黑地站起來。「大哥先動的手——」

黎光文冷笑。「長兄如父，我打你怎麼了？你居然還敢還手？誰教你的規矩？」

黎光書被這一連三問簡直氣炸了肺，偏偏又無法反駁。知府雖不是什麼高官，但外放知府天高皇帝遠，在地方上很算一號人物，誰料舒坦日子過了幾年，回來後卻受這等窩囊氣。

見黎光書不還嘴，黎光文冷哼一聲，轉而對閨女露出笑臉。「昭昭，有什麼話就問吧。」

黎光書氣得眼前發黑。有這樣的大哥嗎？對自己閨女笑得跟傻子一樣，對小不了幾歲的弟弟反而擺老子譜！

喬昭朝板著臉的黎光書略一欠身，隨即笑盈盈道：「剛剛二叔問我是三丫頭嗎，我正要說『我是的，二叔』，沒想到就被您打斷了。」

「這麼說，是二叔的錯了？」黎光書冷冷問。

「不是你的錯是誰的錯？」鄧老夫人一聲冷喝，把黎光書喝得頭皮一麻。

對這位老母親，他從心底是敬畏的，畢竟他與兄長都是被寡母一手帶大。

「你給我跪著說話，誰讓你又站起來的？」

黎光書憋著氣再次跪下。

「三丫頭問的也是我想問的，好好的縣丞之女會給你作妾？」

黎光書垂下眼簾，語氣平靜下來：「娘有所不知，嶺南那邊環境惡劣，物產匱乏，大多人家生活困苦。冰娘雖是縣丞之女，但只是庶女，她父親光庶女就有十來個，把庶女給上官作妾並不奇怪，冰娘自己也是樂意的。」

「冰娘真的是縣丞之女嗎？」待黎光書解釋完，喬昭又問了一句。

聽到這個問題的瞬間，黎光書眼神一緊，盯著喬昭的目光陡然凌厲起來。「三丫頭這話，二叔聽不懂。」

喬昭暗暗笑了。她先前冷眼打量著冰娘，就覺得其舉手投足透著一股說不出來的味道，那氣質體態可不是一個小小縣丞家能培養出來的，更何況是有十來個庶女的縣丞。

這樣的話，要嘛冰娘來歷有問題，二叔被美色蒙蔽了不知道，要嘛……

喬昭心中冷笑：要嘛就是二叔知道，但為了讓祖母接受冰娘而有所隱瞞！

果然，她連問兩次冰娘是否官宦之女，二叔的反應是被晚輩冒犯的惱怒，可她只在原本的問題上加了「真的」二字，二叔的情緒就有變化了。

這足以驗證她的猜測——在冰娘的身分上，二叔在撒謊！

「二叔這樣緊張做什麼呀？我就是好奇，看著冰娘與尋常官宦家的姑娘不一樣呢。」喬昭笑吟吟道。少女聲音嬌軟，表情純真，彷彿只是小姑娘家的無心之語。

黎光書看著喬昭又有些疑惑了。

「哪裡不一樣？」黎光書沒作聲，鄧老夫人卻開了口。

「說不出哪裡不同，可就是覺得不一樣啊。孫女看著冰娘，覺得魂都要被她勾走啦。」喬昭眨眨眼道。冰娘的身分，她可以拜託邵明淵去查，但在查明前不妨礙她在祖母心裡種一根刺。

「小丫頭亂說話。」鄧老夫人瞪了喬昭一眼，心中卻一沉。

三丫頭說得不錯，那個冰娘確實透著那麼一股古怪，並不只是生得好那麼簡單。

「容媽媽，妳帶幾個僕婦把錦容苑的西跨院收拾一下，挑兩個結實能幹的婆子以後伺候冰娘。」

黎光書一聽這話就覺得有些不對勁了，沉著臉道：「娘，兒子從任上帶回來幾個僕婦和丫鬟，人手夠了。」

「從任上帶回來的？」鄧老夫人眉一擰，淡淡道：「容媽媽，那妳就先不忙西跨院的事，去聯繫牙婆過來，把二老爺從任上帶回來的下人賣了。」

「娘，這怎麼行？」

鄧老夫人目光沉沉看著二兒子。曾經粉糰子般的小兒子稚嫩的話語猶在耳畔：娘，等我長大了會當大官，給您掙誥命，您就能享福了。

而今，她看著眼前的小兒子卻如此陌生起來。

「怎麼不行？家裡窮你又不是不知道，養不起這麼多下人！不賣你從任上帶回來的，難道要賣伺候我的？」鄧老夫人反問。

「兒子有錢的——」

「多少？」

黎光書忙道：「現銀兩萬兩。」

真正的數目自然是不能說的，但這麼大一筆銀子，有足夠理由打消老母親賣下人的念頭了。

黎光書這般想著，眼角餘光在屋內一掃，果然見到了黎光文吃驚的表情。

他忍不住在心裡笑了。他這個傻大哥，恐怕從來沒聽過這麼多銀子吧？說到這，整個西府還不是要靠他撐起來，大哥沒有自知之明，難道母親不明白這一點嗎？

黎光書正尋思著，就聽鄧老夫人淡淡道：「還沒分家，你怎麼能存私房錢？容媽媽，牙婆也先不慌請了，叫帳房過來，先把二老爺帶回來的兩萬白銀清點入庫吧。」

黎光書幾乎不敢相信他聽到的話。這還是他記憶中那個開明和善的親娘嗎？

他不是毛孩子了，兩萬白銀說沒收就沒收，娘怎麼能開這樣的口？

他辛辛苦苦賺的銀子就這麼充公，養母親一個人他沒意見，可是大哥呢？大哥有手有腳，好歹也是朝廷命官，難不成讓他養大哥一家子？最可氣的是，就算他養著大哥一家子，以大哥的糊塗性子，動不動還要在他面前擺長兄如父的譜，那他不成大傻子了！

黎光書知道拗不過鄧老夫人，抬起眼尾掃向劉氏，遞了個眼色。他們夫妻多年，這點默契應該還是有的，劉氏可不是什麼忍氣吞聲的性子，以前沒少在他耳邊嘴碎過繼嫂。

二太太劉氏自是看到了黎光書遞的眼色，心中一聲冷笑。

剛才還護著狐狸精呢，現在朝她遞眼色了。遞眼色幹嘛？讓她開口阻止老夫人把銀子充公嗎？呵呵，她還沒癡傻，充公了好歹府上伙食能改善改善，她的嘴還能得著便宜，難道給這負心漢留下來，讓他養小老婆嗎？

「老二媳婦，妳可有意見？」鄧老夫人側頭問劉氏。

黎光書忍不住輕咳一聲提醒。劉氏恍若未聞，牽了牽唇角道：「兒媳當然沒有什麼意見，全憑您做主就是。」

說到這裡，劉氏睇了黎光書一眼，淡淡補充道：「沒分家怎麼安排銀子當然是您說了算。」

黎光書詫異盯著劉氏，彷彿不認識一般。

怎麼會這樣？他以前與劉氏感情尚可，卻知道劉氏有時很有些小心眼，哪怕是最濃情蜜意的時候，他還為此說過她。黎光書一雙劍眉擰成了川字。為何數年過去，老娘變得陌生了，媳婦也變得陌生了？

劉氏垂眸，心頭則是一片苦澀。

這個她心心念念盼了五年的男人，剛重逢時沒有仔細看她一眼，因為那個狐狸精跌了一跤，抱在懷裡的小崽子號哭起來，他忙著哄嬌子美妾去了。她當時腦子裡就只剩下一個念頭：她要抓花這個王八蛋的臉，不想再看到這張臉上露出讓她扎心的表情。

現在涉及到銀子，這混蛋卻目不轉睛盯著她瞧了……

「既然老二媳婦也沒意見，我就做主了。」鄧老夫人環視眾人一眼，淡淡道：「兩萬兩白銀，一萬兩充公補貼家用，剩下的一萬兩不動，等四丫頭和六丫頭出閣時，除了公中該出的，每人再給五千兩壓箱。大家都沒意見吧？」

哪怕傷心至此，聽到鄧老夫人的安排，劉氏還是忍不住翹了翹嘴角，第一個回道：「兒媳聽您的。」這一刻，她忽然對母親充滿了感激。

她成親前是沒見過黎光書的，這門親事是母親與老夫人接觸過，拍板定下來的。

當時母親便對她說：「女人守在內宅，等以後妳會明白，有個靠譜的婆婆比有個靠譜的男人要強得多。」

她遇到的男人薄情寡義，只能說是運氣不好，或者說，如黎光書這樣的男人這世上十之八九，不過是所有女人都懷著那個念頭：自己是幸運兒，遇到的男人定然與別的男人不一樣。

其實呢，絕大多數都那樣。

遠的不說，就說她的大伯子黎光文，人品雖然是好的，可不也讓後來的大嫂何氏獨守空房多年。何氏現在是苦盡甘來，可之前那些年的煎熬還不是一夜一夜熬過來的，這是好運氣熬出頭了，熬不出頭的女人又何其多？

「老大和老大媳婦呢？」鄧老夫人側頭看向黎光文夫婦。

黎光文搖搖頭。「這些事情娘做主就是。」說到這裡，黎大老爺眼睛一亮。「娘，兒子這個月會發雙俸呢，到時候都交給您啊。」

跪在地上的黎光書氣個倒仰。打量他不知道啊，大哥月俸不過八石，雙俸能有多少？折合銀子十幾兩罷了，居然還要在娘面前邀功！

鄧老夫人沉聲道：「嗯，這一點上你大哥確實做得很好，每個月的月俸都及時交公。」

黎光書聽了臉都綠了，氣得手指尖都在顫抖。這真是他聽過最好笑的笑話，他風塵僕僕回到家裡連口熱茶都沒喝上，兩萬兩銀子就這麼沒了，結果在娘眼裡還不如大哥那十幾兩銀子。

他看出來了，大哥才是娘親生的，他一定是大風颳來的！

「老二你是不服氣？」鄧老夫人睨著眼，同樣不理解這個小兒子的想法。

兩個媳婦的嫁妝她一分錢不會碰，但沒分家的時候兒子的收入本就該充公的，這不是錢多錢少的問題，而是態度的問題，也是世人公認的理兒，怎麼次子還有意見？

「兒子不敢。」黎光書默默嚥下一口老血。

和自己親娘往哪說理去，他才回到闊別已久的京城，年後正是定前程的時候，難道要傳出不孝的名聲讓御史盯上嗎？他忍！

「這麼說還是不服氣，只是不敢反對？」鄧老夫人很不高興小兒子的回答。

黎光書氣得眼前陣陣發黑，面上笑道：「娘想多了，兒子自然是心甘情願孝敬您的。」

您可真是親娘！

鄧老夫人這才氣順了些，問何氏：「老大媳婦，妳怎麼想呢？」

說到這裡，老太太面上這才有些為難。「按理說是該一視同仁的，畢竟老大每個月的俸祿及時交公，沒道理老二交公的銀子就該分給他兩個閨女。但老二畢竟離京多年，妳弟妹和兩個侄女也不容易，就讓老婆子偏心一回吧。」

黎光書：「……」原來「偏心」還能這麼解釋，他可算長見識了。

何氏抿嘴樂了。「老夫人您說了算，這點銀子有啥好計較的呢。」

這點銀子？黎光書身子一晃險些跪不住了。別攔著他，他要和大哥兩口子拚了！

喬昭冷眼旁觀黎光書時青時白的臉色，暗暗笑了。這位二叔等沒人的時候恐怕要氣得吐血三升。嗯，能氣到他就對了，沒道理他帶了小妾與庶子回來給一大家子添堵，還能春風得意。

帳房很快就來了，就在隔壁屋把算盤打得震天響。

鄧老夫人瞇著眼聽了一會兒，吩咐道：「容媽媽，可以去請牙婆了。」

「娘，不是有錢了嗎？」

鄧老夫人睇了黎光書一眼。「那是公中的銀子，用處多著呢，怎麼能養無用的下人？怎麼，你莫非還有私房錢？」

黎光書瞠目結舌，嘴唇動了動，彷彿被人打了一拳，說不出話來。

現在的情況，他要嘛承認沒有私房錢，母親把帶回來的僕從賣了；要嘛承認有私房錢，母親把私房錢沒收，然後把帶回來的僕從賣了。總而言之，他帶回來的僕從逃不了被發賣的結果。

連日趕路又是寒冬臘月路上頗為辛苦，此刻黎光書只覺頭疼欲裂，認命道：「全憑娘做主。」

鄧老夫人頗遺憾地看了小兒子一眼，朝容媽媽點點頭。容媽媽轉身找牙婆去了。

「老二你舟車勞頓也辛苦了，起來先去洗漱一番，一家人吃過團圓飯再說別的。」

黎光書見鄧老夫人沒再提浩哥兒的事，暗暗鬆了一口氣，站起來道：「娘，兒子先去東府拜見伯娘吧。」

一回來就去東府拜見，比起洗漱過後吃了飯再去，落在老鄉君與大堂哥眼裡自是不一樣的。大堂哥已經官拜刑部侍郎，乃朝中重臣，與之交好自然大有好處。

鄧老夫人抬了抬眼皮。「去吧。」

她可是明事理的人，東府那位老鄉君不管多讓人煩，該有的禮節自然不會少，只是沒想到小兒子這麼心急罷了。

黎光書再次朝鄧老夫人一揖，便要離去。

鄧老夫人似是想起了什麼，提醒道：「對了，鄉君眼睛看不見了。」

黎光書腳步一頓。老太太又不疾不徐補了一句：「你大堂兄因辦案不利被官降兩級，心情正不好呢，你去了說話注意點。」

黎光書一個趔趄差點栽倒。這麼重要的事情為什麼不早說！

「快去吧，早去早回，一大家子還等著你開飯呢。」

黎光書：「……」早知如此，他拖著跪得發疼的兩條腿趕過去幹什麼？為什麼總有種被親娘坑的感覺？

黎二老爺含淚走了，廳內靜下來。

「四丫頭、六丫頭，妳們大姊近來心情不佳，妳們去瞧瞧她吧。」鄧老夫人忽然開口道。

四姑娘黎嬿與六姑娘黎嬋對視一眼。

「去吧。」劉氏拍拍兩個女兒的手。如果可以，她何嘗願意讓兩個女兒見到這些糟心事。

黎嬿拉著黎嬋的手，對長輩們屈膝一禮，退了下去。喬昭見狀上前一步，也提出告退。

鄧老夫人深深看著她，語氣莫名：「三丫頭，妳訂了親，以後就是大人了，這些事不用回避。」

這個孫女是給她驚喜最多的，遭了一次罪後彷彿脫胎換骨，哪怕留在黎府當老姑娘養一輩子她都覺得是黎府的福氣，萬萬沒想到竟然還能談成這樣一門親事。

她是過來人，見到冠軍侯那次在黎府門口大發神威哪還有不明白的，冠軍侯是真的對昭昭上心了。這門親事定下後，那些暗地裡的酸話她不是沒聽過，說什麼冠軍侯能親手殺妻，是個心狠手辣的，娶了新婦將來說翻臉就會翻臉。

她聽了只想冷笑。

一軍統帥，那個時候不當機立斷射殺了人質，難不成要在兩軍面前表演一下夫妻情深，再讓兩方大軍親眼瞧著自己的妻子被扒乾淨糟蹋致死嗎？

要是這樣，她才覺得這個男人是個腦子拎不清的糊塗蛋。冠軍侯這個孫女婿，她很滿意，三孫女的眼光，她更滿意。

鄧老夫人分了一下神，輕咳一聲道：「老大，你也下去吧。」

被老娘打發走的黎光文一陣心塞。老太太剛才還說閨女是大人了，這些事以後不用迴避，為何轉頭就打發他走？他也是大人了！

廳內沒了男人，鄧老夫人抬手拍了拍劉氏的手背。「老二媳婦，是老二對不住妳，我代他向妳賠不是。」

「老夫人，兒媳受不起……」一直強悍如炸了毛刺蝟的劉氏忽然淚流滿面。

鄧老夫人深深嘆了口氣。「無論如何，我想這日子你們還是要過下去的，是吧？」

劉氏扭著帕子點了點頭。

她的長女很快就到議親的年紀了，次女也不小了，不過下去難不成要和離嗎？真的和離，兩個女兒必然要留在黎家，如今娘家老父已經不在，難道要她投奔兄嫂看人臉色過日子？或者改嫁個老男人，說不定比黎光書更混蛋不說，看長相還糟心呢！

她是瘋了，才會放著現在的安穩日子不過，去走那條路。

「既然要過下去，就聽我一句勸，把浩哥兒要過來養著。浩哥兒年紀小還不記事，只要妳真心待他，等將來就算他生母尚在又如何，他親近的照樣是妳。」

劉氏一張臉漸漸白了，唇險些被咬出血來。

養那個孩子？她如何甘心！她能克制自己不對付那個孩子就不錯了。

「出嫁女是不得分父族家產的，莫非妳甘心等將來老二把家財都留給浩哥兒，浩哥兒轉頭捧給他親娘？妳甘心四丫頭和六丫頭出嫁後，因為浩哥兒與嫡母嫡姊不親近，將來得不到娘家一點助力？」鄧老夫人反問。

劉氏被問得說不出話來，只剩面色慘白地搖頭。

她知道老夫人的話字字珠璣，甚至不是站在婆婆的角度，而是掏心窩子對她好。可是怎麼辦呢，她沒法多看那個孩子一眼，哪怕稚子無辜，可瞧著那孩子與黎光書相似的地方，她就恨得滴出血來。這五年來，她夜夜相思入骨，那個男人卻抱著美妾睡在一張榻上。

鄧老夫人不料劉氏是這般執拗性子，疲憊地揉了揉眼角，語重心長道：「老二媳婦，我年紀大了，那一天早晚要來，到時候一分家，妳的日子還是要過下去的。」

如果可以任性，誰願意受委屈呢？可這個世道對女子就是如此，即便她活著時替兒媳主持公道，可等她兩眼一閉，當大哥的可管不到分家的弟弟寵小妾頭上去。

別說什麼寵妾滅妻是罪，禮教誰都明白，可大宅門一關，只要別做到人神共憤的地步，宅子裡到底怎麼樣外人哪知道呢，後宅的女人們冷暖自知罷了。

「到那時，浩哥兒能不能要過來還兩說，即便要過來，孩子一大可就養不熟了。」

劉氏面色變幻，死死咬著唇，明顯動搖起來。

這時喬昭不解開口：「祖母，為何非要二嬸養浩哥兒呢？二嬸不能自己生一個嗎？」

一九〇 小兒染病

喬昭一開口，鄧老夫人等人便朝她看來。

何氏飛快瞄了劉氏一眼，拉著喬昭道：「昭昭啊，妳還小不懂這些，咱們還是聽妳祖母的啊。」以往她與劉氏雖合不來，但都是些小事兒，可生孩子卻是劉氏的痛處，她可幹不出往人心窩子戳的事來。

喬昭笑了。「娘，我雖小，卻也知道孩子當然是自己親生的好呀。」

鄧老夫人看劉氏一眼，嘆了口氣。「三丫頭想得不錯，道理是這樣的，但事情沒妳想得那麼簡單，等妳長大了就知道了。」

劉氏是個爽利性子，見鄧老夫人與何氏替她遮掩，心中反而窩火，乾脆直言道：「因為二嬸不能生啊，所以這輩子除了妳兩個妹妹，不會再有孩子了。」

說到後面，她不由紅了眼眶。她九死一生產下嬋兒，傷了身子難再有孕，黎光書握著她的手信誓旦旦保證不會在意，現在一想簡直是笑話。

那個男人當然不會在意了，他轉頭就和別人生孩子去了，反正和誰生都是他的孩子！

「誰說的，我看二嬸還可以再生。」喬昭直視著劉氏的眼睛，笑盈盈道。

劉氏一顆心猛然跳起來，下意識看向何氏的肚子。

何氏肚子已經非常明顯了，圓圓滾滾，按著老人們的經驗，應該是個女兒。可是不知為何，她們全都覺得該是個男孩子。

對了，是因為三姑娘！

何氏沒有懷孕前，三姑娘便說要有喜事了，不久後何氏果然懷了孕。後來三姑娘又說，何氏懷著的是弟弟呢——

劉氏越想，一顆心怦怦跳得越急促，到後來竟有些無法呼吸，一把抓住了喬昭的手。「三姑娘，妳說我還可以再生？」

她看著喬昭的眼神彷彿溺水的人抓住了救命稻草，於絕望中猛然迸發出渴望與忐忑。

喬昭頷首，語氣篤定：「二嬸還年輕，當然可以再生。」

「我、我……」劉氏已是語無倫次。

何氏撫著肚子聽著二人的對話，一臉迷惑。

鄧老夫人揮揮手示意屋子裡伺候的人退下去，直接問道：「三丫頭，這裡沒有外人，妳就乾脆告訴祖母，這話究竟是何意？」

喬昭也不再賣關子，淡淡笑道：「二嬸的不孕之症，我可以治。」

「什麼？」鄧老夫人與劉氏同時站了起來，一臉震驚。

儘管她們心中隱隱有所猜測，可聽到喬昭直接說出來，心中掀起的驚濤駭浪還是難以言表。

何氏同樣想站起來，奈何肚子太大，一時沒起來。

「妳就別添亂了。」鄧老夫人無奈掃了大兒媳婦一眼，目光不離喬昭的臉。

「三姑娘，妳說能治我的不孕之症？」劉氏顫抖著手握住喬昭的手，喉嚨緊得有些說不出話來，抖著唇道：「妳、妳莫騙我——」說到最後，已是哽咽難言。

喬昭自是不會計較劉氏的失言，笑道：「二嬸，我什麼時候騙過人呀？」

劉氏緊緊盯著喬昭，眼淚簌簌直落。「對、對，三姑娘不騙人，三姑娘不騙人的……」

「那我先去寫藥方，讓人抓藥。二嬸需要服藥、針灸、藥浴三管齊下，才能好得快，只是有一點要注意……」

「三姑娘妳說。」劉氏語氣急切。

喬昭一臉嚴肅。「治療期間不能同房。」

劉氏一張臉驀地紅了，抓著喬昭的手訥訥不知說什麼好。這種事由小輩提醒，到底太尷尬。

「那我先去寫藥方了。」喬昭輕輕抽出手，往門口走去。

「三姑娘——」劉氏回神，在她背後喊道。

喬昭轉過身來，笑意盈盈。「二嬸還有什麼事？」

「那個……」劉氏遲疑了一下，鼓起勇氣問道：「妳說我會有個兒子嗎？」

喬昭聽了微微一笑，語氣輕柔。「二嬸會心想事成的。」她說完，掀開棉簾子走了出去。廳內一時之間鴉雀無聲。

何氏抱著肚子想了半天，蹦出來一句：「我們昭昭肯定不會亂說的。」

呵呵呵，她要有個兒子了，昭昭要有個弟弟了。

「三丫頭確實不是亂說話的人。」鄧老夫人開了口，神情複雜。

情感上，她願意相信三孫女的話，可理智沒法答應啊。三丫頭與李神醫緣分深，能治好劉氏的不孕之症雖令人震驚，但她還是相信的。可三丫頭現在就說能讓劉氏生個兒子，這——

鄧老夫人只覺太離奇。送子娘娘都不敢說這種話吧？

「我相信三姑娘的話！」劉氏咬了咬唇。

無論從情感還是理智上，她都願意相信三姑娘，反正跟著三姑娘還沒有錯過！

劉氏這麼一想，頓時有種豁然開朗的感覺。只要三姑娘真的讓她生下兒子，她和兩個女兒以後有依靠不說，更不會養狐狸精的孩子日日夜夜添堵了。

「老夫人，我想先讓三姑娘給我治病，別的事以後再說吧。」劉氏委婉道。

老夫人一片好心她心裡明白，可不到走投無路的地步，她不想走那條路。

鄧老夫人笑笑。「能治好，自是最好的。」

這樣的話，將來她還能少操心些，不過一切還要看三丫頭了。

時值中午，青松堂的花廳裡將要擺飯。

從東府回來後收拾妥當的黎光書心思重重。

東府大堂哥的態度有些微妙。儘管大堂哥被降職，可畢竟在京當官多年，那些關係人脈都還在，不定什麼時候就能官復原職了。可這次見面，大堂哥對他的態度似乎過於熱切，這其中定然有什麼他不知道的事兒。

西府的所有主子們都已經在花廳裡落座，在國子監讀書的黎輝，今日本來是今年上學的最後一天，此時也提前下學趕了回來。

黎光書目光緩緩掃過這些久未見面的親人，視線在大姑娘黎皎面上落了落，心中一動。這個侄女年紀不小了，又是東西兩府的嫡長女，莫非是訂了一門好親事，夫家門第高，才讓東府那位大堂哥改了態度？

「兒子數年未歸，家中變化不大，倒是幾個孩子都長大了。大哥，大姑娘應該訂親了吧？」

「還沒呢。」黎光文懶懶道。

「大姑娘不小了啊，還不訂親，後面幾個侄女親事要耽誤了，大哥與大嫂可要抓緊了。」

黎皎聽了臉上火辣辣地難堪，垂頭不語。

黎光文斜了黎光書一眼。「誰說的，我小女兒已經訂親了啊。」

黎光書端著茶盞的手一頓，詫異看了喬昭一眼。

如果他沒記錯，這個侄女還未及笄吧，親事訂得是不是太早了些？而且繞過適齡的長女給次女訂親，總覺得有些蹊蹺。莫非是這個侄女鬧了什麼不好的事，才急著定下來？

黎光書把茶盞放下來，淡淡笑道：「不知給三姑娘許的哪家府上，孩子成親是一輩子的大事，馬虎不得。」

這就是隱隱嘲笑黎光文夫婦對兒女婚事不負責的意思了。

黎光文詫異看他一眼，心道：我閨女跟誰訂親你操什麼閒心，自己小老婆還沒整明白呢！

「三丫頭是與靖安侯府訂的親。」鄧老夫人雖然氣惱黎光書帶了小妾回來，可畢竟是親兒子，生氣是真的，心疼與想念也是真的。

「靖安侯府？」黎光書很吃了一驚，對東府大堂哥的態度有種恍然大悟的感覺。

難怪以往端著架子的大堂哥這次見了他態度如此好，原來是西府攀上了靖安侯府。

大哥只是個小小的翰林修撰，還是那種顯然毫無前途的，究竟怎麼與侯府結的親？黎光書有種茫然的失控感，他很不喜歡這種感覺，連喝幾口茶，才道：「冠軍侯就是出身靖安侯府吧？三姑娘是與冠軍侯的胞弟訂的親嗎？」

他離京太久，對京中各府的關係已經有些記不清了，看來要找時間惡補一下。

「小毛孩子和我閨女怎麼合適？與昭昭訂親的是冠軍侯。」黎光文不耐煩道。

當叔叔的這麼關心侄女親事，簡直莫名其妙。

「冠軍侯？」黎光書音調明顯變了，搖頭笑道：「大哥，你莫要與弟弟開玩笑。」

黎光文板著臉道：「二弟你應該知道，我一直很嚴肅的，從不開玩笑。」

黎光書忍著翻白眼的衝動看向鄧老夫人。

鄧老夫人頷首。「你大哥沒哄你，三丫頭是與冠軍侯訂的親。」

黎光書抬手扶額。他知道了，這一切都是假的，他現在應該還在馬車上，正在做夢呢。

怪不得數年未見的妻子才見面就抓花了他的臉，怪不得明明是親娘卻雷厲風行沒收了他辛苦積攢的兩萬兩銀子，怪不得東府大堂哥對他態度謙和，怪不得——

黎光書暗暗捏了自己大腿一把，突出其來的疼痛令他面色微變，這才清醒過來。

沒做夢，這一切都是真的！

「恭喜大哥了。」黎光書張張嘴，擠出這麼一句話來。

是他急躁了，回頭應該私下裡把府上這幾年的變化摸清楚再說，如今兩眼一抹黑的感覺實在不好受。黎光文直接丟過來一個白眼。「有什麼好恭喜的，我閨女還小呢。」就被別的小子拐走了！不過——

黎光文想了想，笑道：「不過我女婿挺會賺錢的，歲祿兩千石呢，頂咱們幹一輩子的了。」

黎光書險些氣個倒仰。得了便宜賣乖不說，還要順便諷刺他。所以才說是棒槌大哥啊，說月俸八石，就真的再沒別的了！

眼看侍婢們開始上菜，黎光文笑瞇瞇補充道：「我女婿還做得一手好吃極了的青椒肚絲，只這一點我就極滿意，不然這門親事我還要好好斟酌一下。」

黎光書：「……」刀呢？誰給他一把刀！

「咦，老爺什麼時候吃過咱們女婿做的青椒肚絲了？」何氏詫異的聲音響起。

黎光文嘴角笑意一僵。糟了，一不小心說漏嘴了。「考驗，那是考驗。」大老爺一本正經道。

黎光書面上不露聲色，心中氣個半死，一頓飯吃得渾渾噩噩，食不知味。

待到丫鬟們奉上清茗，鄧老夫人抿了一口，這才不緊不慢道：「老二，浩哥兒的事——」

黎光書臉色一變。「娘，浩哥兒年紀太小，又乍然離開了熟悉的環境來到京城，強行把他抱離生母身邊，他會受不住的。」

「年紀小，才適應得快。」鄧老夫人淡淡道。

黎光書忍不住看向劉氏。莫非是他去東府的時候，劉氏對母親說了什麼？他就知道，劉氏說不想養浩哥兒是說給他聽的。劉氏生次女傷了身子，以後再難有孕，怎麼可能不想把浩哥兒抱過來養呢？

劉氏被黎光書的眼神刺痛了，冷笑道：「老爺不必看我，我沒興趣養從別人肚子裡爬出來的孩子。」

黎光書暗暗鬆了口氣。「娘，您看劉氏都這麼說了——」

老太太垂眸喝茶，眼皮也未抬。「嗯，妳媳婦不想養，我知道了。」

黎光書露出個放鬆的笑容，端起茶盞喝了一口，就聽鄧老夫人來了一句：「我養啊。」

噗的一聲，黎光書直接把口中茶水噴了出來。

鄧老夫人皺眉。「老二，你的禮儀規矩呢？」

黎光書掩口咳嗽，好一會兒才緩過來，在小輩們的注視下尷尬道：「娘，您剛剛說什麼，兒子沒聽清。」

「我說現在孫子孫女們都大了，我每天怪無趣的，趁著還硬朗把浩哥兒帶兩年正好。老二，你覺得呢？」

在鄧老夫人沉沉目光逼視下，黎光書只覺一口氣堵在胸口裡無處可發。

「怎麼，我連養個孫子都得求著你了？」鄧老夫人把茶盞放茶几上一放，發出「咚」的一聲響，脆響聲震得人心中一凜。「還是說，你出去幾年，連親娘都不當回事了？」

「兒子不敢。」

「不敢，不敢，我看你嘴上說著不敢，心中敢得很呢。」鄧老夫人臉色越發難看了。小兔崽子還真是翻天了，為了個小妾和親娘叫板，看來是出去太久，忘了拐杖燉肉的滋味。

黎光書實在坐不住了，尷尬地站了起來。「娘您別生氣，兒子去和冰娘說一聲。」

「還要和她商量不成？」鄧老夫人沒好氣問道。

黎光書強笑道：「不是，兒子就是知會她一聲。」

剛剛安頓在錦容苑西跨院裡的冰娘，正輕輕拍打著睡熟的浩哥兒，見黎光書過來，隨他輕手輕腳走到了外間去。面對著如花美妾，黎光書艱難開了口，冰娘聽了久久沉默。

「冰娘，是我對不住妳，我失言了。」

冰娘搖搖頭。「老爺別這麼說，老夫人願意養浩哥兒，是浩哥兒的福氣——」說到這裡，她聲音微哽：「就是能不能讓浩哥兒再陪我睡一晚？」

黎光書轉述了冰娘的請求，鄧老夫人點頭應了。

隔日，浩哥兒被抱到了青松堂，誰知才過了三日就病了。

三歲大的娃娃小臉燒得通紅，躺在床榻上縮著小身子，口中迷迷糊糊地喊著娘。

鄧老夫人守在一邊，臉色難看得厲害。無論嫡出還是庶出，都是她的孫子，到了她這個年紀沒有不疼的。

她打定主意把浩哥兒抱過來養，一是不想讓次子的小妾因為把孩子養在身邊而生出不該有的心思；二則是為了這孩子著想，畢竟等長大後讓人說上一句「小娘養的」太難聽。

她冷眼打量過，浩哥兒生得結實，不像是個體弱的，怎麼就突然發起燒來呢？

「老夫人，大夫過來了。」大丫鬟青筠打斷了鄧老夫人的愣神。

鄧老夫人站了起來。「大夫，孩子怎麼樣？」

大夫把寫好的藥方交給青筠，對老夫人道：「孩子受了風寒，老夫人照方抓藥吧。」

鄧老夫人瞥了一眼藥方，心中不由嘆氣：又是荊防敗毒散，這已經是陸續請來的大夫開的第三張荊防敗毒散了。

「可是孩子服了藥並不見好。」

大夫捋著鬍子搖頭晃腦。「外感風寒，邪瘀於肺胃，想要痊癒總要有個過程。」

等大夫收了診金告辭離去，鄧老夫人摸了摸浩哥兒滾燙的小手，心情頗沉重。

這麼小的孩子，一場風寒說不準就要命的——

鄧老夫人不敢再深想下去。

「老夫人，二老爺過來了。」紅松站在門口通稟。

黎光書帶著一身寒氣走進來，給鄧老夫人請過安後張口便問：「娘，浩哥兒怎麼樣了？」

「還燒著。」

黎光書到屏風後淨了手，走出來坐到浩哥兒身邊，伸手探了探他的額頭，眉頭緊鎖：「怎麼就病了呢？」

聽了這話，鄧老夫人抿了抿唇角。

「娘，要不然讓浩哥兒還是搬回錦容苑與冰娘同住吧。浩哥兒是冰娘一手帶起來的，冰娘知道怎麼照顧他。」

「老二，你的意思是，浩哥兒搬回錦容苑，病就能好了？」

「兒子不是這個意思。」

「那冰娘是大夫？」鄧老夫人沒好氣地問。

「也不是……」黎光書擠出三個字來，心情同樣很糟。

他這個年紀才有這麼一個幼子，還是與最心愛的女人生的，如今看著孩子受罪，心裡哪能好受起來。視線落在浩哥兒通紅的小臉上，黎光書心疼不已，輕輕握了兒子的小手。

「娘，娘——」浩哥兒閉著眼發出喃喃囈語。

黎光書閉了閉眼，看向鄧老夫人。「娘，您看浩哥兒多可憐，孩子生病的時候最想要的就是親娘守在旁邊啊。」

鄧老夫人同樣臉色難看。無論她心中多麼不喜冰娘，孩子畢竟是無辜的。聽著稚子含糊喊娘的聲音，老夫人心中鬆動了，退一步道：「那就喚冰娘過來，暫時留在青松堂照顧浩哥兒。」

黎光書抬腳回了錦容苑，剛剛跨進院門，一眼瞥見劉氏帶著兩個女兒在院子裡悠閒踱步。他腳步一頓，心中生出幾分不滿。

浩哥兒病了，當嫡母的卻不聞不問，真是一點慈心都無，幸虧他不鬆口，母親才沒堅持把浩哥兒抱給劉氏養，要真讓她養著，還不定如何呢。

劉氏同樣看到了黎光書，嘴角動了動，佯作未見往前走去。

黎光書乾脆走了過來。劉氏站著不動，心中只覺悲涼。她想像了無數夫妻重逢的場景，卻絕沒想到是這樣難堪的局面，就連昨晚黎光書雖歇在她院子裡，卻是分房而居。

「浩哥兒病了，妳知不知道？」

「知道呀。」劉氏淡淡道。

黎光書皺眉。「既然知道，為何不去看看？妳是他的嫡母，莫非連這點心都沒有？」

劉氏定定盯著眼前嘴巴開開闔闔的男人，很想脫下繡花鞋塞到他嘴裡去。「老爺現在想起我是浩哥兒的嫡母了？昨天老爺可沒把我當浩哥兒的嫡母看。」

見黎光書擰眉，劉氏淡淡道：「再者說，我不去看，浩哥兒病了老爺還要東想西想呢，我要是日日守著，說不定就要懷疑是我害的了。」當她傻呀，吃飽了撐著去惹一身騷。

「妳怎麼這樣想？」

劉氏微微抬頭。「那我該怎麼想？」

「罷了，我不與妳多費唇舌！」黎光書拂袖而去。

劉氏立在草木蕭瑟的庭院中，一顆心越發冷了。

「娘——」四姑娘黎嫣握緊妹妹的手，擔憂喊道。

劉氏低頭拍拍黎嫣，扯出一抹笑容。「娘沒事。」

她抬眸，看向月門處消失的藏藍色袍角，涼涼道：「嫣兒、嬋兒，妳們記著，出閣後萬萬不能把心思全放在男人身上。當妳覺得離了一個男人活不了時，那就真只剩下死路一條了。」

「女兒知道了。」黎嫣輕聲道。

黎嬋一臉懵懂，跟著點頭。

劉氏拍拍兩個女兒肩頭。「不論如何，要有安身立命的本事，就像——」

說到這裡，劉氏頓了一下，目光投向雅和苑的方向，喃喃道：「就像妳們三姊那樣，便什麼都不怕了。」

黎光書直奔西跨院，帶了冰娘趕往青松堂。

「賤妾給老夫人請安。」

鄧老夫人深深看了冰娘一眼，面無表情道：「起來吧，浩哥兒叫妳呢。」

冰娘忙走到浩哥兒身邊，眼圈驀地紅了。

「娘——」浩哥兒喃喃喊著。

「浩哥兒乖，姨娘在這裡。」冰娘從丫鬟手中接過溫熱的帕子，輕輕替浩哥兒擦手。

鄧老夫人眸光轉深。這冰娘，遠比她想像中還要小心謹慎，自稱起「姨娘」來竟如此自然。

而黎光書聽了這聲「姨娘」，眼底頓時浮現疼惜之色。

「老夫人，三姑娘過來了。」

片刻後喬昭走了進來，行過禮後問道：「祖母，今天浩哥兒好些了嗎？」

鄧老夫人搖搖頭。「還發熱呢，眼睛都睜不開。」

喬昭來到浩哥兒跟前，俯身摸摸他額頭，露出一絲笑意。「好像沒我上次來時摸著熱了。」

「是嗎？」鄧老夫人心裡一鬆，看向浩哥兒。

小小的人兒窩在冰娘懷裡，神情格外安穩。

黎光書不由笑了。「娘，可見兒子說得不錯，孩子就是離了生母不適應呢，您看現在浩哥兒的模樣不是強多了。娘，要不就讓浩哥兒先隨著冰娘住吧，等他大些再說。」

喬昭默默打量著浩哥兒，漸漸蹙眉。

浩哥兒的情況有些蹊蹺。

從脈象和表露出的症狀來看，確實是風寒無疑，可要真的是風寒，哪有說親娘來了就能莫名好轉的道理？風寒從發作到痊癒，前兩日應該是呈逐漸加重的趨勢。

喬昭盯著冰娘母子，若有所思。倘若有冰娘陪著，浩哥兒的病情就能好轉，那最終的結果是什麼？很顯然，浩哥兒會重新回到冰娘身邊。也就是說，浩哥兒在最恰當的時候生病了。

這其中肯定是有問題，而她要做的，就是把這個問題找出來。

「三丫頭？」鄧老夫人喊了一聲。

喬昭回神，笑了笑。「浩哥兒好轉我就放心了。祖母，我想起來還有事，就先回去了。」

「去吧。」

喬昭回了雅和苑，把李神醫留下的一箱子醫書翻了又翻，沒有查到什麼線索，閉目靠在熏籠上仔細回想著這些年來看過的醫書。

時間流逝，眨眼便到了黃昏。

冰綠推了推阿珠。「姑娘是不是睡著了？」

「我去看看。」阿珠拿了一件外衫走過去。

喬昭忽然睜開眼，直起了身子。

「姑娘——」阿珠因吃驚後退半步。

冰綠卻格格笑起來，腳步輕快捧來菱花鏡。「姑娘您瞧啊，您右臉上印了花紋呢。」

喬昭定睛一看，右臉頰上果因為一直靠著熏籠而留下了印痕。

她隨意揉了揉，吩咐冰綠：「去跟晨光說一聲，我要見一下他們將軍。」

冰綠忙去傳話，不久後喬昭便在黎府隔壁的宅子裡與邵明淵見了面。

「想我了？」邵明淵伸手揉了揉喬昭髮頂。少女梳著雙丫髻，秀髮瞬間就被男人的大手揉亂。

喬昭捂著髮髻瞪著邵明淵。「別亂揉。」

誰知男人的大手滑過秀髮，旋即就落到了少女柔嫩的臉頰上。「這是在哪兒貪睡呢？」

喬昭揮開邵明淵搗亂的手，抿了一下唇角。「沒有睡，靠著熏籠想事情，一下子忘了時間。」

邵明淵望著喬昭笑，男人漆黑的眼睛猶如最純淨的黑曜石，盛滿柔光。「原來不是想我，是想事情呢。」

喬昭坐下來，把玩著腰間繫的香囊。「庭泉，我拜託你調查的事，大概何時能有結果？」

「妳說府上新來的那位姨娘？」

喬昭頷首。

「妳叔父任嶺南知府，這個時節水路不暢，只得走旱路，我估計一切順利的話，一去一返也要正月了。」邵明淵說完，輕輕揚眉。「怎麼？莫非府上出了什麼事？」

「倒沒有什麼大事。庭泉，我聽聞泰寧侯府有一座藏書閣，藏書頗豐，是有這回事吧？」

泰寧侯府的藏書閣名「滄海樓」，在京城學子中頗有名氣，不過因為侯府門第高，有機會借書的人寥寥無幾。聽喬昭提起這個，邵明淵微訝，靜靜看著她。

「庭泉，你幫我向朱大哥借幾本書吧。」

「要借什麼書？」邵明淵握著喬昭的手問，心中很是舒服。

憑昭昭與子哲的交情，直接找子哲借書定然沒問題，可昭昭卻願意透過他來借書。看吧，昭昭定然是想他了。這麼一想，某人忍不住傻樂起來。

喬昭可不知道某人又想多了，睇了他一眼道：「有關嶺南的書，我全都想要。」

一聽「嶺南」二字，邵明淵笑意微收，心頭不由一跳。

喬昭站起來。「天快黑了，我不便久留，就先回府了，你若借到了書，就想法子找晨光給我送進來。」

「這就走了？」邵明淵看著喬昭，只覺怎麼都看不夠。

昭昭已經是他名正言順的未婚妻，他爭取再學幾道好菜把岳父大人哄開心，說不定岳父大人一高興就把昭昭早點嫁給他了。

「不走幹什麼？」喬昭白了某人一眼，臉莫名就熱了一下。

邵明淵拉住喬昭的手，溫聲道：「留下來，我給妳做菜吃。」

喬昭下意識往外抽手，抽不動乾脆隨他去了，垂眸道：「改天吧。」

邵明淵鬆開喬昭的手，湊在她耳邊道：「等一等。」

見男人邁著大長腿往內走去，喬昭笑了笑。

邵明淵很快返回來，手裡多出個細長的精緻盒子。

「這是什麼？」

「打開看看不就知道了。」

喬昭把盒子打開，裡面躺著一支白玉釵，與尋常那些或是雕花或是刻鳳的釵環不同，這支玉釵的釵頭是一對憨態可掬的小兔子。

「我親手打磨的，手藝還不錯吧？」邵明淵笑問。

喬昭摸著打磨光潤的兩隻小兔，抬眸看他。

男人低下頭來，執起她的手。「兩隻小兔子，咱們兩個。」

喬昭眼眶驀地就紅了。如果她還是原本的喬昭，她與邵明淵都是屬兔的。他們兩個確實是兩隻小兔子，年齡相仿，親密無間。

「感動哭了？」邵明淵低笑問她。

喬昭白他一眼。「不要自作多情，我現在不屬兔。」

邵明淵微微一笑。「妳看看盒子下層。」

喬昭這才發現盒子內的細絨紅布下還有一層，掀開來還是一支釵，不過這支釵是翠玉的，釵頭是一頭小豬。

見少女拿起碧釵發怔，邵明淵邀功道：「我記得呢，妳現在屬豬。」

嘿嘿，還是他考慮周全，做了兩手準備。

「所以你準備讓我頭上頂著一隻豬過年嗎？」

人家大姑娘都戴釵頭鳳，她戴釵頭豬，這畫面真有些不敢想像。這個大傻子！

邵明淵撓撓頭。「我看花草鳥獸都差不多啊。」

喬昭抿了抿唇角。好吧，她不該與男人討論首飾的問題。

「多謝了，你手藝挺好的。」不管怎麼說，喬昭心頭卻是暖的，把兩支釵子細包好收起來。

「昭昭——」邵明淵拉了拉喬昭衣袖，語氣帶著幾分撒嬌。「妳有沒有給我準備禮物？」

喬昭怔了怔，睇他一眼。「還沒過年呢。」

「可我想要妳準備的禮物了。」

「你想要什麼？」

「我佩戴的荷包壞了，給我縫個荷包吧，不用繡什麼花在上面，簡簡單單就好。」

嗯，簡單點不會讓昭昭太累。

喬昭：「……」親手做荷包？她情願戴著釵頭豬過年好了！

一九一　母子連心

喬昭回到府中，待華燈初上，冰綠抱著一個頗大的籐箱，搖搖晃晃走了進來。

見小丫鬟費力的模樣，喬昭笑道：「怎麼不找人幫忙？」

她還真沒想到泰寧侯府有關嶺南的藏書會如此之多。

冰綠把藤箱往地上一放，擦了一把額頭，笑嘻嘻道：「姑娘要的都是頂重要的物件，怎麼能讓別人摻和呢？」說到這，冰綠掃了阿珠一眼，得意挺胸。瞧見沒，關鍵時刻姑娘依仗的還是她，她才是姑娘身邊當之無愧的大丫鬟。

阿珠溫柔笑笑，她不和力氣大的人爭寵。她拿乾淨抹布把籐箱細細擦了一遍，抬頭問道：「姑娘，現在打開嗎？」

喬昭頷首。「打開吧。」

阿珠打開籐箱，露出滿滿一箱書冊。

「好多書啊！姑娘，這些都是您要看的嗎？」冰綠看向喬昭的眼睛裡滿是崇拜。

「行了，妳們下去歇著吧，今晚不用值夜了。」

「姑娘，婢子還是留下吧，您看書久了會口渴的。」阿珠道。

喬昭想了想點頭。「那好，阿珠留下吧。」

阿珠走到桌案旁又點燃一盞燈，室內頓時更加亮堂起來。喬昭拿起箱子裡放在最上面的書開始翻閱。時間如沙漏一點點流逝，倚在榻上的少女卻彷彿不知疲倦般專注看書。

桌案上的燭臺已經換過新蠟，阿珠捧著一盞蜜水遞給喬昭。「姑娘，您先喝口水吧。」

喬昭接過來喝下。阿珠忍不忍道：「姑娘，書就在這裡，何必急於一時呢，熬夜傷身。」

喬昭聞言笑了。「書不急，我急呀。」

祖母想要親自教養浩哥兒，對整個西府的將來都是件好事，可偏偏才把浩哥兒抱來人就病了，這無異當頭給了祖母一悶棍，老人家心裡定然不好受。

再者說，稚子無辜，浩哥兒小小年紀就生病同樣遭罪，能早些好起來亦是她樂見的。

當然還有一個原因，她對浩哥兒明明表現出風寒的症狀又透著古怪而生出了好奇心。她好歹是神醫傳人，竟不能確定浩哥兒狀況，還真讓人不甘心。

有了！喬昭盯著書上一行字突然一頓，下意識坐直了身子。

竟然是這樣嗎？纖細的手指輕輕掠過泛黃的古書上一個個蠅頭小字，少女眉頭緊蹙。

天漸漸亮了。

喬昭放下書冊，聲音微啞地吩咐阿珠：「把這些書整理一下吧，仔細別弄壞了，回頭讓冰綠帶給晨光。我先睡一下，記得和太太還有老夫人那邊都說一聲，晚點我再去請安。」

青松堂裡，鄧老夫人一夜沒睡踏實。

本來小兒子帶著禍水般的小妾回來就把老太太氣個夠嗆，結果才剛抱到身邊養的孫子又病了，上了年紀的人淺眠多思，能睡好才是怪了。

「老夫人，冰姨娘來給您請安。」大丫鬟青筠道。

「讓她進來。」昨晚冰娘留在了青松堂照顧浩哥兒，鄧老夫人看了一下時間，心道這人規矩上倒是一點差錯沒有，讓人想挑剔都挑剔不出什麼來。

「浩哥兒怎麼樣了？」看著低眉垂目的冰娘，鄧老夫人問道。

「賤妾摸著浩哥兒沒有那麼熱了。」

青筠附在鄧老夫人耳邊小聲道：「昨夜冰姨娘一直沒睡，時不時給小公子擦身。」

鄧老夫人視線重新落回冰娘身上，淡淡道：「辛苦了。」

「能照顧浩哥兒是賤妾的福氣，哪裡會辛苦呢。」冰娘柔聲道。

鄧老夫人忍不住嘆息了。這個冰娘不簡單，若不是有著先入為主的印象，恐怕她很難對這樣一個如水的女子生出惡感。

「妳照顧了浩哥兒一夜，回去歇著吧。」

冰娘一句爭取的話都未說，對鄧老夫人福了福身子，躬身退下。

誰知到了晌午，浩哥兒又發起熱來。此時衙門封印、學堂停課，主子們都在府中，陸續前來青松堂探望浩哥兒。

黎光書臉色已是難看得厲害。「娘，兒子說過了，您想養著浩哥兒沒問題，好歹等浩哥兒再長兩歲。現在孩子太小了，離不開親娘。」

「老二，你這是在責怪我害浩哥兒生了病？」鄧老夫人臉色同樣好看不到哪裡去。

黎光書跺腳。「娘，兒子沒有這個意思，只是浩哥兒和別的孩子不一樣，他是在嶺南生的，初來京城水土不服也是有的，再和生母分離，難免就會病了。」

鄧老夫人緊繃著臉不說話。

「娘，昨天冰娘陪了浩哥兒一夜，浩哥兒不是就好多了嗎？」

鄧老夫人眸光微閃，依然沒有開口。黎光書看在眼裡，卻清楚老太太這是有幾分鬆動了，忙接道：「實在不行就讓冰娘先留在青松堂，等浩哥兒病好再讓她回錦容苑，您看這樣行嗎？」

冰娘低眉順眼立在角落裡，聽了黎光書的話面上柔順依舊，看不出半點反應。

制止了丫鬟傳話的喬昭立在窗外暗暗想：這樣柔順可人的女子，哪怕祖母一開始不喜，朝夕相處幾日下來也會慢慢改觀吧？

喬昭視線落在冰娘身上。女子柔美驚人，悄悄立在角落裡宛若一株盛開的水蓮。

少女嘴角溢出一絲冷笑。這個女子真是打得一手好算盤，弄了這麼一齣，要不就讓浩哥兒重新回到她身邊，要不就讓祖母對她改觀，無論哪個結果都不會吃虧。

「娘……」見鄧老夫人面色變幻，黎光書喊了一聲。

「好吧，那就——」

「等一等。」喬昭走進來，打斷了鄧老夫人的話。

老夫人見喬昭進來，緊繃神情下意識鬆了兩分。「丫鬟說妳昨夜沒睡好，怎麼不多睡會兒？」

喬昭看了冰娘一眼，微微一笑。「惦記著浩哥兒的病，睡不著了。」

一提到浩哥兒，鄧老夫人神色又暗了下來。

她原是一心為一家人打算，浩哥兒這一病還真是騎虎難下，臉面無光。

「祖母，您可不能讓浩哥兒回錦容苑去。」喬昭直接道。

鄧老夫人一怔，廳內其他人更是吃了一驚。

黎光書看著喬昭，神情不快。「三姑娘，妳還小，大人們的事就不要管了。」

這個侄女若不是冠軍侯的未婚妻，哪還要這般哄著，他早就替大哥好好教訓一下了。

「你不要說話！」鄧老夫人威嚴的聲音響起。

黎光書點頭。老母親終於稍微恢復正常了，在長輩面前，什麼時候小輩也能這麼放肆了。

鄧老夫人斜睨了黎光書一眼，冷冷道：「點什麼頭，我說的是你。」

黎光書：「……」他已經可以肯定了，他就是大風颳來的！

「三丫頭，妳為何這麼說？」鄧老夫人收回視線看向喬昭。她早就知道這個孫女心有錦繡，自是不會把她說的話當成小孩子的胡言亂語。

「因為浩哥兒變成這樣，就是冰娘的緣故呀。」喬昭輕飄飄一句話讓在座全都變了臉色。

「大哥大嫂，你們就是這樣管教孩子的嗎？已經訂了親的姑娘，怎麼能胡亂說話？」黎光書臉色鐵青質問道。

「我們昭昭從不亂說話，倒是二弟，話還沒問清楚呢就亂冤枉人，這樣可不好。」何氏一甩帕子道。

「大嫂——」

鄧老夫人咳嗽一聲。「老二，說了你不要說話，把你大嫂氣得動了胎氣怎麼辦？」

黎光書氣得手抖。一個小輩往他愛妾身上潑髒水，他還不能說話了！

他說句話就能讓大嫂動了胎氣？乾脆講他說句話大嫂就能懷孕好了。虧他在嶺南時長袖善舞，也算是頗有城府的一號人物，可回家後他只想抓狂！

喬昭直接走向角落，在冰娘面前停下來。

「三姑娘。」彷彿沒有聽見喬昭先前說過的話般，冰娘客氣地打著招呼。

她的手腕卻忽然被喬昭握住了。

「三姑娘？」冰娘沒有掙扎，美眸含著驚詫看著喬昭。

黎光書面沉如水。「娘，您就看著一個小輩這般胡鬧嗎？」

鄧老夫人皺眉。「老二，你擋著我視線了。」

三丫頭都能治好長春伯府那個傻子，如果說發現冰娘有什麼不妥之處，也沒什麼稀奇的。

黎光書聞言嘴唇顫抖，差點把一口老血吐出來。

「冰綠，扶穩了冰姨娘。」

「噯！」冰綠響亮應了一聲，小碎步跑到冰娘身邊直接把人架住。

喬昭從荷包裡摸出根明晃晃的銀針。冰娘咬唇。「三姑娘要對賤妾做什麼？」

「我不是對冰姨娘做什麼，我是替浩哥兒治病呀。」喬昭說著把冰娘的手往眼前一拉，銀針落了下去。

「住手！」黎光書再也忍不住，大步流星走了過去，拉住冰娘另一隻手腕往懷裡拽。

他用力拽了拽，沒拽動。

冰綠得意揚起下巴。「二老爺，您就別白費力氣啦，您的力氣可沒婢子大！」

黎光書又氣又尷尬，臉漲得通紅。家裡到底都是些什麼亂七八糟的人啊，他要回嶺南！

「老爺——」冰娘柔柔喚了一聲。

喬昭毫不遲疑，銀針精準刺破了冰娘的左手食指指腹。

冰娘終於掙扎起來，形容卻絲毫不顯狼狽。「三姑娘，您要替浩哥兒治病，為何刺破賤妾的手指？十指連心，賤妾雖身分低微，卻也知道痛的……」

冰娘低泣起來。滿屋子的人除了烏雲密布的二老爺黎光書，竟全都目不轉睛看著，目光好奇，連丫鬟們亦是如此，卻無人對喬昭的行為露出半點驚恐，彷彿三姑娘做什麼都不出格。

冰娘哭聲微頓，含淚看向黎光書，眼神帶著祈求與恐懼。

黎光書一顆心都被愛妾這一眼給看得揪了起來，抬腳便向冰綠踹去。他不能把侄女怎麼樣，還不能收拾一個小丫鬟嗎？

冰綠手疾眼快，架著冰娘往旁邊一躲，順勢抬腳往黎光書膝窩踹了過去。撲通一聲響，黎二老爺摔了個狗吃屎。

冰綠一臉緊張。「二老爺，對不住，對不住，婢子純粹是下意識的。忘了告訴您了，婢子可是跟冠軍侯身邊的親衛練過的，誰讓您對婢子出手呢——」

哎呀，她踹了府上主子，不會挨板子吧？小丫鬟琢磨著，悄悄看向自家姑娘。

喬昭不著痕跡點了點頭。冰綠鬆了口氣。還好還好，只要姑娘不反對，她就什麼都不怕了。

趁著眾人注意力都被摔在地上的黎二老爺吸引過去，喬昭又從隨身荷包裡摸出一個精緻小巧的香球，手上一捻，香球蓋移動露出一個小孔，一股奇異香氣從小孔中飄散出來。

喬昭捏著香球，湊向冰娘冒出血珠的食指。

冰娘終於臉色大變，劇烈掙扎起來。「老爺，老爺——」她並沒有說什麼失態的話，一聲聲老爺卻讓被喊的人肝腸寸斷。黎光書忙爬了起來。

喬昭聲音平靜道：「打暈她！」

冰綠手起刀落，把剛爬起來還沒站穩的黎光書劈暈了。眼看著黎光書栽倒下去，連冰娘一時之間也忘了掙扎。

喬昭嘴角一抽，無奈道：「錯了。」她指了指冰娘。

「喔！」冰綠恍然大悟，趕緊給冰娘補了一下。

屋內一下子安靜了。

鄧老夫人扶額。「昭昭，到底什麼情況？」雖說她相信孫女不是亂來的人，可眼前場景還是太荒唐了些。

「祖母莫急，我先把二叔喚醒。」有些事情，還是讓人親眼看著才好。

一針下去，黎光書睜開眼睛。

「妳把冰娘怎麼樣了？」一見冰娘軟倒在冰綠懷裡，黎光書立刻問道。

「二叔不想知道浩哥兒的病與冰娘有什麼連繫嗎？」喬昭淡淡問。

少女神色平靜，語氣平淡，襯得黎光書充滿怒氣的質問很是尷尬。

「我不知道妳到底在說什麼。」

少女微微一笑。「二叔不知道不要緊，看著就是了。」

香球露出的小孔湊近冰娘帶血的食指，眾人莫名覺得室內的香氣越發濃郁了。

鄧老夫人似是想到了什麼，神情漸漸難看。

約莫一盞茶的工夫過後，眾人高度集中的注意力將要分散之際，冰娘食指上的血珠突然動了起來，彷彿有了生命般。

這是什麼？眾人下意識揉揉眼睛。

那蠕動的血珠突然飛射到地上。早就得了吩咐的阿珠眼疾手快，用準備好的罩子罩了上去。

「那是什麼？」鄧老夫人聲音發抖。

喬昭神色平靜解釋：「母子連心蠱。」

她看向黎光書，淡淡問：「二叔知道了吧？」

「母子連心蠱？」黎光書面色微變，惱怒從眼底一閃而逝。

喬昭看在眼裡，心念一動。

瞧二叔的樣子，竟不像太震驚的樣子，是太沉得住氣還是另有隱情？

「祖母，這母子連心蠱，母蠱在母親體內，子蠱在子女體內，這樣一來，母親的情緒變化便能影響子女的身體狀況。」

鄧老夫人面罩寒霜，一字一頓道：「也就是說，浩哥兒一來到青松堂就病了，是因為母子連心蠱的原因？」

喬昭頷首。

鄧老夫人一拍桌子。「怪不得冰娘一來浩哥兒就能好轉，一離開就病情反復，原來如此，原來如此！紅松，給我把冰娘弄醒！」

能在鄧老夫人身邊伺候的大丫鬟俱是心思靈慧之人，紅松對鄧老夫人一個「弄」字立刻心領神會，走過去一個耳光下去，冰娘猛然睜開了眼睛。

紅松略一欠身。「冰姨娘，婢子得罪了。」

這個邪門的姨娘可把老夫人給氣著了，只可惜她力氣小，打得太輕了。

黎光書欲言又止。鄧老夫人雙眼如刀落在冰娘身上。冰娘默默跪下，面上猶帶著疑惑。

「冰娘，我們親眼瞧著從妳指腹中爬出了母子連心蠱，妳現在還有什麼話說？」

「母子連心蠱？」冰娘怔怔念著這幾個字。

鄧老夫人冷笑。「怎麼，現在妳還要否認不成？妳好歹毒的心思，為了不讓我養著浩哥兒，竟對自己的孩子都能下蠱！」

「不是這樣的，您誤會了——」

「誤會？這麼多人親眼瞧見還是誤會？」鄧老夫人已懶得與冰娘多說，看向黎光書。「老二，我們府上全都是老實本分的人，不敢留下這樣的妖女。我做主把她打發了，你可有意見？」

「我——」

冰娘猛然磕了一個頭。「老爺，您知道的，賤妾不是這樣狠心的人。這母子連心蠱是浩哥兒出生後就下了，這種事在嶺南本就盛行啊……」

黎光書忙解釋道：「娘，嶺南生活條件惡劣，小兒難以養大，確實盛行對初生小兒下此蠱。」

「這是什麼道理？」鄧老夫人聽著，只覺荒唐無比。

「一旦下了母子連心蠱，母親對小兒的情緒與身體變化就很敏感，這樣一來，哪怕小兒不會說話，當娘的也能及時察覺孩子是否不舒服。這母子連心蠱等孩子長到五歲便自動死亡，不會對孩子造成半點影響。」

「你倒是清楚。」

黎光書垂眸。「兒子畢竟在嶺南待了多年。」

「這麼說來，冰娘不僅沒有錯，還是為了浩哥兒好了？」

黎光書沒吭聲，卻也算是默認了鄧老夫人的話。

鄧老夫人掄起拐杖給了黎光書一下，冷笑道：「既然如此，冰娘為何不早點說？如果不是三姑娘發現浩哥兒並非生病，而是中了蠱，她是想打著我的臉把浩哥兒抱回去，還是賴在我這青松堂不走了？」

黎光書忍著疼沒有躲避。「娘，冰娘不是擔心您接受不了嘛，怕嚇著您——」

鄧老夫人冷笑打斷了黎光書的話。「謝謝你們替我操這麼多心，只可惜老婆子不是嚇大的。不過有一點你們料對了，我不管冰娘是出於好心還是歹意，我無法接受一個會玩蠱蟲的人留在黎家，鬧得家無寧日。」

「老夫人，您誤會了，賤婢並不懂蠱，母子連心蠱是花錢請別人給下的。」

鄧老夫人不耐煩抬抬眼皮。「妳說不懂我就信啊？」

見老太太堅持要把冰娘趕出去，黎光書頭大如斗。「娘，冰娘畢竟是浩哥兒的生母，且是千里迢迢從嶺南隨兒子過來的。您趕她走，不是逼死她嗎？」

「逼死她？我看是你不捨得吧？」鄧老夫人氣不過，舉起拐杖又給了小兒子一下。「她不是勞什子縣丞之女嗎，又不是無家可歸，我也不是那等狠心要把她賣到見不得人的地方去，我用自己的私房錢當盤纏送她回嶺南！」

黎光書撲通一聲跪下來，懇求道：「娘，您就讓冰娘留下來吧，以後讓她留在錦容苑的西跨院裡不許出門，還不行嗎？」

看著執迷不悟的兒子，鄧老夫人心涼了一半，冷冷道：「要嘛你答應把她送走，要嘛我今天就去都察院喝茶，問問那些御史們，寵妾滅妻、不孝親娘，他們還管不管了？」

「娘！」黎光書瞠目結舌。這真的是親娘嗎？為了這麼點事竟要毀兒子前程？放眼整個京城，偏疼小妾的男人多如繁星，沒聽說哪個親娘因為這個把兒子給告了啊。

就在這時，女子輕柔的聲音響起：「老爺，您送賤妾走吧。只是看在浩哥兒的份上不要把賤妾扔在京城，您就派幾個人送賤妾回嶺南吧。賤妾早就說過，那裡才是我的家……」

「冰娘……」

冰娘重重磕了一個頭，久久沒有起身。「老爺別再說了，因為賤妾讓您成了不孝之人，那賤妾死不足惜，求您答應吧。」

黎光書沉默許久，嘆道：「好，我答應妳。」

鄧老夫人心中鬆了口氣。不到萬不得已，她當然不願意壞了兒子前程。只是冰娘這個女人，無論有什麼天花亂墜的理由，她就認定一個念頭——留不得！

「娘，您別生氣了，兒子願意把冰娘送走。只是眼下就快過年了，天寒地凍，等一開春兒子就送她走，行嗎？」

鄧老夫人沉默，從黎光書眼中看出懇求與堅決。

「娘，就讓冰娘與浩哥兒在同一個宅子裡過最後一個年吧。我保證不讓冰娘踏出錦容苑的院門一步。」

鄧老夫人長嘆一聲。「好。記著你說的話，一開春立刻把人送走。」

「多謝娘。」黎光書鬆了口氣。

鄧老夫人繃著臉掃了冰娘一眼。「還有，冰娘屋子裡不許放任何從嶺南帶回來的東西，誰知道會不會還帶了些亂七八糟的東西。」

叮囑完，鄧老夫人擺擺手示意眾人都散了，抱著手爐只覺心神俱疲。

走出青松堂的院門，劉氏叫住了喬昭，鄭重道：「三姑娘，二嬸向妳道謝了。」

「二嬸客氣什麼，我只是把自己的發現說出來而已。」

劉氏抓住喬昭的手。「三姑娘的好，二嬸記在心裡了。」

回到錦容苑後，劉氏把房門一關，痛痛快快笑出了聲。

「娘，您怎麼還笑呢？」六姑娘黎嬋不解地拉了拉劉氏衣袖。

劉氏眉眼含笑。「娘為什麼不笑？」

「那個冰姨娘做了這麼噁心的事，父親依然維護她，可見父親——」四姑娘黎嫣碰了碰黎嬋，黎嬋咬唇不再往下說。

劉氏噗嗤笑了。「可見妳們父親把她當心肝寶貝是吧？嫣兒，妳妹妹這麼想，妳是不是也這麼想的？」

黎嫣垂眸。「女兒也替您不值。」

印象中天人般的父親，如巍峨高山的父親，現在為何看著如此陌生呢？

劉氏抿了下唇。「傻丫頭，妳們還想著等冰娘一走，妳們父親對她至死不渝不成？對男人來說，千里外的佳人還趕不上眼前一塊肉骨頭呢。只要能弄走那狐狸精，娘就安心了。」

經此一遭，她已經對那個男人不再奢望什麼情愛了，但她還想有兒子養老，還想兩個女兒安安穩穩嫁人。不管黎光書心裡是否惦記冰娘一輩子，她都不在意，只要那個禍害不留在黎家，她就謝天謝地了。

「以後啊，要多聽妳們三姊的話，多跟妳們三姊走動，知道了嗎？」

這一次，黎嫣與黎嬋都認真點頭。

劉氏望著窗外牆角的臘梅笑了笑。「只要妳們都好好的，就是娘的福氣了。」

她的手悄悄落下，放到小腹上，心馳神往：這裡面，在不遠的將來，真的會如三姑娘所說，孕育出一個兒子嗎？

而錦容苑的西跨院中，散發著同樣的臘梅香。

黎光書關上房門，面色沉下來。「冰娘，替浩哥兒下蠱，究竟是什麼時候的事？」

冰娘輕輕咬唇。「剛來的那一晚。」

黎光書閉了閉眼。「我就知道！」

他又不是傻子，雖當著老夫人等人的面替冰娘圓謊，但內情如何心裡怎會一點數都沒有？或許，唯一值得安慰的是，冰娘至少對他說了實話。

「老爺——」冰娘握住黎光書的手，眼淚簌簌而落。「母子連心蠱是離開嶺南前我找人買下的。我真的是怕呀，京城的生活對我來說太遙遠了，簡直無法想像。老夫人與夫人是否仁慈，京城的飲食浩哥兒是否適應，公子姑娘們是否好相處……」冰娘含淚看著黎光書。「這一切都讓我夜不能寐，輾轉反側，唯恐浩哥兒出了什麼閃失——」

「可妳這樣，老夫人容不得了。」

冰娘嬌軀一顫，投入黎光書懷中，抬起霧濛濛的眸子望著他的眼。「老爺，您別說了，是我命不好，不然嶺南才有的蠱怎麼會被察覺呢？不管怎麼說，能陪著您幾年還生了浩哥兒，已經是我這輩子最幸福的時光了。」她說著踮起腳尖，在黎光書唇邊落下一吻。「以後忘了我吧，您把浩哥兒照顧好，我會在嶺南替您祈福一輩子的。」

「冰娘……」黎光書把懷中嬌軀緊緊一箍，低頭回吻。

一時之間芙蓉帳暖，滿室生香，院子牆角的梅花迎風顫了顫，冷香無聲。

❧

雅和苑的西跨院中，熱鬧一片。

「姑娘，您不知道呀，我把二老爺一腳踹倒，心裡還嚇了一大跳呢。」冰綠拍著胸脯道。

「妳也有怕的時候？」喬昭抿唇笑。

「當然怕呀，二老爺是主子嘛，婢子萬一連累姑娘怎麼辦呢？」

喬昭笑笑。「二老爺是個理智的人，不會與妳一個小丫鬟計較的。」

如果是她父親，真有可能好好教訓一下惹怒他的小丫鬟，可是這位才進家門，連衣裳都顧不得換就去東府請安的二叔怎麼會呢？她畢竟是冠軍侯的未婚妻了。

「去拿針線笸來，我要做繡活。」喬昭吩咐阿珠。

阿珠一言不發去拿針線笸，冰綠卻托著腮擔心不已。「姑娘啊，您當心扎著手。」

姑娘哪幹過這個呀，一開始荷包上的鴨子眼睛還說自己繡，繡了一隻眼就丟給阿珠了，連她都看出來了，那哪是鴨子眼呀，死魚眼都比姑娘繡得靈活些。

她們姑娘呀，千好萬好，只女紅一項還不如她呢。

喬昭可不知道自己被小丫鬟鄙視了，認認真真挑選起布料，選了一塊竹青色帶雲紋的好料子，舉著剪刀開始裁剪。

「姑娘，當心戳了手。」阿珠不放心叮囑道。

冰綠如臨大敵。「姑娘，剪歪了，剪歪了！」

喬昭無奈把剪刀往籮筐裡一放，抬手指指門口。「妳們兩個給我出去！」

還讓不讓人好好給未婚夫做個荷包了！

兩個丫鬟被自家姑娘趕了出去，站在門口面面相覷。

「姑娘挑的布料是竹青色的，是不是給姑爺做的啊？」冰綠壓低聲音問。

阿珠抿唇笑笑。「這還用問嗎？」

除了未來姑爺，誰能讓她們連鴨子眼睛都繡不好的姑娘拿針線啊。

冰綠發愁嘆了口氣。「要是這樣，妳還真不能代勞了，畢竟是姑爺隨身佩戴之物呢，還是姑娘親手做的才好。」

「是呀。」「唉——」冰綠又嘆了口氣。阿珠不解看著她。

冰綠愁眉苦臉道：「阿珠，妳說姑爺要是收到了姑娘做的荷包，想悔婚可怎麼辦啊！」

阿珠輕輕點頭。「有道理，回頭我用同樣的料子再做個荷包吧，或許姑娘需要救急呢。」

屋內喬昭聽到，抽了抽嘴角。她的女紅真被嫌棄到這個地步了嗎？

⸙

眼看著就到了臘月二十八，黎府上下越發忙碌起來。

喬昭終於忙完了，悄悄知會晨光給邵明淵遞了信。二人約會很方便，還是黎家隔壁。這天下了雪，喬昭先來了，站在庭院中等著。

腳步聲傳來，未等回頭，喬昭便被身後的大手擁住了。

「怎麼不進屋等？」

「雪不大，外頭敞亮。」

二人一起進了屋，邵明淵捉住喬昭的手替她搓了搓。「讓妳等久了。」

喬昭抽回手，從袖中摸出竹青色的荷包遞過去。「喏，做好了。」

邵明淵忙接過來，拿著還帶有少女體溫的荷包笑了。「還用袋子裝著啊，我看看什麼樣的。」

袋子？喬昭嘴角笑意頓時收了起來。這人眼瞎嗎？她雖然手藝不好，但這分明就是個荷包！

邵明淵嘴角含笑打開荷包，發現裡面空無一物，困惑地翻了翻，迎上喬姑娘沉沉的表情，忽然明白過來。

「呃，這荷包真不錯，款式樸實大方，很合我的心意。」

大意了！他以前的荷包都是親衛採買的，他也沒仔細留意過，只記得個個精緻，全用小袋子裝著……把未來媳婦親手縫製的荷包認成袋子，他要完蛋了！

「很合你的心意？」喬昭挑了挑眉。

邵明淵乾笑著把荷包往腰間掛。「當然了，我就喜歡這種簡單的款式，那些花里胡俏的荷包哪是男人戴的！」奇怪了，昭昭一直佩戴的荷包明明不是這樣的，上面繡的小鴨子可愛極了……

喬昭伸手把荷包奪過去，嗔道：「快別把袋子掛你身上，讓人笑話呢。」

邵明淵一把抱住她，求饒道：「昭昭，我錯了，誰還沒個眼拙的時候呢。」

「邵明淵，你閉嘴！」

某人眨眨眼。糟了，好像越描越黑了。

「昭昭，想知道貞娘姊妹如何了嗎？」邵明淵果斷轉移了話題。

喬昭頓時忘了追究荷包的事，問起貞娘姊妹的情況來。

自從邢舞陽一案了結，邢御史直接由原本的監察御史一躍升為僉都御史，連升數級令朝廷上下矚目，而他的兩個女兒則被送回了族中居住。

有邢御史要逼死兩個女兒的事情在先，喬昭對貞娘姊妹後來的處境頗為擔憂。

「貞娘姊妹回到族中，族長等人以她們姊妹二人失貞為由要把她們送入家廟，貞娘抱著皇上御賜的玉如意直接讓他們打消了念頭。現在二人另辟了住處，讀書撫琴，日子倒是挺自在。」

喬昭露出真切笑意來。「那就好，關鍵還是她們自己願意立起來。」如果自己先認了命，覺得沒了貞潔就該進家廟，那多少個玉如意都救不了她們。

喬昭擔心的貞娘姊妹二人隨了邢御史的迂腐，沒想到貞娘倒是令她刮目相看了。

見喬昭笑了，邵明淵抓起她的手。少女十指纖纖，指腹上卻有不少針扎的傷口。

他眼神一緊，低頭親了親她的手指，心疼道：「是我不好，不知道妳不會女紅。」

喬昭攏了攏手指，淡淡道：「不會可以學的。」

誰說她不會，這個袋子……呃，不對，這個荷包不就是她做的嗎？這傻子真不會哄女孩子！

邵明淵抱著喬昭坐下來，凝視著她的眼睛認真道：「尺有所短，寸有所長。傻丫頭，不要強迫自己去做不擅長的事，像荷包這些小玩意兒，我完全可以用買的，或者讓針線房來做。」

嗯，等昭昭嫁過來，是要弄個像樣的針線房了。

誰知他說了這話，卻得了懷中人一個白眼。「荷包可以讓針線房來做，那你的小衣將來也讓她們做嗎？」

邵明淵一怔，而後雙耳漸漸紅了。以往他倒是沒想過這個問題，可聽昭昭這麼一說，立刻覺得不對勁起來，彷彿此時穿著的小衣能咬人似的，讓他渾身不自在。

喬昭垂了眼簾，長而濃密的睫毛遮住了眼中羞澀。「以前你穿什麼我不管，等以後……那些貼身的東西當然不好讓別人做的……哎，你幹什麼——」

後面的話消散在男人落下的親吻中。

「邵明淵……說了別胡鬧的……」喬昭的話斷斷續續。

邵明淵猛然放開她，雙目灼灼，一顆心好似被熱流一遍遍擊中。

只有妻子才會計較丈夫的貼身衣物出自其他女人之手，而這種有人替他打理一切的感覺真的很好，讓他第一次知道什麼是家的感覺。

「昭昭，那以後我的小衣都由妳來做吧。」邵明淵蹭了蹭喬昭的秀髮，想到那只荷包，語氣一頓，忙補充道，「妳可以慢慢做，不急的。」

他心疼昭昭做女紅付出的辛苦，可又貪心想要她親手縫製的貼身衣物。

喬昭抿唇笑了。「一個荷包就讓你對我這麼沒信心了？你放心，我繡花雖不成，簡單裁剪還是沒問題的。再說，這世上只有不願學的事，哪有學不會的事？」

她回去就和阿珠學怎麼做小衣！不過也不知道他的尺寸——

喬姑娘下意識往下瞄了瞄。這一刻，或許二人心有靈犀，邵明淵竟頓時領會了喬昭在想什麼。要做衣裳就要量尺寸，明明是再正常不過的事，可昭昭要給他做的是小衣，那豈不是——

邵將軍一張臉頓時紅成了煮熟的蝦子。

他這一臉紅，喬昭也跟著尷尬起來，伸手擰了他一下，嗔道：「你在胡想些什麼？」

「我沒胡想。」邵明淵一把抓住喬昭的手，見她小鹿般純淨的眸子望著他，慌忙站了起來，脫口道：「要不妳量量？」

量量……

喬昭目光下移。男人穿著修身玄衣，襯得雙腿越發筆挺頎長，雖站立著不動，依然能透過衣褲感受到那種緊繃的力量。再往上，便是白玉腰帶束出的蜂腰，還有結實的臀部……

喬昭觸電般移開視線，一顆心撲通撲通急跳起來。剛剛明明談著貞娘姊妹那樣嚴肅的話題，後來是怎麼歪到別的地方去的？

一時間二人沉默無聲，曖昧氣氛卻如看不見的火花，一點一點引燃兩個年輕人周身的熱度。

「昭昭，我、我送妳回去吧。」邵明淵艱難地拉回了理智。

之前他們是關係複雜的陌生人，他只有一遍遍靠近才能感覺到她對他的接納，一顆飽受煎熬的心才能安定。而現在，他們已經是未婚夫妻，沒有了世俗的束縛，他要做的是克制自己，讓他心愛的姑娘不受傷害。

「嗯。」喬昭輕輕點頭。

二人走到門口，喬昭停住腳。「不用送了，我自己回去。」

邵明淵心中不捨，又隱隱鬆了口氣。「嗯，等初二我會登門拜年的。」

順便探探岳父大人的口風，看什麼時候能把昭昭娶回家。

他正想著，忽覺熟悉的馨香猛然靠近。

「邵庭泉，提前說聲新年好。」喬昭踮起腳，在邵明淵臉頰落下一吻，匆匆跑了。

一九二　亭中卿卿

很快就到了新年。

儘管很不願意踏入給他帶來很多痛苦回憶的靖安侯府，在新年這一日，邵明淵還是回去了。

又老了一歲，靖安侯鬢邊的白髮看起來越發多了，但此刻的神情卻是愉悅的。「要給黎府送的禮都備好了嗎？」

邵明淵笑著點頭。「父親放心，都備齊全了。」反正堅持只會多不會少的原則準沒錯。

「那就好，若有什麼不懂的，就找府上管事問問。頭一年給岳丈家送年禮，不能失了禮數。」

靖安侯再次叮囑道。邵明淵還未說話，邵惜淵卻把手中筷子往桌子上一放，氣呼呼道：「不吃了！」說完瞪了邵明淵一眼，扭頭就走。

「老三，你給我站住！」

邵惜淵腳步一頓，轉過身來。

「大過年的，你鬧什麼脾氣？你過了這個年就十五歲了，還是小孩子嗎？」

邵惜淵冷哼一聲，挺著脖子道：「家裡亂七八糟的，這個年過著有什麼意思？我吃飽了！」

半大的少年一陣風般跑了出去，留下靖安侯氣得緊緊抿唇。

靖安侯世子邵景淵坐在一邊，一言不發。這頓團圓飯確實是吃不下去了。

邵明淵站了起來。「父親，我府上還有不少事，就先回去了。」

「吃完飯再走。」

邵明淵笑笑。「不了，已經吃好了。」

靖安侯有些難過，想著小兒子鬧了這一齣到底不好再強留次子，勉強笑笑道：「那行，等回頭我讓管事給你送餃子去。」他說著掃了邵景淵一眼，邵景淵垂眸，視而不見。

邵明淵朝靖安侯施了一禮，轉身離去。

剛剛還是父子四人相聚的花廳，頃刻間便只剩下靖安侯與長子邵景淵兩人。

「你二弟好不容易回來一次，你怎麼不送送？」

邵景淵嘲諷笑笑。「父親，二弟的事情咱們都心知肚明，您何必為難兒子呢？」

靖安侯臉色沉下來。「就算明淵與你不是一母同胞，他也是你弟弟！」

「可母親因為他才氣得不理俗事，一心禮佛的！」邵景淵聲音揚了起來：「父親，您想想去年過年咱們府上是多熱鬧的光景。今年呢？母親不見人，這個年過著一點滋味都沒有——」

「啪」的一聲響，靖安侯打了邵景淵一巴掌。

「父親……」邵景淵一臉不可置信。

靖安侯面色冰冷如雪。「不要再提你們母親。邵景淵，你給我記著，你現在還不是侯爺呢！」

他說完拂袖而去，留下邵景淵險些把桌子捶破。

該死的！父親為何對邵明淵偏心到了骨子裡？就因為邵明淵是父親心愛的外室生的？一個外室子逼得他母親閉門禮佛不再見人，父親卻還維護若斯。

邵明淵，咱們走著瞧，我就不信你能一直春風得意！

邵明淵抬頭望天，侯府巴掌大的天空灰濛濛的，他無聲笑笑，看著攔在前方的人停了下來。

「二哥，你就要娶新婦了，很高興吧？」半大的少年生得唇紅齒白，雙手環抱看著比他高出大半個頭的兄長，用憤怒強撐起氣勢質問。

「我當然很高興。」打量著幼弟的神色，邵明淵慢慢笑了。

不管這個弟弟曾對昭昭生出過什麼不該有的心思，如今都不重要了。昭昭嫁到冠軍侯府後，如非必要，他不會帶她踏入這個不愉快的地方半步。或者說，他一方面氣惱三弟對自己的嫂嫂生出心思，另一方面卻也感激這個孩子。

昭昭曾說過，她的箭法就是邵惜淵教的。可以想像，在侯府那漫長冰冷的日子裡，這個弟弟或許是唯一給過昭昭溫暖的人。

邵惜淵聽了邵明淵的回答，立刻炸了毛。「二哥，你忘了二嫂了嗎？你、你這麼快就另娶新婦，捫心自問，對得起二嫂嗎？」

少年說到後來，氣得胸口起伏。他都已經原諒二哥在那無法選擇的情況下親手殺了二嫂，說服自己以後把他當成好哥哥，可他怎麼能這麼快就娶新人呢？他把死去的二嫂放在什麼位置了？

邵明淵抬手落在邵惜淵頭頂，淡淡笑道：「二哥對不起你二嫂，所以以後會好好對待自己的妻子，不再讓遺憾發生。」

「你放屁！」邵惜淵跳腳，粗話罵出口後乾脆豁出去，「你放屁、放屁！就算你對以後的妻子千好百好，她都不是二嫂了，這對二嫂更不公平！」

看著氣炸的少年，邵明淵心頭又是難過又是好笑，語氣平靜道：「那你想怎樣？」

他再大度也是個男人，這小子要是再把心思表現得那麼明顯，他可要揍人了。

「我……」邵惜淵被問住了。他想怎樣？他什麼都不能做，既不能讓死去的二嫂活過來，又不能阻止二哥娶新媳婦，他還能怎麼樣？

「總之，在我心裡只有一個二嫂，我是不會管你的新婦叫二嫂的！」少年被兄長一句話問得心中鬱悶，一跺腳跑了。

邵明淵笑了笑，大步流星往外走去。

翌日一早，天上飄起雪花，卻阻擋不了人們走親戚拜年的熱情。

大年初二這一日，按例出嫁的女兒們是該攜著夫君回娘家拜年的，訂親的女家則會準備了酒菜招待準女婿。

人來人往的街上響起躂躂馬蹄聲，不少人不禁駐足觀望，就見一名俊朗無雙的年輕男子騎著高頭大馬在前，身後跟著長長一支隊伍，那些精神抖擻的年輕人或提或挑，甚至還有趕著馬車的，滿滿當當的禮物讓來往的人們看傻了眼。

「天啦，那是誰家的女婿啊，長得精神不說，送的年禮都快抵上別人家送十年的了……」

「這你都不知道啊，那是冠軍侯啊，給黎府送年禮呢。嘖嘖，黎府三姑娘真是好命！」

立在街頭的江詩冉聞言攏攏披風，撇了撇嘴。有什麼了不起，不就年禮多點嘛。

她伸手挽住怔住的江遠朝，委屈道：「十三哥，總算等到你回來了，新年禮物你可要補給我。」

江遠朝側頭看向她。「黎三姑娘訂親了？」

一聽江遠朝提起喬昭，江詩冉反射性皺眉，不過還是回道：「對呀，冠軍侯與黎家三姑娘訂親可是近來京城的一樁大事了，可惜十三哥才回來，沒有趕上這場熱鬧。」

她總覺得十三哥對黎三有些不一樣，不知聽到黎三訂親，十三哥會有什麼反應？

心思深沉如江遠朝，自是不會讓小姑娘瞧出端倪，他略頓了頓，便笑道：「那真是可惜了。」

江詩冉頓時鬆了一口氣，搖了搖江遠朝手臂。「十三哥，咱們快回家吧。」

「好，咱們回家。」江遠朝遙遙瞥了一眼遠去的邵明淵，拳頭悄悄收攏，收回目光，盯著地面。

青石板路因為下了雪而變得泥濘，白底皂靴濺上了泥點子，便如他此刻的心情。

她訂親了！在他多少個難以入眠的夜晚，一遍遍想著她那天說過的話，一遍遍揣測著她可能的身分，一遍遍否認自己離奇的妄想又一遍遍想要肯定的時候，她卻訂親了。

江遠朝忽然覺得心口破了一個洞，寒風夾雜著雪花呼呼往裡面灌，讓他疼得想要彎下腰去，然而在這人來人往的街頭，他只能挺直腰桿往前走。

他必須要去見見她！必須！

「來了，來了，三姑爺來了。」黎府守在外面的下人飛奔進去稟告，黎府的大門頓時打開。

黎光書站起來想要去迎，被黎光文攔住。「女婿上門拜年，哪有長輩出門去迎的道理？」

黎光書嘴唇抖了抖。大哥到底走了什麼狗屎運，能有這樣的女婿！

未等邵明淵進來，又有下人飛奔來報：「老夫人，三姑爺帶來的年禮院子裡放不下了！」稟報聲剛落，邵明淵便在管事的陪同下走進來。他今日穿著朱紅色修身長袍，外面披著墨色斗篷，人高腿長，目若朗星，一見他就心生歡喜。一旁的親衛接過他解下來的斗篷退至一旁。

邵明淵規規矩矩地給長輩們見禮。

鄧老夫人抿嘴樂了。「姑爺快坐下。你這孩子來就來了，帶這麼多東西幹嘛？」

邵明淵身子微微前傾擺出恭敬姿態，溫聲笑道：「只是孫婿一點心意，您不嫌棄就好。」

黎光書冷眼旁觀，眼神微閃。回來這幾日，他藉著拜訪故友的機會探聽了不少事，而三姑娘這門親事聽得越多，他便越發一頭霧水了。今日一見，至少從冠軍侯的態度可以確定，冠軍侯對這門親事是很重視的。這樣的話，他以後是要改變一下對大哥的態度了。

邵明淵眼尾餘光從黎光書輕輕敲打椅子扶手的手上一掠而過，嘴角牽了一牽。

昭昭不喜歡這位帶著美妾稚子從嶺南回來的二叔，那麼他自然也喜歡不起來的。想到喬昭，他心頭熱切起來。也不知他的小衣昭昭做好了沒？

「姑爺這是幾年來第一次在京城過年吧？」鄧老夫人問。

「是的，往年都是在北地過的，今年在自己府上過年，還有些不習慣。」

「姑爺沒在靖安侯府過年？」何氏插口道。

邵明淵笑意微斂。「家母禮佛不問俗事，小婿便在自己府上過年了，免得給嫂嫂添麻煩。」

「一個人過年多冷清呀，再者說過年瑣碎事最多了，男人哪理得清楚。」何氏心思直爽，看向未來女婿的眼神就帶了幾分同情。

對於這樣的眼神，邵明淵甘之如飴，附和道：「是挺冷清的，因著沒經驗還出了不少紕漏。小婿也是覺得，府中沒有個女主人是不成的。」

何氏連連點頭。「可不是嘛，沒有女主人哪成呀！」

黎光文重重咳嗽一聲，拿眼斜著何氏，意思很明顯：妳是不是傻呀，冠軍侯府未來的女主人就是咱閨女，妳這麼同情這小子，想現在就把咱閨女嫁過去？

這麼一想，黎光文頓時看某人不順眼了。他閨女才十四歲，這小子就等不得了？

何氏卻沒明白黎光文的意思，關心問道：「老爺，您上火了？」

黎光文：「……」別攔著他，他要休了這傻娘們！

一旁的黎光書心中酸澀無比。大哥和大嫂真是得了便宜還賣乖，冠軍侯的意思分明是想早日把三姑娘娶過門，他們竟然還拿翹！雖說訂了親兩家人就能以親家相稱，可訂親後又退親的事不是沒有，為防夜長夢多，早早把三姑娘嫁過去才是正經。

黎光書不由看了鄧老夫人一眼。大哥腦子有問題，娘可不糊塗啊，不然也不會專門派了兩個婆子盯著他的屋裡事，每次他與冰娘同房後，婢女都會端了避子湯來盯著冰娘喝下。

鄧老夫人看到小兒子遞的眼色，笑笑沒有吭聲。

黎光文清清喉嚨道：「俗話說得好，長兄如父，長嫂如母，姑爺府上沒人打理，明年還是去靖安侯府過年吧，回自己家誰會嫌麻煩呢。」

邵明淵笑著應了，暗暗想：看來還是改日請岳父大人喝上一頓才是正經。

黎光書臉色黑了黑。什麼長兄如父，大哥這是說給他聽的吧？

「我們園子裡有一株臘梅開得好，侯爺不用陪著我們這些老傢伙了，過去看看吧。」鄧老夫人笑著道。這便是允許邵明淵去見喬昭了。訂了親的男女，未到成親前那段日子，見面是光明正大的事兒，長輩們對小兒女能婚前培養感情樂見其成。

待邵明淵一走，黎光書就忍不住開了口：「娘，我記得三姑娘是大生日吧？」

「對，三丫頭是正月生的。」

「這就是了，三姑娘過了這個年其實也不小了，雖然未及笄，但冠軍侯府上無人當家，讓她早些嫁過去也是說得過去的。」

何氏一聽不樂意了，撇嘴道：「二叔說的什麼話，昭昭在家裡什麼都不用幹呢，早早嫁過去做事，我可捨不得。」

黎光書面色變了又變。

什麼叫做事？那可是給侯府當家，不知道多少女人盼了一輩子就是盼著當家做主的權力呢！

鄧老夫人淡淡瞥了黎光書一眼。「你記著，上趕著不是買賣。」

黎二老爺一對三完敗，默默嚥下一口老血。

黎府占地小，只有個小小的後花園。

邵明淵一眼就看到了坐在花園亭子裡的少女。

少女背對著他，許是過年的緣故，一改往日素淨的打扮，穿了一件鵝黃色繡如意紋的小襖，配胭脂紅的百褶裙，明豔秀麗，令人心動。

聽到腳步聲，喬昭轉過身來。

邵明淵大步走了過去，在石桌對面坐下，自然而然抓起喬昭的手替她取暖。「等久了吧？」

喬昭偏頭看他。「什麼等久了，我賞花呢。」

「那咱們一起賞花。」

不遠處一株臘梅迎風顫了顫。邵明淵仔細打量一番，斟酌道：「呃，這株臘梅開得真好。」

喬昭噗哧笑了。「好了，你再勉強說下去，臘梅都要不好意思了。」

西府地方就這麼大，在這寸土寸金的京城能有個小花園已經不容易了。

「這幾日還好吧？」邵明淵目不轉睛看著喬昭。總覺得不見面的時間那麼長，可是探岳父大人的口風，今年想把昭昭娶回家還要做更多努力。

「過年當然好的。」害死喬家人的直接凶手已經伏法，兄長臉上的燒傷有了治癒的希望，黎家親人對她疼愛有加，親事又已塵埃落定，這大概是重生以來心情最輕鬆的一段日子了。

「你呢，過年是不是很忙？」
邵明淵笑笑。「還好，一個人過年沒什麼講究，就是冷清了些。」
「一個人？」喬昭微怔，帶了幾分不解看他。
邵明淵坦然笑笑。「是呀，一個人。」
喬昭心中千迴百轉，最終擠出一句話：「侯夫人……」
邵明淵加大力氣握了握她的手，輕笑道：「我的侯夫人不是在這裡嘛。」
「你知道，我說的是靖安侯夫人。」
對面的男人似是早就想到這問題，聞言只是稍微沉默了一下，便道：「她不是我生母。」
喬昭睫毛微顫，心中竟生出果然如此的感覺。
男人淡淡的聲音在耳畔響起：「我父親說我是外室子，正好和嫡母的次子一般大。嫡母的次子出生後不久就病死了，父親便把我抱回府中，以嫡母次子的身分長大……」
「這麼說，侯夫人是知道的？」
邵明淵點頭。「嗯。」
喬昭一時沉默了。這樣，她在靖安侯府那段令人窒息的日子中生出的疑惑，就能解釋了。
「昭昭，妳會不會看不起我的出身？」
喬昭愣了愣。男人可憐巴巴抓著少女的手，一臉憂傷。「外室子在世人眼中還及不上通房所生之子，絲毫地位也無，我覺得我配不上妳。」
喬昭嘴角抽了抽，若不是看某人一臉難過不似作假，她都忍不住要翻白眼了。
什麼叫絲毫地位也無？那只是尋常情況下的外室子，堂堂冠軍侯擔心這個？
「你不要亂想——」

男人低頭用臉頰蹭了蹭少女手心。「可要是傳揚出去呢？岳父大人君子端方，應該最看不上我這種出身了，到時候會不會不讓妳嫁我了？」

嗯，昭昭一心軟，說不定就能裡應外合把岳父大人拿下了。

喬昭啞然失笑。「怎麼會呢，咱們親事都訂下了。」

「在岳父大人眼裡，和妳訂親的是靖安侯府嫡出二公子，可不是一個生母不明的外室子。」

喬昭張了張嘴。「庭泉，你不要擔心這些有的沒的。」

年輕將軍苦惱揉了揉臉。「沒辦法不擔心啊，畢竟岳父大人是這樣剛正不阿的人。昭昭，妳看我是不是又瘦了？」

喬昭不由仔細打量了面前男人一眼。呃，臉色還好，但身形似乎是比前幾日見面時清減了些。

邵明淵暗暗點頭：嗯，看來今天少穿了一件裡衣的效果還是不錯的。

喬昭抬手替邵明淵理了理衣領，柔聲道：「你不要整日胡思亂想了，想來侯夫人忽然禮佛不問俗世是侯爺與她說開了，二人達成一致的結果吧？侯爺最不願意這個祕密曝光的。」

「昭昭——」男人大手覆上少女柔荑，「妳早些嫁過來吧，只有這樣，我才能安心。」

「婚期不是要與我父母商議嗎？」

「我看岳父與岳母都很疼妳，妳的意見他們定然會聽的。」

然而少女落在男人衣領上的手一頓，食指輕點了點他肩頭，似笑非笑道：「……瘦了？」

邵明淵眨眨眼。

「真的瘦了？」喬昭已經用兩隻手指捏起他的外衫。

坦白從寬！這個瞬間，年輕將軍福至心靈閃過這念頭，輕咳聲道：「可能是衣裳瘦了。」

喬昭：「……」以前那個高冷沉穩的冠軍侯呢？

「你還學會利用我的同情心了？」喬昭斜睨著邵明淵。

撒謊被當場揭穿的某人像是犯了錯的大狗，一臉的老實巴巴。「我知道妳心疼我。」

「誰心疼你了？少自作多情！」喬昭拍掉男人的手。

要不是某個傢伙狐狸尾巴露得太快，她剛剛還差一點相信了。

邵明淵厚著臉皮再次抓起喬昭的手，烏眸湛湛，含笑道：「那三姑娘就同情一下自作多情的邵某，早些嫁過來吧。」將軍的眸子太明亮，使喬昭一時忘了言語。

在不遠處的黎皎停下來，望著亭子的方向目不轉睛。

「姑娘……」杏兒怯怯催促一聲。

黎皎睇了杏兒一眼，反而直接向亭子走去，未語先笑喊了一聲：「三妹。」

喬昭與邵明淵看過去。黎皎朝邵明淵屈膝一禮。「見過侯爺。」

邵明淵收起了笑，矜持頷首。

黎皎不由咬了唇。剛剛她明明看到黎三與冠軍侯卿卿我我，印象中清冷矜貴的冠軍侯臉上笑意彷彿三月春風，看得人心都跟著軟了，怎麼她正經打招呼卻一副冷臉呢？黎三就這麼好？

「大姊要出門嗎？」喬昭淡淡問。

在邵明淵面前，黎皎笑意溫柔。「嗯，我去給外祖父、外祖母拜年。」

「喔。」喬昭點點頭，不說話了。

黎皎停了片刻，無人理會終是覺得尷尬，略略朝邵明淵一福，這才帶著丫鬟走了。

不多時又有丫鬟過來請邵明淵去前邊喝酒，邵明淵只得站起來。「昭昭，那我先過去了。」

喬昭點頭，見他要走，終是忍不住拉住他衣袖，低聲道：「小衣做好了，回頭讓人給你送過去，穿穿看合不合適。」

小衣做好了！

邵明淵忽然覺得有些不會走路了。他還以為能在正月裡穿上就不錯了，沒想到大年初二昭昭就把小衣做好了。可見他的昭昭學什麼都快，當然，最重要的是說明了她對他極上心的。

喬昭望著邵明淵的背影若有所思：為何某人走路姿勢這麼怪異呢？

黎皎與黎輝姊弟坐著馬車到了固昌伯府。

因固昌伯夫人朱氏才過世不久，伯府看起來冷冷清清的，原先站在大門前迎人的管事亦不見了蹤影。黎皎與黎輝相攜而入，在偏廳裡等了好一會兒，才見到一臉疲態的外祖父與外祖母。

「皎兒、輝兒，外祖母今天有些不得勁，就不和你們一道用飯了，這是壓歲錢。」

黎皎姊弟道了謝，由丫鬟領著去了花廳喝茶。黎皎慢慢喝著茶，只覺壓抑無比。

「大姊，要不咱們就回去吧。」黎輝忍不住道。

黎皎捏緊了茶杯。「今天就是來外祖家拜年的日子，怎麼能現在就回去？」

往年他們姊弟前來拜年，外祖母對他們寶貝極了，可以說整個伯府都把他們姊弟當嬌客待，可是今年……黎皎抿了抿唇。瘦死的駱駝比馬大，無論怎樣外祖家都是伯府，不能因為舅母的死而讓兩家關係越發遠了，要是那樣，將來他們姊弟就更加無依無靠了。

不多時腳步聲響起，黎皎回頭，就見表弟杜飛揚立在門口不動。

「飛揚表弟。」黎皎眼中染上笑意。

雖然是過年，杜飛揚卻穿著一身白衣，聽了黎皎的喊聲，面無表情走了進來。

「飛揚表哥，過年好。」黎輝開口問好。

杜飛揚目光落在黎輝身上，神情柔軟幾分，輕輕頷首。「輝表弟過年好。」

黎皎不由咬唇。飛揚表弟這是什麼意思，看樣子竟好似對她有意見？

想到這裡，黎皎臉上笑意更加真摯，帶著關切道：「飛揚表弟，你看起來清減了，可是最近沒休息好？」

杜飛揚牽了牽嘴角。「我娘死了，我如何能休息好？表姊這是明知故問嗎？」

黎皎一怔。她已經可以確定飛揚表弟對她有意見。

這是為什麼？黎皎心中懊惱，臉上依然堆笑。「飛揚表弟——」

黎輝卻拉了黎皎一把，蹙眉看著杜飛揚。「飛揚表哥，舅母過世，我能理解你的心情，但我不理解你為何對我大姊有怨氣。這裡你是主人，我們是客人，既然表哥不樂意見到我們，那我們就告辭了。大姊，我們走。」

「三弟，你鬆手！」黎皎不料黎輝這麼大氣性，掙扎開他的束縛，對杜飛揚解釋道：「飛揚表弟，輝兒就是這脾氣，你別往心裡去。」

黎輝氣悶地看了黎皎一眼，掉頭就走。

「三弟——」黎皎喊了一聲，見黎輝頭也不回越走越遠，只得追了上去。

杜飛揚看著姊弟二人遠去的背影，一拳捶在牆壁上。

回府馬車上，黎皎嗔道：「三弟，你好好的發什麼脾氣？表弟才沒了母親，傷心是難免的。」

黎輝深深看了黎皎一眼，搖頭道：「大姊，難道妳看不出，杜飛揚是在遷怒妳？」

「遷怒我？」黎皎微怔，喃喃道：「遷怒我什麼？」

黎輝冷笑。「誰知道呢。或許是覺得舅母的死與妳有關。」

黎皎不由睜大了眼睛。「與我有關？」

黎輝眼微闔，聲音冷淡。「舅母不是為了替杜飛雪出氣，偏人往咱家大門上潑穢物，結果得罪了冠軍侯才自盡的嗎？而杜飛雪要不是因為大姊才認識了三妹，又如何與三妹結怨呢？」

「這、這關我什麼事？」

黎輝笑笑。「本來不關大姊的事，但不接受事實的人總要找個情緒的發洩口，杜飛揚無法出在冠軍侯身上，便只能找大姊了。」

黎皎一顆心彷彿掉入了油鍋裡，一時之間說不出話來。對杜飛雪與杜飛揚，她算是從小哄到大的，在他們面前做小伏低，誰知到最後杜飛揚竟遷怒她，而向來對他們淡淡的三弟卻沒事。

這世間的事，何其不公！

「那你也不該就這樣走了。」

黎輝笑了笑。「明知他在遷怒，大姊還要由著他作踐嗎？那只會讓他覺得妳心虛，以後更加過分。大姊，妳記著，咱們雖然沒了母親，卻是固昌伯府正經八百的表姑娘、表公子，這一點不會因為他杜飛揚而改變。」

他真是越來越不懂大姊了，明明在家可以有祖母與父親的愛護，為何要委屈自己去哄著別人，又對同為一家人的三妹不友好。

聽了黎輝的話，黎皎靠著車廂內壁不說話了。

三弟哪裡知道她的不容易？三弟是西府唯一的嫡孫，將來整個西府都圍著他轉；而她呢，只是眾多孫女中的一個。她若不八面玲瓏，小心討好，恐怕早就活不到現在了。

遷怒？呵呵，三弟說得對，所謂遷怒，不過是柿子撿軟的捏罷了。杜飛揚不敢遷怒冠軍侯，甚至不敢遷怒黎三，卻偏偏來遷怒她！說到底，不過是欺她無依無靠！

黎皎閉了閉眼，想要青雲直上的心思越發強烈了。

眨眼便到了元宵節。

月上柳梢頭，人約黃昏後。元宵節一直都是京城年輕男女們大大方方約會的日子，不知多少姻緣都是今日的月老促成。

喬昭接到邵明淵的邀請，收拾一番準備出門，黎皎則先一步坐上馬車出去了。

杜飛雪自從住到外祖家泰寧侯府後，整日以淚洗面，泰寧侯老夫人憐惜外孫女，便讓朱彥與朱顏兄妹在元宵節這一日陪著她出來散心。

捏著杜飛雪派人送來的邀約帖，坐在馬車裡的黎皎不由笑了。三弟不理解她的委曲求全，卻哪裡知道，很多機會便是這樣得來的呢。

天漸漸暗下來，街兩旁花燈如畫，人山人海。

晨光小心翼翼護著喬昭往前走，心中腹誹：將軍大人的花樣越來越多了，自己不來接三姑娘，偏要他護送，說是給三姑娘一個驚喜。

老天呀，人這麼多，要是一不小心弄丟了三姑娘，那可就只剩下驚嚇了。

小車夫正這麼想著，一盞如樹高般的花燈突然傾倒下來。

一九三　湖上變故

「三姑娘小心！」晨光一躍而起，撐住傾倒下來的花燈。

人群發出此起彼伏的尖叫聲。晨光雙腳落地，再轉頭，已經不見了喬昭的蹤影。

「三姑娘！」晨光面色大變，用力推開擋在面前的人群，尋找起來。

喬昭被人從身後捂住了嘴，帶著往前走，欲要掙扎卻發現對方彷彿磐石般紋絲不動。

花燈的傾倒不是意外，而是故意引開晨光的注意力！

喬昭心中閃過這個念頭，乾脆不再掙扎。不知與多少人擦肩而過，那人總算停了下來，默默鬆開手。喬昭猛然轉過身去。

身後的男人個子很高，直接抬手把帷帽取下來，露出熟悉的眉眼。

「江大人。」喬昭意外挑眉。

江遠朝目光沉沉看著眼前神色冷靜的少女，她的眉眼與神情彷彿在夢裡出現了千百次，心頭莫名一熱，脫口而出：「不要叫我江大人！」

喬昭抿唇，淡淡問：「那我該如何稱呼？」

江遠朝深深看她一眼，啞聲道：「叫我十三。」

喬昭心頭一顫。江遠朝這是什麼意思？

「妳怎麼不叫？」江遠朝上前一步。

喬昭後退半步，平靜道：「你是堂堂的錦鱗衛指揮僉事，小女子不敢如此稱呼。」

「不敢？」江遠朝再靠近一步，拉進了二人之間的距離，眼底彷彿醞釀著駭人的風暴。「妳一定要如此疏遠我嗎？」

「江大人——」

江遠朝忽然箍住喬昭手臂，湊在她耳畔輕笑。「喬姑娘，妳以前一直叫我十三的。」

喬昭眼神猛然一縮，看向江遠朝。他居然就這麼確認了她是喬昭？

是，在南邊時她為了保住性命，故意喊過他「十三」，故意透露出只有喬昭才知道的二人過往。可在她看來，那頂多是讓他一時亂了心神，能阻止他對她下殺手已經不容易了，誰成想他會一直記著這個？

「喬姑娘，怎麼不說話了？」江遠朝目不轉睛看著眼前的少女，含笑問。

喬昭緩緩笑了。「江大人連我的稱呼都能喊錯，我還說什麼？」

「喊錯？」江遠朝嘴角噙笑，輕輕搖頭。「我怎麼會喊錯呢？」

他忽然伸手，抓住喬昭的手。喬昭視線落在二人交握的手上，眼中滿是惱怒。可她知道，在這只有兩人的地方，無謂的掙扎不過讓她更難看罷了。

喬昭冷眼看待的姿態讓江遠朝心中一痛。她為何能如此冷靜？哪怕他認出了她，她心中絲毫波瀾都不會起嗎？這是不是說明，他對她來說就是個無關緊要的人？是了，她關心的是兄長喬墨，惦念的是喬家大火，在意的是冠軍侯，他算什麼呢？

江遠朝用力緊抓喬昭的手，放在自己心口上，一字一頓道：「即便喊錯，但這裡不會認錯。」

喬昭再也忍不住，用力往回抽手。江遠朝握著不放，輕笑道：「妳說，我認錯了嗎？」

「江大人，你放手。」

江遠朝眼中似乎有了水光，重複道：「妳說，我認錯了嗎？」

怎會有這麼狠心的女人，讓他從少年時期惦念到現在，故意在他面前透露了身分，事到如今卻死活不認帳。她是他心中不可觸碰的禁地，他卻是她生命中的無關緊要。這讓他如何甘心！

「江大人，你失態了。」喬昭唇角緊繃，若不是力氣實在相差懸殊，她恨不得揚手打這男人一巴掌。他把她當什麼，這樣隨意拉她的手？

江遠朝閉閉眼睛。「告訴我，我究竟有沒有認錯？」

喬昭終於忍不住冷笑。「江大人認錯了！」

不認錯，又怎麼樣呢？他莫非想把她帶回家當小老婆不成？她並不是傻瓜，到了這時候，自然明白眼前人對曾經的自己並未忘情。

聽到喬昭的否認，江遠朝薄唇緊抿，血色褪盡，手上更用力了些，彷彿只有這樣死死抓住眼前少女的手，才能抓住記憶中的美好。

「江大人，請你鬆手。」

江遠朝低頭看著喬昭，一言不發。

喬昭蹙眉道：「江大人，你這樣，有沒有想過你未婚妻子的感受？」

「如果沒有未婚妻呢？」江遠朝脫口而出，迎上對方詫異的神色，狼狽偏頭，緩緩道：「妳那麼聰明，定然明白我想說的是什麼。」

喬昭神色依然平靜，淡淡道：「有與沒有，都是江大人的選擇。而我的選擇，相信江大人也知道了。」

江遠朝猛然鬆手，頹然落下去，苦笑道：「他就那麼好，傷了妳一次，妳還願意再靠近？」

喬昭笑了。「在我心裡，他當然是極好的。江大人，你也是聰明人，為何不懂得珍惜眼前人？」

江遠朝一言不發。喬昭後退一步。「江大人，為免引起不必要的誤會，我就先走一步了。」

盯著少女纖細卻挺直的背影，江遠朝慢慢開了口：「所以妳還是承認了妳是喬姑娘？」

喬昭腳步一頓，頭也不回匆匆離去。

江遠朝輕笑起來。珍惜眼前人？他的眼前那麼多人，他要珍惜哪一個？

她承認了便好。從此，他的心裡住著的是一個活生生的姑娘，而不再是一坏黃土。

「大人……」見江遠朝一直在笑，從暗處出來的江鶴忍不住喊了一聲。

江遠朝看向江鶴。江鶴搓搓手，猶豫道：「大人，屬下覺得您這樣不、不大好——」

江鶴接著道：「大都督要是知道了，您就完蛋了呀！」

江遠朝伸手揉了揉江鶴擔心成包子的臉，冷冰冰道：「大都督知道了我完不完蛋還未可知，但你肯定要完蛋了！」

「大人——」眼巴巴看著江遠朝邁開大步往外走，江鶴伸了伸手，最後抱頭哭起來。

上賊船了，上賊船了，關鍵是還下不來，誰來接他一下？

外面人群湧動，喬昭一眼看到了四處亂竄的晨光，朝他招招手。

晨光飛奔過來，激動之下差點給喬昭一個擁抱，想起這是他們將軍夫人才及時剎住了車。

「三姑娘，可嚇死我了！」

喬昭把手縮回衣袖，笑道：「剛剛被人群擠散了。快走吧，記得別和你們將軍說。」

江遠朝站在人群裡，看著喬昭在晨光的護送下漸漸消失在人海中，牽唇笑了笑。

「三姑娘，您小心點。」晨光及時攔住了險些撞上喬昭的人。

喬昭回神，輕輕點頭，卻早沒了出門時雀躍期待的心情。

江遠朝會善罷甘休嗎？如果他下一次依然胡來，她就告訴他義父去！

想到這裡，喬昭又苦惱皺眉。小孩子告狀的法子是行不通的，江遠朝已經篤定她就是借屍還魂的喬昭，倘若真的鬧僵，他把這件事抖落出去，那她的麻煩就無窮無盡了。不說世人對鬼神之事本就相信，就皇宮中那位一心追求長生的皇上，定會把她關起來好好研究的。

「三姑娘，將軍在那裡呢。」見喬昭有些心不在焉，晨光提醒道。

喬昭抬眼看去。不遠處花燈無數，流光飛舞，站在燈光下的男人丰姿無雙，正含笑看她。喬昭暫且把煩惱拋到一旁，提著裙襬迎上去。

邵明淵上前拉住喬昭的手。「是不是人太多，擠著了？」

喬昭露出個笑來。「是呀，人真的挺多的，花燈節嘛，就是這樣的。」

「昭昭，妳是不是不喜歡這樣的熱鬧？」邵明淵想到了靖安侯府那一院子的鴛鴦藤與薄荷，眼前彷彿閃過安靜嫻雅的女子耐心蒔花弄草的樣子。

誰知喬昭卻笑著否認：「並不啊，該熱鬧的時候能這樣熱熱鬧鬧挺好的。」

邵明淵不由跟著笑起來。「說得是。昭昭，妳隨我來。」

喬昭默默跟在邵明淵後面，任由他牽著手往前走，忽然發現眼前黑了下來。

邵明淵停住腳。身後是燈火通明的街道與熙熙攘攘的人群，眼前卻彷彿是被人遺忘的一片小天地。周圍是暗的，男人混雜著清冽薄荷的氣息不時往鼻端鑽，喬昭不由攏了攏手指，卻被對方緊緊握住了。

「庭泉——」她喊了一聲。

邵明淵轉過身低頭看著眼前少女。黑暗中，他的眼睛猶如天上的星子，熠熠生輝。喬昭漸漸適應了昏暗的光線，能清晰看到對方臉上每一個線條變化，那些變化構成了令她心安的溫柔笑容。

「晨光說有驚喜。」少女笑盈盈道。

邵明淵不滿皺眉。「晨光那小子說的不算。」

「咦，沒有嗎？」喬昭故意問。

邵明淵笑著抓起喬昭的手，往前方按下去。「有的。」

喬昭只覺觸手冰涼，眼前忽然亮了起來。那亮光從最底部逐漸往上，一寸一寸點燃了二人面前的黑暗，最後露出了完整面貌——竟是兩盞一人高的玉兔燈，相依相偎。

「這是……你做的？」最初的震撼過後，喬昭仰頭問邵明淵。

邵明淵點頭。「妳猜哪盞是雌兔？」

「這盞。」喬昭毫不猶豫指向其中一個。

邵明淵眼睛亮起來。「妳看出來了？」

喬昭不解看他。雄兔腳撲朔，雌兔眼迷離，想要分辨出來公母並不難呀。

邵明淵笑呵呵指了指雌兔。「這隻兔子的臉是照著妳做的。」

喬昭：「呵呵。」好想打死這個男人怎麼辦？她不和傻大個兒計較！

喬姑娘閉眼忍了忍，睜開眼來恢復了淡定。

「昭昭，這兩盞兔子燈是不是很可愛？我看過了，整條街上就屬咱們這兩盞最大了。」

喬昭扶額。所以老話才說傻小子認大個嗎？

「是很可愛。」看著惟妙惟肖的兩隻玉兔，喬昭雖然好笑又無奈，心中到底是感動的。

邵明淵抬手揉了揉喬昭的髮。「妳喜歡就好。」身材高大的男人忽然俯下身來，湊在少女耳邊道：「還有，謝謝妳給我做的小衣，我穿著很舒服。」就是可惜只有一件，沒有個替換的。

邵明淵在心中遺憾嘆口氣，卻不忍心開口要求喬昭再給他多做幾件了。他現在可以確定，昭昭大概是真的不擅長女紅，剩下的小衣能在成親時做好，他就心滿意足了。

「呀，這裡有兩盞好大的玉兔燈！」驚喜的聲音傳來，很快玉兔燈前就擠滿了人，反而把喬昭二人擠到了一邊去。

一個垂髫小童努力往上跳著去搆兔耳朵，旁邊少女喝道：「小弟，當心跌跤！」

邵明淵收回視線，笑呵呵問喬昭：「要帶走嗎？」

喬昭搖頭。「不用，美景賞過了就夠了，留下讓別人觀賞吧。」

她抬手摸了摸自己髮間斜插的白玉釵，抿唇笑了。

邵明淵一眼看見喬昭發間戴的是他親手打磨的玉釵，心中滿是歡喜。「昭昭，我看很多姑娘頭上會戴幾支釵的。」

不是還有一支小豬的翠玉釵嗎？昭昭要是一起戴著就更好看了。

喬昭斜睨某人一眼，涼涼道：「我不喜歡頭上太累贅。」

不提那支釵頭豬，他們還能好好約會！

二人手拉著手漫無目的走著，前方忽然一陣騷亂，有人急促喊道：「不好，有人落水了！」

喬昭與邵明淵對視一眼。「咱們去看看吧。」喬昭推了推邵明淵。

邵明淵手指微彎抵唇發出清脆嘯聲，晨光立刻出現在二人面前。

「將軍有何吩咐？」

「去看看前面是怎麼回事，若是有人落水無人相救的話，就把落水之人救上來。」

「領命。」晨光瞄了喬昭一眼，迅速消失在人群中。

邵明淵對喬昭解釋道：「前邊太亂，晨光過去就夠了。」

元宵節是一年中最熱鬧的節日之一，可往往這樣的節日總會有一些人家傷心。或是孩子被拐賣，或是少女被輕薄，或是家人意外受傷。

前邊不遠處有一碧波湖，元宵節會有許多蓮花燈漂浮起上，美不勝收，只供皇親國戚與達官貴人們賞玩。儘管賞燈之人都加了小心，可每年仍會傳出有人因推擠而失足落水的事。

不多時晨光穿過人群返了回來，神情古怪。「將軍，三姑娘，池公子與朱世子他們在那邊的臨湖樓閣上，請您與三姑娘過去。」

「落水的人救上來了？」

「被人拉上來了。」晨光說到這裡頓了一下，看向喬昭。「落水的人是黎府大姑娘，現在正在樓上哭呢。」

喬昭垂在身側的手握了握，面無表情道：「帶我過去看看吧。」

邵明淵輕輕拍了拍喬昭手臂。「別擔心，一切有我。」

「嗯。」喬昭點點頭，往前走了數步，問晨光：「誰拉我大姊上來的？」

池燦、朱彥……希望事情和他們沒有關係，不然可真是尷尬了。

到了這個時候，喬昭不得不承認，無論她與黎皎關起門來如何，在外她們就是一府的姊妹，黎皎出了事，別人第一個想到的就是找她。

「池公子他們一見到卑職，就立刻叫卑職來請您與將軍了，至於誰拉黎大姑娘上來的，目前還不清楚呢。」

喬昭不由加快了腳步。

碧波湖畔燈火通明，整個湖都被蓮花燈映亮了，仿若人間仙境一般，湖畔矗立的精美樓閣更如仙人們的居所。

喬昭拾級而上，聽到若有若無的哭聲腳步一頓，而後逕直走了過去，進入廳中。

廳內朱彥負手而立，池燦則懶洋洋靠在寬椅中。一見喬昭與邵明淵相攜而入，池燦揚了揚唇角，懶懶道：「你們總算到了。」

喬昭看向朱彥。朱彥溫聲道：「七妹與表妹在隔壁房中照顧黎大姑娘。黎三姑娘放心，當時黎大姑娘被及時拉上來後就帶到了這裡，看到她落水的人並不多，知情的我們也打過了招呼，不會亂說的。」

喬昭屈膝一禮。「多謝朱大哥了。」她早就說過，朱大哥真是個好人。

池燦聞言冷哼一聲。「難不成只謝朱子哲一人？」

朱彥無奈搖頭。「拾曦，你把黎大姑娘踹下去的事，還是好好和黎三姑娘解釋一下吧。」身為外人他不清楚三姑娘與黎大姑娘關係如何，但畢竟都是一府的姊妹，等回府後黎大姑娘要是把這事說了，引起三姑娘的誤會就不必要了。

喬昭瞇了瞇眼。「池大哥把我大姊踹了下去？」

池燦彷彿被踩到尾巴的貓，冷笑著猛然站起來。「誰讓她欠踹呢！」

「拾曦，好好說清楚。」邵明淵伸手搭在池燦肩頭。

池燦往後一躲，心中頗不是滋味。這小子帶著黎三去約會樂不思蜀，他卻莫名其妙惹了一身晦氣，還要給人解釋。

「也沒什麼，不知道那位黎大姑娘是有心還是無意，腳下一滑往我這邊栽了過來。」說到這裡，池公子懶洋洋抬眉。「你們知道的，我向來不喜歡女子靠近，所以下意識就踹了一腳，然後黎大姑娘就落水了。」

「是誰把我大姊拉上來的？」喬昭目光不由落在朱彥身上。

以池燦的性子，黎皎落水後沒往湖裡丟石頭就不錯了，想要他往上拉人無異於癡人說夢。

「是我七妹與表妹一同把黎大姑娘拉了上來。」朱彥開口道。

喬昭心頭微鬆。

既然是朱顏與杜飛雪把黎皎拉上來的，除了回府後要讓祖母他們後怕一下，便沒有什麼麻煩了。

喬昭目光觸及朱彥微微蹙眉的樣子，心中一動，問道：「朱大哥，是不是還有什麼事？」

朱彥苦笑一聲。「確實還有一個插曲，雖然事情不大，但對方身分特殊——」

「子哲，你就直說吧。」邵明淵淡淡開口。

朱彥看向邵明淵，眉頭舒展開。儘管那人身分特殊，想必庭泉的面子還是要給的。

「當時睿王也在場。」

睿王？喬昭與邵明淵四目相對，皆有些吃驚。

池燦一屁股坐了回去，雙腿隨意疊起，不疾不徐解釋道：「我和睿王爺在碧波湖畔溜達，湊巧遇到了子哲他們一行人。」

「黎大姑娘既然是被朱姑娘她們拉上來，睿王在場也無妨吧？」邵明淵不解道。

什麼時候京城禮教如此森嚴了？他只聽說過男子把落水的姑娘救上來後，女方要求男方負責，卻從沒聽說過圍觀的人還要負責的。

朱彥揉了揉眉心，斜睨池燦一眼道：「本來不關睿王的事，但拾曦踹了黎大姑娘一腳，黎大姑娘慌亂之下隨手一抓，落水時湊巧把睿王的腰帶抓了下來。」

喬昭／邵明淵：「……」

「睿王的褲子掉了？」邵明淵輕咳一聲問。

朱彥咳嗽聲更大，飛快瞥了喬昭一眼，面色微紅。「沒有，睿王還是及時把褲子抓住了。」

他們雖然都和黎三姑娘熟識，但當著女孩子的面討論王爺掉褲子的問題，真的合適嗎？

邵明淵蹙眉。「所以到底有什麼問題？」

就算睿王真的掉了褲子，總不會反過來讓女方負責吧？

朱彥無奈看了邵明淵一眼。「庭泉，黎大姑娘畢竟害睿王當眾出了醜，就是不知道睿王會不會為此找黎家麻煩了，反正這事你心裡有個數就好。」

邵明淵輕輕頷首，看向喬昭。「昭昭，這件事，妳需要我出面解決嗎？」

能幫昭昭解決問題自是義不容辭，但他首先要確認的是昭昭是否有需要。

喬昭沉吟片刻，搖了搖頭。「不必了。我父親只是個翰林修撰，能有多大麻煩呢？」

睿王總不會為了這麼點事逼迫她父親辭官吧？

關鍵辭官她父親也不怕啊，最近不知聽父親大人嫌棄多少次月俸八石呢。

再嚴重就不至於了，畢竟她與冠軍侯已經訂親，睿王不看僧面看佛面也不會做得太過分。這樣的話，就完全沒必要讓庭泉主動去與睿王打交道了，畢竟二人身分都很敏感。

喬昭心中轉過這些念頭，笑道：「我先帶著大姊回府，稟明家中長輩後，他們應該會做主的。」

聰明並不代表閱歷，喬昭相信，在很多事情上祖母會比她處理得好。

「池大哥，我替大姊向你賠不是了。」

池燦淡淡瞥喬昭一眼。「她是她，妳是妳。再者說，我可不需要她賠不是，她給我有多遠離多遠就行了。」

喬昭笑笑，進了隔壁房間。

聽到腳步聲，黎皎哭泣聲一頓。朱顏與杜飛雪一同抬頭看過來。

「大姊，咱們回府吧。」

杜飛雪伸手攔在黎皎面前。

「杜姑娘這是何意？」

杜飛雪冷笑道：「黎三，我知道妳沒安好心，現在把我表姊帶回去，就是為了讓妳家裡那些偏心眼的長輩教訓她吧？」

喬昭蹙眉。這姑娘到底能不能好好說人話了？見杜飛雪一副氣鼓鼓的模樣，她平靜反問：「這麼說，杜大姑娘要帶我大姊回侯府嗎？」

回侯府？看了一眼黎皎渾身濕漉漉的模樣，又看向面色平靜的朱顏，杜飛雪一時猶豫了。她現在可不是住在自己家裡了，怎麼好把皎表姊帶到侯府去住呢？更何況，朱表哥還在隔壁……只這麼一想，杜飛雪就熄了這個念頭。

「杜大姑娘到底怎麼想？」喬昭追問一句。

杜飛雪飛快看了一言不發的黎皎一眼，咬唇道：「反正妳不能欺負我表姊——」

黎皎頭垂得更低，眼底閃過一絲嘲諷。

這個餵不熟的白眼狼，做小伏低哄了她這麼多年，遇到事後也不過如此。

「那我就帶我大姊回府了。」喬昭不再看杜飛雪，對朱顏略一點頭。「今天麻煩朱姑娘了。」

朱顏溫柔一笑。「黎三姑娘客氣了，舉手之勞而已。黎大姑娘已經喝了紅糖薑水，不過這個天氣落了水身體會受不住的，還是早些回家吧。我們的馬車就在附近，可以送兩位姑娘回去。」

考慮到黎皎現在不便見人的樣子，喬昭不再推辭，頷首道：「那就多謝了，我們馬車停得遠，要辛苦朱姑娘你們走一段路了。」

朱彥兄妹回到泰寧侯府，把杜飛雪安頓好，兄妹二人在回房的路上說著話。

「七妹，那位黎大姑娘，妳們以後離遠著些。」

朱顏無奈苦笑。「五哥，你又不是不知道飛雪表妹與黎大姑娘交好。飛雪表妹剛剛喪母，祖母對她千依百順，她想做的事，我可是一點法子都沒有。」

朱彥沉默片刻道：「那以後妳就少摻和到她們中間去，無事可以去找蘇姑娘下棋。」

朱顏掩口一笑。「知道啦，五哥就不用操心這些了，我心裡有數呢。」

兄妹二人在月洞門處停了下來，朱彥笑道：「妳心裡有數就好，今天鬧了一場都累了，早些回去休息吧。」

朱顏點點頭，看了兄長一眼，欲言又止。

「怎麼？」朱彥含笑問道。

「五哥，我還以為你與黎三姑娘……」迎上兄長溫和的眉眼，朱顏語氣一頓，轉而道：「以為黎三姑娘對你來說是特別的……」

沒想到黎三姑娘卻與五哥的至交好友冠軍侯訂了親。

朱彥聞言怔了怔，緩緩笑了。「七妹，什麼時候妳也會胡思亂想了？」

「我真的胡思亂想？」

朱彥伸手拍了拍朱顏肩頭，加重了語氣。「是，妳這丫頭就是在亂想。不過有一點妳說的對，黎三姑娘確實是個很特別的姑娘，如果有可能，五哥希望妳們能做朋友。」

「好啦，我知道了。」朱顏笑笑，對兄長招招手後轉身往內走，走了數步停下來，折回身子道：「五哥，我前兩日偶爾聽母親提起，說要給你相看姑娘了。你要是有中意的女孩子，可要早些對母親說。」望著妹妹遠去的背影，朱彥沉默許久，轉身離去。

中意的姑娘嗎？如今大概是沒有的，所以還是選擇相信母親的眼光好了。

喬昭帶著黎皎坐著泰寧侯府的馬車回了西府。

鄧老夫人精神好，雖然上了年紀，這個時辰還未歇下，一聽婆子稟報兩位姑娘坐著泰寧侯府的馬車回來就覺得不對勁了，待看到黎皎一身狼狽的模樣，不由大驚。

「這是怎麼了？」

「大姊賞燈時落水了。」當著僕婦們的面，喬昭含糊說道。

鄧老夫人心中一個激靈，面上不動聲色吩咐道：「青筠，伺候大姑娘沐浴換衣裳；紅松，去給大姑娘熬驅寒湯；容媽媽，妳去請大老爺與大太太過來。」

老太太有條不紊吩咐完，待屋子裡伺候的全都領命去了，這才招手讓喬昭上前來。

「三丫頭，坐吧。」

喬昭在鄧老夫人身邊坐下。

「祖母記得妳與妳大姊不是一道出去的，知道具體是怎麼回事兒嗎？」

喬昭心中感激。她的祖母就是這樣，從不會劈頭蓋臉胡亂罵人，再焦急的事兒對晚輩依然有著足夠耐心。無論前生還是今世，她都有一位好祖母。她把事情經過簡單說了一遍，當然不便說黎皎是被池燦踹進水裡的，亦不好說黎皎向著池燦摔去是有心還是無意，重點放在了睿王那裡。

鎮定如鄧老夫人都聽傻了。「妳說妳大姊把睿王的褲腰帶扒下來了？」

匆匆趕來的黎光文聽了後更是拔高了聲：「皎兒扒下了睿王腰帶？那睿王褲子掉了嗎？」

何氏輕輕拍了黎光文手臂一下。「說什麼呢，當著閨女的面。」

黎光文充耳不聞，直直盯著喬昭。

喬昭搖搖頭。「沒掉。」

「還好，還好，沒掉的話就不用咱們府上負責了。」黎大老爺一副唯恐被王府纏上的後怕表情。

鄧老夫人搖頭失笑。「淨胡思亂想，人家堂堂王爺需要咱們負什麼責呀？不過大丫頭害睿王當眾丟醜，睿王心中定然會不愉快的。嗯，睿王妃早逝，我與你媳婦不便出面，這樣吧，明早你帶著禮品去一趟睿王府，把禮品交給王府管事就是。咱們的禮數到了，睿王再有什麼不滿，那就是以後的事了。」

黎光文頗不情願。「我都不認得睿王府大門往哪邊開。」最煩與這些皇親貴胄打交道了！

「要不讓二弟去吧。」黎大老爺提議道。

鄧老夫人丟了大兒子一個白眼。「再廢話停發下個月的月錢！」

當著妻女的面，黎光文大感丟臉，訥訥道：「娘好好的幹嘛威脅人呢，我去還不成嘛。」

女婿孝敬那麼多年禮，就不知道孝敬老丈人幾錠銀子嗎？一點也不機靈！

❦

在黎皎房內，黎皎泡過熱水澡又喝下了驅寒湯，一下子驅散了渾身寒意，可想到元宵燈會上發生的事卻死活睡不著了。

那樣好的機會她卻沒把握住，再等下次就不知道是什麼時候了。

出了正月，祖母就要給她與京郊那戶人家議親，她的時間已經不多，該怎麼辦呢？

黎皎愁得一夜未睡，到了隔天早上，睿王府來人的一番話卻讓整個西府大吃一驚。

一九四　提前引燃

「什麼，王爺要抬我們大姑娘進王府？」鄧老夫人聽完睿王府來人的話，直接懵了。

事情發展太出乎意料，老太太心中只剩下無數為什麼和一副呆滯表情。

王府管事對此早有預料，笑吟吟等著鄧老夫人回應。

「我不答應！」黎光文大步走了進來。

另一頭的雅和苑中，黎皎毫無睡意，草草洗漱過後便往青松堂趕來。

昨夜的事還不知道黎三如何對祖母說的，定然是把她往死裡踩，她若不趕緊來解釋一下，以後的日子就更加艱難了。黎皎憂心忡忡，一路往青松堂趕，漸漸覺得有些不對勁。

路上碰到的丫鬟僕婦為何都在悄悄打量她？難道大家都知道了她昨天出醜的事？

這樣一想，黎皎一顆心狠狠揪了起來，痛苦又是委屈。祖母怎麼能讓這種丟臉的事傳開呢？難道覺得她沒了前程，對她就完全不在意了？

不、不，祖母現在一顆心雖然偏向了黎三那邊，對她應該還是有幾分疼愛的，不會是祖母。那麼就一定是黎三了！黎皎死死咬著唇加快了腳步，心中對喬昭恨到極點。黎三就是想要她丟臉沒了名聲，踩得她永遠翻不了身。她已經是未來的侯夫人了，為何還要與她過不去？

「姑娘，您小心——」杏兒及時拉了黎皎一把，才避免她撞到迎面而來的婆子身上。

黎皎回過神來，朝婆子勉強笑笑以示大度，便要繼續往前走。

誰知那婆子卻出乎意料道了聲喜：「老奴給大姑娘道喜啦。」

黎皎腳步一頓，蹙眉看著滿臉堆笑的婆子。「喜從何來？」

不管她在府中地位如何，一個婆子是不敢拿她打趣的，可她現在哪有什麼喜事？

婆子見黎皎問得認真，嘿嘿笑起來。「大姑娘還不知道吧，睿王府來人了，說睿王看中了您，現在正在與老夫人、大老爺商議呢。」

「當真？」黎皎猛然睜大了眼睛，脫口問道。

婆子臉上笑容更甚。「老奴還敢哄大姑娘不成？王府派了不少人來，抬來的禮品堆滿了院子呢。哎呀，老奴早就瞧著大姑娘一臉貴氣，現在才知道是應驗在這裡。」

黎皎已是無心多說，提著裙襬匆匆往青松堂趕去，心中巨浪滔天。

睿王看中了她？怎麼會呢？她腦海中不由浮現出昨夜的場景。

碧波湖畔花燈如畫，她慌亂之下抓著溫涼的白玉腰帶落入水中，湖水推著蓮花燈向她湧來，眼前徹底黑下去之前，映入她眼簾的便是睿王那張清瘦震驚的臉。

睿王看中她，似乎也不是那麼不可能的。

元宵節本就是京城年輕男女結緣的好日子，睿王在這一天出來逛燈會，或許期待的便是邂逅一位美麗的姑娘呢？

黎皎腳步輕快起來，跑到青松堂門口聽到黎光文那聲「我不答應」，眼前不由一黑。

「姑娘……」杏兒憂心忡忡喊了一聲。

黎皎抬手制止了她說話。因為睿王府的人正在廳中與鄧老夫人商議事情，因此青松堂的丫鬟見黎皎來了並未通傳。

黎皎便站在門口，微微喘著大氣，聽黎光文的聲音傳出來：「趕緊走，趕緊走，我閨女可不給人家當小妾！」

黎晈聽得腿都軟了。不給人家當小妾？她父親是不是糊塗了，那可是睿王！

她雖是女兒家卻也知道，當今天子只有睿王與沐王兩個兒子，兩位皇子都沒有占「嫡」這個字，但睿王居長，繼承大統的機會比沐王要大得多。

更重要的是，睿王妃早逝，睿王連一兒半女都無，倘若她進了王府能生下個兒子，請封王妃指日可待，將來更進一步成為天底下最尊貴的女人也不是不可能。

工部尚書的孫女劉香凝還給蘭首輔的孫子當小妾呢，她只是個小小修撰的女兒，能給堂堂親王當妾室不知是多少人眼熱的運氣，父親為何如此頑固不化？

父親不想她進王府，就一門心思要她嫁給莊稼漢不成？要是那樣，她不如死了乾脆！

「杏兒，妳立刻去我房中，把我壓在枕頭底下的那條白玉腰帶取過來。」

杏兒遲疑了下。黎晈伸手用力掐了她一下，低喝道：「快去啊！」

「是。」杏兒點點頭，飛奔而去。

黎晈側耳聆聽了一陣子，心中越發有了底氣。由王府管事的態度可以看出，睿王對她很是重視，她只要進了王府，定會得寵。

「姑娘，腰帶。」在黎晈焦灼的期盼中，杏兒把白玉腰帶取了過來。黎晈接過腰帶捧著，整理一下儀容，抬腳走了進去。

少女的到來讓廳內一靜。

「這位便是貴府大姑娘嗎？」王府來人開了口。

黎光文面色鐵青。「妳過來作甚？」

這個死丫頭，知不知道他為了避免她淪為小妾的命運喉嚨都快吼破了啊，居然自己撞上來。

「父親，女兒請罪來了。」黎皎說著撲通跪到了鄧老夫人面前，把品質上乘的白玉腰帶高高舉起，對著鄧老夫人磕了一個頭。

「大丫頭，昨晚的事祖母已經知道了，只是個意外，怪不到妳頭上來。青筠，還不扶大姑娘回去歇著！」鄧老夫人心中一沉，忙吩咐丫鬟先把黎皎帶走再說。

黎皎這一跪已經下了破釜沉舟的決心，豈會被鄧老夫人一句話勸走，她立刻舉著白玉腰帶赧然道：「祖母，昨日燈會上孫女與王爺……互相傾慕，這條白玉腰帶便是王爺送給孫女的定情之物，還望祖母與父親成全……」

「孽障，妳給我住口！」黎光文氣得跳腳。

到底什麼情況，不是說皎兒落水，慌亂之下把睿王腰帶扯下來了嗎？現在腰帶為何又成了定情之物？用白玉腰帶定情，那皎兒與睿王豈不是，豈不是……

黎光文眼前陣陣發黑，而鄧老夫人一顆心則直接墜到了谷底——完了，大丫頭這麼一說，他們是不可能拒了睿王府了。

從睿王府來人的口風裡她就聽出對方勢在必得，再有大丫頭主動說出定情之物，倘若她現在拒絕，轉眼這件事就會鬧得沸沸揚揚，大丫頭除了進王府根本沒有第二條路能走。

黎皎跪得筆直，攏在袖中的手卻微微抖著。她已經豁出去了，倘若還是不成，祖母對她不會再有絲毫憐惜，定會迅速把她的親事定下來，成為一名莊戶人家的妻子就是她逃不掉的命運。

她今年十七歲了，過了十七年憋屈日子，難道要憋屈一輩子嗎？以後同樣是大年初二回娘家，黎三是前呼後擁、眾星捧月的侯夫人，而身為長姊的她卻是無人重視的農婦？

她絕不要過那樣的日子！

王府來人看著筆挺跪在地上的黎皎，眼底閃過一絲嘲諷。

這樣趕著貼上來的姑娘他還是頭一次見到，不過這樣也好，他總算能完成王爺交代的任務了，不然對上黎修撰這樣的愣頭青，還要費好一番口舌。

「老夫人、黎大人，貴府姑娘連我們王爺的信物都收下了，二位就不要棒打鴛鴦了吧？」

鄧老夫人強壓著怒火，目光灼灼盯著跪在地上的黎皎。「大丫頭，祖母再問妳最後一句，妳可想好了？」

黎皎神色堅決。「還望祖母成全。」

鄧老夫人閉了閉眼睛，整個人瞬間疲憊無比。「好、好，既然這是妳自己要選的路，那祖母就不做這個惡人了。」

黎皎徹底鬆了口氣，神情歡喜。「多謝祖母！」

王府來人從袖中抽出一張帖子，呈給鄧老夫人。「這是我們王爺請人挑選的良辰吉日，您看若是沒有意見，等吉日一到王府便來抬人了。」

鄧老夫人冷冷掃了一眼，燙金帖子上寫的日期就是數日之後，正月二十二。她瞥了一眼心思不知飛到何處去的長孫女，淡淡道：「就這天吧。」

大姑娘被睿王看上的消息很快就在西府傳開了。

黎光書正喝著茶，聽說後直接把茶水噴了出去。冰娘忙拿了帕子替他擦拭，黎光書擺手制止，沉著臉道：「大哥到底走了什麼狗屎運，一個女兒成了侯夫人，一個女兒進了王府，他這是要上天不成？」

冰娘溫柔笑著，並不亂說。

黎光書低頭在冰娘臉頰上親了一下，站起身來。「今天我去正院歇著，妳早些休息吧。」

冰娘臉上沒有絲毫不情願，一直把黎光書送到了月亮門處才折返。

黎光書雖不捨得溫柔鄉，還是硬著頭皮去了劉氏那裡。要說起來，他兩個女兒也快到議親的年紀，他本就離京數年，與女兒們淡了父女情分可不美。

劉氏聽到丫鬟的通稟還以為聽錯了，直到黎光書走進來，才確信這個自從回到家後，只在她屋裡歇過兩晚應付差事的男人，破天荒地大中午就過來了。

「我還以為妳已經睡下了，記得妳以前有午睡的習慣。」

望著男人舒展的眉眼，劉氏微怔。這樣心平氣和的對話，她以為不會再有了。

二人不鹹不淡聊了幾句，黎光書話題轉到了兩個女兒身上。「嫣兒與嬋兒琴棋書畫的進度如何了？東府先生可還靠譜？」

「東府女學已經撤了，嫣兒與嬋兒現在主要跟著我學女紅。」

黎光書頗為意外。對女兒家這些事他本沒怎麼上心，畢竟不是兒子，需要父親親自教導。但東府女學竟然撤了嗎？

「只學女紅豈不是把孩子耽誤了，回頭我給她們兩個請個先生吧。」女子無才便是德都是哄人的話，真的大字不識，男人說話只能當根木頭樁子在那裡杵著，誰又能上心呢？

「三姑娘無事時，她們兩個會過去跟著三姑娘讀書習字。」見黎光書關心女兒學業，劉氏神色不自覺緩和下來。

黎光書眼睛一亮。「嫣兒她們與三姑娘很親近？」

想到那個表情淡淡的少女，黎光書心中不喜，但他為官多年，早知道個人情感原就是最無關緊要的事。兩個女兒與未來的冠軍侯夫人關係親近，他喜聞樂見。

劉氏卻因為黎光書那雙驟然亮起來的眼睛一顆心漸漸沉了下去，語氣冷淡下來：「都是一府的姊妹，她們與三姑娘親近不是很正常嗎？」

「對、對，一府姊妹是該好好親近的，不只是三姑娘，大姑娘是長姊，同樣不能失了親近。」

劉氏嗤笑一聲。「老爺說笑了，我可不希望女兒與上趕著當人小妾的人親近。」

黎光書臉一沉。「妳這是什麼話？大姑娘是要進王府的人，如何能與尋常小妾相提並論？」

「王府的小妾就不是小妾了嗎？」劉氏反問。

「糊塗！照妳這樣說，宮裡那些娘娘們還是小妾呢，妳們這些外命婦見了敢不行禮嗎？」

「誰樂意巴巴去見啊！」

「不可理喻！」黎光書拂袖而去。

劉氏沉默好一會兒，冷笑出聲。虧她還以為這個男人轉性了，誰知是見大姑娘攀了高枝就打起她兩個閨女的主意來了。他若敢賣女求榮，她就和他拚了！

雅和苑中，喬昭得知了此事，只剩下苦笑。

她不知道這位大姊是聰明還是糊塗了。

若說糊塗，她能抓住一切機會達成自己想要的；可若說聰明——睿王已到而立之年，難不成真會因為一場落水就看上個小姑娘了？

只望她自求多福，少給黎府招惹是非便好。

正月二十二那天，黎皎被抬去了王府。雖然不是迎娶王妃，走不得正門，但整個王府張燈結綵，煥然一新，還是給足了黎大姑娘體面。

很快入了夜，喜房中的龍鳳喜燭散發出柔和的光，窗子上大紅的喜字晃得人眼花。

黎皎垂首盯著自己身上的粉色嫁衣，某個瞬間心頭湧上的一絲委屈，在聽到沉穩的腳步聲後很快煙消雲散了。她現在雖然只是王府的一名侍妾，卻有了成為人上人的機會，有什麼可委屈的呢？嫁給飯都吃不飽的閒漢倒是能穿大紅嫁衣，可那又能怎樣？

黎皎堅定了信心，對著走進來的睿王露出明豔一笑。

睿王見了心中一蕩，倒是想抱著新婦好好痛快一番，奈何牢記著神醫的叮囑一年內不得親近女色，生怕美人在側把持不住，於是在黎皎的笑容面前停住腳，淡笑道：「折騰了一日妳也累了，早些寬衣歇息吧，本王去隔間睡。」

去隔間睡？黎皎嘴角笑意微凝，幾乎不敢相信自己耳朵聽到的。這是她的洞房花燭夜，王爺竟然不與她圓房嗎？

睿王同樣有些狼狽。不管怎麼說他都是個男人，任身分再高貴，在這樣特殊的日子裡卻不能做該做的事都會尷尬的。他加快了離去的腳步。

「王爺……」黎皎忍不住站起身來喊了一聲，留給她的是輕輕晃動的淡粉色珠簾，琉璃珠相撞的叮咚聲襯得喜房更加空曠。

黎皎怔怔坐下，一時懵了。

王爺為何會這樣對她？難道說王爺不是因為看中了她，而是報復她拽掉了他的腰帶嗎？這個理由太荒謬，黎皎無法強迫自己相信。一定有什麼她不知道的原因！

不能慌，她既然已經進了王府，後面的日子還長著呢，無論什麼原因，只要有足夠耐心早晚會知道的。

黎皎進了睿王府的消息很快就在京中傳開了。

固昌伯老夫人聽聞後愣了許久，嘆道：「皎兒與她娘的性子，還真是完全不一樣。」

老固昌伯啜了一口茶。「性情不同也沒什麼不好，她娘倒是嫻靜的性子，可惜命不好。希望咱們這個外孫女是個有造化的，也不枉咱們疼她一場了。」

他們這些勳貴之家的兒郎讀書大多不成器，貴女又一抓一大把，哪有那麼多能襲爵的世子可嫁呢？嫁個次子、幼子什麼的，公侯的門第聽起來唬人，事實上等老太爺、老太君們閉眼後一分家，立刻就成了尋常人家。真說起來，女兒家正經八百被抬進王府已經是很好的機緣，也只有極少數過於清高的人家才會想不開。

泰寧侯夫人溫氏聽說了這事則是另一種想法了。

「沒想到這黎府的大姑娘是個能耐的，一次元宵節就進了睿王府。」

心腹婆子陪笑道：「一樣米養百樣人，不是所有姑娘都像咱們七姑娘這般貞靜的。」

提到女兒朱顏，溫氏眉眼柔和下來，可很快就被陰鬱取代。「厲媽媽，表姑娘那裡妳可要給我盯好了。咱們這位表姑娘與黎大姑娘好得跟一個人似的，與顏兒不是一路人。」

能藉著陪杜飛雪逛燈會的機會就攀上了睿王，黎大姑娘可真是讓她無法不忌憚。偏偏住在他們府上的這位表姑娘還時不時請黎大姑娘來作客，萬一對方給杜飛雪出個什麼主意把她一雙兒女算計了，那她才要嘔死了。

「夫人放心就是，老奴冷眼瞧著咱們七姑娘不樂意與表姑娘熱乎呢，吃不著虧的。」

溫氏搖頭。「我是怕彥兒吃虧。」

她精心教養的兒子要是被杜飛雪那樣的纏上，可真是一輩子都毀了。

「表姑娘不是還在孝期嘛。」

溫氏冷笑。「還在孝期，老夫人一勸就去逛燈會了，妳還打量她是個會規矩守孝的嗎？」偏偏這話她只能與心腹婆子說，對老夫人與侯爺半個字不能提。他們一個當外祖母、一個當舅舅的，正憐惜杜飛雪喪母，她要一說就成了惡人了。

「去把七姑娘請過來。」

不多時朱顏走了進來。「母親找我有事？」

面對愛女，溫氏露出溫柔笑容。「這幾日可有出去玩？」

朱顏抿唇一笑。「除了元宵節那日，只昨日去了一趟蘇府，陪蘇姊姊下棋。」

「洛衣那丫頭到現在還這麼稀罕下棋啊？」

「是呀，蘇姊姊最愛下棋了，每次都把我殺得片甲不留，恐怕只有……五哥能替我報仇了。」

喬昭的名字到了嘴邊被朱顏默默嚥了下去。

溫氏微微揚眉。「哦，妳五哥還與蘇姑娘下過棋？」

「沒有下過，他們哪有機會對弈呀，再說也不合適。」

見朱顏神情坦然，溫氏知道女兒沒有隱瞞，心中對蘇洛衣不由更滿意了幾分。

「我就是挺想知道五哥與蘇姊姊對上，誰會略勝一籌。」朱顏說道。

溫氏笑笑。「會有機會的。」

朱顏微怔，她本就是心思聰敏的女孩子，很快就領會母親的意思，當下便露出真切的笑容。

五哥與蘇姊姊嗎？她可真是期待呢。

待朱顏一走，溫氏交代心腹婆子：「去把我要準備替世子相看姑娘的消息傳到表姑娘那裡。」

心腹婆子一愣。「夫人，表姑娘知道了會鬧起來的。」

溫氏冷笑。「就怕她不鬧！」

只有千日作賊沒有千日防賊的道理，既然府上有這麼一個隱患，與其將來發作出來令人措手不及，不如她提前引燃。這樣的話，縱是老夫人與侯爺再怎麼憐惜杜飛雪喪母，心裡也該有數了。

果然不出溫氏所料，杜飛雪偷偷聽到婢女們的閒聊，登時像是被人迎頭打了一拳，整個人都懵了，拔腿便向泰寧侯老夫人的住處跑去。

自打朱氏上吊自盡後，泰寧侯老夫人精神一直不大好，並開始吃素。溫氏為了盡孝，午膳時候便會過來陪著泰寧侯老夫人一道用飯。

這一日恰好泰寧侯亦在府中，同樣趕過來陪伴雙親。

丫鬟才把飯菜擺上桌，杜飛雪就衝了進來，撲進泰寧侯老夫人懷中大哭。

「飛雪怎麼了？是做了惡夢還是受了委屈，快和外祖母說說。」泰寧侯老夫人吃驚不已，輕拍著杜飛雪後背安撫。

溫氏牽了牽唇角。這位表姑娘日子過得比府上正經的姑娘還舒坦，誰能給她委屈受呢？

杜飛雪摟著泰寧侯老夫人的脖子緩緩抬頭，抽泣道：「外祖母，我聽說彥表哥要議親了？」

泰寧侯老夫人不由看向溫氏。

溫氏笑意淺淺。「年前倒是和侯爺提過，彥兒過了這個年都二十一了，是該把親事定下來了。」若不是彥兒出生後身體一直不好，有個道士治好了彥兒，並交代弱冠之前不得訂親，她現在孫子該都抱上了，哪裡還有這些糟心事。

「現在還是正月裡，表姑娘莫哭了。」溫氏柔聲勸了一句，多的話一字不提。

泰寧侯老夫人面色變了變，看著外孫女的眼神深沉起來。

「外祖母，能不能不要表哥現在議親？」杜飛雪並未察覺，天真求道。

溫氏眉梢動了動，眼底閃過笑意。她就說，這位表姑娘從不會讓人失望的。

杜飛雪對朱彥的心思太過明顯，泰寧侯老夫人安撫了外孫女之後，特意叫溫氏留了下來。

「妳說得不錯，彥兒年紀確實不小，親事不能再耽擱。京城適齡的貴女，妳心裡可有數？」

泰寧侯老夫人雖然疼外孫女，但深知外孫女的性子當不成世子夫人，更何況外孫女要為母守孝三年，她的孫子可等不得了，要是不抓緊把孫子的親事定下，外孫女守孝期間鬧出什麼事來就成笑話了。

「兒媳這些年留意著，禮部尚書府的蘇姑娘是個好的。」

「蘇家丫頭？」泰寧侯老夫人挑了挑眉，腦海中有了印象。「是不是與顏兒交好的那個？」

泰寧侯夫人溫氏含笑點頭。「正是。」

「蘇家丫頭確實是個好的，妳的眼光不錯。」泰寧侯老夫人滿意點頭，語氣一轉：「不過蘇尚書眼看就要入閣，去蘇家說親的媒人恐怕要踩破了門檻，妳可要抓緊了。」

「老夫人放心，一出正月，兒媳就託人去探探尚書府的口風。」

泰寧侯老夫人緩緩點頭。

轉眼便到了喬昭生辰。

江大都督府中，江詩冉正對江堂發脾氣。

「我與黎三又不親近，她過生日為何要我去給她慶生？」

「冉冉，別任性。黎三姑娘先前幫過為父的忙，妳就當替為父去道謝的。」對著炸毛的寶貝女兒，江堂全然沒了錦鱗衛指揮使的威風。

自從服用黎三姑娘調配的解丹毒藥物，他明顯感覺身體輕快多了，以往那些失眠抽筋掉髮的症狀已經沒有。然而他是錦鱗衛指揮使，黎三姑娘則是與冠軍侯訂了親的小姑娘，他們經常見面顯然是不合適的，而女兒出面就方便多了。

可惜令江堂頭疼的是，女兒好像與黎三姑娘天生犯沖，怎麼也玩不到一處去不說，還結了不小的怨。

「爹騙人，她又沒有三頭六臂，能幫您什麼忙？」江詩冉咬唇冷笑。「我還以為爹恢復正常了，沒想到是中了黎三的迷魂湯還沒有清醒！」

江堂有些怒了。「妳這孩子，胡亂說些什麼？」

他都一把年紀的人了，自從髮妻過世就歇了再娶的心思，一心一意撫養女兒長大，此時被女兒這樣說，自是惱怒尷尬不已。

「爹凶我！」江詩冉跺跺腳，眼淚立刻掉下來了。「反正我不去，您要樂意去您自己去吧！」

見江詩冉掉頭就走，江堂忙問：「冉冉，妳去哪兒？」

江詩冉頭也不回。「我進宮找真真去！」

眼見著江詩冉跑遠了，江堂無奈嘆氣。「這孩子……」

都督府屋廣地闊，江詩冉因心中有怒，腳底如生了風，穿過月洞門時險些往一人身上撞去。

「小心些。」來人伸手穩住了江詩冉身形。

江詩冉一看清來人便皺了眉。「五哥，你怎麼來了？」

爹不是把江五遠遠打發到嘉豐去了嗎，怎麼江五比十三哥還要早些回京呢？且讓人討厭的是，從他回來後就動不動來她家報告，難道還想住進來不成？

「我來找義父議事，冉冉這是去哪兒？」江五英俊不遜於江十一與江遠朝，奈何他生了一副鷹勾鼻，氣質陰冷，此刻見了江詩冉雖然嘴角掛著笑意，依然讓小姑娘見之不喜。

「我去哪兒還要對五哥彙報不成？」

「並不是這個意思——」

未等江五說完，江詩冉已推開他跑遠。江五盯著江詩冉的背影眸光閃了閃，轉身往內走去。

江詩冉進宮見到了真真公主依然鬱鬱不樂，抱怨道：「真真，妳說我爹是不是中邪了，怎麼就對黎三另眼相待呢？」

真真公主隨意往前走著，此時雖是正月，御花園中卻有不少鮮花盛開，然而那些怒放的嬌豔鮮花卻在她的容光下失了顏色。

「或許是黎三姑娘確實幫過大都督的忙呢。」真真公主下意識撫摸了一下嬌嫩的面頰。黎三姑娘既然能讓她恢復容貌，那麼有幫上錦鱗衛指揮使的地方，也不是不可能的。

江詩冉在一叢花木前停下來，神色不快。「真真，怎麼連妳也幫著黎三說話了？我知道了，因為她治好了妳的臉，妳對她心存感激，覺得比我還要親厚了，是不是？」

真真公主哭笑不得。「並不是，我只是合理推測而已。」

江詩冉撇嘴。「反正妳要是和她好，我就不理妳了。過年的時候我爹喝多了酒，我可是從我爹口中聽說了，原來年前聖上有意召冠軍侯當駙馬，不是妳就是八公主。這樣說來，黎三明明就搶了妳的駙馬嘛！」

「冉冉，不要亂說！」真真公主面色頓變。

這可是在花園中，一旦被人聽到，除了丟臉還有什麼好？

當時父皇召見她與八姊的事，既然沒有挑明說就算是過去了，只有江詩冉這個嘴上沒有把門的才會在此時冠軍侯已訂親的情況下還拿出來亂說。

「我哪有亂說！」江詩冉出門時本來就窩著火，眼見好友亦不站在她這邊，當下便越發惱了，跺跺腳道：「罷了，就當我多管閒事，我回去了！」

「冉冉——」

江詩冉脾氣上來誰也攔不住，真真公主最終只得嘆口氣，沉著臉回宮了。

花園中安靜下來，站在花木後的八公主緩緩走了出來，白皙的手背青筋凸起，精心修剪的指甲生生折斷了兩根。

黎三送來的藥膏成功去掉了她額頭上的疤，虧她還為此心存感激。原來，原來她心心念念盼著的姻緣就這樣被黎三給搶走了！她甚至一直可笑地期盼著哪一日等來賜婚的聖旨。更令人絕望的是，今天要不是意外聽江大姑娘說起，她永遠不會知道父皇曾有心把她下嫁冠軍侯。

冠軍侯——

八公主喃喃念著這三個字，心中越發悲涼。哪怕她身處深宮，都聽說過冠軍侯的威風與能耐，她以後不可能遇到比他還要優秀的駙馬了！

八公主摸了摸光潔的額頭，那裡因為沒了疤痕早已毋須劉海遮掩，但她對喬昭的好感卻在這一刻徹底煙消雲散。

一九五 雪落僻巷

江詩冉從皇宮離開，抬眼望天。

天上雲層低垂厚重，泛著青色，便如她此刻壓抑的心情。真是討厭，黎三過生日無比快活，偏偏連累她生了一肚子氣。

江詩冉越想越惱火，上了等在宮門外的江府馬車，吩咐車夫：「去我十三哥那裡。」

自從與江詩冉訂了親，江遠朝便從江大都督府搬了出來，一個人居住的地方不算大，勝在乾淨整潔，便如江遠朝給人的印象。

江詩冉跳下馬車走到宅子門前，門人一見是她就露出恭敬笑容。「大姑娘來找十三爺吧？」

少女矜持點頭，也不用門人通傳便往內走去。

「大姑娘，十三爺去衙門了。」

江詩冉這才停住腳，皺眉想了想，喃喃道：「對了，已經快出正月，年假結束了。爹近來總待在家中，我倒給忘了。」

知道了江遠朝不在家中，江詩冉片刻不再停留，吩咐一聲去衙門便上了馬車。

馬車在錦鱗衛衙門口停下來，江詩冉輕車熟路直奔江遠朝的辦公之所。

「冉冉怎麼來了？」江遠朝聽到聲音放下手中資料，抬頭看過來。

江詩冉跨過門檻走進來，掃了一眼案牘上厚厚的宗卷，不滿道：「十三哥，怎麼才一上衙，你就有這麼多事情要做啊？」

江遠朝淡淡一笑，語氣中有著包容：「正是因為過年的時候沒有上衙，才積壓了許多事。」

「我不管！十三哥，我今天心情不好，你陪我去逛街吧。」

江遠朝面露難色。「冉冉，十三哥今天真的很忙。」

「再忙難道連半天時間都抽不出來？十三哥，你不陪著我，那我逛街買了東西怎麼辦？」

「要不讓江鶴陪妳去？」

立在門口的江鶴抬頭望天。他不要陪著江大姑娘去逛街，他情願去刷馬桶！

「十三哥，到底你是我未婚夫，還是江鶴是我未婚夫？」

江鶴腿一軟差點趴下，心有餘悸拍了拍胸口。大姑娘脾氣不好就罷了，怎麼沒事嚇人玩呢？

江遠朝深知江詩冉胡攪蠻纏的脾氣，只得站起身來。「那走吧，不過咱們說好了，只能陪妳逛一小會兒，我今天要處理的事情真的很多。」

「好好，一會兒就一會兒。」江詩冉喜孜孜地挽住了江遠朝手臂。

只要能哄十三哥出去，到時候還不是她說了算。

過年的氣氛還未消退，街上行人穿著新衣不疾不徐趕路，大多精神抖擻。

街道兩旁鱗次櫛比的店舖開張不久，顯得有些冷清，江詩冉卻拉著江遠朝興致勃勃逛了一個又一個，在江遠朝無奈的表情加深之際，一指不遠處的百味齋。「十三哥，咱們去吃百味齋的羊肉羹吧。」

江遠朝遙遙望了一眼百味齋的酒旗，薄唇微抿。

今天是喬姑娘，不，應該說是黎昭的生辰，他派人打探過，冠軍侯約了她在百味齋慶生。想到扔進箱子底的禮物，江遠朝在心底自嘲笑笑。他準備的禮物她定然是不會收的，他這個人她也不樂意見到。雖然他不會因此就離她遠遠的，卻也不想在今天掃了她的興致。

「去別處吧，今天不想吃羊肉羹。」

男人的拒絕讓江詩冉有些意外，搖著他手臂撒嬌。「可是我想吃，十三哥陪我去吃嘛。」

江遠朝不為所動。江詩冉惱了。「十三哥，只是吃碗羊肉羹這麼小的要求，你都不願意滿足，你其實根本不喜歡我，是不是？」

她雖然懂得不多，卻也明白，一個男人若是很喜歡一個女孩子，定然願意盡力滿足她的要求。而她不過是想與心上人一起吃碗羊肉羹，十三哥卻推三阻四……江詩冉越想越心慌，咬唇道：「還是說，十三哥只想陪別人吃？那你就去陪吧，反正我今天就要吃羊肉羹！」

說到這，她賭氣甩開江遠朝的手，拔腿往百味齋走去。江遠朝站在原地沉默片刻，輕輕搖頭，抬腳跟了上去。

「天字一號間。」進了百味齋，江詩冉交代夥計。

夥計一臉為難。「江大姑娘，天字一號間已經被人訂下了，小的帶您去別的雅間——」

江詩冉直接打斷夥計的話。「你們是怎麼做事的？我每次來都是在天字一號間，不習慣在別處。這樣吧，我給你銀子，你去讓天字一號間的客人把房間給我讓出來。」

「這不行啊，天字一號間的是貴客。」

江詩冉大怒。「他們是貴客，本姑娘就不是嗎？」

「都是貴客，都是貴客！江大姑娘，這一次實在不能換，您就——」

江詩冉直接抽出鞭子給了夥計一下，冷笑道：「讓開，我倒看看天字一號間是怎樣的貴客！」

「冉冉——」跟進來的江遠朝見江詩冉往天字一號間的方向走，不由喊了一聲。

江詩冉腳步一頓，隨後加快了速度。她今天出門一定是沒看黃曆的緣故，怎麼處處不順？她還不信了，連吃一碗羊肉羹都沒法稱心！

「姑娘止步。」守在天字一號間門前的晨光伸手攔住江詩冉。

江詩冉一鞭子抽過去。「什麼時候一個下人也敢攔著本姑娘了？」

晨光握住鞭子用力一拉，隨之鬆手。江詩冉往後倒去，狼狽摔倒在地。

「你還敢動手？」江詩冉推開把她拉起的江遠朝，怒容滿面。

晨光笑吟吟道：「姑娘可要瞧清楚了，我就算是下人，也不是姑娘的下人。」

他也是有品級的武將，放在軍營中會被人稱一聲「將軍」的，落到這位錦鱗衛指揮使的愛女眼中就成了下人，還真是有意思了。

「你放肆！」

晨光笑意懶懶。「姑娘說話能不能溫柔點，打擾了我們三姑娘用飯就不好了。」

三姑娘？江詩冉一愣，莫名想到了一個名字，而後厭煩的感覺從心底蔓生。

門「吱呀」一聲開了，喬昭站在門口看著江詩冉，語氣淡淡道：「原來是江姑娘。」

「原來是妳……又是妳！」江詩冉怒火中燒，下意識把鞭子舉了起來。

「冉冉，住手！」江遠朝伸手握住江詩冉手中鞭子，對喬昭輕輕頷首。「抱歉了，黎姑娘，我們這就走了。」

江詩冉驀地瞪大了眼睛。「十三哥，你又袒護她！」

江遠朝快要維持不住嘴角的笑意，嘆道：「冉冉，放下鞭子，咱們回去吧。」

他完全鬧不明白小姑娘究竟從哪裡看出袒護來了。這麼多人面前，他又如何能袒護她？那對她來說恐怕不是幸運，而是困擾吧。

江遠朝眼中的無奈卻刺痛了江詩冉敏感的神經。「為什麼遇到黎三，我就要回去？我比她低一頭嗎？」

喬昭冷淡的聲音響起：「二位能不能不要在我們訂下的雅間門口吵架？」

江詩冉立刻冷笑一聲，雙手環抱胸前看著喬昭。「天字一號房被妳訂了就了不起嗎？我說黎三，妳是不是就喜歡搶別人的東西？對我爹是這樣，對十三哥是這樣，對冠軍侯還是這樣！」

年輕男子冰冷的聲音從身後傳來：「喔，我怎麼不知道我未婚妻搶了江大姑娘什麼東西？」

江詩冉霍然轉身。邵明淵大步走過來，伸手握住喬昭的手，看向江遠朝。「如果本侯記得沒錯，現在應該還是上衙時間吧，江大人就有興致帶未婚妻來酒樓了？」

江遠朝淡淡一笑。「比不得侯爺清閒。」

邵明淵定定看江遠朝一眼，語氣帶著淡淡的警告：「如果江大人管不好自己的未婚妻，下一次我會去找江大都督聊聊。」

江遠朝笑了笑，並不多說。

邵明淵這才看向江詩冉，眼中一絲波動都無。「我想請教一下江姑娘，不知我未婚妻搶了妳什麼東西？如果真的搶了，本侯可以替她還。」

江詩冉咬唇不語。這種場合，難道要她說黎三搶了十三哥的注意力，搶了她爹的關心，搶了真真的駙馬嗎？

見江詩冉不說話，邵明淵輕笑一聲。「要是我未婚妻沒有搶江姑娘的東西，那麼我希望江姑娘能對她道歉。」

「你讓我向黎三道歉？」江詩冉立刻看了江遠朝一眼。

江遠朝對某人一句一個「我未婚妻」很是不爽，卻默認了江詩冉該道歉的事實。

無論如何，義妹這驕縱的脾氣是該收斂一下了。

「十三哥，你也認為我該向她道歉？」邵明淵的話未對江詩冉造成什麼影響，江遠朝的沉默卻讓她心頭一痛。

「冉冉，妳今天是有些衝動了，有的話不該亂說。」

「我沒有亂說！」江詩冉後退半步，用力咬了一下唇。「為什麼別人的未婚夫全心全意維護著自己的未婚妻，十三哥你卻站在我討厭的人那邊？」

「冉冉，這不是維不維護的事。」

江詩冉連連後退，眼中滿是憤怒與傷心。「我不想聽這些解釋，十三哥，我再也不理你了！」

她說完狠狠瞪了喬昭一眼，掉頭飛快跑走。江詩冉一走，江遠朝面上就更看不出多餘的情緒，朝邵明淵與喬昭略一頷首。「抱歉，不打擾二位雅興了。」

喬昭面色平靜看著江遠朝頭也不回下了樓梯，穿過大廳往酒樓門口走去，心頭微微鬆了口氣。她現在已經對那個人產生了本能的抗拒，希望以後他們彼此的交集越少越好。

「昭昭，咱們進去吧。」邵明淵拉著喬昭進屋，淡淡道：「不要讓不相關的人掃了興致。」

「嗯。」喬昭低低應了一聲。

江遠朝走出酒樓，已經不見了江詩冉的蹤影。想到有錦鱗衛暗中保護江詩冉，而衙門裡還有許多事要處理，他略頓了頓，掉頭往錦鱗衛衙門走去。

天開始飄起了雪，紛紛揚揚很快就在青石板的街上落了一層，到了傍晚，天色低沉昏暗，落雪已經堆起尺高。

江府中，江堂站在廊廡下，望著簌簌而落的雪花心情莫名有些不安。

「去問問，大姑娘還沒從宮中回來嗎？」

不多時，一名錦鱗衛前來回話：「大都督，大姑娘早就從宮中出來了，然後去衙門中找了十三爺一道逛街去了。」

一聽江詩冉與江遠朝一同去逛街，江堂臉上帶了笑。「我說怎麼捨不得回來呢。不過天色不早了，又下著雪，去尋一下大姑娘他們吧。」

錦鱗衛領命而去。

江堂不想回屋，便站在廊柱旁，眺望著院中被落雪覆蓋住本來面目的花木出神。不知不覺就站了小半個時辰，聽到腳步聲，江堂回頭。

看到江遠朝與幾名錦鱗衛走過來，江堂眉頭微皺。「十三，冉冉怎麼沒與你一起回來？」

「義父，我與冉冉晌午時便在百味齋分開了。」

「分開？那你去了哪裡？」

「我們分開後，我便回了衙門。」

江堂面色沉下來。「也就是說，這一下午，冉冉都是一個人？」

那丫頭出門時本就在生他的氣，十三又沒陪著她，想來心情更加不好了。

「還愣著幹什麼，快去找大姑娘！」

「是！」幾名錦鱗衛悄悄看江遠朝一眼，領命而去。

江堂抬了抬眉梢。「十三，義父知道衙門裡堆了不少事要你處理，不過冉冉今天原就心情不好，你難道沒有看出來？」

江十三苦笑。「是十三粗心了。」

他這義妹心情如六月的天，說陰就陰，說晴就晴，真要時刻哄著，那他就什麼都不用幹了。

「那丫頭氣性大，這個時候還不回來，看來又要賭氣在外面住上幾天了。」江堂嘆道。從小到大他這個女兒離家出走已經是家常便飯，好在她身邊時刻有身手好的錦鱗衛跟著，安全上他倒是不用擔心。

只是——江堂掃了江遠朝一眼，心中有些不快。十三對冉冉的感情，似乎兄妹之情遠超過男女之情……

正尋思著，一名錦鱗衛匆匆跑進來，面色慘白。「大都督，找、找到大姑娘了！」

這話聽著就有些不對勁，江遠朝眸光微閃。

江堂莫名心中一沉，斥道：「還有沒有錦鱗衛的樣子？大姑娘人呢？」難道冉冉又闖禍了？

錦鱗衛雙腿發軟，把頭埋得低低的。「大都督，您還是去看看吧……」

與百味齋隔著兩條街的一條偏僻巷子裡，積雪沒過了人的小腿肚，盡頭的牆角處微微隆起如小丘，江堂眼盯著那處，卻連腳都邁不動了。

江詩冉死了。

死在了一條雖然離繁華街道不遠，卻罕有人至的偏僻小巷子裡。

她半靠著牆角，積雪遮蓋住部分身體，露在外面的臉慘白得沒有一絲血色，瞪得大大的眼中滿是驚恐與詫異，死不瞑目。

不遠處躺著兩名年輕男屍，正是暗中保護江詩冉的錦鱗衛。

「義父……」江遠朝艱難地開口，伸手去扶江堂。

江堂一把把他推開。「滾！」

江遠朝被推至一旁。江堂往前走了一步，皂靴踩在積雪上，發出滋滋的聲響。

他忽然加快了腳步，撲到江詩冉身旁。

「冉冉，冉冉妳怎麼這麼不聽話，在這裡就睡著了？」江堂如遲暮的老人，顫巍巍伸出手撫上江詩冉早已僵硬的臉龐，喃喃催促著：「快起來，這裡冷，爹帶妳回家——」

話未說完，江堂頭一偏，噴出一大口血來。

「大都督！」趕過來的錦鱗衛越來越多，一起駭然出聲。

江堂盯著雪上的鮮血，一動不動。一群錦鱗衛站在旁邊，誰都不敢開口。

他們的大都督就這麼一個獨生女，一直當掌上明珠般養著，可現在卻白髮人送黑髮人。更重要的是，他們堂堂錦鱗衛卻連大都督的女兒都沒保護好，傳揚出去他們全都不用做人了！

一個個錦鱗衛眼中帶了怒火，把拳頭捏得咯咯作響。

「義父——」趕來的江五喊了一聲，江十一則默默立在一旁。

江堂充耳不聞，彎腰把江詩冉的屍體抱了起來。

「大都督——」眾錦鱗衛圍過來。

江堂一言不發，抱著江詩冉的屍身往前走，可隨後腳下一個踉蹌便要跌倒。

數雙手齊齊伸過去，全都被江堂拂開。「都別碰我的冉冉！」

他步伐沉重，一步步往前走去，地上留下深深的腳印，赤紅如血的雙目中兩行淚落下來。

江遠朝沉著臉交代屬下：「把他們的屍體帶走。」

天色暗了下來，瓦簷與路面上的積雪反射著白茫茫的光，街上早已冷冷清清，偶爾零星幾個行人看到黑壓壓一群錦鱗衛，險些嚇破了膽，立刻躲得遠遠的。

眾錦鱗衛默默跟在江堂身後，漸漸覺出不對勁來。

大都督去的方向好像不是江府，更不是錦鱗衛衙門，而是——

眾錦鱗衛悄悄交換了個眼神，困惑之際全都看向江遠朝。自從江遠朝與江詩冉訂親，十三爺便是錦鱗衛中僅次於大都督的實權人物了。

江遠朝心思敏銳，看著江堂所去的方向乃至他此刻神情，立刻想明白了江堂要去往何處。

「義父，您要去太醫署？」

此話一出，眾錦鱗衛臉色頓變。

大都督痛失愛女，過度傷心之下竟然不承認江大姑娘死了嗎？這是要抱著江大姑娘去太醫署醫治？要是這樣，整個朝野恐怕都會被震動的，尤其是東廠的人，會不會以大都督神志不清為藉口趁機奪權？

但此刻眾錦鱗衛在江堂面前大氣都不敢出，更別提出言勸阻了，只得眼巴巴看著江遠朝。

江遠朝攔在江堂面前。「義父，咱們回家吧，冉冉這樣子需要請人幫她收拾下，您說呢？」

江堂眼珠動了動，視線終於有了焦點。「回家？」

「是呀，天這麼冷，咱們帶冉冉回家吧。」

江堂大怒，伸手打了江遠朝一個耳光。「回什麼家？冉冉生病了，還要請太醫治病呢！」

「那咱們可以把太醫請過來。」江堂那一巴掌用足了力氣，江遠朝半邊臉頰頓時腫了起來，嘴角掛著血跡，他卻擦都未擦，仍溫聲勸道。

「義父，請太醫來府上不是更方便些？」江五跟著勸道。

江十一天性寡言，此刻垂眸不知在想些什麼。

「不行，一個太醫怎麼夠，你們都給我滾開！」江堂怒喝了一聲，抱著江詩冉的屍身加快了腳步。江詩冉一隻手臂垂落下來，隨著江堂的跑動一晃一晃。江遠朝移開了眼，默默跟上去。

此時太醫們已經下衙，只有幾個輪班的聚在一起喝茶閒聊，面對黑壓壓一群闖進來的錦鱗衛，驚得目瞪口呆。

江堂把江詩冉放下來，揪住一位太醫的衣襟。「你們院使呢？」

「江大都督？」太醫懵了。「臨下衙的時候，宮裡傳話說太后有些不舒坦，李院使進宮去了。」

「十一，你去宮門外守著，李院使一出來就把他帶到這裡來！」江堂立刻吩咐道。

此刻江堂的言行明明很荒唐，江十一卻一言不發領命而去。

江堂把太醫拽到江詩冉的屍身面前。「你們先給我女兒看看！」

幾個太醫只看了一眼就嚇得魂飛魄散。

「愣著幹什麼？快給我女兒看病！」江堂吼道。

一名太醫白著臉道：「大都督，令嬡……令嬡已經沒了啊……」

開口的太醫尾音化成了一聲慘叫，江堂死死捏著他的脖頸，越捏越緊。

「義父，您冷靜一點。」

江堂冷冷看了江遠朝一眼，手上用力，只聽咯嚓一聲，那倒楣的太醫脖子就被擰斷了，頭垂下來再也發不出聲音。另外幾個太醫直接就嚇尿了褲子。

眾錦鱗衛越發安靜了。他們這些人什麼高官都收拾過，見過的場面無數，然而闖到太醫署把一名無辜太醫捏死還是第一次。

「給我女兒看看。」江堂看向其餘的太醫。

這次再沒人敢說江詩冉已死，圍著她的屍身，強忍恐懼裝出診治的樣子。

「義父，李院使來了。」江十一帶著李院使走了進來。

李院使倒沒有什麼怨言，畢竟江堂在皇上心中地位非同一般，他們小小的太醫可得罪不起。

一看江堂難看的臉色，李院使笑著勸道：「大都督莫著急，下官先瞧瞧令嬡的情況再說。」

他一看到躺在長椅上的江詩冉，臉上笑意頓時凝結，倒口涼氣道：「令嬡已經死了啊。」

一個「死」字立刻激怒了江堂。一見李院使被江堂捏住脖子，與剛才場景如出一轍，幾名太醫再也受不住，接連嚇癱倒地。

江遠朝當機立斷揮掌拍向江堂背後，江堂眼一翻，昏了過去。

明康二十六年的正月，原本還抓著過年的喜慶尾巴，卻因為錦鱗衛指揮使江堂獨生女慘死，而籠罩上一層沉重壓抑的陰影。

那幾日街上幾乎沒有行人，四處可見錦鱗衛來去匆匆的身影。

江堂捏死一位太醫的事直接被明康帝壓了下來，這位一國之君擺明了對他的奶兄不會追究的態度。這個態度，讓許多人更加關注江府的動靜。

江堂已冷靜下來。或者說，這位走到錦鱗衛指揮使位子的權臣，終究有著常人難及的承受力。他看著三位留在身邊的義子——江遠朝、江五與江十一，臉上一絲笑容也無，冰冷問道：「十三，你和冉冉具體是什麼時辰分開的？」

「應該是午初時分，我陪冉冉逛了幾處舖子，冉冉說想吃羊肉羹，我們便去了百味齋。」

「午初？你們在百味齋用飯花了多長時間？」江堂直覺有些不對勁。

在外用飯不比家中方便，總不可能坐下兩刻鐘就能離開。

江遠朝沉吟一下，如實道：「冉冉與我鬧了彆扭，最終沒有吃飯。」

錦鱗衛幹的就是偵查的活兒，他即便不說，義父早晚也會知道的。與其從別人口中說出來，不如他早些講個明白。

「鬧了彆扭？」江堂盯著江遠朝的眼睛中幾乎要噴火。「為何鬧彆扭？」

他的女兒他清楚，對十三可是一心一意地稀罕，就算脾氣大了些，兩人一起逛街吃飯按理說也不會鬧彆扭的。

江遠朝垂眸。「我們在百味齋遇到了冠軍侯與他的未婚妻。」

「未婚妻？」江堂閉了閉眼睛，頓時明白了。

冠軍侯的未婚妻可不就是黎三姑娘，而冉冉偏偏與黎三姑娘最不對盤。

「把你們遇到冠軍侯與黎三姑娘後說過些什麼，全都告訴我！」

江遠朝心中早有準備，如實說了那日的事。

江堂聽到最後，臉上青筋突起，狠狠一捶桌子。「是我的錯，都是我的錯！」

如果他那天沒有提議讓冉冉去給黎三姑娘慶生，冉冉就不會賭氣進宮，而是會好好待在家裡了。而不是出宮後又找了十三去逛街，偏偏在百味齋遇到了黎三姑娘，賭氣跑了。

「你為何沒有攔住冉冉？」江堂冷冷問江遠朝。

「我想著冉冉暗中有錦鱗衛保護，她正生著氣，與其追上去再吵起來，不如等她消氣再說。」

「消氣？」江堂臉色越發難看。「十三，你難道不清楚，冉冉生氣時只有你可以哄好她？只可惜你卻懶得去哄！」他的冉冉，直到死的那一刻恐怕都等著這個混蛋追上來！他錯了，一個男人把一個女人當妹妹般疼愛，與當成心上人相比，用心程度是絕對不同的。

如果十三心悅冉冉，又怎麼捨得讓冉冉獨自一人生悶氣呢？

江堂不由想到妻子還在的時候。

那時他年輕氣盛，二人時而會有口角，可每次吵了架妻子賭氣不理他，他就算還在氣頭上也不會讓冷戰時間超過一刻鐘。哪怕抱著她繼續拌嘴呢，他也捨不得讓她獨自垂淚。

「冠軍侯警告冉冉不得再招惹黎三姑娘？」江堂忽而又問道。

江遠朝抿了抿唇角，回道：「冠軍侯沒有警告冉冉，只是提醒了十三。」

「你在幫著冠軍侯說話？」失去愛女的巨大痛苦令江堂思緒無比敏銳，很快從江遠朝的措辭中聽出了袒護之意。

十三在袒護誰？顯然不是冠軍侯！那麼，是黎三姑娘嗎？

江堂黑沉死寂的眼睛瞇了起來。

十三對黎三姑娘的心思他早就有所察覺，不然也不會軟硬兼施把十三與冉冉的親事定下來。要知道他最開始的打算，是等兩個小兒女感情水到渠成，十三再主動求娶的。

江堂的態度令江遠朝心中一凜。「義父，十三只是如實說出那天冠軍侯的反應，絕沒有幫他說話的意思。冉冉是我的義妹，更是我的未婚妻，十三此刻亦是心如刀絞。」

即便他娶義妹不是心甘情願，那只是因他心中有了人，並不代表他願意看到義妹出事。十幾年的兄妹之情，他的心也不是鐵做的。

江遠朝眼中的痛苦令江堂神色略緩，淡淡道：「你去把冠軍侯與黎三姑娘請來，我要見一見他們。」

「是。」

「你們也出去吧。」江堂痛苦地閉上了眼。

江遠朝三人先後離去。江堂呆坐著不動，很快有腳步聲傳來。

「義父。」江十一的聲音從門外傳進來。

江十一的去而復返讓江堂睜開了眼。「進來。」

江十一推門而入，一言不發立在江堂面前。

「有什麼事，說！」

江十一伸手入懷掏出一物，遞到江堂面前。他看了一眼，眼神一縮。「這是——」

江十一手心上是一塊穿著綠繩的雙魚玉珮，江堂再熟悉不過了，正是江遠朝慣戴的。

「十一在義妹手中發現的。」江十一聲音冷淡無波。他是第一個發現江詩冉屍身的人。

江堂接過玉珮死死捏著，一言不發。

「十一告退了。」

直到江十一無聲退下，江堂都沒有動一下，心中卻翻江倒海。

十三的玉珮出現在冉冉手中，也就是說，事實並不像十三所說的那樣，他們在百味齋吵了一架就分開了，不然冉冉不會臨死抓著十三的玉珮。

又有腳步聲傳來，江堂看向掩好的門口。

「義父，我可以進來嗎？」這一次是江五的聲音。

「進來。」江堂嘴角動了動。這個義子，又會私下說些什麼呢？

江五雖然氣質陰冷，卻不像江十一那般沉默寡言，來到江堂面前後便道：「義父，有一件事，小五不知當不當說……」

「說！」江堂冷冰冰打斷江五的廢話。

「元宵節那晚，我無意中看到十三弟趁亂帶走了黎三姑娘。」

江堂心頭一震。「帶走是什麼意思？」

江五垂眸。「當時有一個樹般高的花燈突然倒塌，保護黎三姑娘的人去扶花燈，我就看到十三弟拉起黎三姑娘的手，轉眼消失在人群中。」

一九六　物極必反

聽了江五的彙報，江堂整個人都開始往外冒寒氣，室內明明擺著炭盆，卻讓人感到刺骨地冷。

「後來呢？」

江五態度越發恭敬。「當時人太多，後來我便再沒見到他們了。」

江堂眼中陡然射出精光，厲聲問道：「為什麼不早說？」

江五把頭垂得更低，沒有吭聲。

「那現在為什麼又說了？」江堂再問。

失去女兒渾渾噩噩了兩天後，他的思維反而更加敏銳。

「因為冉冉遇害了，我覺得任何異常的線索都應該向義父稟明。」江五坦然道。

「我知道了，你下去吧。」

江堂沒有命江五或江十一去查江遠朝的事，而是另外吩咐了一名錦鱗衛：「去查查江十三什麼時候回的衙門。」

沒過多久，那名錦鱗衛就返回來稟報：「大都督，十三爺是臨近午末的時候回去的。」

他身後還跟著兩人，一人同是錦鱗衛打扮，另一人則是酒樓夥計的常見裝束。為錦鱗衛的一把手做事，自然不能有絲毫馬虎，特別是涉及到江大姑娘，每一個回覆必須有佐證。

跟著進來的錦鱗衛先開口：「大都督，卑職可以作證，十三爺是臨近午末時回的衙門，那時候卑職正吃完飯回來，見到十三爺往內走，隨口問了一句十三爺吃飯了沒，十三爺說沒有，然後卑職就自告奮勇去了咱們衙門外的酒肆給十三爺買了飯。」

他說完伸手一指戰戰兢兢站在一旁的夥計。「大都督，當時卑職就是找這個夥計點的菜。」

江堂目光落到夥計身上。夥計所在的酒肆經常招待錦鱗衛的大人們，因此膽量算大的，可是這一刻被錦鱗衛的頭號人物盯著看，幾乎要喘不過氣來。

這位大都督可真嚇人，難怪能統領錦鱗衛呢！夥計默默想。

「找你點的菜？」江堂聲音沙啞問。

夥計忙把頭垂得低低的，依然無法克制從心頭湧出的緊張。「是……是找小的點的菜。當時這位大人點了爆炒羊肝，因為已經是午末，這道菜恰好賣沒了，小的提議換成了爆炒雞雜。」

這樣一看，江遠朝臨近午末才回到錦鱗衛衙門這點就毋庸置疑了。

江堂微微點頭，錦鱗衛把夥計帶了下去。他靠著椅背，輕輕敲打著椅子扶手。

從百味齋到錦鱗衛衙門，即便是步行半個時辰也能走到，可十三說午初與冉冉分開，午末才到衙門，那麼中間還有半個時辰他幹什麼去了？還是說，那半個時辰他其實是與冉冉在一起……

江堂越往深處想，臉色越灰敗。

此時，邵明淵在冠軍侯府的待客廳中見了江遠朝，聽他說明來意，沉默片刻點頭。「好，我隨你去。」

「那麼黎三姑娘……」

邵明淵看了江遠朝一眼，淡淡道：「我不認為我未婚妻也有前去的必要。」

「侯爺應該知道，我義妹死後大都督傷心欲絕，此時拒絕大都督的請求並不明智。」

邵明淵不為所動。「江大人，我們走吧。」

江大姑娘死的那一天正好是昭昭的生日，她們還見過面，甚至可以說鬧得有些不愉快，他不想再讓昭昭摻和進來，加深對那一日的印象，以後每年生辰都蒙上一層陰影。

江遠朝立著不動。「大都督讓我請的是侯爺與黎三姑娘二人，黎三姑娘並不是侯爺的附庸，侯爺就這樣替黎三姑娘做了決定，確定她喜歡這樣嗎？」

邵明淵笑笑。他看出這是江遠朝的激將法，但不得不承認，對方說得有幾分道理。

然而他現在不想講道理。他為什麼要讓自己當眼珠子般看待的女孩，去面對一位痛失愛女的父親的質問甚至怒火？

「我確定。」

江遠朝揚眉。「侯爺憑什麼確定？」

邵明淵不由笑了。「當然憑我是她的未婚夫。」

江遠朝一滯，不再多勸，拱手道：「侯爺，請吧。」

邵明淵再次見到江堂，才發覺這位威風八面的錦鱗衛指揮使彷彿老了十幾歲，瞧著與垂暮老者無異。人的精氣神沒了，活著就沒滋味了，而女兒就是支撐江堂的那股精氣神。

江堂摒退了所有人，與邵明淵面對面而坐。

室內很安靜，江堂沒有開口。

「大都督，請節哀。」邵明淵率先打破了沉默。

無論何時，見到白髮人送黑髮人都會令人心生不忍。

江堂笑了笑，那笑卻比哭還難看。「侯爺能否對我說說，那天見到小女的情形？」

邵明淵在來的路上已經想到江堂會問這個，略加思索便把那日情形複述一遍。這些事即便他不說，江遠朝也不會對江堂隱瞞。

「那麼侯爺與黎三姑娘用過飯又去了何處？」

邵明淵深深看了江堂一眼。江堂表現得也很實在。「希望侯爺能理解我的心情，現在但凡與冉冉有一丁點交集的人，我都想知道他們的一切。」言下之意，他這樣詢問已經很克制了。

「我們用過飯，我便送未婚妻回黎府了。」

「沒有四處逛逛嗎？」

「吃飯前已經逛過了，她過生日不好整天在外面，還要回家吃碗長壽麵的。」

他可是頂著岳父與岳母大人哀怨的眼神把昭昭約出來的。

江堂又問了幾句，邵明淵都耐著性子答了。

「多謝侯爺賞臉過來，替我向三姑娘帶好。」江堂親自把邵明淵送到門口。

邵明淵卻心中一沉。

物極必反。江堂愛女如命人盡皆知，此時卻還有心思說這樣的客氣話，這只能說明掩蓋在其平靜外表下的是令人心驚的瘋狂。

看來昭昭那裡，他要多派些親衛暗中保護。

邵明淵走遠了，江堂收回目光，平靜道：「叫江十三過來。」

不多時江遠朝走了進來。「義父，您叫我？」

江堂上下打量了江遠朝一眼，忽而問道：「十三，冉冉慘死，你是什麼心情？」

江遠朝被問得一怔。義父這話問得太奇怪了。

江堂一直盯著江遠朝的臉，卻發現他這位義子太過沉穩，從面上竟瞧不出多少表情變化，只有驟然加深的眼神透露出聽到他的問題後的不平靜。

「那麼說說吧，你從百味齋與冉冉分開後再回到衙門前，還有約莫半個時辰做了什麼？」

江堂中年時便開始發福，平時見人臉上笑瞇瞇的，如若走在街上，任誰都看不出是錦鱗衛的頭頭，而此刻他卻目光陰鷙，彷彿毒蛇般盯著江遠朝。

江遠朝不答反問：「義父，您在懷疑我？」

江堂冷笑。「懷不懷疑，這不是你該問的事。我只需要你回答我，那半個時辰，你去了哪裡，做了什麼？」

江遠朝沉默了。

「你是不是和冉冉在一起？」江堂厲聲問道。

「義父——」

「江十三，你若還把我當義父，還記得自己是那個十多年前被我從街頭帶回來的孩子，就老老實實回答我，那個時候你有沒有與冉冉在一起？」

「沒有。義父，我沒有。」

「那好，你告訴我，那半個時辰你因為什麼事耽誤了，才那麼晚回到衙門？」

江遠朝沉默著。

「說啊！」在江遠朝面前，江堂不再掩飾處在崩潰邊緣的情緒，猛然踹翻身邊的一把椅子。

巨大的聲響傳來，門外傳來腳步聲。

「誰都不許進來！」江堂冷喝道。

門外安靜下來。江堂冷冷看著江遠朝。

江遠朝終於開口：「當時冉冉賭氣跑了，我原準備立刻回衙門，路過先前與冉冉逛過的綢緞鋪子時想起我們逛街時冉冉並沒有買東西，便吩咐綢緞鋪子的夥計，把冉冉當時留意的幾樣布料包好送到江府上。」

聽江遠朝提起女兒，江堂只覺心頭劇痛，抿唇道：「那也用不了半個時辰。」

江遠朝苦笑。「買下綢緞後，我便乾脆把冉冉逛過的店鋪都去了一趟，凡是冉冉當時多看幾眼的物什全都買了下來。我想著我嘴笨不會哄女孩子，冉冉見到這些或許就不會再生氣了……」

江堂沉默良久，問道：「那些東西呢？」

「應該已經送到府上了，您問一下府上管事便知。」

「你下去吧，我會問的。」

「那我出去了，義父，您還是要注意身體。」

見江遠朝往外走，江堂似是想起了什麼，喊道：「等等。」

江遠朝停住腳步，溫聲問道：「義父還有什麼吩咐？」

「你經常戴的那塊雙魚玉珮，為什麼換了？」

江遠朝低頭看一眼垂在腰間的飛鳥玉珮，遲疑一下道：「那枚玉珮丟了。」

「丟了？何時丟的？」

江遠朝抬眸看一眼面色沉沉的江堂，回道：「元宵節那日丟的。」

江堂盯著江遠朝好一會兒，似乎在判斷他這話的真偽。江遠朝恭敬地微躬著身子，任由江堂打量。

他能理解義父的心情。義父早年喪妻，沒有再娶，冉冉對義父來說就是全部，如今冉冉沒了，對義父的打擊是毀滅性的。他不敢想像，失去冉冉的義父會做出什麼樣的舉動來。

能一手扭斷了冉冉的脖子，悄無聲息殺了保護冉冉的錦鱗衛，放眼京城，能有這副身手的人並不多。對於凶手，想來義父心中多少有數的。

思及此處，江遠朝自嘲一笑。不管義父怎麼想，以後他的日子都不會好過了。

「你下去吧。」江堂打發走江遠朝，立刻傳了兩個命令，一是把江府管事帶過來問話，二是去百味齋附近的那些鋪子求證。

從管事那裡得知確實有不少女孩子喜歡的玩意兒在那天下午被送到府上，江堂心中頗不是滋味。若是冉冉看到那些禮物該多高興，可是他的冉冉再也不會回來了。

沒過多久，又等到了去鋪子求證的錦鱗衛回報：「大都督，十三爺確實去了那些鋪子。因為十三爺與……大姑娘先前逛了一次，所以那些鋪子的夥計都印象深刻。」

江堂草草點了個頭，不再吭聲。那名錦鱗衛卻立著不動，江堂這才看他一眼。「怎麼？」

錦鱗衛恭敬道：「卑職還意外查到些別的……」

「說！」

「在一個首飾鋪子裡，卑職盤問那家掌櫃時，那家掌櫃說十三爺不久前還從他們那裡訂製了首飾，正月二十四那天取走的。」

「首飾樣式。」江堂沉聲道。

錦鱗衛從袖中抽出一份捲起的圖紙，雙手呈上。

江堂把圖紙打開，上面畫著一對耳墜，樣式很罕見，竟是一對白玉小鴨子，眼睛處則用了碧玉，成了畫龍點睛之筆。

江堂盯著小鴨耳墜出神。他總覺得這對耳墜瞧著很熟悉，好似在哪裡見過。

「掌櫃的說這對耳墜樣式奇特又可愛，以往還沒有過，所以在卑職問起十三爺的事時，才一下子想了起來。」

以往還沒有過？江堂心中一動，問道：「掌櫃的說他是正月二十四那天取走耳墜的？」

「對。」

正月二十四——

江堂默想著那一日。這樣的耳墜當然是送給女孩子的，可冉冉整日拉著十三逛街，十三並沒有拿出來。後來冉冉賭氣跑了，十三為了哄冉冉高興，去那些鋪子買下了冉冉看中的禮物，但自始至終沒有提起這對耳墜。也就是說，這對耳墜不是送給冉冉的！

江堂再看了一眼圖樣。雪白的小鴨子，翠綠的眼睛，讓耳墜顯得獨特又充滿靈氣，可見訂製這耳墜之人的一番心思。江堂閉了閉眼，終於想明白了。

正月二十五那一天，是黎三姑娘的生日！十三那對耳墜是準備送給黎三姑娘的！

這個結論讓江堂的怒火驀地湧了上來。

一個是親手畫下耳墜的樣式讓首飾鋪子精心打造，一個是匆匆去店鋪買下冉冉多看了幾眼的物件。孰輕孰重，已經一目了然。

他只以為十三對黎三姑娘或許上了幾分心，男子多情，這也不算什麼，卻萬萬沒想到，他這位心思深沉的義子竟然對黎三姑娘情根深種！

這樣說來，冉冉對十三的指責本就是對的，她的生氣與傷心全是因為感覺到了十三對她的忽視，對另一名女子的用心。好啊，黎三姑娘過生日，他的準女婿精心準備了禮物，而他的冉冉卻因為生氣後那一跑丟了性命！

滔天恨意在江堂心底翻湧，緊攥的手令骨節咯吱作響。

十三、黎三姑娘，還有殺害冉冉的真凶，他統統不會放過！

錦鱗衛的氣氛開始微妙起來。

原本十三爺是僅次於大都督之下的二號人物，但隨著江大姑娘的死，大都督讓五爺與十一爺暫管了十三爺手上的事務，眼瞧著十三爺是要被架空的意思了。

不管旁人怎麼想，江遠朝依然默默協助著江堂料理江詩冉的後事。

按理說江詩冉尚未出嫁，身為一個小姑娘是不能大辦喪事的，江堂卻不管這些，選了上好的棺木，弄了最大的靈堂，堂而皇之接受起京城各路人馬的祭拜。

然而許多人愕然發覺，江大姑娘的靈位寫的竟是「錦鱗衛指揮僉事江遠朝之妻」。

人們面上不敢流露出絲毫異樣，看向江遠朝的眼神卻帶了幾分同情。明明只是未婚夫妻，這樣一來，江大姑娘就成了這位年輕指揮僉事的亡妻。

最關鍵的是，以錦鱗衛指揮使江堂愛女如命的性子，恐怕見不得他這位女婿再娶。嘖嘖，年少得意又如何，有這麼位位高權重的岳父壓著，江遠朝恐怕只能老老實實當鰥夫了。

江遠朝一身素服，接受著人們各色目光的打量，面上一派平靜。

後悔嗎？並沒什麼後悔的，當時接受了義父的安排與義妹訂親是他自己的選擇，那麼現在發生了這樣的變故，亦是他該承受的代價。

只希望義父能熬過這一關才好，不要再鬧什麼風波。

然而江遠朝的希望注定落空了，江詩冉的喪事才剛辦完，江十一就把黎光文抓進了錦鱗衛的詔獄裡。

錦鱗衛之所以令上至皇親國戚，中至文武百官，下至平民百姓聞風喪膽，就是因為毋須經過三法司的審理，擁有自行逮捕、偵訊、行刑、處決之權。

可以這麼說，凡是被錦鱗衛抓進詔獄的人，生死就看錦鱗衛一句話了。

把黎光文抓進詔獄的名頭很簡單，無非就是黎大老爺嘴上沒有把門的，吐槽朝政的話以往無人與他計較，現在則被錦鱗衛懷疑有不臣之心。

明眼人都知道這是錦鱗衛收拾人呢，就是不知道江大都督在死了女兒後，為何對著黎家開刀。別人不知道，喬昭心裡卻是有數的。她跪下給鄧老夫人與何氏磕了頭。「祖母、母親，父親被錦鱗衛抓進去，全是受了我的連累。」

何氏挺著越來越大的肚子，眼睛都哭腫了，艱難起身去拉喬昭。「昭昭，妳胡說什麼呀，妳父親被錦鱗衛抓走，怎麼會是妳的錯呢？」

「確實是女兒惹的禍。我生日那天與江大姑娘在百味齋意外碰上，鬧了些不愉快，江大都督定然得知此事，心存不滿。」

「他那是遷怒！」何氏氣得咬牙。

劉氏扶著何氏勸道：「大嫂，妳快坐下吧。大哥雖然被那勞什子大都督抓走了，但不用擔心，一切有咱們三姑娘呢。」

「呃？」劉氏的話讓何氏都聽愣了。

劉氏卻不覺哪裡不對，抬頭對鄧老夫人一笑。「老夫人，您說是吧？」

「哦，是。」鄧老夫人抽了抽嘴角。

這個時候她還能說什麼？說三丫頭畢竟是個小姑娘，不能把救出老大的事寄託在她身上？要是這樣，何氏嚇早產了怎麼辦？

「昭昭，妳去找冠軍侯商量一下，看他有什麼辦法。」

三丫頭與冠軍侯訂了親，那就是一家人，在世人眼中密不可分，這個時候找冠軍侯求助沒有什麼丟臉的。

「嗯。」喬昭站起來，打發人去給邵明淵送信，自己則去黎府隔壁的宅子等著。

等喬昭一走，劉氏神情就更放鬆了，笑著道：「老夫人，大嫂，妳們真的不必擔心。妳們瞧著吧，那個勞什子大都督抓了大哥走，最後倒楣的還不一定是誰呢。」

反正她冷眼觀察這麼久，每次和三姑娘作對的人，最後都要倒楣的。

何氏是個心寬的，聽劉氏這麼一說，抿嘴樂了。「說得也是，每一次遇到難事，昭昭總會有辦法的。」

「可不是嘛，所以大嫂妳就放心吧。」

看著兩個兒媳婦相視傻笑，鄧老夫人悄悄翻了個白眼。她還能說什麼？

⸙

喬昭在隔壁宅子等了好一會兒才見到邵明淵。

「皇上閉關了。」見到喬昭後，邵明淵先說了這麼一句話，面上還帶著疲憊之色。

喬昭立時明白了，問道：「江堂沒見你？」

江堂既然把她父親抓進詔獄，擺明已經不在乎她與冠軍侯的關係，更沒準備給邵明淵面子。身為錦鱗衛指揮使，一旦不想給人面子，那邵明淵只能從皇上那裡入手，才有穩妥的把握把她父親救出來。

「我沒見到他的面。」

「他恐怕不在乎了。」喬昭苦笑。「庭泉，你是不是好奇過江堂以前為何對我頗為優待？」

邵明淵輕輕頷首。

「因為我能解他的丹毒啊。江堂身為皇上親信，得皇上賞賜丹藥的機會非常多，偏偏他的體質對丹毒很敏感，日積月累之下表面看著無礙，實際早已病痛纏身。正是因為我能解他體內丹毒，他才對我頗為客氣。」

否則以江堂愛女如命的性子，怎麼會對他女兒不喜歡的人有好臉色呢。

「原來如此。那他現在直接把岳丈抓了起來，只有兩種可能，要嘛他找到了另外能替他解丹毒的人，嘛……他已經把生死拋到了腦後。」

喬昭擰眉。「以他目前的狀態來看，顯然是後者，包括與你的對立也是。他以前一心替女兒的將來打算，會刻意結交一些人物。可是江詩冉死了，身為皇上的頭號親信，他已經不需要讓自己受半點委屈。」

只要明康帝活著一天，江堂就能橫行無忌一日，不管是冠軍侯還是蘭首輔，甚至兩位王爺都奈何不得。

「江姑娘是江堂唯一的弱點，成了孤家寡人之後的江堂，已經無人能擋。」喬昭嘆道。

邵明淵伸手握住喬昭冰涼的手。「再給我兩天時間。只要皇上出關，我立刻進宮面聖，無論如何也要把岳丈救出來！」

對上一個已經瘋狂的人，喬昭同樣沒了主意，只得默默點頭。

然而還未等到明康帝出關，又出了大事。

一九七　錦鱗內亂

錦鱗衛指揮使江堂暴斃身亡。

江堂的死就如一道驚雷，在無數人頭頂炸響。在得知江堂死訊的那一刻，不知多少人抬頭望著灰濛濛的天空，喃喃道：「要變天了，看來以後要少出門。」

明明是繁華熱鬧的京城，陡然間就變得冷冷清清，一個個往日客似雲來的店舖門可羅雀。

冠軍侯府門前站滿全副武裝的錦鱗衛，與冠軍侯的親衛形成對立，氣氛劍拔弩張。

「你們為何圍在我們侯府門前？」邵知厲聲問道。

站在錦鱗衛最前方的是一身白袍的江十一。他原本就是冷漠寡言的性子，此刻看起來更是冷如霜雪。「叫你們侯爺出來。」

邵知冷笑反問：「憑什麼？」

腳步聲傳來，邵知身後的親衛紛紛喊道：「將軍。」

邵知立刻回頭，抱拳道：「將軍。」

邵明淵擺擺手，站到江十一面前。「不知叫本侯出來何事？」

江十一定定看著他，冷冷道：「我們懷疑大都督的死與侯爺有關，請侯爺隨我們走一趟。」

「放肆，你們把我們將軍當什麼人？」邵知怒喝一聲，直接舉起手中長刀。「你們這些王八羔子敢動一下我們將軍試試！」站在邵知身後的親衛紛紛拔出長刀。

江十一身後的錦鱗衛則舉起弓箭。

「侯爺是要拒捕嗎？還是說想叛亂？」江十一冷聲問。

邵明淵盯著江十一，忽然笑了。「以前沒發現十一爺還有一副好口才。」

「我只根據事實說話。」江十一冷冰冰道。

「那好，本侯跟你們走。」

「將軍！」眾親衛面色大變。

邵知更是直接攔在邵明淵面前。「將軍，您不能跟他們走。」

邵明淵伸手拍拍邵知的肩膀，面不改色道：「我不會去太久的，不許輕舉妄動。」

「可是……」邵知依然不願讓開。就算將軍最終被放出來，這口窩囊氣真讓人嚥不下去！

「這是命令。」

邵知這才讓開。「走吧。」邵明淵對江十一略略頷首。

江十一揮揮手，眾錦鱗衛陸續把弓箭收好，心中悄悄鬆了口氣。

他們早就聽說冠軍侯的親衛軍個個驍勇善戰，倘若真打起來，他們恐怕要吃虧的。不過還好，這裡畢竟不是能讓冠軍侯放肆的北地，而是他們錦鱗衛說了算的京城。在這京城的地盤上，管他什麼冠軍侯、常勝侯，都得聽他們錦鱗衛的！

「庭泉——」女子聲音忽然傳來。邵明淵腳步一頓，立刻轉身。

喬昭提著裙襬快步走過來，兩名錦鱗衛伸出長刀立刻交叉攔在她面前。

邵明淵看一眼江十一，江十一面無表情，沒有絲毫反應。

邵明淵笑笑，大步流星走到那兩名錦鱗衛面前，雙手同時伸出，分別搭上二人握刀的手腕用力一擰。二人齊聲慘叫，手中長刀往下落去。

眾人還來不及看清邵明淵的動作，那兩柄長刀已經落入他手中。年輕將軍手上用力，兩柄品質上佳的長刀應聲折斷，被他狠狠擲於地上。

眾錦鱗衛勃然色變，長刀紛紛指向他。那可是他們吃飯的傢伙，就這麼被冠軍侯隨手折斷，簡直是奇恥大辱！

邵明淵涼涼掃過眾錦鱗衛，視線最終落在江十一面上。「記著，別拿刀對著我未婚妻，不然本侯什麼事都做得出來。」

「侯爺在威脅我？」

「不，本侯只是提醒你。」

江十一看喬昭一眼，冷冷道：「有什麼話，侯爺盡快說。」

邵明淵拉起喬昭的手往牆角處的樹下走去。

二人在樹下站定，邵明淵朝喬昭微微一笑。「別擔心，我不會有事的。」

南倭北虜，這兩大禍患不除，他對於皇上來說大概還是有用的。

喬昭把一個荷包塞進邵明淵手裡：「裡面是一些藥丸，用途以前對你說過的，你把荷包收好。」

少女捿著緊了緊邵明淵的手，壓低了聲音正色道：「以江堂目前的身體狀況來看，他不可能莫名暴斃，他的死一定有問題！」

「昭昭，妳是想——」

「放心，我不會亂來的，我等你回來。」

邵明淵抬手撫了撫喬昭臉頰。「嗯，我很快就會回來。」

眼看著邵明淵跟著錦鱗衛走遠，喬昭站在樹下一動不動。池燦三人半晌後匆匆趕來。

「庭泉被錦鱗衛帶走了？」

喬昭輕輕點頭。

「該死的錦鱗衛！」楊厚承一拳砸在牆壁上。

「現在罵人沒用，得想想法子。」池燦揚了揚眉，分析道：「現在錦鱗衛群龍無首，雖按常理推測皇上不會動庭泉，可萬一他們真的把江堂的死推到庭泉身上，庭泉定然要吃些苦頭的。」

「我還擔心一點。」朱彥看了喬昭一眼，提醒道：「黎大人此時還在錦鱗衛的詔獄裡……」

這種混亂時刻，最容易讓人趁火打劫。

「江堂的死，誰是最大的得益者？」朱彥的話讓喬昭下意識咬了咬唇，冷然問道。

「要看內部還是外部了。」池燦坐下來，雙手相互交叉。「從外部來講，江堂一死，最大的得利者便是東廠提督魏無邪。」

「那些太監？」楊厚承眨眨眼。

池燦冷笑。「想不明白？你只要知道，從大梁有了錦鱗衛與東廠至今，歷來都是東廠壓在錦鱗衛頭上，唯有江堂任錦鱗衛指揮使的這些年是反過來的。東廠那口氣，已經憋了很久了。」

朱彥聽得點頭，接話道：「很顯然，錦鱗衛換任何一個首領，都比不上江堂的權勢。」

皇上可只有這麼一位奶兄弟。

「再有便是首輔蘭山。」池燦接著道：「蘭山與江堂一直是互利互惠的關係，但江堂這個人怎麼說呢，還有那麼一點良心。去年歐陽御史彈劾蘭山，原本難逃一死，就是江堂抬了抬手，歐陽御史一家才得以保全。當然歐陽御史只是其中一個，近年來有不少得罪蘭山的人都是在江堂的庇護下得以活命，不乏一些忠臣良將。」

說起這些，池燦神色更冷。「蘭山在朝堂上一手遮天近二十載，對江堂能沒有意見？」

「那內部呢？」楊厚承問。

「內部就更複雜了。江堂有十三個義子，個個都是人中之龍，為了錦鱗衛指揮使那位子有什麼事做不出來？尋常百姓家的親兄弟分家時為了一頭豬還能打得死去活來呢。」池燦冷冷道。

「這麼說，江十三是清白的？畢竟只要江堂父女不死，他上位是遲早的事。」朱彥就道。

池燦嘲諷笑笑。「那也難說，或許江堂發現江十三不適合當繼承人呢？江十三乾脆先下手為強……」

「不會是外部。」喬昭一開口，就把幾人注意力吸引了過去。

「江堂死在家中，目前不知道暴斃原因，但從江十一帶走庭泉來看，應該不是突發疾病那麼簡單。如果江堂是被人殺害，無論魏無邪還是蘭山的人，想要潛入江府殺人都不是那麼容易的事。要知道江姑娘才死，錦鱗衛定然加強了對大都督府的守衛。」

池燦點頭。「不錯，錦鱗衛得罪人無數，對江大都督府的守衛一直不比皇宮守衛鬆懈，不然他們的首領都不知道死了多少回了。」

「所以江姑娘與江堂陸續出事，最大的可能還是他們內部人所為，即便有外人參與的影子，真正動手的還是內鬼。」喬昭分析道。

楊厚承抹了一把臉。「那他們吃飽了撐著，帶走庭泉做什麼？」

「誰願意承認是自己的錯呢？」池燦反問。

楊厚承踢了椅子一腳。「這不是無妄之災嘛！」

喬昭深以為然。可不就是無妄之災，庭泉是這樣，她父親更是這樣。

少女站了起來。「我要去一趟錦鱗衛衙門。」

池燦攔住她。「庭泉不會有事的，妳安心等著就是。」

「我要去看我父親。」

池燦三人對視一眼，決定陪喬昭同去。喬昭沒有推辭。

邵明淵站在錦鱗衛的詔獄門口，平靜看著江十一。「十一爺準備在這裡招待本侯？」

江十一冷冷道：「侯爺進去吧。」邵明淵笑笑，抬腳往內走去。

「等一等。」江五匆匆趕來，面帶不悅。「十一弟，你把侯爺帶到這裡來做什麼？」

「審訊。」江十一面無表情道。

「什麼審訊？不是請侯爺來瞭解一下情況嗎？」

邵明淵冷眼旁觀，彎唇笑笑。看來他們內部還沒達成一致意見，事情越發有意思了。

他斜靠著牆壁，懶懶地聽二人爭執。

「要不然本侯先回府，等二位有了結論再來？」

江五與江十一同時一怔。這時一名錦鱗衛氣喘吁吁跑來：「五爺，十三爺他——」

「他怎麼了？」一聽錦鱗衛提起江遠朝，江五神色凝重起來。

「十三爺領著一些兄弟要出府！」

江五一聽，顧不得邵明淵這邊，立刻匆匆撂下一句客氣話，拔腿就向外走去。

轉眼間只剩下邵明淵與江十一兩人。

「侯爺請吧。」

邵明淵扭頭回望一眼，抬腳走了進去。江十一看他進去後，轉身向外走去。

江府內氣氛劍拔弩張。

「十三弟要去哪裡？」江十一冷聲開口。

「我去何處需要向五哥彙報？」江遠朝淡淡回答。

「十三弟，義父突然故去，你本就是嫌疑最大，此時不好好待府中，難不成要毀屍滅跡？」

江遠朝緩緩笑了。「我記得五哥還不是錦鱗衛指揮使吧？論職位，我是指揮僉事，五哥似乎還要向我見禮的。」

江五冷笑起來。「我絕不會向有可能害死義父與義妹的凶手行禮，相信兄弟們都不會！」

江遠朝嘴角笑意頓收。「五哥說話可要有真憑實據。」

「真憑實據？」江五看了匆匆趕來的江十一一眼，揚聲道：「不知義妹臨死前手中抓著十三弟的雙魚玉珮，算不算真憑實據？」

此話一出，不少錦鱗衛面色微變。

「我的雙魚玉珮在義妹手中？」

「十三弟不相信我說的話？那你可以問問十一弟。」

江遠朝看向江十一。江十一平靜道：「是我發現的。我當時看到了義妹的屍體，蹲下檢查時在她手中發現了玉珮，然後把它交給了義父。」

「你們的意思，義妹是我殺的？」

「我不知道義妹是誰殺的，我只說我看到的。」江十一冷冰冰道。

江五則笑了笑。「事情不是很明顯嗎，你殺了義妹，義妹掙扎時扯斷你的隨身玉珮抓在手中，成了指認真凶的鐵證，然後被十一弟發現後交給義父。卻不料此事被你得知，你便先下手為強害死了義父。」

江遠朝「啪啪啪」地鼓掌，涼涼道：「五哥好推理。不過動機呢？我與義妹已經訂親，義父對我頗為倚重，我莫非鬼迷心竅，先殺義妹再殺義父，然後讓因犯錯被義父發落到嘉豐去的五哥你，現在站在我面前指手畫腳？」

江遠朝的話讓眾錦鱗衛暗暗點頭。十三爺說得不錯，他是大都督的準女婿，將來接大都督的班已經是板上釘釘的事，完全沒有殺害大都督與大姑娘的理由。

「十三弟問得好。若不是老天開眼讓我看到一些有意思的事，恐怕任誰也想不到你的動機。」

「有意思的事？」江遠朝牽了牽唇角，腦海中忽然閃過江堂的問話。

義父問他經常佩戴的玉珮是何時丟的，他說元宵節。

元宵節——想到那一天，江遠朝心中一沉，忽然有了不妙的預感。

江五不陰不陽的話響起：「元宵節那晚，我恰巧看到十三弟與一位姑娘約會呢，那位姑娘可不是義妹。」

江遠朝猛然看向江五。

江五嘲諷一笑，看了神情各異的錦鱗衛一眼，接著道：「試問如果義妹知道了這件事呢？義妹與十三弟爭吵之下，十三弟失手殺了義妹，或者為了保護那位姑娘乾脆把義妹滅口，是不是就沒那麼難理解了？」說到這裡，江五環視眾人一眼，加重了語氣：「更重要的是我向義父稟明過此事，以義父對義妹的疼愛，絕不會輕饒了十三弟。十三弟自知難逃責罰之下，一不做二不休再殺了義父，是也不是？」

「一派胡言！」江遠朝冷冷道。

「喔，十三弟這是死不承認了？那要不要我派人把那位姑娘請過來對質呢？」

江遠朝眼神瞬間轉冷。「江五，不要把不相關的人扯進來！」

「不相關？」江五笑了。「十三弟，這個時候你還一心護著那位姑娘，可見對其情深義重啊！」

「我不想聽你這些廢話，要想查明義父的死因很簡單，請仵作來驗屍既可！」江遠朝往前走了一步，見江五擋在他面前，喝道：「讓開！」

江五紋絲不動。「請仵作驗屍？十三弟，義父風光一世，你竟然想讓那些下賤東西褻瀆他老人家的遺體？幾位兄弟都看到了義父的遺容，義父七竅流血而亡，已經有太醫診斷過，義父死於中毒無疑！」

「這麼說，五哥認定是我下毒害死義父的？」

「當然不止十三弟一個人。」

江遠朝皺眉。「你這是什麼意思？」

江五拍拍手。「把人帶過來。」

江遠朝看到被錦鱗衛帶過來的喬昭，不由愣了。喬昭深深看他一眼，移開視線。

江五見狀不由笑了。「二位在元宵節那晚攜手同遊，現在裝作不熟悉就沒意思了。十三弟，敢做不敢當可不是你的風格。」

這話頓時引起了錦鱗衛的騷動。一個是大都督的準女婿，一個是冠軍侯的未婚妻，他們二人攜手同遊是什麼情況啊？五爺說的要是真的，那十三爺還真有可能是殺死大都督與大姑娘的真凶，畢竟撬冠軍侯牆角這件事太令人匪夷所思，被人知道了當然要滅口啊。

喬昭聽了這話熱意直往臉上湧。

她還在奇怪錦鱗衛為何對她如此不客氣，原來是認定她不守規矩，冠軍侯不可能再護著她這未婚妻了。說不定在這位江五爺心裡，冠軍侯還要感謝他及時揭穿了她與江遠朝的「私情」。

少女忍不住冷冷看了江遠朝一眼。她上輩子一定是欠了他，才會沾上他就倒楣。

江遠朝被這一眼看得火辣辣地難堪，冷冷道：「江五，我說過不要把不相關的人扯進來！」

江五冷笑一聲。「不相關？我們還要聽你說說，是如何與這位黎姑娘合謀毒死義父的！」

「合謀毒死義父？」江遠朝只覺這個說法無比荒謬。

「難道不是嗎？」江五再次拍拍手，很快的，一名侍女被帶了過來。

他們這些經常出入江府的人都認得這名侍女，正是伺候江堂起居的。

江堂對髮妻忠貞不渝，髮妻死後便打發了府上年輕貌美的侍女，只留下一些老實本分的。這位侍女便是其中之一，說是侍女，其實已經有三十多歲了，姿色更是平平，名叫紅英。

「紅英，妳伺候了大都督十幾年，大都督待妳如何？」江五問道。

面對這麼多人，紅英畏懼低著頭，老實回道：「大都督待婢子很好，逢年過節都會賞婢子雙份月錢。」說到後面，紅英忍不住抹了抹眼淚。

外人都覺得大都督嚇人，其實大都督再好伺候不過了，那些特別私密的事大都督向來親力親為，她只需要鋪床疊被打掃房間，大部分時間都很清閒。

「大都督待妳很好，那妳不想大都督死不瞑目吧？」

紅英渾身一顫，臉色登時白了。

江五聲音緩和下來。「妳也不用怕，我問妳什麼，如實說就是了。」

紅英緩緩點頭。

「大都督的一日三餐是誰料理的？」

「大都督的三餐與大姑娘的一樣，都是小廚房做的。」紅英很快回道。

錦鱗衛指揮使這個位子不好坐，江堂仇家多，在飲食上格外謹慎，餐前都會有人專門試吃，這一點在場的人都是知道的。

江五點點頭，繼續問道：「除了一日三餐，大都督還會吃別的嗎？」

「這個……」紅英猶豫了一下。

「說！」江五厲喝道。

紅英飛快瞄了喬昭一眼，垂頭道：「大都督還會服用藥物。」

聽紅英這麼一說，眾人有些驚訝。他們可不知道大都督會吃藥，他從沒說過哪裡不舒服。

「大都督服用什麼藥？」江五再問。

紅英搖搖頭。「婢子不知大都督服用什麼藥物，不過每晚我都會準備溫水給大都督服藥用。」

「義父服藥，這和別人有什麼關係？」江遠朝細長的眼睛瞇了起來。

紅英戰戰兢兢看江遠朝一眼，鼓起勇氣道：「大都督服用的藥丸，是黎姑娘配製的！」

江遠朝猛然看向喬昭，臉色不由變了。

原來如此！他一直奇怪義父為何對她另眼相待，想不通他們之間有什麼聯繫，原來是在這裡！眾人皆向喬昭看去，眼中有震驚，有憤怒，種種情緒不一而足。

喬昭依然安安靜靜站著，好像毫不在意眾人打量的目光。

江五長嘆一聲。「各位兄弟都明白了吧？江十三與這位黎姑娘有著不足對外人道的關係，而這種關係最終沒有瞞過義妹。義妹當然無法容忍，他們或許起了爭執，也或許義妹決定告訴義父，眼看著私情敗露，人在情急之下什麼事情都做得出來的。十三弟，你說是不是？」

江遠朝冷笑不語。

「可惜你倉促之下殺了義妹，留下太多破綻。當你知道義父對你產生懷疑，進而有了確鑿證據後，為了保命便對義父動了殺機。不過義父武藝高強，都督府中又護衛重重，熟悉這點的你深知硬來是不可能的，只有毒殺才是最安全的做法。」

江五視線落到喬昭身上。「這個時候，你發現老天都站在你這邊，義父居然一直服用黎三姑娘的藥物，那麼只要在藥物上做些手腳，想要毒殺義父就是再容易不過的事了，畢竟只有義父每日服用的藥物不會專門試毒。」說到這裡，江五再次拍拍手，很快一名太醫被帶過來。

「我查到這些後，立刻請太醫對黎三姑娘配製的藥丸進行了檢查，裡面果然混著數粒含有劇毒的藥丸，從外表上完全無法區分。」

在江五的指示下，太醫把裝有藥丸的小盒子打開，裡面躺著十數枚藥丸，看起來別無二樣。

「下官從這些藥丸上分別刮下粉末進行了檢驗，這幾粒是含有劇毒的。」

「現在，你們還有什麼話說？」江五上前一步問道。

江五與江遠朝對視，二人視線彷彿能碰撞出火花，令氣氛更加劍拔弩張。

在這一觸即發的時刻，少女的輕笑聲響起：「我有話說。」

江五與江遠朝一同看向喬昭。喬昭上前一步。

江遠朝嘴唇翕動，欲言又止。喬昭看也不看他一眼，偏頭看著江五。「你說老天站在江指揮僉事這邊，是覺得江大都督該死嗎？」

「妳住口！」江五直接拿刀指向喬昭。

刀尖明晃晃對準喬昭的臉，江遠朝伸手向江五手腕抓去，二人立刻纏鬥起來。

喬昭冷眼旁觀打在一起的二人，面上依然一派平靜。她問了那句話，江五就惱羞成怒，這樣的反應還真有意思。

自從與李爺爺學了催眠之術，她漸漸有所領悟，有時一個人下意識的言行會暴露出他真實的想法。不管江五表現得多麼悲痛，又是多麼義正言辭地要揪出害死江堂父女的凶手，可他無意中說的話卻騙不了人。江五對江堂並沒有那麼尊敬。

江遠朝與江五的功夫皆是江堂教導的，二人纏鬥了好一會兒才分出高下。江遠朝一手抵住江五手臂，冷冷道：「江五，義父可沒教過你拿刀對準一個小姑娘。」

雖然落敗，江五卻並不在乎，冷笑道：「怎麼，十三弟心疼了？」

少女清冷的聲音響起：「你的嘴這麼賤，正常人大概都想要教訓一下的。」

江五猛然看向喬昭。「小丫頭，沒人告訴妳少說話才能活得長久嗎？」

「我只知道少說話就要被人屎盆子扣在頭上了。江五爺，你這樣又當人證又當青天大老爺，合適嗎？」

江五被問得一怔。喬昭彎了彎唇角，語氣淡漠中並不掩飾鄙夷：「江五爺一把年紀了，難道不懂得做人的道理？要嘛你就老老實實當人證，審問江指揮僉事的事交給別人來。你要是想當青天大老爺為江大都督父女伸冤，那這人證就不合適再當了吧？」

喬昭說著，緩緩掃過眾人，淡淡道：「總不能你張口說看到江指揮僉事毒殺了江大都督，轉頭再做主把江指揮僉事抓起來。要是這樣也行，那你豈不是想抓誰就抓誰了？」

「妳……牙尖嘴利！」江五看向喬昭的神情越發陰冷。

江遠朝輕笑出聲。「我覺得黎姑娘說得很有道理。」

喬昭冷冷掃了江遠朝一眼。江遠朝笑意頓止。

少女抬手把垂落的落髮抿至耳後，不急不緩道：「當然，江五爺雖然做得不妥當，既然牽扯到我身上，那我還是要澄清一下的。元宵節那日，我和未婚夫相約逛燈會，我們一直在一起，江五爺何不把我未婚夫請來問個究竟？」

江五微怔。正月十五那一晚，他親眼看到江十三與黎三姑娘在一起，絕不會有錯，這也是他命人把黎三姑娘帶過來的原因。他可不認為未婚妻與別的男人私會，冠軍侯還能無動於衷。

毀了冠軍侯的親事，即便這次江十三能逃過，從此以後也會被冠軍侯視作眼中釘。

「喔，我想起來了，我未婚夫正好就在貴衙門作客呢，江五爺何不把他請過來問一問？」見江五不說話，喬昭笑了。「還是江五爺怕謊言被拆穿，不敢對質？」

「去一趟衙門，請冠軍侯過來！」江五沉著臉吩咐親信。

江十一站了出來。「冠軍侯不能出來，他還沒有經過審問。」

江五太陽穴突突直跳，有種要抓狂的感覺。

明明一切盡在掌握，為什麼自從這個小丫頭一開口，就隱隱有失控的感覺？

「十一弟，我都說了，冠軍侯與義父的死無關，你不要一意孤行，置錦鱗衛的前程於不顧！」

義父已死，將來錦鱗衛無論誰掌控大權，得罪了冠軍侯這樣的人物都沒好處，要知道還有東廠那些身心皆殘的玩意兒虎視眈眈呢。

「我只要查明義父死亡的真相。」江十一不為所動，冷冰冰道。

江五暗暗咬牙，江遠朝眸光深沉，江十一面無表情，一時之間錦鱗衛各有心思，氣氛頓時僵持住了。而喬昭忽然抬腳走到江十一面前。

她比江十一矮不少，只得半仰著頭看他。江十一微微低下頭來，冷眼看她。

「請我未婚夫過來，我告訴你大都督死亡的真相。」喬昭一字一頓道。

對江十一這種人，舌燦如蓮沒有意義，直接說出他想要的才是重點。

果然聽了喬昭的話後，江十一冷冰冰的臉上終於有了一絲波動。

他彷彿頭一次看清楚喬昭的樣子，烏湛湛的眸子中有了光亮，聲音如冷冰碎玉，悅耳又清冷：「妳知道我義父死亡的真相？」

喬昭卻不再開口，面色平靜與他對視，氣勢絲毫不落下風。

片刻後，江十一頷首。「好，我請冠軍侯過來，記著妳的話。」

邵明淵在錦鱗衛詔獄裡屁股還沒坐熱就被請了過來，見到喬昭時，他原本平和的表情陡然一變。

喬昭對他輕輕搖頭。邵明淵冷冷看向江十一。

江十一絲毫沒有掩飾。「五哥請黎三姑娘過來的。」

江五聽了暗暗咬牙。他現在開始懷疑，江十一到底是真傻，還是故意的！

「江五爺請我未婚妻來作客嗎？」

江五笑笑。「是有些事情要請黎三姑娘來問個明白。」

「他想知道元宵節那晚我與誰在一起。」喬昭雲淡風輕道。

邵明淵一聽不由笑了。「江五爺對我們的事這麼感興趣？那晚她自然與本侯在一起，本侯親手做了一對兔子花燈，現在那對花燈應該還在吧。」

「可我親眼看到黎三姑娘與我十三弟在一起。」

邵明淵冷冷打斷江五的話。「你看錯了。」

江五與邵明淵對視，從對方眼中看到洶湧的怒火與殺意。

他有一種預感，如果他繼續堅持自己的說法，對方會毫不猶豫擰斷他的脖子。倘若他出了事，無論是江十一還是江十三上位，都不會有人為他報這個仇。

思及此處，江五有些後悔了。他不該把黎三姑娘扯進來，讓事情變得更複雜。

「冠軍侯請到了，黎姑娘，告訴我義父死亡的真相。」江十一冷冷道。

一九八　真凶現形

聽了江十一的話，邵明淵眼中閃過疑惑。喬昭對他輕輕搖頭示意沒有關係。

「黎姑娘，告訴我義父死亡的真相！」江十一再次重複道。

喬昭瞥他一眼，淡淡道：「我要見一見江大都督的遺容。」

「不可能！」數名錦鱗衛異口同聲道。

世人只知道大都督暴斃身亡，卻不知道大都督七竅流血乃是中毒而死，要是這消息傳出去，他們錦鱗衛也沒臉混了。

專門查別人老底的錦鱗衛頭頭居然被人毒死在府中，這可真成了百年不遇的大笑話。

「十一爺該不會以為我能憑空告訴你真相吧？」

江十一沉默良久，身子往旁邊一側。「妳跟我來。」

「十一弟！」江五冷喝一聲。

江十一充耳未聞，抬腳往前走去。江遠朝伸手攔住欲要阻止的江五。「我也同意讓黎姑娘去看，真相永遠比面子更重要。五哥，你說是嗎？」

江五嗤笑一聲。「真相當然比面子重要，可一個還未及笄的小姑娘，她去看義父遺容除了嚇哭還能有什麼用？」

喬昭腳步一頓，回過身來，笑意淡淡道：「江五爺放心，我不是嚇大的。」

江堂的靈堂就在正院裡，白幡在寒風中招展，紙錢在地上打著滾，一股燒紙的味道傳來，令人心生不適。上好的金絲楠木棺材還未釘棺，江十一輕輕推開棺材蓋，身子往旁邊一側，示意喬昭上前來。靈堂森然，棺中躺的人因為暴斃而亡，更是添了恐怖氣氛。

不少人看向喬昭的眼神帶著懷疑意味。這麼一個小姑娘，真的不害怕嗎？

眾目睽睽之下，喬昭坦然走到棺材旁，對著江堂遺體行了個禮，起身後伸手把蓋在他臉上的白布輕輕掀起。

白布下是一張顏色已經發青的臉，雖然明顯經過收拾，眼眶與嘴角還是往外溢出血跡。喬昭從隨身荷包裡摸出銀針，似要往江堂面上刺去。

「妳幹什麼！」不少人冷喝出聲。江十一更是快若閃電伸出手，抓向她手腕。

有人卻更快一步抓住了江十一的手腕。「十一爺，別忘了我說過的話，別碰我未婚妻。」

江十一面冷如霜。「敢對我義父不敬，殺無赦！」

邵明淵淡淡一笑。「可你打不過我。」

江十一差點氣吐血。

喬昭抬眸睃了江十一一眼，不耐煩道：「你少說些話，我還能快點告訴你真相。」

江十一：「……」明明所有人都嫌他話太少的，這是第一次有人嫌他話多！

喬昭只是用銀針蘸取了江堂唇角的血跡，觀察片刻用帕子包好，吩咐江十一：「給我端一碗清水來。」

江十一愣愣沒有反應過來。

「清水！」喬昭加重了語氣。

「喔。」江十一這才如夢初醒，默默去端清水。

這小丫頭理直氣壯吩咐他的語氣是怎麼回事兒？

「清水。」江十一把一碗清水遞到喬昭面前。

喬昭伸手一指。「放那邊去。」

江十一深深看她一眼，一言不發把碗端走。

眾錦鱗衛心中都生起古怪的感覺。這還真是鹵水點豆腐，一物降一物，十一爺除了大都督誰的面子都不給，現在居然對一個小姑娘言聽計從。

喬昭壓根沒在意旁人的想法。她太明白江十一這種人，他們的想法往往很簡單，誰能滿足他的需要，便能得到他的配合，無關其他。

她用手帕纏在手上，伸手抓起江堂的手指。江堂養尊處優，手上肌膚看起來就如三十多歲的男子，指甲卻是烏黑色的。喬昭忽然有了些感慨。

不久前，江堂才從她這裡拿了藥丸，閒談時特別提起江詩冉，話裡意思是女兒不懂事，希望她不要計較。那時的他哪裡想到就在不久的將來，先是愛女慘死，自己也緊跟著中毒身亡呢。

少女收回思緒，認真觀察江堂的手指，在那一片烏黑中看到一條若有若無的紅線。她心中有了底，輕輕放下江堂的手，轉身走向江十一放碗的地方。

碗是雨過天青色的細瓷碗，半碗清水盛在其中，閃著波光。

喬昭把蘸取了江堂血跡的銀針丟進碗中，碗中清水很快被染上顏色，她傾身觀察片刻，直起身來。

「如何？」江十一迫不及待問道。

喬昭一臉正色。「大都督確實是被毒死的。」

眾人：「……」這不是廢話嗎？

「黎姑娘也承認大都督是吃了妳配製的藥丸而毒發身亡？」江五冷冷問。

喬昭皺眉。「我只是說大都督是毒發身亡，這與我配製的藥丸有什麼關係？」

「太醫已經證實，妳給大都督配製的藥丸中含有劇毒！」

喬昭看向戰戰兢兢立在一旁的太醫，溫聲道：「請太醫把有劇毒的藥丸挑出來。」

太醫用鑷子挾住藥丸一一看過，挑出三顆藥丸放到另一個小盒子中。「這三顆藥丸含有劇毒，下官當時檢查後，特意在上面刻了十字做記號。」

喬昭伸手把太醫挑出來的藥丸拿起來。

「昭昭——」邵明淵忍不住喊了一聲。

喬昭對他微微一笑。「沒事，我有分寸。」還沒有哪種毒藥這麼拿著就能毒死人的。

她仔細看過三顆藥丸，又拿起盒中剩下的藥丸一一看過，不由笑了。「這三顆藥丸確實有毒，摻了鶴頂紅吧？」

「不錯，正是鶴頂紅。」太醫看向喬昭的眼神帶了些讚賞。

單單看一眼就能確定是鶴頂紅，這小姑娘不簡單。

「可是大都督並沒有吃這些帶劇毒的藥丸，所以江五爺說大都督中毒身亡與我有關，就無從談起了。」

江五嗤笑一聲。「黎姑娘，妳說這話要有證據。現在大都督已死，不會再開口說話，總不能妳說什麼就是什麼吧？」

喬昭冷眼看著江五，淡淡笑了。「我既然說出這話，當然能拿出證據，紅口白牙誣賴別人的話我從不會說的。」

江五哪裡聽不出喬昭是在諷刺他，臉色當下沉了沉。

眾目睽睽之下，喬昭不再賣關子。「大都督雖不能再開口說話，但這些藥丸可以！」

眾人都聽愣了，只覺喬昭的話太過匪夷所思，只有邵明淵與江遠朝神色平靜。

二人在這一瞬間難得有了共識：昭昭／喬姑娘能好好站在這裡，再發生什麼離奇的事似乎也沒有什麼奇怪的了。

「黎姑娘倒是說說，這些藥丸如何開口證明妳的清白？」江五語氣陰沉。

喬昭伸手指了指盒子中的藥丸。「剛剛太醫區分這些藥丸，是在含有劇毒的藥丸上刻了十字，而實際上完全不用刻字，也能分得出來。」

太醫忍不住開口：「如何能分出來？這些藥丸形狀、大小、色澤都一樣。」

「不，這些無毒藥丸上也是有字的，就在這裡。」喬昭拿起一枚無毒的藥丸，呈給眾人看。

藥丸本就不大，頂端的字跡就更小了，江十一首先接過去認真看了一眼，又被江遠朝接過去，就這樣很快被傳遞一圈，在場的人都看到了藥丸上的字跡，是個小小的「三」。

喬昭拿出剩下的藥丸，按順序在桌上排開：「十一爺，可否把藥丸頂端的小字讀出來？」

江十一深深看了喬昭一眼。

喬昭笑盈盈吐出兩個字：「真相。」

江十一聲音平靜無波地讀起來：「二十八、二十九、三十、一、二、……八、九。」

讀到「九」，正好讀完最後一顆藥丸，江十一便停了下來。

眾人越發困惑，搞不清楚眼前少女在賣什麼關子。

喬昭沒有立刻解釋，反而問道：「大都督毒發身亡，誰第一個發現的？」

江十一看向伺候江堂起居的婢女紅英。

紅英低著頭道：「是婢子第一個發現的。大都督不習慣人近身伺候，晚上給大都督鋪好床後婢子就去歇息了，隔天一早過來伺候大都督洗漱，發現屋子裡沒有動靜。當時婢子便覺得奇怪，因為大都督習慣早上練拳，這幾天雖為著大姑娘的事沒再練拳，到了那個時辰依然會起來。那天情況實在反常，婢子進來一看，才發現——」紅英面露驚恐，語氣顫抖起來：「發現大都督七竅流血，早已氣絕身亡……」接著她再也說不下去，抽泣起來。

「大都督每晚服藥，妳負責準備溫水，那麼每次都是妳親眼看著大都督服藥嗎？」喬昭再問。

紅英搖頭。「大都督不習慣房間裡有別人，婢子每次安排好一切就會離開。」

「我要去大都督房間看看。」喬昭直接看向江十一。

江遠朝看在眼裡，心中苦笑。在她心中，他大概還不如十一哥值得信任。

「黎姑娘，妳究竟在賣什麼關子？」江五忍不住道。

喬昭笑笑。「你們有為了大都督的死而自相殘殺的決心，就沒有等我查明真相的耐心嗎？」

喬昭的話讓眾錦鱗衛臉上一熱。

「跟我來。」江十一看了喬昭一眼，大步往前走。

喬昭不忘把藥丸收好，抬腳跟上。邵明淵走在她身邊，目帶詢問。

「別擔心，我們很快就能遠離這個爛攤子了。」喬昭輕聲道。

邵明淵笑得寵溺又無奈。有個這麼能幹的未婚妻，他大概可以安心吃「軟飯」了。

江堂的房門前站著兩名錦鱗衛，見眾人走過來，下意識繃緊了身體。

「把門打開。」江十一冷冷道。

兩名錦鱗衛不由看向江五。江十一皺眉，言簡意賅地反問：「聾？」

江遠朝則牽了牽唇角。義父一死，他們錦鱗衛還真的迅速四分五裂了。

「開門吧。」江五吩咐道，心中不免有些得意。

義父掌控錦鱗衛數十年，可以說威嚴已經深入每位錦鱗衛的骨髓。義妹死後義父架空了江十三，把權力分散到他與江十一手中。哪怕江十三是義父的女婿，又在二把手的位子待了近一年，義父的命令一出，除了極少數心腹，那些小子們依然會老老實實聽義父的吩咐。

房門緩緩打開，喬昭走了進去。許是不透氣久了，屋子裡有股若有若無的異味，喬昭絲毫不以為意，迅速在屋子裡走了一圈後，在桌邊停下來。

桌上擺著繪喜鵲登梅的茶壺，以及三只同花色茶杯。

喬昭伸手拿起茶壺看了看，把玩著茶杯平靜問道：「大都督喝水的杯子打碎了嗎？」

紅英一臉驚訝。「姑娘說得沒錯，婢子當時進來後看到大都督歪倒在床邊七竅流血，杯子則落在地上到處都是碎瓷，那些碎瓷後來被婢子收拾了。」

喬昭點點頭，示意明白了。

「真相！」江十一冷邦邦道。

「耐心！」喬姑娘兩個字把人噎了回去。江十一薄唇緊抿不說話了。

「黎姑娘，我們是有耐心，但沒有閒心。如果黎姑娘還是說不出個所以然來，那江某只能認為妳是在胡鬧了。」

喬昭看江五一眼，清清喉嚨道：「首先說一件事，大都督那天根本沒有服用我配製的藥物。」

「證據！」江十一依然言簡意賅。

「你們首先問問找我拿藥的錦鱗衛，是年後哪一天拿的藥。」

江十一立刻招來那名錦鱗衛詢問。

「是正月十二。」

聽了那名錦鱗衛的回答，喬昭點點頭。「不錯，正是正月十二。我給大都督調配的藥丸以二十八天為一個療程，隨著服藥後每一日身體的變化，每顆藥丸的成分其實是略有不同的，所以才在藥丸頂端刻了日期。」

喬昭這麼一說，眾人猛然明白藥丸上那些數字的意義。

原來是日期嗎？江遠朝深深看了喬昭一眼。

「大都督從正月十二的晚上開始服用藥丸，每晚服用一顆，到了正月二十八那一晚，也就是大都督中毒身亡的日子，寫有『二十八』的藥丸，他沒有吃。」

喬昭說著，把一枚藥丸遞到江十一面前。

江十一盯著那枚小小的藥丸，忽然明白了藥丸能夠說話的意思。

他心中既驚且震撼，看向喬昭的目光轉深。

喬昭環視眾人一眼，淡淡道：「大都督知道藥丸上數字的意思，必然會嚴格按著日期服用。既然這枚寫有『二十八』的藥丸依然在，這說明正月二十八那晚他絕對沒有服用藥丸。」

「那些含有劇毒的藥丸又怎麼解釋？」江五問道。

喬昭笑了。「這不正說明含有劇毒的藥丸與我無關，而是真正的凶手放進去混淆視聽的嗎？」

「混淆視聽？妳是說義父不是服用了含有劇毒的藥丸才毒發身亡的？」江十一敏銳問道。

喬昭頷首。「我推測，這些含有劇毒的藥丸是凶手後來放進去的，為的便是找個替罪羊。」

「若是這樣，義父是怎麼中的毒？」

喬昭伸手拎起了茶壺，隨意拿起一只茶杯倒滿水。

見她的舉動，眾人皆面露不解之色。喬昭拿著茶杯看向紅英。「一般來說，習慣一旦形成就很難改變。大都督每日臨睡前服藥，妳應該習慣了每晚固定時間為他準備服藥的溫水吧？」

「是，每晚亥初，婢子會替大都督準備服藥的溫水。」
「大概多少水量？半壺水，還是滿壺？」
「每次都是準備半壺。」
「那麼第二日妳收拾房間時，茶壺中的水還剩多少？」
「還剩這麼多的樣子。」紅英用手比劃了個高度。
喬昭道了聲謝，把先前倒出來的水重新倒回茶壺，掀開壺蓋請眾人看。
「你們看，現在茶壺裡的水比半壺還要多一些，而紅英發現大都督身亡時地上有打碎的茶杯，這說明大都督是喝了水的。那麼問題來了，在什麼情況下喝過一杯水後，茶壺裡剩下的水比平時沒喝之前還要多？」
在場之人皆不笨，喬昭說到這裡，眾人已經隱隱明白了。
「妳是說……有人換了茶壺中的水？」江遠朝輕聲問。
喬昭看他一眼，旋即收回視線。「準確地說，應該是換了茶壺。因為原本的茶壺中下了毒，為了毀滅證據，在大都督毒發身亡後，凶手趁人不注意用同樣花紋的茶壺換走了原來的，這樣就不會查到茶壺中的水有毒了。」喬昭說著，緩緩掃過眾人的臉，輕輕笑了笑。「可惜百密一疏，他以為換了茶壺便不會被人查到壺中的水有問題，但壺內剩餘的水量卻留下了破綻！」
「啪啪啪。」江五輕輕拍掌。「黎三姑娘果然心思聰敏，伶牙俐齒。」
「江五爺謬讚了。」喬昭平靜道。
江五微微扯了扯嘴角。誰謬讚啊，這姑娘忒愛自作多情！
「可惜單單從一壺水的分量得出這樣的結論，未免太輕率了吧？」江五似笑非笑反問道。
「輕率？」

「是啊，或許那晚紅英倒多了水呢？倒多倒少，這畢竟不是什麼緊要事。」江五看向紅英問道，「妳確定那一晚也是倒了半壺水？」

被江五盯著一問，紅英話都不會說了，結巴道：「婢子、婢子……應該……呃，不……」

江十一不耐煩皺眉。「是很輕率。」這樣一個婢女，說的話真的靠譜嗎？

喬昭看了江十一一眼。「十一爺或許覺得人不靠譜，那咱們還是用證據來說話吧。」

江十一微微一怔。為何他總有一種被這位黎姑娘看透心思的感覺？他想什麼，她彷彿先一步就知道了。他這樣想著，不由多看了喬昭一眼。

邵明淵冷眼旁觀，見此情形臉色黑了黑。什麼情況啊，這小子總看他媳婦做什麼？

喬昭莫名覺得氣氛冷了幾分，好像屋外的寒風乍然吹進來。

「什麼物件還能說話？」江十一不自覺用了一個「還」字，顯然認可了喬昭先前有關藥丸的推測。

喬昭也不再賣關子，纖手一指。「這個茶壺。」

「茶壺又怎麼了？」江五皺眉。

先前的藥丸是這丫頭配製的，藥丸上刻了數字記號，但這茶壺總該是江家的吧？

喬昭倒光了茶壺中的水，倒扣過來露出底端，緊接著把三只茶杯依次倒扣，示意眾人來看。

「現在大家應該看出不同來了吧？」

江遠朝抓起一只茶杯，眸光微閃。「茶壺與茶杯不是同一批次燒出來的。」

像這種品質的茶具都是官窯所出，往往在不起眼處會寫有成品的年月，這原是顯而易見的事實，但在這種情形下能夠想到這一點卻非易事。

面對著錦麟衛一把手的暴斃，誰會想到一個小小的茶壺還另有乾坤呢？

「我想，江大都督還不至於用不配套的茶壺吧？」

這一次，無人再反駁喬昭的話。

喬昭卻再次開口：「當然，茶壺樣式、花色完全一樣，或許很早之前弄混了也未可知。江五爺，你說是不是？」

江五面色微沉。「黎三姑娘不必針對我，相較無根據的猜測，我只是更相信確鑿的證據罷了。」到了這個時候，他再說茶壺沒有換過就是強詞奪理了，這樣自取其辱的事情他不會做。

江遠朝嘴角不自覺掛了笑意。

喬姑娘這樣問，定是有更加不容置喙的證據。她永遠是這般從容機敏、鬼機靈般的姑娘。

江遠朝的眼神帶上幾分懷念。那時他們的數次巧遇，她對他可沒有現在這般冷若冰霜。

思及此處，綿綿密密的痛楚在江遠朝心頭散開，最後全化成了冰冷。

「黎姑娘還有什麼證據？」江十一開口問道。

「茶壺內部的顏色。」喬昭把茶壺側過來讓大家看。「這個茶壺內部泛黃，有著洗不掉的茶漬，而大都督服藥只能用清水送，他的茶壺只盛過清水，所以不可能留下這樣的茶漬。」

室內一派安靜。

喬昭揉了揉眉心，掩去疲憊。「現在各位還有異議嗎？」

「茶壺是凶手換走的，茶壺中的水毒死了義父，那麼凶手是誰？」江十一看向喬昭的眼神無比認真。

喬昭不由笑了。「十一爺問我？」

江十一一臉詫異。她說得頭頭是道，不問她問誰？

「我只是被錦麟衛的大人們帶來問話的嫌犯，現在自證了清白，應該可以走了吧？至於找出凶手，那與我一個小姑娘有什麼關係？」

江十一張了張嘴，乾巴巴問道：「妳怎麼樣才願意幫忙？」

「十一哥，不要為難黎姑娘了。」江遠朝嘆道。

江五冷笑一聲。「十三弟，黎姑娘洗清了嫌疑，你可還沒有！」

喬昭聽見江五聲音就煩，淡淡道：「放了我父親，我便幫忙。」

聽了喬昭的話，江十一抬手摸了摸鼻子。

先前這位黎姑娘說請她未婚夫過來，她便告訴他義父死亡的真相。他請了她未婚夫過來，她果然說出了義父真正的死因。現在，她又要把她父親撈出來了嗎？

總覺得她一定會如願以償的樣子。

「好，只要妳能幫我們找出殺害義父的真凶，我同意把令尊放出來。」想完這些，江十一語氣平靜道。

喬昭看向江遠朝。江遠朝溫和一笑。「我也同意。」

見他二人如此說，江五自然沒有反駁。

「我想請教一下太醫，您認為大都督是中什麼毒而死？」

聽喬昭這麼問，太醫面露難色。

大都督的死因委實不好說。單看中毒症狀，與鶴頂紅相似，即便有些出入，他認為更大的可能是江堂體內的丹毒與鶴頂紅融合而產生的變化。

可是「丹毒」兩個字是萬萬不能提的，那可大大犯了皇上的忌諱。

「依下官看，鶴頂紅的機率最大，不過世上毒素種類頗多，還有些毒素與鶴頂紅症狀相似，是下官沒有想到的亦未可知。」

喬昭嫣然一笑。「您說得對，確實是與鶴頂紅症狀相似的毒。」

太醫一怔。他說什麼了？

邵明淵忍俊不禁。昭昭好像越來越會給人下套了。

「先前我要的裝清水的碗。」喬昭毫不客氣向江十一討要。

這次江十一連遲疑都沒有了，立刻吩咐人去靈堂取碗。

不多時一名錦麟衛端著碗走過來，古怪的神色讓眾人不由生出了幾分好奇。

「放這裡吧。」江十一道。

那名錦麟衛把碗放下，退至一旁時忍不住又看了一眼。

眾人立刻看過去，就見碗中的水恢復了清澈，數十條血線樣的東西根根分明，豎立在清水中。

「怎麼會？我明明記得黎三姑娘一開始丟入沾了血的銀針後，這碗清水立刻暗濁一片，現在怎麼會是這樣子？」十三太保之一的江七說出了眾人心中的疑問。

眾人同時向喬昭望去，期待她解惑。

喬昭笑望著太醫。「太醫看到這碗中情形，有沒有想起什麼來呢？」

太醫眉頭緊鎖盯著碗中清水，腦子飛快轉動著。

這樣的情形隱隱有些熟悉，他一定在某本醫書上見過描述的。這情形實屬罕見，那醫書定然是冷僻的，究竟是在何處見過呢？類似鶴頂紅的中毒症狀，融入清水靜置一定時間後根根分明的血線——

就在太醫絞盡腦汁思索的某個瞬間，他腦海中靈光一閃，好似電光劈開了混沌，猛然想到了什麼。太醫霍然看向喬昭。「大都督的指甲——」

喬昭微微頷首。「您想得不錯，我從大都督的指甲中發現了同樣的血線。」

「是血蓮子，對不對？」太醫語氣激動起來。

喬昭點頭。「正是血蓮子。」

太醫不禁笑起來。「看來下官這腦子還是好使的，我就說這種情形曾在哪本書上見過記載。嘉南有異蓮，形與睡蓮相似，蓮子如血，劇毒似鶴頂紅，毒血遇水則紅線生……」

太醫難掩得意掉起書袋來，眾人臉色卻大變。

喬昭見狀彎了彎唇，雲淡風輕道：「血蓮子只有新採下才有劇毒，所以凶手必然是去過嘉南，而且府中養有血蓮之人。呃，他對旁人應該會說喜歡養睡蓮。」

喬昭說到這裡，目光掃過江五與江遠朝。

她的老家嘉豐便在嘉南省，而江遠朝與江五先後駐守過嘉豐，所以毒殺江堂的凶手必然在二人之間。她只負責分析到這裡，至於誰是凶手，那就不關她的事了。

而就在喬昭話音落下的瞬間，江十一腰間繡春刀俐落抽了出來，砍向江五。

江五早已面色鐵青，毫不猶豫回擊。可是緊接著又有數柄繡春刀齊齊指向了他。

江七盯著江五的眼神滿是憤怒。「江五，你年前從嘉豐回來，我們在你家中小聚，無意間看到你養在偏屋的蓮花，你還哄我們說是睡蓮。原來那時你就起了毒殺義父的心思，你的良心莫非被狗吃了？」

「不要和他廢話，把人拿下再說！」

眼見眾錦麟衛擁過來，江五眼中閃過濃濃憤恨，忽然縱身向喬昭撲去。

邵明淵一個旋轉身子躍起，一腳踢在江五心口上。江五整個人弓著身往後飛去，落在江十一身上，「哇」的一口血噴出來。

邵明淵淡淡瞥了江五一眼，不屑道：「別打本侯未婚妻的主意，你還能多掙扎一下。」

江五狠狠瞪著邵明淵，往地上吐了一口帶血的唾沫。

江十一揪住江五衣襟，繡春刀橫在他脖子上，聲音冷如冰雪：「你為何要這麼做？」

江五呸了一聲。「你不配知道！你可真是江堂養的一條好狗，只可惜江堂到最後還是把你當狗，站著當人的從來只有江十三！」

江遠朝淡淡笑了。「江五，到了這時候，你還不忘挑撥一下我們兄弟嗎？」

「我說的難道不對嗎？同樣是義子，你從小得到的教導比我們多，明明沒有比我們多做什麼，錦麟衛指揮使的位子卻公認是留給你的，這對我們太不公平！」

江遠朝深深看了江五一眼。「江五，你恨義父，難道不是因為你在執行任務時，與暗線產生了不該有的感情，在義父把她滅口後對他懷恨在心嗎？」

當初江五駐守北定城，竟然對青樓女子鶯鶯，也就是錦麟衛招募的暗線動了真感情，險些讓遙控冠軍侯麾下的蘇駱峰執行任務失敗，這才是義父把江五打發到嘉豐去的真正原因。

「住口！」江五神情大變。「你沒資格對我提這些！江詩冉該死，江堂該死，你們統統該死，錦麟衛指揮使的位子我勢在必得！」

只有站到最高處，才能得到他真正想要的，才能保護他想保護的人！

萬分不甘的江五拚死反抗起來。一陣混亂後，江十一面無表情抽回長刀，鮮血從江五胸口噴薄而出。

江五沒有看江十一，卻死死盯著江遠朝，形如厲鬼。「江十三，我詛咒你這輩子永失所愛，所有努力終成空！」

語畢，江五氣絕身亡。

一九九　事後餘波

「江十三，我詛咒你這輩子永失所愛，所有努力終成空！」

江五的聲音迴蕩在耳畔，江遠朝下意識看了喬昭一眼。

那一眼蘊含的情緒太複雜，喬昭目無波瀾移開眼睛。江遠朝只剩下自嘲。

邵明淵一雙劍眉擰了起來。為什麼總有一種自己媳婦被這王八蛋惦記的感覺？

他垂下眼簾，心中漸漸充滿怒火。

「可以放我父親出來了嗎？」少女平靜的聲音響起。

「好！」江遠朝與江十一異口同聲道。二人說完，目光短暫對視，旋即又分開。

邵明淵伸手攬住喬昭的肩，淡淡道：「走吧，直接去錦鱗衛詔獄接岳父大人。」喬昭頷首。

錦鱗衛的詔獄戒備森嚴，不知令多少人聞風喪膽，詔獄外不遠處的大樹下站著三個人，目光頻頻往這邊眺望。

「黎三姑娘讓咱們在這裡等著黎大人，你們說她是不是怕連累咱們才故意這樣說啊？」楊厚承焦急地搓搓手。

當時他們三人陪著黎三姑娘來探望黎大人，誰知還沒走到這裡呢，黎三姑娘就被那些王八羔子帶走了。黎三姑娘離開前特意叮囑他們不要衝動著急，在詔獄外等著就是了。可是依著他原本的意思，是想進宮找太后求情的。

楊厚承想到這裡更加懊惱，一拍掌道：「當時真不該聽黎三姑娘的！」

池燦與朱彥皆一言不發。

「你們有什麼想法可說啊！現在錦麟衛跟瘋狗似的，先是抓了黎大人，後又抓了庭泉，現在還把黎三姑娘帶走了，難道咱們就這樣眼巴巴等著？」楊厚承急道。

「黎姑娘說話做事向來都是穩妥的。」朱彥斟酌道。

在他印象中，那個眉眼平靜的女孩子總是不動聲色間解決在許多人看來天大的難題，這一次他依然忍不住相信她。池燦看了楊厚承與朱彥一眼，拔腿就走。

楊厚承伸手拉住他。「拾曦，你去哪兒？」

池燦拍開他的手，冷冷道：「去江府！」他說完，大步往前走。

「噯，拾曦，你別衝動啊！」楊厚承攔在池燦面前。

池燦皺眉。「衝動？我沒有衝動。咱們在這裡等了一個多時辰了，難不成要一直等下去？」

「拾曦，江府去不得。江堂暴斃，那裡正是是非之地。」朱彥溫聲勸道。

池燦淡淡笑了笑。「我當然知道那裡是是非之地，可有句話叫明知不可為而為之，現在我們面對的就是這樣的情況，大不了那些錦麟衛把我也抓起來好了。」

黎三只是個小姑娘，進了那龍潭虎穴裡，萬一被那些王八蛋生吞活剝了怎麼辦？

該死的江堂，為什麼非要撿著他皇帝舅舅閉關的時候死？

該死的江五，主子死了就像條瘋狗似地見人就咬，連黎三那樣的小姑娘都不放過，他以後定要找機會把這隻瘋狗的皮剝下來。

楊厚承聽池燦這麼說，頓時眼睛一亮，勾著池燦的肩膀笑道：「咦，這倒是個好辦法，咱們一起去吧，讓那些混蛋把咱們都抓起來好了。」

他和拾曦要是被錦麟衛抓起來，太后與長容長公主定然會想法子救人的，到時救出黎三姑娘就是順手的事了。拾曦可真聰明，他怎麼就沒想到呢！

朱彥一手拽住一個，哭笑不得。「你們不要衝動，再等等吧。」

「還要等到什麼時候？」池燦反問。

朱彥目光投向遠處，目光一亮。「你們看——」

楊厚承順著望去，不由瞪大了眼。「庭泉與黎姑娘一起過來了！」

不久前他們眼巴巴看著庭泉跟著幾名錦麟衛往江府的方向去了，有心打探卻被那些王八羔子攔著不讓靠近，實在令人氣憤。

邵明淵停住腳。「昭昭，拾曦他們還在那邊等著呢。」

喬昭看向江十一。找出了殺害江堂的真凶，江遠朝洗脫了嫌疑，身為江大都督的女婿自然重掌了錦麟衛大權，料理江堂後事，並收拾江五留下的爛攤子，這個時候自然分身乏術。

對那些事絲毫不感興趣的江十一便主動陪二人過來了。

「要把他們帶過來還是趕走？」江十一認真問。喬昭牽了牽嘴角。

邵明淵拉著喬昭大步向池燦三人走去，留下江十一困惑皺眉，旋即又恢復了冷若冰霜的樣子。

「庭泉，現在情況怎麼樣？」一見喬昭二人過來，楊厚承迫不及待問道。

見到喬昭，池燦恢復了不在意的懶散模樣，靠著樹幹沒吭聲。

邵明淵笑看喬昭一眼。「事情都解決了，昭昭把我救了出來。」

楊厚承嘴巴好一會兒沒闔攏。「黎姑娘怎麼把你救出來的？」

池燦撇了撇嘴。「笨蛋，你沒看出來他在炫耀嗎？」

有個聰明能幹的未婚妻了不起啊？這些優點，他撿到她時就發現了！

想到這些，池燦心頭一窒。他不該再想下去了，不然他自己都瞧不起自己！

「庭泉，你們過來是——」朱彥適時開口。

「我們來接我岳丈的。」

楊厚承立刻看向喬昭，喃喃道：「不是我想的那樣吧？」

邵明淵笑道：「就是你想的那樣，昭昭還把我岳丈救了出來。」

喬昭拉了拉邵明淵衣袖。「好了，別說這些了。楊大哥、池大哥、朱大哥，今日辛苦你們一直等在這裡。等我把家父接出來，一起到我家吃頓便飯吧。」

「那敢情好。」楊厚承笑了。

「妳下廚嗎？」池燦忽然問道。

喬昭一怔，剛要點頭，邵明淵便道：「岳丈喜歡吃我做的菜，到時候我下廚。」

江十一冷眼看著幾人說笑，心中忽然很不是滋味。他們為什麼這麼多話？

此時黎光文從詔獄出來，還一臉茫然。這麼快就從裡面出來了？他還沒做好心理準備！

「黎大人請吧。」

黎光文冷哼一聲，背著手抬腳往外走。一回生二回熟，這破地方他以後定然還會來的，誰讓皇上整天不務正業，放著皇上的事不幹，總想飛升呢！下次來，應該把他用慣的枕頭帶來。

黎大老爺的小盤算在見到候在門口的女兒時只剩下了驚訝。他神情呆滯，眼珠都不會轉了。

喬昭覺得不對勁，輕輕喊了一聲：「父親，您怎麼了？」

莫非是在錦麟衛的詔獄裡受到了非人虐待？

聽到喬昭的喊聲，黎光文如夢初醒，一把攬住她的肩膀。「昭昭，妳怎麼來了？」

「父親……」黎光文惶然的樣子讓喬昭心中一緊。

黎光文攬住喬昭，戒備瞪著江十一。「你們把我女兒帶這裡來幹什麼？我跟你說，你們要是把我女兒抓進來，我就不走了！」

喬昭這才明白黎光文緊張的原委，不由笑了。「父親，我是來接您的。」

黎光文愣了愣。「接我？」

「是呀，現在沒事了，我來接您回家。」

黎光文長長吁了口氣。「回家，咱們回家，妳祖母和妳娘定然擔心壞了。」

眼看著岳父大人拉著準媳婦迫不及待往前走，邵明淵摸了摸鼻子，趕忙跟上去。

黎光文這才發現還有個大活人在。「明淵也來了啊，正好我這兩天在牢裡待著吃不香，今天咱們爺倆好好喝一杯。」

「行，您想喝什麼小婿都奉陪。」

「用青椒肚絲下酒才好。」

「小婿來做。」

喬昭：「……」眼看著兩個人越走越遠，她無奈笑了笑，提著裙襬跟上去。

池燦三人面面相覷。

「走吧，嘗嘗庭泉做的青椒肚絲去。」池燦率先轉身。

楊厚承撇撇嘴。「還真是重色輕友，咱們這麼多年都沒吃過庭泉親手做的菜。」

正陪著黎光文說話的邵明淵回頭掃了楊厚承一眼。楊厚承立刻噤聲了。

江十一靜靜看著一群人走遠，回頭望了一眼詔獄大門。

「十一爺？」身邊的錦麟衛喊了一聲。

江十一面無表情往江府去了。

黎家西府的人此刻全聚在青松堂裡商量事情。

「娘，您別急，我已經託人求了情，雖然大哥一時不能出來，但在牢裡不會受多少苦的。」黎光書勸道。

鄧老夫人聽了神色依然沉重。「我擔心的是江大都督的暴斃。你大哥是江大都督下令抓進去的，江大都督一死，以後不論誰接手錦麟衛指揮使的位子，恐怕都不會違了江大都督的意思，把你大哥放出來。」

「您著急也無用，還是等這陣子風波過去，兒子再託人想辦法吧。」黎光書說著掃了何氏一眼，意味深長道：「可惜冠軍侯也被錦麟衛帶走了，不然還能想想辦法。」

娘還為了冰娘對他橫眉豎眼，真到關鍵時候還不是要靠他打通關係救人。

黎光書這樣想著，輕嘆了一聲。「娘，有件事兒子沒敢告訴您。」

「什麼事？」

「這個……」黎光書又瞥了何氏一眼。

何氏按耐不住翻了個白眼。「二弟總看我幹什麼？」不知道她正心煩嘛！

黎光書當即就鬧了個大紅臉。大嫂為何還是說話不過腦子？搞得他有什麼不好的心思似的。

黎光書尷尬又氣惱，垂眸遮住眼底的冷笑，嘆道：「娘，兒子不是派人去錦麟衛衙門那邊守著嗎，結果——」

「有什麼話你就說！」鄧老夫人不耐煩道。

「兒子說了您可不要激動……」

「你放心，這些日子我一直在激動，已經習慣了。」

「去守著的人來報，三姑娘也被錦麟衛的人帶走了。」

「你說什麼？」何氏驀地站了起來。

「小心點兒！」鄧老夫人駭了一跳。

劉氏幫扶住何氏。「大嫂，您別急啊。」

何氏扶著肚子直勾勾盯著黎光書。「昭昭真被錦麟衛帶走了？」

「我怎麼敢欺騙大嫂呢。帶走三姑娘的錦麟衛說是江五爺要見她。」

「江五？」何氏抬腿便走。

劉氏忙攔住她。「大嫂，妳去哪兒啊？」

「我去找把菜刀，和那個江五拚了！」

「胡鬧！」鄧老夫人難得疾聲厲色喝了一聲。何氏委屈地看著鄧老夫人。

「那些錦麟衛跟瘋狗一樣，對什麼人下不去手？妳以為懷著孩子他們就不敢怎麼樣嗎？」

「可是昭昭怎麼辦？他們抓走老爺也就罷了，為什麼連昭昭都不放過？」何氏掩面哭起來。

鄧老夫人狠狠瞪了黎光書一眼。當著何氏的面提這個幹什麼？小兒子原來多機靈的人，怎麼從嶺南回來後就變蠢了呢？

黎光書面上帶著憂慮，心中卻在冷笑：現在娘總該知道要緊時候該靠誰了吧？

這時劉氏忍不住說話了：「老夫人，大嫂，我看妳們都別急，再等等說不準會有轉機呢。」

「這話怎麼講？」鄧老夫人隱隱覺得劉氏這話大有深意。

劉氏自是不好明說素日來冷眼觀察出的結論，只得委婉勸慰道：「前兩天那個江大都督把大哥抓進去，結果沒出兩日就死了。現在江五爺把咱們三姑娘帶走了，我琢磨著，說不準等上兩日他也出事了呢？那他們錦麟衛留著咱們三姑娘一個小姑娘做什麼？」

江堂的死可讓她心驚肉跳好久。果然得罪三姑娘就要倒楣，那江五恐怕要步江堂的後塵了。

「荒謬！」黎光書嗤笑一聲，嘴角帶著嘲諷。

他以前還覺得劉氏挺機靈的，誰知現在看來不過無知婦人一個。

劉氏冷笑。「你不理解，不代表荒謬。」

「妳就不要添亂了，真是不嫌丟人！」黎光書語氣越發不耐煩。

鄧老夫人雖不信劉氏的話，卻也看不慣黎光書的態度，斥道：「怎麼和你媳婦說話呢？」

黎光書臉色發黑。在娘心裡他不如大哥有地位也就算了，現在怎麼還趕不上劉氏了？這到底是誰親娘啊？

廳內氣氛正沉重，大丫鬟紅松飛快跑進來報：「老夫人，大老爺回來了！」

「當真？」鄧老夫人面露喜色。

紅松連連點頭。「真的，不止大老爺回來了，還有三姑娘與三姑爺和幾位公子——」

等不及紅松說完，鄧老夫人領著眾人向外走去。

「娘，兒子回來了。」見到老母親，黎光文眼睛不由濕了。

鄧老夫人上下打量著長子，語氣激動：「回來就好，娘還擔心那些錦麟衛死活不放人。」

「是昭昭把兒子救出來的。」

鄧老夫人面露疑惑。「三丫頭，妳不是被江五爺的屬下帶走了？」

黎光書更是詫異不已。喬昭聞言淺笑解釋道：「江五爺死了。」

喬昭說完這話，莫名覺得屋內氣氛怪怪的，鄧老夫人等人沒有看她，卻齊刷刷向劉氏望去。

劉氏抬手把髮絲捋到耳後，雲淡風輕笑笑。看吧，那個江五爺果然死了！

黎光書看看一臉淡然的劉氏，又看看不明所以的黎光文，最終視線落在喬昭臉上。他仔細打量著面前少女。曾經的嬌蠻無知已經在少女身上尋不到蹤影，那雙平靜黑亮的眸子彷彿蘊含著太多祕密，引著人去探索。他不在的這五年，家中發生的變化似乎太多了。

「昭昭啊，江五爺是怎麼死的？」短暫的失神過後，鄧老夫人問道。

喬昭瞥了一眼黎光書，含糊道：「他們內部發生了一些狀況，具體的旁人也不清楚，反正江五爺一死，他們就把我和父親放出來了。」

劉氏撫掌，見眾人看過來，一本正經道：「咱們三姑娘運氣真好！這是好人有好報呢。」

何氏抿嘴樂了。「可不嘛，老天還是長眼的，哪能總讓壞人稱心如意呢。」

鄧老夫人含笑點頭。黎光書眉頭微皺。有問題，劉氏一定是知道些什麼！

「姑爺也辛苦了。」鄧老夫人開始與邵明淵寒暄。

「孫婿慚愧，並沒做什麼。」

黎光文不耐煩這些客套話，直接道：「娘，我先去洗漱，等會兒明淵陪我喝酒。」

「去吧，我讓廚房給你們整治一桌好菜。」

「不用，庭泉手藝挺好的，他下廚就行了。」黎光文說得順口，其他人卻瞠目結舌。

「大哥，君子遠庖廚，怎麼能讓侯爺下廚呢？」黎光書忍不住開口。

大哥腦子是不是有問題？閨女與冠軍侯訂了親，就真以為是人家親老子了？就算是靖安侯，恐怕都沒讓冠軍侯下過廚。

黎光文看著黎光書嘆了口氣。「二弟，你是不是讀書讀傻了，君子遠庖廚能用在這裡嗎？人家先賢還綵衣娛親呢！」

黎光書握了握拳頭。真不嫌丟人，要是倒退回二十年，他非把這傻子大哥打趴在地不可。

「您若想看，小婿也可以的。」邵明淵含笑道。

黎光書：「……」京城太複雜了，他要回嶺南去！

「祖母，我也去幫忙。」喬昭開口道。

一個時辰過後，黎光文吃得心情舒爽，對喬昭道：「送送明淵吧，他今天喝了不少。」

喬昭送邵明淵幾人出了門。

朱彥一手扶著池燦，一手拖著楊厚承。「庭泉，我帶他們兩個回去了。」

「讓晨光送你們。」對於好友的識眼色，邵明淵很是滿意。

目送朱彥三人離去後，喬昭側頭問邵明淵：「還好嗎？我看你今天喝了不少。」

「沒事，我今天就在這歇下了。」停在黎府隔壁宅子門前，邵明淵笑問：「不送我進去？」

喬昭嗔他一眼：「送。」這人喝了酒就愛順杆爬。

屋內溫暖如春，一進去大衣裳就穿不住了，邵明淵解下披風，一把抱住喬昭。

男人帶著鬍茬的下巴摩擦著少女嬌嫩的臉頰，酒香混雜著清冽的薄荷香撲面而來，瞬間讓人無處可躲。喬昭紅著臉推開邵明淵。「別耍酒瘋！」

男人手臂猶如鐵壁，箍得人動彈不得，委屈的聲音從髮頂上方傳來：「昭昭，江十三心悅你。」

喬昭身體一僵。「我有些不高興。」男人蹭了蹭她的髮頂，聲音更加委屈。

喬昭尷尬又無措，喃喃道：「抱歉——」這情況也不知道該說什麼好，總覺得解釋就是掩飾。

「他那個人不怎麼樣，眼光倒是不錯的。」邵明淵撇撇嘴。

「我對他沒什麼……」

邵明淵用手指抵住喬昭的唇，對她溫柔一笑。「我知道，妳只喜歡我。」

喬昭不由笑了。「臭美。」

邵明淵拉著她坐下來，理直氣壯道：「實話實說而已。」

「你喝多了。」喬昭看著醉眼矇矓的男人，滿是無奈。

邵明淵搖頭。「我很清醒。今天江十三對江五說的一番話，讓我確定了一件事。」

「什麼事？」

「妳的死與錦麟衛有關。」說到這，邵明淵連忙改口：「不對，是曾經的妳——」

「好了，說重點！」

「當時前去接妳的人是我麾下一名副將，名叫蘇駱峰……」邵明淵眼中閃過怒意。「後來查到他與北定城一名叫鶯鶯的青樓女子關係密切，我派了親衛一直盯著那邊，結合親衛陸續傳來的消息，還有江十三提到江五的失職，現在已經可以確定對妳下手的人正是錦麟衛。」

喬昭聽了，不由沉默。曾經的她在世人眼中不過是一名嫁入侯府的普通婦人，錦麟衛對她下手的目的只有一個：打壓、控制邵明淵。而能授意錦麟衛這樣做的只有一人，便是當今天子。

邵明淵同樣沉默著，良久後一拳打在桌子上，罵道：「該死的！」

有時候，他真想讓那些忠君愛國的想法統統去見鬼，弄死那個人才是正經！

可是他不能。亂臣賊子的聲名他不在意，可是真那樣做大梁必然大亂，到時南倭北虜趁虛而入，遭殃的還是普通百姓，而昭昭一家人的平靜生活將不復存在。

喬昭伸手覆在邵明淵手上。「過去的事就不要想了，以後咱們都要好好的。」

邵明淵鄭重點頭。

「對了，我二叔的事兒傳回消息了嗎？」喬昭轉移了話題。

「正要對妳說，妳二叔帶回來的小妾不是什麼縣丞之女，真正的身分是揚州瘦馬。」說到這裡，邵明淵語氣一頓，遲疑問道：「昭昭，妳知道什麼是揚州瘦馬吧？」

「比較瘦的馬？」邵明淵張了張嘴。「不對嗎？」少女一臉無辜。

「呃，這個——」年輕將軍耳根微紅，飛速轉動腦筋思考著合適的解釋。

喬昭噗哧一笑。邵明淵這才反應過來，哭笑不得道：「昭昭，不要調皮。」

「好了，不逗你了，把詳細情況和我說一下吧。」

皇宮內，明康帝終於出關，得知江堂暴斃的消息直接就懵了。

不久前他閉了一次關，看好的女婿成了別人的。這次他又閉了一次關，奶兄就死了？

明康帝一時無法接受這個殘酷的事實，靠著龍椅發愣了好一會兒。

魏無邪低著頭，躬身立在明康帝身後。

江堂的死對他們東廠來說大有好處。東廠被錦鱗衛壓了多年，江堂一死，他們頭上的大山總算被搬走，不過心中再高興都不能在皇上面前表露出來，不然就是找死了。

「去把張天師給朕叫來！」

不多時，一名身穿寬大道袍的中年男子走了過來。此人身高體瘦，看著很有幾分仙風道骨的模樣，正是新晉天師。

「見過陛下。」張天師拱手行禮。

往日裡明康帝都會謙虛回禮，此刻卻陰沉著臉盯著張天師一言不發。張天師倒是沉得住氣，一臉淡然任由明康帝打量。好一會兒後，明康帝才開口：「天師，朕的奶兄死了。」

「陛下節哀。」

明康帝把手放在龍椅扶手上，冷聲問道：「天師，為何朕每次閉關出來，都會有不如意的事情發生？」張天師做出認真聆聽的樣子。

「前不久朕閉關出來，有件事令朕不快，天師可否占卜出是何事？」

「請陛下允許貧道卜一卦。」

「可。」明康帝點頭。

張天師拿出幾枚銅錢攤開，口中念念有詞，隨後把銅錢隨手一拋，盯著銅錢分布掐動手指片刻，對明康帝道：「陛下煩心之事，應與姻緣有關。」

明康帝面無表情聽著，心中卻一動。他有意招冠軍侯為駙馬，自是與姻緣有關。

「看此卦象，上二下二，所以這姻緣一事應落在小輩身上。」

明康帝一聽，暗暗點頭，看向張天師的眼神由原本的冷然悄悄轉為讚賞。

張天師見了心中悄悄樂了。他當時答應幫冠軍侯的忙慫恿皇上在那時閉關，原是要還冠軍侯恩情。他是北地人，多年前落入韃子之手，險些被擰下腦袋當酒壺，幸虧有名少年把他救下。那名少年就是冠軍侯。

死裡逃生之後，孤家寡人的他當即決定離開北地，後來輾轉入了五行教，漸漸顯露出唬人的天賦。咳咳，不對，是占卜的天賦！

只可惜師父羽化後，那些自小在教中長大的師兄們容不下他，他琢磨許久，一咬牙來了京城，許是時運到了，竟然混了個天師當。

欠人家總是要還，當冠軍侯找上他時，他便知道這事推不了，哪怕冒著掉腦袋的風險也要把皇上忽悠住了。沒想到兜兜轉轉，他心中忐忑的事居然成了助力，可見知恩圖報是會有好運的。

張天師擺出詫異的神態。「陛下，此局已破，按理說您該舒心才是。」

「怎麼講？」

張天師一指銅錢。「此卦雖預示了小輩姻緣，但有孤星相沖，要是強行促成恐有大患。」

明康帝聽得一怔。「這麼說沒成是好事？」

張天師笑了。「陛下說得對，沒成確實是好事，這也是陛下真龍之體，自有神靈保佑……」

後面一連串歌功頌德聽得皇帝心情舒暢不少，可想到江堂的死心情又沉重起來，嘆道：「朕的奶兄，死得太突然了——」

張天師悄悄咧了咧嘴。覺得突然您可去查啊，找他一個道士有什麼用？

這種想法自是不能流露出來的，張天師一通安慰，明康帝痛失奶兄的心情稍稍緩解，喊了魏無邪過來問話：「魏無邪，現在錦鱗衛主持大局的是哪個？」

「回皇上，錦鱗衛目前主持大局的是大都督的義子江十三。」

「江十三？就是奶兄的女婿？」

魏無邪遲疑了一下，點頭道：「正是。」

「傳他入宮，朕要問話。」

江遠朝接了聖旨隨著魏無邪進宮面聖，君臣二人密談許久，待他出來後，明康帝的旨意隨後就到了——封江遠朝為新任錦鱗衛指揮使。

江遠朝一躍成為二品大員，天子近臣，頓時成了朝廷上下最矚目之人。

喬昭聽聞此事只是笑笑。對於江遠朝來說，這也算求仁得仁了吧。這些事於她來說無關緊要，倒是因著江堂的死，給另外一件事帶來了深刻影響。

今年是舉行三年一次會試的年份，春闈本該在二月舉行，因著江堂的死，明康帝悲痛不已，下旨把會試推遲到了五月。

會試推遲，幾家歡喜幾家愁，對喬昭來說卻是一件好事。

兄長臉上燒傷的治療與恢復需要一段時間，她原就擔心會趕不上這屆春闈，這樣一來倒是可以鬆口氣了。放下一樁心事，喬昭心情鬆快許多，正琢磨著尋個合適的機會，把冰娘的身分告知鄧老夫人，誰知冰娘那邊又出狀況。

冰娘居然有喜了。

得知此事後鄧老夫人勃然大怒，看著跪在地上瑟瑟發抖的兩個婆子，面沉如水。

「避子湯是妳們親眼盯著冰姨娘喝下的？」

兩個婆子皆不敢抬頭，其中一人戰戰兢兢回道：「老夫人，二老爺與冰姨娘同房過後，我們是親眼盯著冰姨娘服下避子湯的。至於冰姨娘為什麼能有孕，老奴真的不知道啊！」

鄧老夫人閉閉眼。

凡是規矩的人家，在嫡妻未生出嫡子前是要給侍妾通房服用避子湯的，以免庶長嫡幼，亂了綱常。這種避子湯藥效溫和，不是虎狼之藥，畢竟以後還要指望這些侍妾開枝散葉。

要說起來，避子湯失效的情況不是沒有，卻是極少數。如果男主人特別寵愛某位侍妾，同房頻繁，幾率自然就提高了。

鄧老夫人猛然睜開眼睛，狠狠剜了黎光書一眼。這個混帳！

黎光書不著痕跡牽了牽唇角，朝鄧老夫人深深一拜。「娘，看在冰娘肚子裡的孩子份上，就讓她留下來吧。兒子保證以後不讓她等閒踏出錦容苑半步，絕不礙了您的眼。」

「你可真是好得很！」

黎光書垂眸。「娘，您也問了兩個婆子，避子湯冰娘一頓不落都喝了，誰知還是有了身孕，這證明這個孩子命大，合該來世上走一遭。」

事已至此，鄧老夫人心中窩火也不能再說什麼，只能厲聲叮囑黎光書以後多把劉氏放在心上。黎光書連連應了。

劉氏聽聞此事，眼前一黑，晃了晃身子。

「太太！」劉氏穩了穩身子，吩咐心腹婆子：「去把四姑娘喊過來。」

不多時四姑娘黎嫣走進來，臉蛋紅撲撲的。「娘叫我有事呀？我正帶著六妹踢毽子呢。」

「嫣兒，妳坐下。」劉氏一指身邊的小凳子。

察覺劉氏神情不對，黎嫣收起笑意坐好，不安握了握手。

「冰姨娘有孕了。」

「太太——」劉氏的話讓婆子吃了一驚，不由喊了聲。四姑娘還小呢，怎麼對她說這個了？

劉氏自嘲笑笑，把話挑明：「四姑娘也該知道事了。」

心腹婆子不敢再吭聲。

「娘，冰姨娘有了身孕，是不是就不會被祖母送走了？」黎嫣巴掌大的小臉刷白，睜著水潤的杏眼問道。劉氏見狀心酸又欣慰。長女能想到這裡，也算是安慰了。

「娘，是不是這樣？」

劉氏點頭。「對，妳祖母雖然是個公正的，可冰姨娘有了身孕，孩子無辜，她不能就這麼把冰姨娘送走了。嫣兒，妳要記著，這並不是妳祖母的問題。」

黎嫣乖巧點頭。「娘，我懂，都是父親的問題！」

劉氏慘澹一笑。「是呀，妳父親一門心思寵著冰娘，別人能怎麼辦呢？」

「娘——」黎嫣忍不住哭出來。

她不知該怎麼幫母親。這時她覺得自己好沒用。為什麼三姊就那樣厲害呢，她們明明同歲的。

「嫣兒，按說長輩的事不該把妳扯進來，但妳今年已經十四了，很快便要議親。娘不想把妳養成一朵沒見過風雨的嬌花，等到將來讓人家把妳拿捏在手心裡。」

黎嫣輕輕點頭。

「嫣兒，妳記著，這世上的男人大多數是靠不住的，女人嫁人後困於內宅，眼界受限，更是容易被一時得失蒙蔽。這個時候，妳認為該怎麼辦？」

「我……我不知道……」

她的記憶裡，母親精明能幹，與父親感情又好，誰知幾年的工夫，父親就變了。人真的變了，該怎麼辦呢？

劉氏凝視著長女，輕嘆道：「娘現在把妳外祖母曾告訴娘的話轉告給妳。當自己不知道該怎麼辦時，別打腫臉充胖子，跟著一個明白人走就對了。」

「明白人？」黎嫣喃喃。

「對，妳三姊就是那個明白人。」劉氏拿帕子擦了擦眼角。「嫣兒，陪娘去妳三姊那裡走一趟吧。」劉氏帶著黎嫣去了喬昭那裡。

在喬昭房裡，喬昭吩咐阿珠上茶。

待阿珠上完茶後退下，劉氏才開口：「今天二嬸過來是有個事要與三姑娘說。」

「二嬸請說。」

「冰姨娘有孕了。」劉氏一臉慚愧。「按說當嬸子的不該和三姑娘說這種事，可我知道三姑娘是個有見識的，又懂醫術，二嬸就是想問問冰姨娘明明喝了避子湯，為何還會有孕呢？」

她實在想不通，難道真的是老天要讓冰娘留下來？

聽到冰娘有了身孕，喬昭微訝。冰娘是黎光書的侍妾，有了身孕，這種事鄧老夫人自然不會特別對喬昭一個姑娘家提起。想到邵明淵派人查到的情況，喬昭心中起疑，沉吟片刻問道：「二嬸可否把冰姨娘服用的避子湯給我看看？」

「這個沒問題，避子湯就是老夫人命人準備的，每次的藥渣都會讓伺候冰娘的兩個婆子收好，送到我那裡去。」

想到那一碗碗的藥渣，劉氏對黎光書就更恨得咬牙切齒。那個混蛋，哪怕他們最濃情蜜意的時候都沒這麼頻繁過！

不多時，喬昭見到了劉氏命人送過來的藥渣，伸手撥弄幾下又低頭嗅了嗅。

「如何？」劉氏神色緊張問道。

「避子湯沒有問題。」

劉氏神情怔怔。「難道真是天意如此？」

天意嗎？喬昭搖了搖頭。什麼天意都離不開人為。

冰娘在服用避子湯的情況下有了身孕，一種可能是房事頻繁，避子湯的功效亦不是絕對的，這純粹是個意外；另一種可能則是有人動了手腳。結合冰娘的特殊出身，她更傾向於後者。

「那兩個伺候冰姨娘的婆子呢？」

「老夫人嫌她們做事不周，罰她們去院子裡做事了。」

去院子裡當個掃灑婆子自是比不上伺候一個姨娘舒服。

「我想請二嬸打探一下兩個婆子家裡的近期情況。」

劉氏一愣。「三姑娘懷疑那兩個婆子有問題？」

喬昭笑笑，當著四姑娘黎嫣的面並沒避諱。「二嬸，冰姨娘有身孕本就蹊蹺，您不服這是天意，那咱們就先把此事當有人動了手腳來對待。冰娘想要有孕，可能性只有兩個，一是她服用了化解避子湯藥性的藥物，二是避子湯她壓根就沒有喝。」

劉氏忍不住點頭。「三姑娘說得是。」

「我記得祖母說過，要那兩個婆子牢牢盯著冰姨娘，這樣一來，冰娘若想服用化解的藥物或不喝避子湯，根本瞞不過兩個婆子。可是她們並沒對祖母稟告過什麼異常情況，這說明什麼？」

劉氏眼底閃過怒火。「說明兩個婆子被她收買了？」

喬昭頷首。「在我們先認定冰娘有孕是人為的情況下，無論冰娘選哪個法子，兩個婆子都脫不開關係。」

「我去查！」劉氏一拍桌子。

「調查的事，二嬸最好不要驚動二叔。」喬昭提醒道。

劉氏聞言，最初的愣神之後很快點頭。她早該清楚的，冰娘想要收買兩個婆子怎麼離得開黎光書的幫忙。

劉氏幫著鄧老夫人打理府上的事多年，自是有些人脈，很快就打聽到了兩個婆子家裡情況。

「張婆子小兒子好賭，正月裡輸了一大筆錢，原本和媳婦打得不可開交，最近家裡忽然安生了。王婆子的男人是個病癆鬼，常年臥床，近來身體有了起色，我派去的人悄悄打探過了，有去王婆子家串門的人撞見了王婆子的男人吃蔘……」

說到這裡，劉氏已很肯定道：「兩家條件忽然同時轉好，這其中有什麼蹊蹺已不言而喻。」

喬昭暗暗點頭。劉氏能在這麼短的時間內查清楚這些，足見其能力不弱。

「可那兩個老東西咬死了不認也是沒法子的。」劉氏嘆道。

「二嬸叫王婆子去錦容苑，我來問她。」

二〇〇 祕術盤問

黎家西府地方小，大房住的雅和苑與二房住的錦容苑幾乎緊挨著。

原本過了正月黎光書就該有安排，但趕上江堂之死，吏部高官們不敢在皇帝面前露臉，這事就壓了下來。黎光書自是心急，整日往外頭跑關係，不到天黑不進家門。這正方便了劉氏行事。

錦容苑正院的暖閣中地龍才撤，因為沒有開窗，密不透風的室內光線昏暗，暖得熏人。

王婆子低著頭走進來，屋內充斥的藥味讓她不自覺放慢腳步，神色漸漸帶了點遲疑。這藥味她太熟悉了，和她家常年彌漫的味道是一樣的。

「咳咳——」一聲咳嗽傳來。

王婆子下意識抬眼，就見二太太劉氏面色蠟黃歪躺在炕上，頭上裹著抹額，散落的髮看著亂糟糟的。王婆子吃了一驚，以往這位二太太在他們印象中精明能幹，比雅和苑那位大太太強多了，怎麼轉眼就這樣了？

「見過二太太。」王婆子壓下心頭不安見禮。

「坐下吧。」劉氏有氣無力說道。

王婆子神情局促瞄了小凳子一眼。

「別緊張，我叫王媽媽過來就是隨便問問，咳咳咳——」

劉氏一咳嗽王婆子就覺得揪心，讓她情不自禁想起了無數個夜裡的伴眠聲。

「王媽媽，妳伺候了冰姨娘一段日子，能不能跟我說說，那位姨娘平日裡都喜歡做些什麼？」

「冰姨娘平日裡喜歡看書，有時候也會彈琴……」

「這樣啊，讀書彈琴，難怪老爺願意去呢。不像我這裡，整日忙著家裡家外的事，要料理老爺的起居，還要操心孩子們的情況……」劉氏說不下去，拿帕子捂著嘴，劇烈咳嗽起來。

「二太太——」王婆子用手抓著衣角，不知所措。

劉氏拿開帕子，王婆子眼尖看到了一抹殷紅。她太熟悉這意味著什麼，當下就駭白了臉。

輕輕的腳步聲傳來，王婆子下意識轉頭，就見梳著雙丫髻的少女端著藥碗走來。少女低垂眉眼，昏暗的光線下看不真切她臉上表情，許是如此，就引得王婆子努力睜大眼睛看了又看。

為何她一時認不出這是哪位姑娘了呢？好像是四姑娘，又好像是三姑娘。

少女從王婆子身邊走過，濃郁的藥味直往王婆子鼻孔裡鑽。

王婆子聞著這味道就更覺熟悉了。

少女輕柔聲音響起：「您喝藥吧，裡面放了蔘，對您現在的病症最有效了……」

王婆子怔怔聽著，心好像漏跳了一拍。就在這時，少女忽然轉身看著她，點漆般的眸子如幽潭般蕩漾著波光，彷彿能把人的魂吸引進去。

「常年臥病在床的人身體虛弱，就像這盞油燈，燈油漸漸熬乾，火就慢慢小了，終有滅的那一天……」

王婆子這才注意到離她不遠處有一盞油燈，黑暗的屋子正是有了這盞油燈才變得昏暗。隨著她的注視，油燈的火光一跳一跳。王婆子的視線漸漸呆滯起來。

劉氏冷眼旁觀，驚訝地張大了嘴巴，卻不敢發出一絲聲音驚擾到王婆子與喬昭。

喬昭忽然睇了劉氏一眼。劉氏牢記著喬昭的叮囑，掩口咳嗽起來。

她咳嗽得很輕，像是極力壓抑著，不但沒有令王婆子警醒，神情反而更加茫然。

「燈油要熬乾，就要添燈油，病弱的人也是一樣的，這時候要是能吃上一段日子的蔘，元氣就能補回來不少。王媽媽，妳說對嗎？」

王婆子點頭，聲音平淡無波：「對。」

「那蔘從哪裡來呢？」少女問話的聲音更輕柔，帶著深深憂慮。

「是啊，從哪裡來？」王婆子重複道。

「只能用錢去買。」

王婆子點頭。「對，要用錢去買。」

「可是妳只是一個僕婦，家裡男人長年吃藥，又哪有餘錢來買人蔘呢？」

「沒有餘錢，沒有餘錢……」王婆子臉上現出焦灼。

「那麼告訴我，是誰給了妳買蔘的錢？」少女語氣隨意問道。

「是……」王婆子臉上閃過一絲掙扎。劉氏大氣都不敢出，雙手用力抓起衣襬。

「是誰呢？」少女並不著急，依然柔聲問。

「是二老爺！」王婆子一口氣說了出來。

匡噹一聲響，劉氏打翻了藥碗。藥汁灑了一地，散發出濃烈的藥香味，而王婆子則瞬間清醒，眼中茫然褪去，恢復了清明。

喬昭在心中嘆了口氣。儘管她叮囑過二嬸不要發出干擾的聲音，可依然會有不可控的意外發生。對於二嬸來說，哪怕對冰娘有孕一事百般懷疑，可內心深處未嘗沒有抱著一絲希望。當親耳聽到二叔參與進來，又怎麼可能無動於衷。

「三姑娘——」劉氏一臉懊惱。

喬昭對她安撫點頭，轉而看著王婆子，冷聲道：「王媽媽，剛剛妳說買蔘的錢是二老爺給的，他為何會給妳這筆錢？」

「我，我說了嗎？」王婆子面帶驚疑。

喬昭微抬下巴，語氣冷淡：「二老爺給妳買蔘的錢，是為了讓妳對冰姨娘不喝避子湯一事睜一隻眼閉一隻眼，是不是？」

王婆子後退一步，慌張否認。「沒有，沒有——」

「妳剛剛已經承認，二太太親耳聽到了！」喬昭一指劉氏。「妳仔細看看，二太太現在成了什麼樣子？妳只想著用人蔘調養妳男人的身子，就沒想到做這背主的事會害了別人嗎？」

「我……」王婆子看了劉氏一眼，目光閃爍。

喬昭不給她喘息的機會，繼續道：「積德行善才有福報，王媽媽，妳這樣做，會報應到妳關心的人身上的。」

「我說，我說！」王婆子神情惶然打斷喬昭的話，癱坐在地上掩面痛哭起來。「錢確實是二老爺給的，好教我們替冰姨娘遮掩住不喝避子湯的事……二太太，您怎麼罰老奴都行，就是別把老奴趕出去，老奴還指望月錢給家裡那位買藥呢……」

一聽王婆子承認了，劉氏狠狠吁了口氣，待把王婆子打發走，撫著心口後怕道：「險些功虧一簣，嚇死我了。」

見喬昭神情平靜，劉氏一把抓住她的手。「三姑娘，這、這到底是怎麼回事啊？」

「藥裡放了些李爺爺祕製的迷魂香罷了。」喬昭雲淡風輕推到了李神醫身上。

催眠之術太過離奇，李爺爺叮囑過她使用時要謹慎，自然是越少人知道越好。

劉氏一聽不再懷疑。李神醫那是什麼人，和活神仙無異呢，有祕製的迷魂香太正常了。還是三姑娘有福氣有本事，獨得了李神醫青眼。

「但她後來明明清醒了，怎麼會承認了呢？」劉氏問出心中疑惑。當時她失神打翻了藥碗，看王婆子神情變了還以為問不出來了。

喬昭笑笑。「王婆子是個老實人。」

聽了劉氏打探來的情況，她便決定從王婆子下手。張婆子小兒子好賭，賭徒最是坑人，張婆子一顆心想必早已被錘煉得堅硬無比，想從她那裡入手並不容易，但王婆子就不一樣了。家中有病人長期吃藥，王婆子的精神是緊張而脆弱的，便於施展催眠之術。更重要的是，王婆子能多年如一日照顧臥床的男人，足見其是個重情之人。剛才在催眠過程中劉氏打翻藥碗打斷了催眠之術，要是換了張婆子定然問不出了。

「老實人還做出背主的事來！」劉氏咬了咬唇，迎上喬昭含笑的眼，後面惱怒的話說不出來了。嗯，三姑娘這麼說定然有原因的，至於什麼原因，她一時想不出來肯定是因為太深刻，她還是不要說下去暴露自己的無知了。劉氏很快調整好心態，喊人來收拾地上殘局。

喬昭開口阻止：「二嬸，先不慌收拾，現在可以叫張婆子來了。」

「這就叫張婆子過來？」

「嗯，把窗簾拉開，打開窗。」

劉氏雖不解，卻依言照做。不多時走進來個頭梳圓髻的中老年婦人。婦人臉頰消瘦，顴骨微突，瞧著就帶了點精明樣，一走進來眼珠轉了轉，看到地上的碎瓷與藥湯微微一愣。

「跪下！」喬昭突然開口。

張婆子吃了一驚，抬眼看清發話的人是喬昭，不由帶了點遲疑。

喬昭把手中茶杯往茶几上重重一放，發出清脆聲響，臉色微沉。「沒有聽到我說的話嗎？」

張婆子驚疑看著喬昭。

三姑娘怎麼會在二太太這裡？一個姑娘家對下人這般疾聲厲色，還真是讓人意外。

喬昭眸光轉深，淡淡道：「二嬸，我記得張媽媽的賣身契在妳這裡吧？」

「是在我這裡。」劉氏回道。

當時鄧老夫人派張婆子與王婆子盯著冰娘，為了讓這二人對劉氏死心塌地，便直接把二人的賣身契給了劉氏。

喬昭抿唇一笑。「二嬸把張媽媽的賣身契給我吧，將來我去侯府就把張媽媽一家帶過去。」

張婆子一聽，撲通跪下了。她不傻，當然不會以為三姑娘是把她一家子帶到侯府享福去，這明擺著是要秋後算帳啊。

她真是糊塗了，怎麼忘了三姑娘可不是普通的閨閣小姐，而是未來的侯夫人呢！

「老奴該死，老奴該死，三姑娘您大人大量不要和老奴這樣的老糊塗計較。」

張婆子一邊說一邊抽著嘴巴。

喬昭笑盈盈看著，一言不發。張婆子原本是試探著抽自己嘴巴，想的就是姑娘家臉皮薄，受不住這樣的場景。誰知她不疼不癢幾巴掌打下去，挨著劉氏端坐的少女卻無動於衷，眼底更是帶了幾分揶揄。

張婆子心中一慌，這才徹底明白眼前的三姑娘年紀雖小，卻不是那麼好糊弄的，立刻加大了力道。這樣兩巴掌打下去，張婆子半邊臉立刻腫了起來。

「別打了。」喬昭冷冷道。張婆子停下手，看著喬昭的神情就沒那麼隨意了。

「交代一下吧，冰姨娘到底有沒有服用避子湯？」

見張婆子嘴唇微動，喬昭淡笑著補充：「我只給妳這一次機會說話，若是說了謊，那麼你們一家子將來就隨我到侯府去，對了，包括妳那個好賭的小兒子。」

張婆子臉色頓時變了，低頭盯著地上的碎瓷，心驚膽戰。

三姑娘為何這麼說？她一定是知道了什麼！那她是該坦白還是隱瞞到底？

原本未加思索就要說出來的話被張婆子硬生生嚥了下去，天人交戰之下，額頭上大滴的汗水滾落下來，砸在地上流淌的藥汁上。濃烈的藥味直往張婆子鼻子裡鑽，張婆子心中一沉。

王婆子一定是在她前面就進來了！那個不爭氣的玩意定然已經交代了，不然三姑娘不會這麼篤定。想到這裡，張婆子頓時冷汗淋淋。

王婆子已經交代了，三姑娘卻不說，這明顯是在試探她呢。她若是敢撒謊，三姑娘定然毫不猶豫把她一家子收拾了。

「冰姨娘……沒有喝避子湯！」張婆子心一橫說了出來。

她說完這話，發現喬昭與劉氏皆面色平靜毫無意外的樣子，不由後怕又慶幸，後面的話一股腦倒了出來，說完後一邊打嘴巴一邊求情：「老奴實在沒法子啊，小兒子的賭債要是還不上，那些人就要剁了他的手……」

「這些話，張媽媽記得和老夫人說清楚。」喬昭淡淡道。

劉氏毫不遲疑帶著張婆子與王婆子去了青松堂。

聽完兩個婆子的交代，鄧老夫人氣得手都抖了，厲聲道：「去把二老爺給我找回來！」

黎光書回到家裡一頭霧水。「娘，您找我有急事？」

老太太抄起放在手邊的拐杖，照著黎光書身上就抽過去。

「娘，您這是做什麼？」眼看屋子裡還有小輩，黎光書大感丟人，一邊躲一邊問道。

「小王八羔子還敢躲？」鄧老夫人氣得咬牙，拐杖乾脆也不用了，照著黎光書小腹就是一拳。

黎光書被老太太力道十足的一拳打得眼冒金星，捂著肚子不躲了。「娘，您別打了，到底怎麼了啊？」

鄧老夫人停下來，甩了甩手，厲聲道：「兩個婆子都交代了，你個畜生，為了留下冰娘真是臉都不要了！」

黎光書一聽神色微變。內宅的事男人摻和進來本就不好聽，老太太這樣子明顯是全知道了，再硬著頭皮爭辯只會更丟臉，他一撩衣襬跪下道：「娘，您聽兒子解釋！」

「我不聽！」鄧老夫人冷笑一聲。「你有什麼好解釋的？無非是被一個小妾迷得暈頭轉向罷了，說出來你不嫌丟人，我還嫌寒磣！」

黎光書的解釋被鄧老夫人一句話堵了回去。

「若冰娘真的老實本分，意外有了身孕讓她留下來也未嘗不可，但現在這樣迷惑你心智的狐狸精，是萬萬留不得了！」

黎光書一聽面色頓變。「娘，冰娘才有了身孕，禁不起長途跋涉啊！」

鄧老夫人拄著拐杖坐回去，嗤笑道：「孫子我有，孫女我也有，一個小妾肚子裡尚未成形的肉還威脅不了我。」

「娘，兒子不敢威脅您，兒子是求您看在兒子子嗣單薄的份上，讓冰娘留下來吧。」

鄧老夫人冷笑不語。

「娘，冰娘雖然只是個妾，畢竟是縣丞之女，她又給兒子生了兒子，就這麼送回去不是讓人議論嗎？」

「縣丞之女？」不提這個鄧老夫人還能保持冷靜，聽黎光書這麼一說，直接掄起拐杖扔了過去。「你打量我什麼都不知道嗎？什麼時候縣丞改養瘦馬了？」

聽到「瘦馬」兩個字黎光書眼神一緊。「娘，您說什麼？兒子怎麼聽不懂？」

「少給我裝糊塗！」鄧老夫人把一本冊子扔到黎光書面前。

黎光書打開冊子看了一眼，臉色登時變了。這冊子是留在嶺南的禮單，上面清楚記載著嶺南某縣縣丞送給他叫「冰娘」的瘦馬一名。

這數年前的禮單怎麼會在母親手裡？黎光書心中翻騰，額頭冷汗冒了出來。

「老二，你可真是長本事了啊。」鄧老夫人語氣充滿失望。

黎光書心像針扎一般疼。他讓娘失望了？明明是娘想不通！

他已經是大人了，不再是那個穿著打補丁的衣裳，犯了錯誤被娘罰跪冷地板的少年，只要他官路亨通替黎家光耀門楣，納個瘦馬當小妾又怎麼樣呢？娘到底是老了。

「黎家家風清白，斷不允許一個瘦馬進門，我更不想看著有著黎家血脈的孩子接二連三從一個瘦馬的肚子裡爬出來。容媽媽，端一碗墮胎藥給冰娘送去。」

黎光書一聽急了。「娘，就算您嫌棄冰娘出身，可她肚子裡懷著的是兒子的骨肉啊。」

黎光書瞭解鄧老夫人，知道親娘是個吃軟不吃硬的，當即跪了下來不停給鄧老夫人磕頭。

「娘，孩子是無辜的，無論大人有什麼錯處，孩子什麼都不懂啊。您忍心讓他還沒到這個世上看一眼就沒了嗎？他生下來後也會是個有著小胳膊小腿兒，會哭會笑的小人兒……」

劉氏冷眼看著，黎光書每磕一個頭都彷彿一只重錘在她心口敲一下。男兒膝下有黃金，這個曾有著讀書人傲骨的男人，卻為了一個瘦馬出身的小妾彎了膝蓋。

「夠了！」鄧老夫人聽著黎光書對孩子的形容同樣不好受，心一橫道：「容媽媽，還不去！」

孩子是無辜的，可留一個這樣的狐狸精在黎家，她已經可以預見家無寧日的那一天，到時不知有多少無辜的人受害。

既然這樣，扼殺胎兒的罪孽就讓她承擔好了，反正她老了，有報應也認了。

容媽媽聽了鄧老夫人的吩咐，埋頭往外走去。黎光書驀地站了起來，抬腳就要往外走。

「你給我站住！」

黎光書腳步一頓。鄧老夫人聲音冷若寒冰：「老二，你要是敢過去，那你就別想在官場上混了，以後就抱著你的小妾過日子吧！」

「娘！」

鄧老夫人神色緊繃，一字一頓道：「老婆子說到做到。」

她說著掃了身側的喬昭一眼，染了霜色的眉高高抬起。「老婆子做不到，想必老婆子的孫女婿還是有這個能力的。」

黎光書攏在大袖中的手緊緊攥起，漸漸繃直了唇角。

看來冰娘的真正身分就是冠軍侯翻出來的。這可真是有意思，一個侄女婿盯著叔叔的屋裡事。無論黎光書心中多麼憤怒，有了鄧老夫人的警告，終究沒有再動彈。

劉氏看在眼裡，心底只剩冷笑。要是黎光書真的不要高官厚祿選了冰娘，她倒無話可說。現在她真忍不住鄙視這個男人了，前腳表現得黏黏糊糊，一旦要他做出犧牲了，立刻不管心愛的女人死活。不，其實說到底，這個男人只愛自己，她早該看明白的。

時間一點一點過去，屋子裡所有人都沒有吭聲，默默地等著一個結果。

喬昭垂眸盯著放在膝頭的雙手出神。

鄧老夫人的決定讓她有些意外。

上了年紀的人往往都盼著子孫滿堂，她以為祖母會讓冰娘把孩子生下來再打發走。現在看來她料錯了，卻更加佩服祖母的當機立斷。她知道，祖母做出這個決定心中並不好受。

「容媽媽怎麼還不回來？」又等了一會兒，鄧老夫人皺眉。容媽媽去的時間未免太久了些。

「青筠，妳過去看看。」

「是。」青筠領命前往錦容苑，屋裡重新恢復了安靜。

沒過多久青筠就跑了回來，向來沉穩的大丫鬟臉色蒼白如紙，像是有惡鬼在身後追她。「老夫人，容媽媽，容媽媽……」

「容媽媽怎麼了？」鄧老夫人心猛然一跳。

「容媽媽倒在地上，額頭全是血……」

鄧老夫人驀地站了起來，身形微晃。「伺候冰姨娘的兩個丫鬟呢？」

冰娘查出有了身孕，她惱怒兩個婆子辦事不力，打發她們去打掃院子，另派了兩個機靈的丫鬟過去伺候。

「兩個小丫鬟躺在裡邊，婢子沒敢細看就跑出去了。」

「走，過去看看！」

鄧老夫人帶著眾人趕往錦容苑。經過青筠那麼一叫，所有下人都被驚動了，鄧老夫人等人趕過去時那些僕從全都擠在西跨院那裡。

「容媽媽怎麼樣了？」鄧老夫人邊往裡面走邊問。

容媽媽跟了鄧老夫人幾十年，在她心裡和親人無異。

一名僕婦用帕子按著容媽媽頭上的血窟窿回道：「老夫人，容媽媽還有氣呢，就是這血止不住啊。」

喬昭摸出銀針迅速走上前去給容媽媽止血。

一番兵荒馬亂之後，鄧老夫人盯著黎光書問：「冰娘呢？」

黎光書一臉茫然。「兒子不知道啊。」

「不知道，不知道，你是不是也不知道你這個小妾是敢殺人的？」

「兒子真的不知。」黎光書痛心道。

屋內氣氛格外壓抑，見喬昭從裡間走出來，鄧老夫人忙問：「容媽媽醒了嗎？」

「醒了。」

鄧老夫人走進去，見容媽媽躺在床榻上，頭上纏著染血繃帶神情呆滯，老夫人眼角不由濕了。

「容媽媽，妳好些了沒？」

容媽媽呆愣點頭。

鄧老夫人略微寬心，轉而問道：「妳還記得到底發生了什麼事嗎？冰娘去了哪裡？」

容媽媽好似受到驚嚇一般打了個哆嗦。鄧老夫人輕輕拍了拍她的手，不敢催促。

好一會兒後，容媽媽終於緩過神來，白著臉道：「老夫人，冰姨娘她、她發瘋了！」

「如何發瘋？」鄧老夫人聽得心中一緊。

容媽媽斷斷續續回憶起來。「老奴端著墮胎藥去給冰姨娘喝，誰知冰姨娘根本不接受，老奴讓兩個丫鬟按著她都按不住，一不留神之下老奴被她狠狠推了一把，然後頭撞到牆上就什麼都不知道了。對了，兩個丫鬟呢？沒有攔著冰姨娘？」

鄧老夫人與劉氏對視一眼，對容媽媽寬慰道：「事情我已經清楚了，妳好好養著吧。」

容媽媽慚愧不已。「老夫人，都是老奴沒用，這麼點事都沒給您辦好。」

鄧老夫人擺手。「這不是妳的錯，只怪冰姨娘——」

想到兩個被金簪刺死的丫鬟，鄧老夫人心底隱隱發寒。這個冰姨娘到底什麼來路？就算為母則強，也沒聽說誰家的小妾為了不喝避子湯連殺兩人的。

回到花廳後，鄧老夫人狠狠剜了黎光書一眼，痛心疾首道：「畜生，都是你造的孽！」

黎光書很是委屈。「娘，兒子真的沒想到啊。」

喬昭安安靜靜待在鄧老夫人身邊，見冰綠立在窗外對她使眼色，悄悄走了出去。

「什麼事？」

「姑娘，晨光找您。」冰綠低聲道。

喬昭點頭示意知道了，帶著冰綠去二門處見晨光。

「晨光，找我什麼事？」喬昭心中隱隱有了猜測。

「姑娘，府上那位冰姨娘有點意思啊，不久前翻牆出去，被守在暗處的兄弟逮個正著。兄弟們覺得事有蹊蹺，讓我來問問您。」

除了三姑娘，別的女子翻牆一定有問題！

喔，三姑娘為什麼可以？呵呵，問出這話的人就是天真無知，三姑娘還找他裝過鬼跑去尚書府嚇人呢，翻個牆怎麼了？

「冰娘人呢？」晨光的話證實了喬昭的猜測。

自從錦鱗衛接連發生變故，邵明淵就派了人手暗中守在黎府外頭，她便知道逃出黎府的冰姨娘十之八九撞進那些親衛手裡了。

晨光笑呵呵道：「兄弟們想著寧可抓錯不可放過，就把冰姨娘給控制住了，現在正等著您回話呢。」那個冰姨娘可真是人間絕色，留在兄弟們手裡久了會起亂子的，畢竟那些老光棍們可沒有他自制力好。

「把冰姨娘帶到這裡來。」

等了一會兒工夫，晨光拎著冰娘過來了。看到喬昭的瞬間，冰娘的眼神變得黑沉如深夜。

「再這樣看著我們三姑娘，剜掉妳的眼睛！」冰綠繃著臉警告道。

冰娘垂下眼簾。

「把她帶到青松堂。」喬昭睇了冰娘一眼，轉過身去。

晨光把冰娘交給冰綠，叮囑道：「看好了啊。」

冰綠撇嘴。「少囉嗦啦，我使出一半的力氣就能扛著她走。」

喬昭腳步一頓，回過身來。「晨光，你帶著冰娘跟我們走。」

冰娘能在短短時間內弄暈了容媽媽，刺死兩個丫鬟，並在沒有驚動錦容苑下人的情況下逃出府去，她可不相信只是為母則強這麼簡單。

青松堂裡，鄧老夫人決定報官。「殺了兩個丫鬟，這樣的人不能就讓她這麼跑了！」

黎光書苦著臉哀求：「娘，冰娘是我的小妾，您一旦報官，讓兒子的臉面往哪裡擱呢？」

「臉面、臉面，你的臉面比別人的命還重要嗎？」

黎光書暗暗皺眉。娘是不是老糊塗了，他的臉面不重要，難道仕途也不重要嗎？他正是選官的關鍵時候，要是鬧出小妾殺人潛逃的事來，可就真的麻煩了。

「祖母，不用急著報官了。」黎光書身後傳來少女清冷的聲音。

黎光書心中一鬆，就聽少女平靜無波的聲音再次響起：「我把冰娘帶來了。」

黎光書猛然轉身。喬昭率先走進來，身後跟著拎著冰娘的晨光。

「三丫頭，這是——」

喬昭笑盈盈道：「冰姨娘出去，正好被孫女的車夫看見。」

車夫？黎光書驀地睜大眼睛瞪著晨光。什麼時候車夫也管這些事了？好好趕車不行嗎？

晨光回了黎光書一個得意的眼神。看什麼看，沒見過這麼英俊瀟灑又給力的車夫啊？

黎光書心頭一片茫然。到底是他不對勁還是家裡不對勁？為什麼自從他回到京城就開始不停懷疑人生了？

鄧老夫人已經不想對冰娘說半個字，擺擺手道：「老二媳婦，妳安排人把她送到官府去吧。鬧出了人命案，咱們小門小戶的兜不住，這人要交給青天大老爺們發落。」

「老夫人您放心，兒媳這就安排。」劉氏一顆心是徹底放下來了。

到這地步，這狐狸精是再也掀不起風浪了，老夫人再心軟也不能容忍一個殺人犯留府中。她冷眼看了一眼冰娘，心中感慨不已。她原本以為這只是個紅顏禍水，現在才知道還是個蛇蠍美人，只可惜人算不如天算，這麼一跑正好落入三姑娘的人手裡了。

嘖嘖，她說什麼來著，跟著三姑娘走會有好日子過的。

「娘，讓我和冰娘再說說話吧。」

鄧老夫人盯著黎光書失望不已。「老二，到現在你還執迷不悟？」

黎光書垂眸。「兒子與她畢竟相處數年，臨別前說說話也算是了結一段孽緣吧，以後兒子不再惹您生氣了。」

「關鍵是不惹你媳婦生氣。」

「是，兒子知道的。」

鄧老夫人伸手一指。「就在這裡間說，給你一盞茶的時間。」

（未完待續）

國家圖書館出版品預行編目資料

韶光慢 / 冬天的柳葉著. -- 初版. -- 臺北市：春光, 城邦文化出版：家庭傳媒城邦分公司發行, 民108.1-
冊；　公分

ISBN 978-957-9439-51-0（卷6：平裝）

857.7　　107016888

韶光慢〔卷六〕

作　　者／冬天的柳葉
企劃選書人／李曉芳
責任編輯／王雪莉、何寧、劉瑄

版權行政暨數位業務專員／陳玉鈴
資深版權專員／許儀盈
行銷企劃／周丹蘋
業務主任／范光杰
行銷業務經理／李振東
副總編輯／王雪莉
發　行　人／何飛鵬
法律顧問／元禾法律事務所　王子文律師
出　　版／春光出版
臺北市 104 中山區民生東路二段 141 號 8 樓
電話：(02) 2500-7008　傳真：(02) 2502-7676
部落格：http://stareast.pixnet.net/blog　E-mail：stareast_service@cite.com.tw
發　　行／英屬蓋曼群島商家庭傳媒股份有限公司城邦分公司
臺北市中山區民生東路二段 141 號11 樓
書虫客服服務專線：(02) 2500-7718 / (02) 2500-7719
24小時傳真服務：(02) 2500-1990 / (02) 2500-1991
服務時間：週一至週五上午9:30～12:00，下午13:30～17:00
郵撥帳號：19863813　戶名：書虫股份有限公司
讀者服務信箱E-mail: service@readingclub.com.tw
歡迎光臨城邦讀書花園　網址：www.cite.com.tw
香港發行所／城邦（香港）出版集團有限公司
香港灣仔駱克道 193 號東超商業中心 1 樓
電話：(852) 2508-6231　　傳真：(852) 2578-9337
E-mail : hkcite@biznetvigator.com
馬新發行所／城邦（馬新）出版集團　Cite(M)Sdn. Bhd
41, Jalan Radin Anum, Bandar Baru Sri Petaling,
57000 Kuala Lumpur, Malaysia.
Tel: (603) 90578822　Fax:(603) 90576622　E-mail:cite@cite.com.my

封面設計／黃聖文
插畫繪製／容境
內頁排版／極翔企業有限公司
印　　刷／高典印刷有限公司

■ 2019 年（民 108）1 月 3 日初版
■ 2022 年（民 111）5 月 20 日初版 2.4 刷

Printed in Taiwan

售價／320元

城邦讀書花園
www.cite.com.tw

本著作物繁體中文版通過閱文集團上海玄霆娛樂信息科技有限公司 www.qidian.com，授予城邦文化股份事業有限公司春光出版獨家發行。

ISBN　978-957-9439-51-0

廣 告 回 函
北區郵政管理登記證
臺北廣字第000791號
郵資已付，免貼郵票

104 臺北市民生東路二段 141 號 11 樓

英屬蓋曼群島商家庭傳媒股份有限公司

城邦分公司

請沿虛線對折，謝謝！

愛情・生活・心靈

閱讀春光，生命從此神采飛揚

春光出版

書號：OF0051	書名：韶光慢〔卷六〕

請於此處用膠水黏貼

讀者回函卡

謝謝您購買我們出版的書籍！請費心填寫此回函卡，我們將不定期寄上城邦集團最新的出版訊息。

姓名：________________

性別：□男　□女

生日：西元________年________月________日

地址：________________

聯絡電話：________________　傳真：________________

E-mail：________________

職業：□ 1. 學生 □ 2. 軍公教 □ 3. 服務 □ 4. 金融 □ 5. 製造 □ 6. 資訊

□ 7. 傳播 □ 8. 自由業 □ 9. 農漁牧 □ 10. 家管 □ 11. 退休

□ 12. 其他 ________________

您從何種方式得知本書消息？

□ 1. 書店 □ 2. 網路 □ 3. 報紙 □ 4. 雜誌 □ 5. 廣播 □ 6. 電視

□ 7. 親友推薦 □ 8. 其他 ________________

您通常以何種方式購書？

□ 1. 書店 □ 2. 網路 □ 3. 傳真訂購 □ 4. 郵局劃撥 □ 5. 其他 ______

您喜歡閱讀哪些類別的書籍？

□ 1. 財經商業 □ 2. 自然科學 □ 3. 歷史 □ 4. 法律 □ 5. 文學

□ 6. 休閒旅遊 □ 7. 小說 □ 8. 人物傳記 □ 9. 生活、勵志

□ 10. 其他 ________________

為提供訂購、行銷、客戶管理或其他合於營業登記項目或章程所定業務之目的，英屬蓋曼群島商家庭傳媒（股）公司城邦分公司，於本集團之營運期間及地區內，將以電郵、傳真、電話、簡訊、郵寄或其他公告方式利用您提供之資料（資料類別：C001、C002、C003、C011等）。利用對象除本集團外，亦可能包括相關服務的協力機構。如您有依個資法第三條或其他需服務之處，得致電本公司客服中心電話 (02)25007718請求協助。相關資料如為非必要項目，不提供亦不影響您的權益。

1. C001辨識個人者：如消費者之姓名、地址、電話、電子郵件等資訊。
2. C002辨識財務者：如信用卡或轉帳帳戶資訊。
3. C003政府資料中之辨識者：如身分證字號或護照號碼（外國人）。
4. C011個人描述：如性別、國籍、出生年月日。

請於此處用膠水黏貼